Copyright Johnny Ring

Philippa Gregory, geboren 1954 in Kenia, studierte Geschichte und promovierte über die englische Literatur des 18. Jahrhunderts. Ihre historischen Romane sind weltweit Bestseller und wurden mit Starbesetzung verfilmt, zuletzt ›Die Schwester der Königin‹ mit Natalie Portman, Scarlett Johansson und Eric Bana in den Hauptrollen. Außerdem arbeitete Philippa Gregory als Journalistin für Zeitung, Radio und Fernsehen. Heute lebt sie mit ihrer Familie in Nordengland.

Von Philippa Gregory sind bei Fischer außerdem erschienen:
›Order of Darkness – Schicksalstochter‹
›Order of Darkness – Sturmbringer‹

Weitere Informationen zum Kinder- und Jugendbuchprogramm der S. Fischer Verlage, auch zu E-Book-Ausgaben, gibt es bei www.fischerverlage.de

Philippa Gregory

Order of Darkness

Schatzwächter

Aus dem Englischen von Maren Illinger

FISCHER Taschenbuch

MIX
Papier aus verantwortungsvollen Quellen
FSC® C083411

Erschienen bei FISCHER Kinder- und Jugendtaschenbuch
Frankfurt am Main, Januar 2016

Die englische Originalausgabe erschien 2012
unter dem Titel ›Fools' Gold‹

Published by arrangement with Simon & Schuster UK Ltd
1st Floor, 222 Gray's Inn Road, London, WC1X 8HB
A CBS Company

Für die deutschsprachige Ausgabe:

Lektorat: Sarah Iwanowski
Satz: Dörlemann Satz, Lemförde
Druck und Bindung: CPI books GmbH, Leck
Printed in Germany
ISBN 978-3-7335-0176-1

Ravenna, Italien, Winter 1454

Vor dem mächtigen Stadttor Ravennas hielten vier Reiter. Schneeflocken wirbelten um ihre geduckten Oberkörper, während ihr Diener Freize zum Tor ritt und laut mit seinem Knüppel dagegenhämmerte. »Aufmachen!«, rief er forsch.

»Vergiss nicht, was du sagen sollst«, raunte Luca ihm zu.

Sie hörten, wie hinter dem Tor langsam die schweren Riegel zurückgeschoben wurden.

»Ich hoffe doch sehr, dass ich trotz meiner grundehrlichen Natur im Notfall die ein oder andere Lüge hervorbringe«, gab Freize würdevoll zurück. Bruder Peter schüttelte bekümmert den Kopf. Der Gedanke, dass sein Leben von Freizes Hang zur Flunkerei abhängen sollte, gefiel ihm ganz und gar nicht.

Das Tor wirkte wie reingestanzt in die alte Mauer, die die gesamte Stadt umgab. Die imposanten Wehrtürme waren neueren Datums; Ravenna war vor kurzem von den Venezianern besetzt worden. Sie hatten in allen umliegenden Städten ihre einzigartige Staatsform eingeführt – eine von Reichtum und Handel bestimmte Republik. Langsam öffnete sich die kleine Pforte, die in das Tor eingelassen war. Dahinter wartete ein Wächter in der prächtigen Amtstracht der Siegermacht, dass die Reisenden sich zu erkennen gaben.

Freize spielte seine Rolle mit unverhohlener Begeisterung. »Mein Herr«, erklärte er feierlich und zeigte auf Luca, »ist ein wohlhabender junger Adliger aus dem Westen des Landes. Sein Bruder ist Priester.« Er zeigte auf Bruder Peter, der tatsächlich Priester war, Luca jedoch als Schreiber diente und ihn erst vor wenigen Wochen kennengelernt hatte, als sie gemeinsam auf ihre Mission geschickt worden waren. »Die gnädige Dame ist seine Schwester.« Freize zeigte auf die schöne junge Frau, Isobel von Lucretili, deren einzige Beziehung zu dem hübschen jungen Mann darin bestand, dass sie in seinem Geleit reiste. »Das Mädchen an ihrer Seite ist ihre Gesellschafterin.« Diese Angabe kam der Wahrheit am nächsten, denn Ishraq war seit ihrer Kindheit Isobels engste Freundin und Gefährtin. Gemeinsam waren sie aus ihrer Heimat vertrieben worden und suchten nun nach einem Weg, wieder zurückzukehren. »Und meine Wenigkeit ist –«

»Ihr Diener?«, unterbrach der Wächter spöttisch.

»Faktotum«, entgegnete Freize und ließ sich das Wort auf der Zunge zergehen. »Ihr guter Geist, ihr Bursche für alles.«

»Wohin geht die Reise?«, fragte der Wächter und streckte die Hand nach ihrem Empfehlungsschreiben aus.

Ohne rot zu werden, zog Freize das Papier hervor, das der hohe Herr, der Anführer des geheimen päpstlichen Ordens, in dessen Auftrag sie reisten, versiegelt hatte und das sie als wohlhabende Familie auf dem Weg nach Venedig auswies.

»Nach Venedig«, sagte Freize. »Und dann wieder zurück in die Heimat. So Gott will«, fügte er fromm hinzu.

»Anlass des Besuchs?«

»Handel. Mein Herr erwartet eine Schiffsladung und will Gold erwerben.«

Der Wächter hob die Augenbrauen und rief den Männern auf seiner Seite der Mauer einen Befehl zu. Das große Tor schwang weit auf, und er trat ehrerbietig zur Seite und verneigte sich tief, als die kleine Gesellschaft hindurchritt.

»Warum lügen wir schon hier?«, flüsterte Ishraq Freize zu. Wie es sich für Bedienstete gehörte, ritten sie am Ende des Zuges. »Warum warten wir damit nicht, bis wir in Venedig sind?«

»Das wäre zu spät«, erwiderte er. »Wenn Luca sich in Venedig als reicher Kaufmann ausgibt, fragt ihn vielleicht jemand nach seiner Reise. Oder jemand erkennt uns wieder. So können wir offen erzählen, dass wir über Ravenna gekommen sind. Sollte tatsächlich irgendjemand Nachforschungen anstellen, so wird man ihm bestätigen, dass wir eine wohlhabende Kaufmannsfamilie sind. Bleibt nur zu hoffen, dass niemand den ganzen Weg bis nach Pescara zurückverfolgt.«

»Aber wenn doch jemand unsere Reise zurückverfolgt, vielleicht sogar bis nach Piccolo, dann wird er erfahren, dass Luca ein Ermittler ist, der im Auftrag des Papstes reist. Er wird erfahren, dass du sein Freund bist und Bruder Peter sein Schreiber und dass Isobel und mich überhaupt nichts mit euch verbindet. Wir reisen lediglich in eurem Geleit zu Isobels Paten, weil wir nicht allein reisen können.«

Freize schnitt eine Grimasse. »Wenn der hohe Herr uns früher gesagt hätte, dass wir unter falschem Namen reisen sollen, hätten wir schon die ganze Zeit feine Kleider tragen und mit Geld um uns werfen können. Aber da er sich erst in Piccolo zu dieser Mitteilung bequemt hat, müssen wir mit dem Risiko leben. Ich werde uns hier in Ravenna vornehme Umhänge und Hüte kaufen. Den Rest unserer Ausstattung müssen wir in Venedig besorgen.«

Der Wächter wies ihnen den Weg zur besten Herberge der Stadt. Sie fanden das große Haus auf dem Hügel oberhalb des Marktplatzes ohne Mühe. Es grenzte direkt an die Mauer des Schlosses. Freize saß ab, öffnete die Tür und rief nach Dienern für seinen Herrn. Dann kam er zurück und kümmerte sich um die Pferde, während Luca, Fräulein Isobel und Bruder Peter im Gasthaus um zwei Schlafzimmer und ein Speisezimmer baten, wie es ihrer hohen Stellung entsprach. Ishraq folgte ihrer Herrin ins Haus, und Freize führte die Pferde und den Lastesel in den Stallhof.

Während sie sich in ihren Zimmern einrichteten, hörten sie überall in der Stadt die Glocken zur Vesper läuten. Die Luft war erfüllt von ihrem Klang; von allen Türmen flatterten Vögel in den Himmel auf. Isobel trat ans Fenster, kratzte den Frost von den Scheiben und blickte Bruder Peter und Luca nach, die durch den leichten Schneefall zur Kirche gingen.

»Willst du nicht zum Gottesdienst?«, fragte Ishraq überrascht. Isobel versäumte normalerweise keine Andacht.

»Ich gehe morgen früh«, sagte Isobel. »Heute Abend bin ich zu unruhig.«

Ishraq musste ihre Freundin nicht nach dem Grund ihrer Unruhe fragen. Sie musste nur ihrem Blick zu dem jungen Mann folgen, der die gepflasterte Gasse hinunterging.

Sobald Luca und Bruder Peter vom Gottesdienst zurück waren, aßen sie alle im Speisezimmer zu Abend. Freize trug die Gerichte auf – Pastete, Pitadine, eine Art Pfannkuchen mit herzhafter Füllung, Rehkeule, gebackenen Schinken, geschmortes Hühnchen und Kalbsbries – und postierte sich dann neben der Tür, der Inbegriff eines ehrerbietigen Dieners.

»Freize, setz dich und iss mit uns«, befahl Luca.

»Ich bin euer Faktotum«, wandte Freize ein und freute sich an dem großen Wort. »Euer guter Geist.«

»Es schaut doch niemand zu«, entgegnete Isobel. »Und ich finde es seltsam, wenn du dich nicht zu uns setzt. Ich möchte, dass du mit uns isst, Freize.«

Sie musste die Bitte nicht wiederholen. Freize schob eifrig einen weiteren Stuhl an den Tisch, nahm sich einen Teller und langte tüchtig zu.

»Außerdem kannst du so zweimal zu Abend essen«, ergänzte Ishraq grinsend. »Einmal jetzt und einmal nachher in der Küche.«

»Wer hart arbeitet, muss sich bei Kräften halten«, erwiderte Freize gutgelaunt, strich Butter auf eine dicke Brotscheibe und biss herzhaft hinein. »Wie ist Ravenna?«

»Alt«, sagte Luca. »Zumindest nach dem zu urteilen, was ich bis jetzt gesehen habe. Eine große Stadt, herrliche Kirchen, an einigen Ecken so schön wie Rom. Bevor wir morgen weiterreisen, muss ich unbedingt das Grab der Galla Placidia besuchen.«

»Wer ist das?«, fragte Isobel.

»Sie war vor vielen hundert Jahren eine mächtige Herrscherin. Der Priester hat mir nach dem Gottesdienst empfohlen, ihr Grab zu besichtigen. Er sagt, es sei wunderschön, mit Mosaiken an Boden, Wänden und Decke.«

»Das würde ich auch gerne sehen!«, rief Ishraq aus.

Dann lief sie rot an. Isobel sollte auf keinen Fall denken, dass sie einen Vorwand suchte, um mit Luca allein zu sein.

Als Isobel die Verlegenheit ihrer Freundin bemerkte, wurde sie ebenfalls rot und sagte schnell: »Du musst es dir ansehen! Begleite doch Luca, während ich mich um unser Gepäck kümmere. Warum geht ihr nicht gleich morgen früh?«

Bruder Peter blickte von einem roten Gesicht zum anderen, als hätte er Plagegeister vor sich. »Was in aller Welt ist jetzt wieder in euch gefahren?«, fragte er verdrießlich.

»Da du von jetzt an als meine Schwester reist und Ishraq als deine Dienerin, solltet ihr lieber beide mitkommen«, sagte Luca, dem die Verlegenheit der Mädchen entgangen war. »Ishraq sollte dich stets begleiten, wenn du in einer fremden Stadt unterwegs bist. Als adlige Tochter solltest du immer deine Kammerfrau bei dir haben.«

»Wir können jedenfalls nicht mit euch durchs halbe Christenreich reisen, wenn ihr euch weiterhin so aufführt«, sagte Freize gutmütig.

»Warum, was ist los?« Luca sah von Isobel zu Ishraq und bemerkte erst jetzt die roten Wangen der beiden. »Worum geht es?«

Es folgte eine peinliche Stille. »Wir hatten einen Streit«, gestand Isobel schließlich beschämt. »Vor unserer Abreise aus Piccolo. Ich war im Unrecht.«

»Ihr streitet miteinander?«, rief Luca verwundert. »Ich habe euch noch nie streiten sehen. Worum ging es?«

Freize, der wusste, dass sie sich wegen Luca gestritten hatten, sprang ihnen bei. »Mädchen«, sagte er schulterzuckend. »Regen sich ständig auf. Sind zart besaitet. Wie unser kleiner Esel. Sie glauben zu wissen, was sie wollen, dabei wollen sie etwas ganz anderes.«

»Ach, sei doch nicht lächerlich!«, fauchte Ishraq verärgert. Sie wandte sich an Isobel. »Ich will, dass es zwischen uns wieder so ist wie früher. Alles andere wird sich schon fügen.«

Isobel hielt den Blick gesenkt und nickte mit ihrem blonden Schopf. »Es tut mir leid«, sagte sie leise. »Ich war zutiefst im Unrecht.«

»Na, dann ist ja alles in Ordnung«, sagte Freize mit der zufriedenen Miene eines Mannes, der in einer verfahrenen Situation einen diplomatischen Kompromiss erzielt hat. »Schön, dass ich vermitteln konnte. Nichts zu danken!«

»Ihr solltet lieber um Geduld beten«, sagte Bruder Peter streng. »Weiß Gott, das tue ich auch jeden Tag.« Er erhob sich und verließ gemessenen Schrittes das Zimmer. Nachdem sich die Tür hinter ihm geschlossen hatte, wechselten die vier jungen Leute halb reumütige, halb belustigte Blicke.

»Aber worum ging es denn nun?«, beharrte Luca.

Freize schüttelte den Kopf und warf ihm einen Blick zu,

der ihn zum Schweigen bringen sollte. »Vergessen wir es«, riet er. »Wie die Launen des kleinen Esels, wenn er sich wieder beruhigt hat.«

»Es spielt ohnehin keine Rolle mehr«, beendete Isobel die Diskussion. »Und jetzt gehen wir ins Bett.«

Sobald sie sich erhoben hatte, hielt Luca ihr die Tür auf und folgte ihr hinaus auf den Flur. »Ich habe dich doch nicht verärgert?«, fragte er leise.

Sie schüttelte den Kopf. »Ich habe Ishraq sehr unrecht getan. Sie hat mir erzählt, dass sie dich zum Trost in den Arm genommen hat, als du geglaubt hast, du hättest Freize in der Flutwelle verloren. Ich war ihr deswegen böse.«

»Warum?«, fragte er, obwohl sein Herz schneller schlug in der Hoffnung, die Antwort bereits zu kennen.

Sie hob das Gesicht und sah ihn aufrichtig an. Ihre dunkelblauen Augen begegneten seinen braunen. »Ich war eifersüchtig«, bekannte sie schlicht. Er sah ein kleines reumütiges Lächeln auf ihren Lippen. »Eifersüchtig wie eine Närrin.«

»Du warst eifersüchtig, weil sie mich in den Arm genommen hat?«, fragte er noch leiser.

»Ja.«

»Weil wir uns noch nie so nahe gekommen sind?«

»Wir dürfen es nicht«, sagte sie. »Du bist der Kirche geweiht, und ich wurde zur Fürstin erzogen. Ich darf Männern nicht nahe kommen. Nicht wie Ishraq. Sie kann tun, was sie will.«

»Aber du würdest dir wünschen, dass ich dich halte?« Er trat einen Schritt näher und flüsterte die Frage in ihre blonden Haare, so dass sie die Wärme seines Atems spüren konnte.

Sie brachte kein Wort heraus. Sie neigte ihm nur ganz leicht den Kopf zu.

Sehr sanft, sehr zart, als fürchtete er, sie zu verschrecken, legte Luca den einen Arm um ihre schlanke Taille und den anderen um ihre Schultern und zog sie an sich. Isobel schmiegte den Kopf an seine Brust und schloss die Augen. Tiefe Freude durchströmte sie. Sie kostete das Gefühl aus, spürte seinen schlanken Körper an ihrem und die Kraft seiner Arme, die sich enger um sie schlossen.

»Hat sie dir gesagt, dass ich sie auf die Stirn geküsst habe?«, flüsterte Luca ihr ins Ohr und sog den leichten Rosenwasserduft des Mädchens ein, das er begehrte, seit er es zum ersten Mal gesehen hatte.

Sie hob den Kopf. »Ja.«

»Hat dich das auch eifersüchtig gemacht?«

In seinen Augen lag ein Anflug von Übermut, der ihr nicht entging. Sie lächelte. »Ja. Leider.«

»Soll ich dich küssen wie sie? Wäre das ein Ausgleich?«

Statt einer Antwort schloss sie die Augen und wandte ihm das Gesicht zu. Luca sehnte sich danach, ihren warmen Mund zu küssen, doch er hielt sich an die Vereinbarung und küsste ihre Stirn. Er spürte sie ganz leicht in seinen Armen erbeben, als wünschte sie sich mehr.

Dann öffnete sie die Augen.

»Darf ich dich auf den Mund küssen?«, fragte Luca.

Damit war er einen Schritt zu weit gegangen. Er sah, dass sie zusammenzuckte und ein wenig zurückwich, um ihm besser ins Gesicht sehen zu können.

»Ich glaube, das solltest du nicht tun«, flüsterte sie, doch ihre Arme lagen noch immer um seine Taille, und auch seine Arme hielten sie fest. Sie trat nicht zurück.

Langsam beugte er sich vor, langsam schloss sie die Augen und hob ihm das Gesicht entgegen. Hinter ihnen öffnete sich die Tür, und Freize kam mit dem schmutzigen Geschirr heraus. Er riss sich zusammen, als er die beiden eng umschlungen im dunklen Flur stehen sah. »Verzeihung«, sagte er aufgekratzt und schob sich an ihnen vorbei Richtung Küche.

Schnell ließ Luca Isobel los, die ihre Hände an die heißen Wangen hob. »Ich sollte zu Bett gehen«, sagte sie leise. »Verzeih mir.«

»Aber du bist Ishraq nicht mehr böse, und auch dir selbst nicht?«, fragte er.

Sie wandte sich zur Treppe, aber er konnte sehen, dass sie lächelte. »Ich habe Ishraq ausgeschimpft wie ein Rohrspatz!«, gestand sie. »Ich habe ihr unzüchtiges Verhalten vorgeworfen, weil sie dir erlaubt hat, sie zu küssen. Und nun sieh mich an!«

»Sie wird dir vergeben«, sagte er. »Du wirst wieder glücklich sein.«

Sie ging einige Stufen hinauf, drehte sich um und lächelte ihn an. Beim Anblick ihres strahlend schönen Gesichts stockte ihm der Atem. »Ich bin glücklich«, erwiderte sie. »Ich glaube, ich bin noch nie in meinem Leben so glücklich gewesen.«

Am nächsten Morgen, während Freize vornehme Umhänge und Hüte für die Reise nach Venedig besorgte, machten Bruder Peter und Luca, die angeblichen Brüder, und Isobel und Ishraq, ihre angebliche Schwester und deren Gefährtin, einen Spaziergang durch Ravenna.

Sie liefen durch das Gewirr der engen Straßen und Gassen innerhalb der Stadtmauern. Hoch über den schäbigen Dächern thronte mächtig das Schloss. Es war ein sonniger Morgen, und der Raureif schmolz auf den roten Ziegeln. An jeder Straßenecke ragten die Glockentürme großer Kirchen in den blauen Himmel. Ein flacher Kanal floss durch das Zentrum der Stadt; auf dem Markt zu beiden Seiten des Wassers konnte man alles kaufen, was das Herz begehrte. Ravenna war die Hauptstadt des alten Königreichs gewesen. Die großen Straßen, die quer durch ganz Italien verliefen, trafen sich genau im Herzen der Altstadt.

Die Mädchen blieben vor der großen Kirche am Meer stehen und bewunderten die rosaroten Ziegelsteine. »Die Kirche ist beeindruckend, aber das Grab, das ich sehen möchte, liegt nebenan«, sagte Luca und führte sie zu dem angrenzenden bescheidenen Gebäude.

»Dieses kleine Häuschen?« Isobel zog den Kopf ein und ging unter dem niedrigen Türbogen hindurch, Ishraq und Bruder Peter folgten ihr. Das Gebäude hatte die Form eines Kreuzes. Sie waren durch die Nordtür eingetreten und blieben einen Augenblick lang am Eingang der kleinen Kapelle stehen. Als Isobel das Knie beugte und sich bekreuzigte, stieß Luca einen überraschten Schrei aus. Niemand hatte die leuchtenden Farben erwartet, die ihnen entgegenstrahlten.

Jeder Winkel in dem gewölbten Innenraum glänzte wie frisch gestrichen. Die Wände, der Boden und sogar die gewölbte Decke bestanden aus leuchtend bunten Mosaiken. Isobel sah sich fasziniert um, und Ishraq konnte den Blick nicht von der Decke abwenden, die in einem tiefen Azurblau gehalten war und auf der Hunderte goldener Sterne funkelten. Sie wirkte wie ein großer, über ihren Köpfen aufgehängter Seidenschal, der zu allen vier Seiten an den steinernen Bögen hinunterfloss.

»Wie schön!«, rief Ishraq. Das Gebäude ähnelte sehr den prachtvollen Bauwerken in der arabischen Welt. »Was ist das? Eine Kapelle?«

»Es ist keine Kapelle, es ist ein Mausoleum«, erklärte Bruder Peter. »Eine mächtige christliche Fürstin hat es vor vielen hundert Jahren für ihre eigene Beisetzung errichten lassen.«

»Sieh nur«, sagte Isobel und drehte sich zu dem Türbogen um, durch den sie gekommen waren. Darüber zeigte ein breites Mosaik in warmen Farben die Szene des guten Hirten, der auf seinen Stab gestützt dastand, mit einem goldenen Heiligenschein und von seinen Schäfchen umringt. »Wie konnten sie schon vor Hunderten von Jahren so etwas schaffen? Seht ihr die Feinheit des Bildes? Seht ihr, wie sanft er die Schafe berührt?«

»Und hier ist die Geschichte eines Christen abgebildet, der sein Leben für das Evangelium aufs Spiel gesetzt hat«, sagte Bruder Peter ehrfürchtig und zeigte auf die gegenüberliegende Wand. Dort war ein Mann dargestellt, der mit einem Kreuz auf den Schultern und mit einem offenen Buch in der Hand durch die Flammen eines Feuers rannte. »Seht ihr die Evangelien in der Bibliothek?«

»Ja«, sagte Ishraq beeindruckt. An diesem besonderen, heiligen Ort wollte sie Bruder Peter nicht wegen seiner Frömmigkeit necken oder ihre eigene Skepsis zur Schau stellen. Sie war in dem christlichen Haushalt des Fürsten von Lucretili, Isobels Vater, aufgezogen worden, doch ihre Mutter hatte sie gelehrt, den Koran zu lesen. Ihre spätere Ausbildung hatte sie darin ermutigt, alles in Frage zu stellen. Der Zweifel würde ihr immer näher als der Glaube sein. Sie blickte sich in dem glänzenden Raum um. Einige bunte Farbreflexe auf weißen Mosaikkacheln zogen ihre Aufmerksamkeit auf sich. Die ursprünglich offenen Fenster des Mausoleums waren verglast worden, doch eines der Glasstücke war zerbrochen. Die Morgensonne schien durch die angeschlagene Oberfläche und warf farbige Strahlen auf die weißen Kacheln und auf Ishraqs weißen Schleier.

»Sieh nur.« Ishraq stieß Isobel an. »Sogar das Sonnenlicht ist hier bunt.«

Ihre Worte erregten Lucas Neugier. Er wandte sich um und entdeckte die leuchtend bunten Farben. Der Regenbogen, der um Ishraqs Kopf leuchtete, faszinierte ihn. »Gib mir dein Tuch«, sagte er plötzlich.

Wortlos, den Blick auf sein Gesicht gerichtet, nahm sie es ab. Ihre dichten dunklen Locken fielen ihr weit über die Schultern. Luca reichte ihr ein Ende des Tuchs und hielt das andere fest. Sie breiteten es aus, um das Sonnenlicht einzufangen. Sofort erstrahlte die weiße Seide in den Farben des Regenbogens. Gemeinsam bewegten sie sich wie in einem sonderbaren Tanz auf das Fenster zu und sahen, dass die Farben verschwommener und die Streifen breiter wurden, je weiter sie gingen. Als sie zurücktraten, wurde der leuchtende Lichtstrahl wieder schmaler und schärfer.

»Das gebrochene Glas scheint das Sonnenlicht in viele Farben zu verwandeln«, sagte Luca erstaunt. Er wandte sich wieder dem Mosaik zu, das sie bewundert hatten. »Sieh nur«, sagte er zu ihr. »Das Mosaik stellt auch einen Regenbogen dar.«

Die Wand über ihren Köpfen erstrahlte in allen Farben des Regenbogens und war mit einem prächtigen Muster verziert. Luca, der immer noch Ishraqs Tuch hielt, wies mit dem Kinn von dem Regenbogenmosaik zum Regenbogen auf dem Tuch. »Es sind dieselben Farben«, sagte er. »Vor Hunderten von Jahren haben die Menschen einen Regenbogen in genau dieser Farbfolge geschaffen.«

»Was macht ihr da?«, fragte Isobel und sah die beiden fragend an.

»Ein Regenbogen muss also immer aus denselben Farben bestehen«, sagte Ishraq, da Luca nach wie vor schweigend zwischen Tuch und Mosaik hin- und herblickte. »Ist es so? Sind es immer die Farben, die wir hier in dem Mosaik sehen? Sieh nicht auf das Muster, sieh auf die Farben!«

»Ja!«, rief Luca aus. »Wie sonderbar, dass sie das damals schon gewusst haben! Was für ein Glück, dass sie die Farben aufgezeichnet haben.« Er dachte nach. »Ist also jeder Regenbogen gleich? Seit Hunderten von Jahren? Und wenn ein zersprungenes Glas einen Regenbogen entstehen lassen kann, was verursacht dann den Regenbogen am Himmel? Was lässt den Himmel plötzlich in bunten Farben erstrahlen?«

Niemand antwortete ihm, niemand hatte eine Antwort. Niemand außer Luca stellte überhaupt solche Fragen. Er war aus seinem Kloster verbannt worden, weil er Fragen gestellt hatte, die an Gotteslästerung grenzten, und selbst jetzt, da er für den Orden der Finsternis die Rätsel der sichtbaren und der unsichtbaren Welt lösen sollte, musste er seinen Geist nach der Kirche richten.

»Was spielt es für eine Rolle?«, fragte Isobel und betrachtete die verzückten Gesichter ihrer Freunde. »Warum interessiert es euch so?«

Luca zuckte die Schultern, als käme er auf den Boden der Tatsachen zurück. »Oh, es ist nur Neugier, nehme ich an«, sagte er. »So wie wir den Grund für die große Welle in Piccolo nicht kannten, wissen wir nicht, was den Donner hervorruft oder einen Regenbogen entstehen lässt. Es gibt so vieles, was wir nicht wissen. Und solange wir keine Antworten haben, glauben die Menschen, dass diese seltsamen Schnippchen der Natur durch Hexen, Teufel oder Geister hervorgerufen werden. Sie ängstigen sich so sehr, dass sie ihre eigenen Nachbarn bezichtigen, und meine Aufgabe ist es dann, die Wahrheit herauszufinden. Aber ich kann ihnen keine einfache Erklärung geben, weil ich keine einfache Erklärung habe. Wer auch immer dieses Mosaik gemacht hat, kannte die Farben des Regenbogens – vielleicht wusste er sogar, wie Regenbogen entstehen.«

»Aber warum interessiert es dich so?«, bohrte Isobel nach. »Spielt es eine Rolle, welche Farbe der Sonnenuntergang gestern Abend hatte?«

»Ja«, erwiderte Ishraq. »Es spielt eine Rolle. Die Welt ist voller Rätsel, und wir werden die Dinge nur verstehen, wenn wir Fragen stellen, die Augen offenhalten und weiterforschen.«

»Es gibt nichts zu verstehen, weil alles bereits erklärt ist«, widersprach Bruder Peter mit der vollen Autorität der Kirche. »Gott hat nach der Sintflut einen Regenbogen am Himmel entstehen lassen als Zeichen seines Versprechens an die Menschen: ›Meinen Bogen habe ich in die Wolken gesetzt; er soll das Zeichen sein des Bundes zwischen mir und der Erde. Und wenn es kommt, dass ich Wetterwolken über die Erde führe, so soll man meinen Bogen sehen in den Wolken.‹« Er blickte die jungen Mädchen bedeutungsvoll an. »Das ist alles, was ihr wissen müsst.«

Dann drehte er sich um und starrte Luca an. »Ihr seid Ermittler eines heiligen Ordens«, mahnte er. »Es ist Eure Aufgabe und Eure Pflicht, zu ermitteln. Aber hütet Euch vor den Pfaden, die außerhalb Eurer Mission liegen. Ihr habt von unserem Herrn und vom Heiligen Vater den Befehl erhalten, das Ende der Tage zu erforschen. Es ist nicht Eure Aufgabe, *alles* zu hinterfragen. Manche Fragen sind ketzerisch. An manche Dinge sollte nicht gerührt werden.«

Luca nahm die Rüge des Mönchs schweigend auf.

»Ich kann nicht aufhören, zu denken«, entgegnete er schließlich leise. »Vielleicht hat Gott mir Neugier geschenkt.«

»Niemand fordert, dass Ihr aufhört, zu denken«, sagte Bruder Peter und öffnete die niedrige Tür, die nach draußen führte. »Aber unser Herr hat Euch bei Eurer Berufung zu verstehen gegeben, dass Ihr dabei die Grenzen der Kirche beachten sollt. Einige Dinge sind uns unbekannt – wie die Verwandlung eines Menschen in einen Werwolf, wie die Ursache der schrecklichen Flut –, und es ist richtig, dass Ihr in diesen Angelegenheiten ermittelt. Aber die Bedeutung des Regenbogens hat Gott uns in der Heiligen Schrift hinterlassen. Eure Gedanken dazu brauchen wir nicht.«

Luca senkte den Kopf, konnte es sich jedoch nicht verkneifen, Ishraq einen Blick zuzuwerfen.

»Ich werde mir trotzdem weiter meine Gedanken machen, ob Eure Kirche sie nun braucht oder nicht«, verkündete sie. »Die arabischen Gelehrten werden sich ebenfalls weiter ihre Gedanken machen, genauso wie es die alten Völker offensichtlich getan haben, und die arabischen Gelehrten werden ihre Schriften übersetzen.«

»Sollen sie tun, was sie wollen. Aber wir sind gehorsame Söhne der Kirche«, erwiderte Bruder Peter. »Und offen gesagt, was du denkst – eine junge Frau und obendrein eine Ungläubige – interessiert ohnehin niemanden.«

Er drehte sich um und verließ das Mausoleum. Sie folgten ihm hinaus in den Sonnenschein. Isobel blieb noch einen Moment lang auf der Schwelle stehen. »Es ist wunderschön«, sagte sie. »Die Farben leuchten wie bei einem frisch gemalten Fresko.«

Einen Augenblick später trat Luca aus der Tür, und sie sah, dass er etwas in die Tasche seiner Reithose steckte.

»Was hast du da?«, flüsterte sie.

»Das zerbrochene Glasstück«, sagte er. »Ich will sehen, ob man damit überall einen Regenbogen entstehen lassen kann.«

Sie sah ihn streng an. »Ist es nicht Gottes Aufgabe, einen Regenbogen entstehen zu lassen, wie Bruder Peter gerade gesagt hat?«

»Es ist unsere Aufgabe«, widersprach Ishraq. »Wir leben in seiner Welt, um sie zu verstehen. Ich will auch wissen, ob wir einen Regenbogen entstehen lassen können. Wenn Luca es nicht tun darf, werde ich es versuchen. Im Gegensatz zu eurem Gott hat mein Gott nichts gegen Neugier einzuwenden.«

Freize erwartete sie in der Herberge. Sie bestiegen ihre Pferde, verließen die Stadt und ritten an dem versandeten Kanal entlang bis zum Hafen von Classe. Das kleine Segelschiff, das sie nach Venedig bringen sollte, lag an der Hafenmauer. Andere Handelsschiffe und die berühmten venezianischen Galeeren waren am Rand des Hafenbeckens vertäut.

»Wirst du es über dich bringen, an Bord zu gehen?«, neckte Ishraq Freize, der kein Schiff mehr betreten hatte, seit er in Piccolo von der schrecklichen Flutwelle erfasst worden war.

»Wenn Rufino es kann, kann ich es auch«, entgegnete Freize. »Er ist ein außergewöhnlich mutiges und weises Pferd, musst du wissen.«

Ishraq musterte den großen Kaltblüter skeptisch. Auf sie wirkte er eher trottelig als weise. »Was du nicht sagst!«

»Lass dich von seinem Äußeren nicht täuschen«, riet Freize ihr. »Du schaust das Pferd an und siehst einen großen, ungeschickten Gaul, aber ich weiß, dass er Mut und Zartgefühl besitzt.«

»Zartgefühl?« Ishraq lächelte. »Wirklich?«

»So wie du mich anschaust und einen gutaussehenden, bodenständigen und aufrichtigen, aber gewöhnlichen jungen Mann siehst. Dabei habe ich verborgene Tiefen und ungeahnte Fähigkeiten!«

»Ach ja?«

»Ja«, bestätigte Freize. »Ich kann zum Beispiel Pferde dazu bringen, auf ein Schiff zu gehen. Du darfst Platz nehmen und mich bewundern.«

»Ich danke dir«, sagte Ishraq und ließ sich auf einem der steinernen Sitze nieder, die in die Hafenmauer eingelassen waren, während Freize die fünf Pferde und den kleinen Esel über den Landungssteg auf das Schiff führte.

Die Pferde waren nervös und scheuten, doch Freize redete ihnen gut zu. Ishraq lag es fern, seinen Übermut zu beflügeln, indem sie ihm applaudierte, aber sie musste sich eingestehen, dass die Szene etwas sehr Rührendes hatte. Der breitschultrige junge Mann und die großen Pferde sahen sich an und gaben leise Geräusche von sich, beinahe, als redeten sie miteinander. Schließlich waren die Tiere beruhigt und trotteten über den Steg auf das Schiff.

Da an diesem Tag keine weiteren Passagiere nach Venedig reisten, hatten sie das Schiff für sich allein. Nachdem die Pferde sicher verladen waren, genehmigten sich die Reisenden dicke Brotscheiben und kleine Krüge mit Leichtbier zum Frühstück und folgten dann Freize an Bord. Der Kapitän setzte die Segel, und sie legten ab.

Sie segelten den ganzen Tag und die ganze Nacht lang, einen bitterkalten Wind im Rücken. Die Mädchen schliefen eine Weile in der kleinen Kabine unter Deck, doch in den frühen Morgenstunden kamen sie herauf und traten zu den Männern, die in dicke Decken gehüllt am Bug standen und darauf warteten, dass der Himmel hell wurde. Ishraqs Aufmerksamkeit wurde von einem kleinen, wendigen Schiff angezogen, das direkt auf sie zusteuerte. Es bewegte sich schnell durch das Wasser, eine schwarze Silhouette vor den dunklen Wellen.

»He! Kapitän!«, rief sie über die Schulter hinweg dem Bootsmann zu, der am Steuerrad stand. »Seht Ihr die Galeere? Sie hält geradewegs auf uns zu!«

»Hol das Segel ein!«, befahl der Mann seinem Sohn, der sofort vorstürmte und die Leinen löste.

»Warte! Ich helfe dir«, sagte Freize. »Was haben sie vor, warum halten sie so schnell auf uns zu?«

Die Mädchen, Bruder Peter und Luca beobachteten die Galeere. Sie kam unter der Muskelkraft der Ruderer, die dem Takt der Trommel folgten, rasch näher.

»Eine Galeere sollte einem Segelschiff die Vorfahrt lassen«, bemerkte Bruder Peter besorgt. »Was machen sie nur? Es sieht aus, als wollten sie uns rammen!«

»Das kann kein Zufall sein. Es ist ein Angriff!«, sagte Luca. »Wer ist das?«

Bruder Peter sah blinzelnd ins Zwielicht und rief: »Ich kann keine Fahne erkennen. Und sie haben kein Licht. Wem gehört dieses Schiff?«

»Freize!«, rief Luca, drehte sich um und griff nach dem eisernen Bootshaken, der einzigen Waffe in Reichweite. »Achtung! Wir werden geentert!«

»Hisst das Segel wieder!«, rief Bruder Peter.

»Wir können ihnen nicht entkommen«, warnte Ishraq. Eine Galeere mit geübten Ruderern war viel schneller als ihr schwerfälliges Segelschiff. Ishraq schaute sich nach einer Waffe und einem möglichen Versteck um. Doch das Schiff war klein, es gab nur den Verschlag für die Pferde und die winzige Kabine unter Deck. Freize stellte sich mit seinem Knüppel neben sie. Er zog ein Messer aus seinem Stiefel und gab es ihr mit grimmiger Miene.

»Ist der osmanische Fürst vielleicht zurückgekommen, um uns aufzuhalten?«, fragte er Luca.

»Es ist kein osmanisches Schiff«, sagte Luca und starrte auf die Ruder, die sich unbarmherzig in die Wellen senkten. »Die Galeere ist zu klein.«

»Dann kann jemand anders es kaum erwarten, mit uns zu reden«, sagte Freize kläglich. »Und es sieht ganz so aus, als würden wir um dieses Vergnügen nicht herumkommen.«

Ihre kleine Karavelle wurde langsamer und schlingerte auf dem Wasser. Die Galeere änderte den Kurs und steuerte neben sie. Zwei Ruderer sprangen auf die Füße, warfen gleichzeitig die Enterhaken nach oben und umklammerten die Reling des Schiffs. Isobel widerstand der Versuchung, sie wegzureißen, während die Männer in der mysteriösen Galeere an den Leinen zogen und die Schiffe nahe nebeneinander brachten.

Luca und Isobel nahmen all ihren Mut zusammen und sahen in die Galeere hinunter. Die Ruderer waren nicht angekettet, und im Achterschiff stand ein Mann.

»Wer seid Ihr? Was wollt Ihr von uns?«, fragte Luca.

Der Kommandant hatte ein kurzes Messer gezogen. Das kalte Mondlicht spiegelte sich auf der beschlagenen Klinge. Er musterte sie abschätzend. »Ich habe den Befehl des Fürsten von Lucretili, diese Frau in meine Obhut zu nehmen«, sagte er und zeigte auf Isobel. »Sie ist seine entflohene Schwester. Der Fürst hat befohlen, dass sie nach Hause kommt.«

»Dein Bruder!«, sagte Ishraq mit gedämpfter Stimme.

»Ich habe keinen Bruder«, sagte Isobel im selben Augenblick mit dem starken Akzent aus dem Süden des Landes. »Ich weiß nicht, wovon Ihr sprecht.«

Der Mann kniff die Augen zusammen. »Wir sind Euch gefolgt, gnädiges Fräulein«, sagte er. »Vom Kloster, wo Euer Herr Bruder Euch der Obhut der frommen Schwestern übergeben hatte, über die Hafenstadt Piccolo, in die Euch Euer Weg mit diesen Gottesmännern geführt hat, bis hierher. Ihr wurdet der Hexerei bezichtigt …«

»Sie wurde freigesprochen!«, unterbrach Luca ihn. »Ich bin ein Ermittler der Kirche, ich erforsche im Auftrag des Papstes die Rätsel dieser Welt und studiere die Vorzeichen für das Ende der Tage. Ich habe die junge Dame verhört und meinen Bericht nach Rom geschickt. Ich habe sie von jeglicher Missetat freigesprochen. Sie wird weder von den Gesetzeshütern des Landes noch von der Kirche verfolgt.«

Der Mann zuckte die Schultern. »Mag sein, dass sie unschuldig ist, aber sie ist immer noch Fürst Lucretilis Schwester«, gab er zurück. »Sie ist sein Eigentum. Wenn er sie wiederhaben will, kann ihm niemand dieses Recht verwehren.«

»Warum will er, dass sie zurückkommt?«, rief Ishraq und trat neben die beiden Männer an die Reling. »Er konnte sie nach dem Tod ihres Vaters nicht schnell genug loswerden, konnte nicht schnell genug seine Anklage erheben, die sie auf den Scheiterhaufen gebracht hätte. Warum will er jetzt, dass sie nach Hause kommt?«

»Dich soll ich auch mitnehmen«, erwiderte der Kommandant nur. »Die Maurensklavin. Ich habe den Befehl, dich ebenfalls zurückzubringen.« Er wandte sich an Luca. »Ihr müsst sie mir überlassen, sie ist eine entflohene Sklavin, der Fürst ist ihr rechtmäßiger Besitzer. Und die Dame müsst Ihr mir überlassen, weil sie seine Schwester ist. Sie gehört zu seinem Besitz wie sein Pferd oder sein Stuhl.«

»Ich bin ein freier Mensch«, sagte Ishraq verächtlich. »Und sie ist es auch.«

Wieder zuckte er die Schultern. Er schien ihren Worten keinerlei Bedeutung beizumessen. »Du bist eine Ungläubige, und sie ist seine Schwester. Sie unterstand dem Befehl ihres Vaters, und seit dessen Tod untersteht sie dem

Befehl ihres Bruders. Er hat sie geerbt wie die Kühe auf dem Feld. Sie ist sein Besitz.«

Er richtete den Blick auf Bruder Peter. »Wenn Ihr mich daran hindert, sie mitzunehmen, begeht Ihr Diebstahl an Fürst Lucretilis Eigentum, und ich werde Euch deswegen anklagen. Wenn Ihr sie mir nicht übergebt, macht Ihr Euch der Entführung schuldig.«

Freize seufzte. »Schwierig«, sagte er in das Schweigen hinein. »Denn wisst ihr, dem Gesetz nach hat er recht. Eine Frau gehört ihrem Vater oder Bruder oder Ehemann.«

»Ich gehöre meinem Bruder nicht mehr«, sagte Isobel plötzlich. Sie schob die Hand unter Lucas Arm und umfasste seinen Ellbogen. »Wir sind verheiratet. Ich gehöre jetzt ihm.«

Der Kommandant blickte von ihrem entschlossenen Gesicht auf Lucas vorgeschobenes Kinn. »Ach ja? Ist das wahr, Herr Ermittler?«

»Ja«, sagte Luca.

»Aber seid Ihr nicht ein Kirchenmann? Habt Ihr nicht eine wichtige Mission?«

»Ich habe mein Gelübde gebrochen und diese Dame zur Frau genommen.«

Bruder Peter verschluckte sich fast vor Schreck, sagte jedoch nichts.

»Ihr seid vermählt und habt die Ehe vollzogen?«

»Ja«, sagte Luca und griff nach Isobels Hand.

Einen Augenblick lang herrschte Schweigen, dann schüttelte der Kommandant den Kopf. Er sah ungläubig grinsend zu ihnen hinauf. »Ihr habt also die Ehe vollzogen? Ihr habt sie mit Lust genommen, Euch auf sie gelegt, sie vor Freude aufjuchzen lassen? Ihr habt sie mit der Zunge geküsst und ihren Busen liebkost? Ihr habt ihre Taille umfasst, und sie hat Euch in sich aufgenommen?«

Isobels Gesicht war schamrot. Ishraq kochte vor Wut.

»Ja«, sagte Luca, ohne mit der Wimper zu zucken. »Das alles haben wir getan.«

»Dann küsst sie.«

»Ihr könnt nicht …«, setzte Isobel an, doch Luca drehte sie zu sich, hob ihr Kinn mit dem Finger und küsste sie lange und innig, als könne er es nicht ertragen, seinen Mund von ihrem zu lösen. Trotz ihrer Verlegenheit konnte Isobel nicht widerstehen. Ihr Kopf sank zurück, ihre Arme legten sich um seine Schultern, ihre Hand sank in seinen Nacken, und ihre Finger griffen in sein Haar.

Schließlich hob Luca den Kopf. »Reicht das?«, fragte er atemlos. »Wie Ihr seht, habe ich keine Scheu, meine Braut zu küssen. Wir sind Mann und Frau, sie ist jetzt mein. Ihr Bruder hat keine Rechte mehr über sie. Sie gehört mir.«

Freize nickte feierlich. »Eine Frau gehört zu ihrem Mann. Die Rechte des Ehemanns gehen vor.«

Bruder Peters Gesicht war starr vor Entsetzen, doch er sagte noch immer kein Wort.

Der Mann wandte sich an ihn. »Und das soll ich glauben? Was ist mit Euch, Pater? Wollt Ihr mir jetzt erzählen, dass Ihr die andere geheiratet habt? Werdet Ihr sie auch zum Beweis küssen?«

»Nein«, entgegnete Bruder Peter knapp. »Ich halte mein Gelübde.«

»Aber diese beiden sind wirklich Mann und Frau? Schwört es bei Gott!«

Bruder Peter öffnete den Mund. Eine kleine Welle ließ das Schiff schlingern, und er stützte sich mit der Hand auf der Reling ab.

»Ihr seid mein Zeuge vor Gott«, sagte der Mann drohend. »Ich beschwöre Euch in seinem Namen, mir die Wahrheit zu sagen.«

Bruder Peter schluckte.

»Schwört es auf Euren Eid als Priester«, drängte der Mann. »Sagt mir die Wahrheit im Angesicht Gottes.«

Bruder Peter wandte sich an Isobel, die immer noch dicht neben Luca stand und den Arm um seine Taille gelegt hatte. »Es tut mir leid«, sagte er sehr leise. »Aber ich kann nicht in Gottes Namen lügen. Ich kann es nicht.«

Sie nickte. »Ich verstehe«, entgegnete sie ebenso leise und rückte ein Stück von Luca ab.

»Er muss nichts sagen«, meldete sich Ishraq zu Wort. »Ich kann es bezeugen.«

Der Mann rümpfte die Nase. »Dein Wort bedeutet

nichts. Du bist eine Ungläubige, eine Sklavin und eine Frau. Deine Worte sind wie Vogelgezwitscher am Morgen. Viel zu laut und völlig bedeutungslos. Und nun«, er richtete seine Aufmerksamkeit brüsk auf Luca, »schickt die beiden Frauen auf mein Schiff, sonst befehle ich meinen Männern, das Schiff zu entern, und wir nehmen sie uns mit Gewalt.«

Luca sah nach unten. Auf der Galeere stand ein Dutzend bewaffneter Männer zum Angriff bereit. Er warf Freize einen Blick zu, der stoisch seinen Knüppel festhielt. Natürlich konnten sie kämpfen, aber sie waren eindeutig in der Unterzahl. Sie würden verlieren.

Der Kommandant wandte sich an den Kapitän ihres Schiffs, der mit finsterem Gesicht zugehört hatte. »Ihr befördert Diebesgut. Diese beiden jungen Frauen gehören dem Fürst von Lucretili«, rief er. »Wenn ich muss, werde ich Euer Schiff entern und sie mir holen. Dabei könntet Ihr oder Euer Schiff Schaden nehmen. Gebt sie mir, dann bekommt Ihr keine Schwierigkeiten.«

»Ich habe diese Reisenden in Treu und Glauben auf mein Schiff genommen«, rief der Kapitän zurück. »Wenn sie Eurem Herrn gehören, könnt Ihr sie haben. Ich bin nicht für sie verantwortlich.«

»Es bringt nichts, zu kämpfen«, sagte Isobel leise zu Luca. »Es ist hoffnungslos. Versuch es nicht. Ich werde mich ergeben.«

Bevor Luca protestieren konnte, rief sie dem Kommandanten in der Galeere zu: »Gebt Ihr mir Euer Wort, dass Ihr uns sicher zu meinem Bruder bringt?«

Er nickte. »Ich werde Euch keinen Schaden zufügen.«

Sie gab sich einen Ruck. »Hol unser Gepäck«, sagte sie über die Schulter hinweg zu Ishraq, die wortlos in die Kabine ging und mit den Satteltaschen zurückkam. Freizes Messer hatte sie außer Sichtweite unter ihren Gürtel geklemmt.

»Was wird mit mir geschehen?«, fragte Isobel. Sie ging zum Bug und bedeutete Ishraq, ihr zu folgen. Der Kommandant gab Luca und Freize ein Zeichen, die Schiffe an den Tauen näher heranzuziehen, damit die jungen Frauen über die Reling klettern konnten.

»Euer Bruder vermutet, dass Ihr den Fürsten der Walachei um Hilfe bitten wollt. Er fürchtet, dass Ihr versuchen werdet, mit einer Armee gegen ihn zu Felde zu ziehen und Euer Land zurückzufordern. Deshalb will er Euch mit einem französischen Grafen verheiraten.«

»Und was ist mit mir?«, fragte Ishraq, während Luca, Freize und Bruder Peter an den Leinen zogen.

»Dich soll ich in Venedig an die Osmanen verkaufen«, sagte der Mann. »Tut mir leid. So lauten meine Befehle.«

Luca, dessen Eltern vor vier Jahren von osmanischen Sklavenfängern geraubt worden waren, wurde blass und klammerte sich an die Reling. »Das können wir nicht zulassen«, sagte er zu Freize. »Ich kann es nicht zulassen. Wir müssen etwas tun.«

Doch Freize beobachtete Isobel, die unvermittelt stehen geblieben war, als sie hörte, was mit Ishraq geschehen sollte. »Nein. Sie kommt mit mir«, sagte sie. »Wir lassen uns nicht trennen.«

Der Kommandant schüttelte den Kopf. »Meine Befehle sind eindeutig. Ich muss sie an die Osmanen verkaufen.«

»Pass auf«, raunte Freize Luca zu. »Ich glaube nicht, dass sie da mitspielt.«

Isobel stand ganz vorn am Bug. Vor ihr, an der Innenseite der Reling, war eine Axt für Notfälle befestigt, falls ein Segel im Sturm zerriss oder Fischernetze entwirrt werden mussten. Sie würdigte sie keines Blickes, als sie vor das Ankertau trat, um dem Mann ins Gesicht zu sehen, der sie entführen sollte. »Herr, ich habe Geld«, sagte sie flehend. »Was auch immer mein Bruder Euch versprochen hat, ich zahle das Doppelte. Geht zurück und sagt ihm, dass Ihr uns nicht finden konntet. Ich werde auch Eure Männer bezahlen, wenn Ihr nur geht und uns in Frieden lasst.«

Er streckte bedauernd die Hände aus. »Gnädiges Fräulein, ich bin Eurem Bruder ein treuer Diener. Ich habe ihm gelobt, Euch zu ihm zurückzubringen und die Sklavin zu verkaufen, und das werde ich auch tun. Kommt auf mein Schiff. Zwingt uns nicht dazu, Euch zu holen.«

Sie biss sich auf die Lippe. »Bitte. Nehmt mich mit, aber

lasst meine Freundin gehen. Ihr könnt meinem Bruder sagen, dass Ihr sie nicht gefunden habt.«

Er schüttelte wortlos den Kopf. »Kommt«, sagte er brüsk. »Alle beide. Sofort.«

»Ich will nicht kämpfen«, rief sie verzweifelt. »Ich will nicht, dass wegen mir Blut vergossen wird.«

»Dann kommt jetzt«, entgegnete er. »Wir kriegen Euch so oder so. Tot oder lebendig, es macht keinen Unterschied.«

Freize sah, dass sich ihre Schultern entschlossen strafften, doch sie sagte nur: »Nun gut. Ich werfe zuerst meine Sachen hinüber.«

Der Kommandant nickte. Er griff nach der Leine und zog die Galeere näher an das sanft schaukelnde Schiff heran. Isobel bückte sich und stemmte die schwere Satteltasche hoch. »Näher«, sagte sie. »Ich will nicht, dass meine Sachen verloren gehen.«

Er lachte über die Einfalt und Eitelkeit der Frauen – sie dachten sogar bei ihrer Entführung noch an ihre Kleider – und zog die Galeere näher heran. Als sie sich direkt unter dem Bug des Schiffes befand, warf Isobel die Satteltasche zu ihm hinunter. Er fing sie mit beiden Armen und taumelte unter dem Gewicht. Im selben Augenblick packte sie die Axt und hackte mit drei, vier schnellen, zornigen Schlägen das dicke Seil durch, das den schweren Anker am Schiffsrumpf hielt.

Das Eisen fiel hinunter, schlug durch das leichte Holzdeck bis zum Grund der Galeere und riss ein riesiges Loch in den Rumpf, durch das Wasser hineinströmte.

In Sekundenschnelle sprang Ishraq Isobel zur Seite und schleuderte dem Mann ihr Messer ins Gesicht. Die Klinge traf ihn am Mund, und er schrie auf, als das Blut herausspritzte. Luca, Freize und Bruder Peter lösten die Enterhaken und zielten auf die Köpfe der Ruderer, während das Wasser weiter in die Galeere drang und die Wellen das Schiff in die Tiefe rissen.

»Hisst das Segel!«, rief Luca, doch der Kapitän und sein Sohn zogen schon an den Seilen. Kurz darauf flatterte das Segel im leichten Wind, und das Schiff bewegte sich von der sinkenden Galeere fort. Einige der Ruderer waren bereits im Wasser, strampelten mit Armen und Beinen und riefen um Hilfe.

»Kehrt um!«, rief Isobel. »Wir können sie nicht ertrinken lassen!«

»Doch, das können wir«, widersprach Ishraq scharf. »Sie hätten nicht gezögert, uns zu töten!«

Im Bug des Schiffes befanden sich mehrere lose Holzplanken. Isobel rüttelte daran. Freize kam ihr zu Hilfe, hob die Planken über die Reling und warf sie ins Wasser, damit sie den Schiffbrüchigen als Rettungsflöße dienen konnten. »Jemand wird sie einsammeln«, versicherte er ihr. »An dieser Küste herrscht reger Betrieb, und bald wird es hell.«

Ihre Augen füllten sich mit Tränen, sie war blass vor Sorge. »Der Kommandant! Das Messer hat ihn im Gesicht getroffen!«

»Er hätte mich als Sklavin verkauft!«, schrie Ishraq zornig. »Und dich wollte er zu deinem Bruder zurückbringen. Warum sollten wir ihn schonen?«

»Du hättest ihn töten können!«

»Das ist mir egal! Du bist eine Närrin, dich um ihn zu sorgen!«

Isobel wandte sich zitternd an Bruder Peter. »Es ist eine Sünde, einen Menschen zu töten, ganz gleich unter welchen Umständen, nicht wahr?«

»Das ist richtig«, stimmte er zu. »Aber Ishraq hat in Notwehr gehandelt …«

»Es ist mir egal!«, wiederholte Ishraq. »Du bist verrückt, überhaupt einen Gedanken an ihn zu verschwenden. Er war unser Feind. Er hätte uns beide kaltblütig ermordet. Ich musste mich verteidigen. Aber wenn ich ihn hätte töten wollen, hätte ich auf seine Stirn gezielt. So hat er nur ein paar Zähne verloren.«

Isobel blickte zurück. Ein Teil der Besatzung hatte sich auf das Schiffswrack gerettet. Der Kommandant klammerte sich an eine der Planken, die sie ins Wasser geworfen hatten.

»Die Hauptsache ist, dass du und Ishraq gerettet seid«, sagte Luca. »Sie werden deinem Bruder Bericht erstatten müssen, fürs Erste seid ihr also in Sicherheit. Ihr habt euch tapfer geschlagen. Bedaure nicht deinen Mut, Isobel. Du hast uns alle gerettet.«

Sie lachte schwach. »Ich weiß selbst nicht, wie ich auf die Idee mit dem Anker gekommen bin.«

Ishraq umarmte sie fest. »Es war brillant«, sagte sie. »Ich hatte keine Ahnung, was du im Schilde führst. Aber es war der einzige Ausweg.«

»Ich bin darauf gekommen, als er sagte, dass er dich verkaufen würde.«

»Sonst wärst du mit ihm gegangen?«

Isobel nickte. »Aber ich konnte nicht zulassen, dass er dich als Sklavin verkauft.«

»Du hast das Richtige getan«, sagte Luca entschieden und warf Bruder Peter einen Blick zu.

Er nickte zustimmend. »Es war die gerechte Strafe«, sagte er bedächtig.

»Und was für ein Messerwurf!« Luca wandte sich an Ishraq. »Wo hast du gelernt, so zu werfen?«

»Meine Mutter legte großen Wert darauf, dass ich lerne, mich zu verteidigen«, erklärte Ishraq lächelnd. »Sie selbst hat mir das Messerwerfen beigebracht, und Fürst Lucretili hat mich von spanischen Meistern in der Kampfkunst unterrichten lassen. Dort habe ich auch gelernt, mit dem Langbogen umzugehen … und noch andere Dinge.«

»Wir sollten dem Herrn danken, dass wir gerettet sind«,

sagte Bruder Peter und griff nach dem Kruzifix, das er immer an seinem Gürtel trug. »Ihr habt Eure Sache gut gemacht. Ihr wart schnell und mutig.« Er wandte sich an Isobel. »Es tut mir leid, dass ich nicht für Euch lügen konnte.«

Sie nickte. »Ich kann es verstehen.«

»Und Ihr werdet beichten müssen, Bruder Luca«, sagte Bruder Peter streng. »Sobald wir in Venedig sind. Ihr habt Euren kirchlichen Eid verleugnet, eine ganze Reihe Unwahrheiten gesagt und ... eine Frau geküsst!«

»Aber doch nur, um die Lüge glaubwürdig erscheinen zu lassen«, verteidigte Isobel Luca.

»Er war ungemein glaubwürdig«, sagte Freize und zwinkerte Ishraq zu. »Man hätte meinen können, dass es ihm Spaß macht. Ich habe fast geglaubt, dass er sie küssen *wollte.* Und dass sie seinen Kuss erwidert hat. Ihr zwei habt mich wirklich zum Narren gehalten.«

»Ich werde dem Herrn für unsere Rettung danken«, sagte Bruder Peter und kniete sich in einiger Entfernung auf die Holzbohlen. Freize ging zum Heck, um mit dem Kapitän zu sprechen. Ishraq beugte sich über die Reling.

»Ich habe es nicht nur getan, um die Lüge glaubwürdig erscheinen zu lassen«, gestand Luca Isobel leise. »Ich hatte das Gefühl ...« Er verstummte. Er konnte nicht beschreiben, was er gefühlt hatte, als sie sich eng an ihn geschmiegt und sein Mund auf ihrem gelegen hatte.

Sie erwiderte nichts, sah ihn nur an. Er starrte wie gebannt auf die kleine Schleife, die ihren Umhang am Hals zusammenhielt. Sie zitterte sacht, weil ihr Puls so schnell ging.

»Es darf nicht wieder vorkommen«, murmelte Luca. »Ich werde bald mein Priestergelübde ablegen, und du bist eine vornehme, wohlhabende Dame. Solltest du ein Heer auf deine Seite bringen und dein Schloss und deine Ländereien zurückerobern, wirst du einen mächtigen Mann heiraten, vielleicht sogar einen Prinzen.«

Sie nickte, ohne eine Sekunde lang den Blick von seinem Gesicht abzuwenden.

»Für einen Moment habe ich mir gewünscht, dass es die Wahrheit wäre«, bekannte Luca mit einem schüchternen Lachen. »Dass wir wirklich verheiratet wären. Und die Ehe vollzogen hätten, wie der Mann gesagt hat. Aber ich weiß, es ist unmöglich.«

»Es ist unmöglich«, stimmte sie leise zu. »Völlig unmöglich.«

Venedig, Italien, Winter 1454

Als es wenige Stunden später hell wurde, erhoben sich die fünf Reisenden von ihren harten Sitzplätzen und gingen zum Bug, um nach Osten zu schauen. Die aufgehende Sonne färbte die fedrigen Wolken rosa und golden. Der Kapitän rief ihnen vom Heck aus zu, dass sie bald in die Lagune von Venedig einlaufen und, gelobt sei Gott, sicher das Land erreichen würden. Sie spürten, dass die Wellen sich legten und das Schiff ruhiger dahinglitt. Das Binnenmeer, das von einem Ring kleiner Inseln umschlossen wurde, lag so ruhig und sanft da wie ein See. An einigen Stellen war das Wasser so seicht, dass sie die Fischernetze unter der Wasseroberfläche sehen konnten. Tiefe Fahrrinnen führten um die Inseln herum, manche von ihnen waren nur durch einen einzelnen aus dem Wasser ragenden Pfosten gekennzeichnet.

Ishraq und Isobel fassten sich bei den Händen, während ihr kleines Schiff sich zwischen Dutzenden, Hunderten kleiner Inseln hindurchschlängelte. Einige von ihnen waren gerade groß genug, dass ein Häuschen mit Garten und mit einer Jolle oder einem kleinen Segelboot am Steg darauf Platz hatte. Manche der kleineren Inseln waren vollständig bewachsen oder von Schlick bedeckt und wurden nur von Watvögeln bevölkert, auf anderen Inseln befand sich ein einzelner Bauernhof mit wenigen reetgedeckten Gebäuden und Ackerland drum herum. Die größeren Inseln waren dicht besiedelt, Schiffe entluden und verluden Güter an den gemauerten Anlegern, die Schornsteine der niedrigen Häuser stießen dunkle Rauchwolken aus, und durch die Fenster war der rote Feuerschein der Öfen zu sehen.

»Glaser«, erklärte der Kapitän. »In der Stadt darf kein Glas geblasen werden, wegen der Feuergefahr. Die Venezianer haben entsetzliche Angst vor dem Feuer. Sie können nirgendwohin fliehen.«

Je näher sie der Stadt kamen, desto dichter bebaut waren die Inseln. Steinmauern befestigten die kleinen Landstücke, steinerne Treppen führten hinunter ans Wasser. Die größeren Inseln verfügten über gepflasterte Straßen und hin und wieder sogar über kleine Brücken, die sie mit der Nachbarinsel verbanden. Jedes Haus war von einem Garten umgeben. Die größeren Häuser standen hinter hohen Steinmauern, so dass die Reisenden nur die Wipfel der kahlen Bäume sehen und den Vogelgesang hören konnten.

»Wir fahren jetzt in den Canal Grande«, verkündete der Kapitän, als das Schiff auf einen breiten, gewundenen Wasserlauf glitt, der mitten durch die Stadt führte. »Er ist so etwas wie die Hauptstraße Venedigs. Die größte Hauptstraße der Welt.«

Imposante Häuser säumten den Kanal. Einige von ihnen hatten auf der Wasserseite große Eingangstüren oder sogar Tore, durch die Boote hereinfahren konnten, als wäre der Fluss ein willkommener Gast.

Isobel sah, wie sich eines dieser Wassertore öffnete und ein Boot herauskam, geschmeidig wie ein schwarzer Fisch. Am Heck stand ein in leuchtenden Farben gekleideter Mann, der ein einzelnes Ruder betätigte. Auf der Mittelbank saß ein Edelmann mit einem schwarzen Umhang um den Schultern und einem bestickten Hut auf dem Kopf. Sein Gesicht war hinter einer prächtig verzierten Maske verborgen, die nur seinen lächelnden Mund enthüllte.

»Oh! Seht nur!«, rief Isobel aus. »Was für ein schönes Boot! Es ist direkt aus dem Haus gekommen!«

»Das ist eine Gondel«, erklärte der Kapitän. »Die Venezianer nutzen sie zum Herumfahren, wie die Menschen an Land eine Sänfte oder einen Wagen nutzen. Jedes große Haus hat eine Wassertür, damit die Gondeln hinaus- und hineinfahren können.«

Isobel konnte den Blick nicht von dem hübschen Boot abwenden. Der Herr in der Gondel nickte mit dem Kopf und hob grüßend eine behandschuhte Hand.

»Karneval«, bemerkte Bruder Peter leise, als er die grelle Weste unter dem dunklen Umhang des Edelmanns und die leuchtend bunte Maske vor seinem Gesicht sah. »Wir hätten uns keinen schlechteren Zeitpunkt aussuchen können.«

»Was ist so schlimm am Karneval?«, fragte Ishraq neugierig und blickte der kleinen schwarzen Gondel und dem geheimnisvollen Maskierten hinterher.

»Zwanzig Tage der Sünde und des Lasters vor der Fastenzeit«, entgegnete er. »*Carnevale,* wie sie es nennen, ist nur ein anderes Wort für schändliches Betragen. Wenn wir hier Sünder aufspüren sollten, müssten wir einfach nur auf jeden zeigen, der vorbeikommt. Diese Stadt ist bekannt für das Laster. Wir sollten uns möglichst im Haus aufhalten und der endlosen Trinkerei und Tanzerei aus dem Weg gehen. Und allem Schlimmeren!«

»Sehr nur, was für ein prachtvolles Haus!«, rief Isobel aus. »Wie ein Palast! Habt ihr durch die Tür gesehen? Eine Steintreppe bis zum eigenen Anlegesteg! Und all die Fackeln!«

»Und schaut mal da!« Ishraq zeigte mit dem Finger nach vorn. Überall standen Häuser direkt am Ufer, die meisten von ihnen auf kleinen Inseln, die vollständig von Wasser umgeben und durch schmale, geschwungene Brücken miteinander verbunden waren. Zu ihrer Linken konnten die Reisenden hinter den hohen Dächern Kirchturmspitzen sehen; alle zwei oder drei Häuser weiter zweigte ein schmaler Wasserlauf von dem breiten Kanal ab, der tiefer ins Herz der Stadt hineinführte, um sich dort in noch engere Kanäle zu verästeln. Alle Wasserstraßen waren mit Gondeln und Lastenkähnen gefüllt, und auf den Stegen wimmelte es von Menschen. Die meisten von ihnen waren in phantastische Kostüme gekleidet; die Damen stolzierten auf unmöglich hohen Schuhen umher, einige von ihnen waren so hoch, dass ihre Kammerfrauen neben ihnen gehen und sie stützen mussten.

»Was tragen sie an den Füßen? Das sind ja Stelzen!«, rief Ishraq.

»Man nennt sie Chopinen«, sagte Bruder Peter. »Sie schützen die Füße und Kleider der Damen vor Unrat.« Wohlwollend betrachtete er die Frauen, die zwar nicht allein stehen konnten, aber prächtig aussahen in ihren schwingenden langen Kleidern, groß wie Riesinnen. »Die Heilige Kirche heißt sie gut«, fügte er hinzu.

»Ich hätte gedacht, dass die Heilige Kirche sie für eitlen Frevel hält«, entgegnete Ishraq verwundert.

»Nun, da es unmöglich ist, in ihnen zu tanzen oder auch nur allein herumzulaufen, gebieten sie der Sünde Einhalt«, erwiderte Bruder Peter. »Das ist von großem Vorteil.«

»Es ist wirklich so, wie alle sagen. Die Stadt ist auf Wasser gebaut«, staunte Isobel. »Die Häuser stehen Seite an Seite wie Schiffe im Hafen.«

»Ich habe nie etwas dergleichen gesehen«, sagte Freize. »Was machen wir nur mit den Pferden?«

»Der Kapitän wird sie aus der Stadt bringen, nachdem er uns abgesetzt hat«, erwiderte Bruder Peter. »Wenn wir sie brauchen, nehmen wir ein Boot und holen sie. Es gibt keine Pferde in Venedig. Alle nutzen Gondeln.«

»Und was ist mit den Waren für den Markt?«, fragte Freize.

»Sie werden mit dem Boot angeliefert und an den Stegen ein- und ausgeladen.«

»Und die Gasthäuser?«

»Nehmen Reisende auf, die mit dem Boot kommen und gehen. Sie haben keine Stallhöfe.«

»Und die Priester in den Kirchen?«

»Auch sie kommen und gehen mit dem Boot. Jede Kirche hat ihren eigenen Steg.«

»Aber wie transportieren sie die Steine für neue Bauwerke?«, fragte Freize, der Bruder Peter bei einer Flunkerei zu erwischen wähnte.

»Steine werden mit Lastenkähnen in die Stadt gebracht«, antwortete Bruder Peter. »Alles kommt mit dem Boot, wie ich es dir gesagt habe. Sogar das Trinkwasser wird in großen Kähnen herbeigeschafft.«

Das war zu viel für Freize. »Jetzt bin ich davon überzeugt, dass du mich beschwindelst«, sagte er. »Wenn es in dieser Stadt eines gibt, dann Wasser! Sie müssen mit Schwimmhäuten an den Füßen zur Welt kommen, diese Venezianer.«

»Sie sind ein seltsames und einzigartiges Volk«, stimmte Bruder Peter zu. »Sie regieren sich selbst, ohne einen König, sie haben weder Straßen noch Pferde, sie wohnen in der wohlhabendsten Stadt des Christenreichs, und sie leben auf dem Wasser und vom Wasser. Ihre Stadt wächst beständig, obwohl ihr einziges Gut der Handel ist. Sie haben die herrlichsten Kirchen gebaut und sie mit den phantastischsten Bildern verziert. Jede Kirche ist eine Schatzkammer heiliger Kunst. Und doch verhalten sie sich, als wäre Gott ihnen ebenso fern wie das Festland und als könnte man nur durch eine weite Reise zu ihm gelangen.«

Sie näherten sich dem Herzen der Stadt. Der breite Kanal war zu beiden Seiten von einer Mauer aus weißem istrischen Kalkstein gesäumt, deren Verlauf gelegentlich von einem kleineren Kanal unterbrochen wurde. Über viele der Nebenkanäle führten Holzbrücken, selten war auch eine steile weiße Steinbrücke zu sehen. Die kühle Brise verlor sich, und der Kapitän holte das Segel ein. Er übernahm das Ruder auf der einen Schiffsseite, sein Sohn das auf der anderen. Sie ruderten inmitten des regen Verkehrs, in dem die Gondoliere ständig ihren Warnruf ertönen ließen: *»Gondola! Gondola! Gondola!«*

Der Kanal war voller Fischerboote, flacher Kähne mit schwerer Güterladung und Fähren, die die Armen beförderten. Dazwischen flitzten kreuz und quer die wendigen Gondeln übers Wasser. Auf die beiden jungen Frauen, die in einem ruhigen Schloss auf dem Land aufgewachsen waren, wirkte das lebendige Treiben unglaublich aufregend und glanzvoll. Sie blickten nach links und rechts und konnten nicht fassen, was sie sahen. Jede Gondel beförderte Passagiere in dunklen Umhängen, die ihre Gesichter hinter bunten Karnevalsmasken verbargen. Die Frauen trugen unter ihren farbenprächtigen Kapuzen mit Federn geschmückte Masken, deren Gucklöcher so schmal wie Katzenaugen waren. Vor ihren Mund hielten sie sich juwelenbesetzte Fächer. Noch interessanter waren die Gondeln, deren kleine Kabinen verschlossen waren; in ihnen verbargen sich heimliche Liebende vor den Blicken der Öffentlichkeit, während der Gondoliere ungerührt am Heck stand und langsam ruderte. Manchmal folgte eine zweite Gondel der ersten mit Musikanten, die schmalzige Liebeslieder für das heimliche Paar spielten.

»Sünde, wohin man blickt«, sagte Bruder Peter seufzend und legte die Hand vor die Augen.

»Über den Canal Grande führt nur eine einzige Brücke«, erklärte der Kapitän. »An allen anderen Stellen muss man ihn mit dem Boot überqueren. Dies ist eine gute Stadt für einen Fährmann. Da vorne ist sie, die einzige Brücke: die Rialtobrücke.«

Sie war aus Holz gebaut und erhob sich steil, beinahe wie eine Turmspitze, viele Fuß über den Kanal. Sogar Segelschiffe konnten leicht unter ihr hindurchfahren. Auf der Brücke drängten sich Menschen, kleine Verschläge und Geschäfte. Ein nicht versiegender Strom von Fußgängern stieg auf der einen Seite die Stufen hinauf und auf der anderen Seite wieder hinunter, zwischendurch blieben die Menschen stehen, um etwas zu kaufen, Preise zu verhandeln, Geld zu wechseln oder sich über das hohe Geländer zu beugen und die Schiffe zu betrachten, die unter der Brücke hindurchfuhren. Es war ein einziges Gewimmel von Farben und Geschrei.

Die Piazza San Giacomo gleich neben der Brücke war von den hohen Häusern der Kaufleute gesäumt. An den offenen Fenstern und Türen standen Händler unterschiedlichster Herkunft und stellten die Flaggen und Trachten aller Länder des Christenreichs und vieler ungläubiger Völker zur Schau. Hier befanden sich auch die großen Häuser der venezianischen Bankiersfamilien. Seltsam kostümierte Menschen kamen und gingen, handelten und kauften in aller Ernsthaftigkeit, obwohl sie mit ihren großen Federhüten und den bunten, edelsteinbesetzten Masken wie fahrende Schausteller aussahen.

Auf dem Platz selbst hatten die Geldwechsler und Goldhändler ihre Tische unter dem Säulengang aufgestellt, ein Händler unter jedem Bogen. Sie handelten mit Münzen, Anleihen und kostbaren Metallen. Wenn Geld den Besitzer wechselte, wurden die Masken abgelegt, damit die Geschäftspartner sich in die Augen sehen konnten. Es waren auch osmanische Händler vertreten, deren bunte Turbane und herrliche Gewänder ebenso prächtig glänzten wie jedes Kostüm. Venedig hatte dem Handel des Osmanischen Reichs zu voller Blüte verholfen; der Reichtum des Ostens gelangte über die Tische der venezianischen Kaufleute nach Europa. Es gab keine andere Route nach Osten, und es gab keine leichtere Verbindung nach Russland. Venedig war das Herz des Welthandels, und die Reichen aus Ost und West, Nord und Süd strömten hierher.

»Rialto«, sagte Luca zu Freize. »An diesem Ort hält sich der Priester auf, Pater Pietro, der christliche Sklaven von den Osmanen zurückkauft, wenn es denn stimmt, was der Ungläubige gesagt hat. Das ist sie, das ist die Brücke, diesen Ort hat er gemeint. Vielleicht ist Pater Pietro in diesem Augenblick hier. Vielleicht kann ich schon bald meinen Vater und meine Mutter zurückholen.«

»Wir kommen her, sobald wir uns in unserem Haus eingerichtet haben«, versprach Freize. »Aber Spätzchen, vergiss nicht, dass der Ungläubige, Radu Bey, der Erzfeind deines Herrn ist. Auch wenn dein Herr mir kaum vertrauenswürdiger vorkam als er.«

Luca lachte. »Ich weiß. Du tust gut daran, mich zu warnen. Aber ich würde vom Teufel persönlich Rat annehmen, wenn ich dadurch meinen Vater und meine Mutter zurückholen könnte. Wenn ich mir vorstelle, sie endlich wiederzusehen … zu wissen, dass sie am Leben sind! Ich vermisse sie so sehr.«

Freize legte seinem Freund die Hand auf die Schulter. »Ich weiß«, sagte er. »Und sie vermissen dich – sie konnten dich nicht heranwachsen sehen. Wenn wir sie finden und aus der Sklaverei zurückkaufen können, wäre das wie ein Wunder. Ich sage nur, mach dir nicht zu große Hoffnungen. Sie wurden von osmanischen Sklavenfängern geraubt, und es war ein Osmane, der uns gesagt hat, wie wir sie zurückholen können. Nur weil er belesen und freundlich war, ist er noch lange nicht unser Freund.«

»Ishraq mochte ihn, und sie hat eine gute Menschenkenntnis«, wandte Luca ein.

Ein Schatten zog über Freizes ehrliches Gesicht. »Ishraq mochte ihn jedenfalls lieber als deinen Herrn«, vertraute er Luca an. »Aber ich würde ihrem Urteil über den Fremden nicht trauen. Ich weiß nicht, welches Spiel er mit ihr gespielt hat, als er auf Arabisch zu ihr gesprochen hat. Und ich weiß nicht, welches Spiel sie mit mir gespielt hat, als sie mir schwor, er habe nichts gesagt.«

»Hier ist Euer Palazzo«, verkündete der Kapitän. »Ca' de Longhi, gleich westlich der Piazza San Marco. Sehr schön.«

»Ein Palazzo?«, rief Isobel aus. »Wir werden in einem Palast wohnen?«

»Alle großen Häuser am Kanal sind Paläste, aber sie werden einfach *Casa* genannt – nur das Haus des Dogen wird als Palast bezeichnet«, erklärte der Kapitän. »Jedes einzelne Gebäude zählt zu den schönsten Palästen, die je gebaut wurden.«

»Wohnen hier Prinzen?«, fragte Ishraq. »In all diesen Palästen?«

»Keine Prinzen«, erwiderte er lächelnd. »Aber an Reichtum und Einfluss sind sie Prinzen und Königen ebenbürtig. Hier leben die Kaufleute von Venedig. Ihr werdet in dieser Stadt und im ganzen Land keine größere Macht finden!«

Er steuerte auf den Anleger vor dem Haus zu, stemmte sich fest gegen das Ruder und ließ das Schiff mit einem sanften Ruck halten. Er bewunderte die prachtvollen Fresken zu beiden Seiten der großen Wassertür und blickte Luca mit neuem Respekt an. Wenn dieser junge Mann es sich leisten konnte, einen solchen Palast zu beziehen, musste er wahrlich über das Vermögen eines Prinzen verfügen. »Hier wären wir, gnädiger Herr«, sagte er.

Freize entging sein berechnender Blick nicht, und er stieß den Kapitän mit dem Ellbogen an. »Wir zahlen das Doppelte wegen der Gefahren und Umstände«, sagte er knapp. »Und Ihr dankt es uns, indem Ihr den nächtlichen Überfall für Euch behaltet.«

»Selbstverständlich, Herr«, versprach der Kapitän und nahm den schweren Beutel voller Münzen entgegen. Er sprang flink auf die breiten Stufen, vertäute das Boot an

Bug und Heck und streckte eine Hand aus, um den Damen an Land zu helfen.

Isobel, Ishraq, Luca und Bruder Peter traten auf den steinernen Anleger vor ihrem Haus. Sie wechselten einen bedeutungsvollen Blick, wohl wissend, dass sie von jetzt an nicht aus der Rolle fallen durften. Der Personeneingang befand sich an der Querseite des Hauses, an die ein kleinerer Nebenkanal grenzte. Die Tür war geöffnet, und die Haushälterin kam ihnen eilig entgegen. Sie knickste beflissen und geleitete sie in die kühle, schattige Eingangshalle.

Wie immer führte der Weg die Reisenden zuerst in die Kirche, wo sie Gott für ihre sichere Ankunft danken wollten. Ishraq und Freize – die Ungläubige und der Diener – waren entschuldigt.

»Geh zur Rialtobrücke«, wies Luca Freize an. »Hör dich um, ob jemand diesen Pater Pietro kennt. Ich werde später selbst kommen und mit ihm sprechen.«

Luca, Bruder Peter und Isobel, die ihre Kapuze sittsam ins Gesicht gezogen hatte, verließen das Haus durch die kleine Seitentür und gingen die schmale Gasse entlang auf Piazza San Marco zu. Die großen Kirchenglocken riefen schallend zur Terz und ließen die Tauben von den Turmspitzen in den kalten blauen Himmel aufflattern. Viele Venezianer stolzierten in ihren schillernden Kostümen ebenfalls auf die Kirche zu.

Ishraq und Freize schlossen die Tür hinter ihren Gefährten und verharrten einen Augenblick lang in der stillen Halle.

»Darf ich Euch die Gemächer zeigen?«, fragte die Haushälterin und führte sie über die breite Marmortreppe in den Empfangssaal im ersten Stock, dessen riesige Fenster und schmaler Balkon zum Kanal hinausgingen. Der große Raum war behaglich warm, ein Feuer brannte im Kamin, und das Sonnenlicht strömte durch die Fenster herein. Von dem Raum gingen drei kleinere Zimmer ab.

Anschließend führte die Haushälterin sie in das Obergeschoss, das über die gleiche Anzahl an Zimmern verfügte. »Isobel und ich wohnen hier«, beschloss Ishraq. »Die Männer bekommen den ersten Stock.«

»Unterm Dach sind die Küche und die Kammern für die Bediensteten«, erklärte die Haushälterin und zeigte auf eine kleine Treppe, die weiter nach oben führte.

»Die Küche ist auf dem Dachboden?«, fragte Freize verwundert.

»Um das Haus vor dem Feuer zu schützen«, erwiderte sie. »Wir Venezianer fürchten nichts mehr als das Feuer, und wir haben nicht genug Platz, um die Wirtschaftsräume abseits des Haupthauses zu erbauen. Hinten liegen der Hof und der Garten, und vorne sind der Anleger und die Wassertür.«

»Bist du die Köchin?«, fragte Freize, dessen Magen sich bereits nach einem guten Mittagessen sehnte.

Sie nickte.

»Wir werden jetzt einige Besorgungen erledigen, aber wenn die Herrschaften aus der Kirche zurück sind, könnten wir alle eine Stärkung vertragen«, sagte er, um keine Missverständnisse aufkommen zu lassen. »Wir haben eine lange, kalte Nacht hinter uns und nichts als Brot und ein paar harte Eier im Magen. Ich für meinen Teil kann es kaum erwarten, die venezianischen Spezialitäten und deine Kochkünste kennenzulernen.«

Sie lächelte. »Ich werde alles für Euch richten. Nehmt Ihr die Gondel?«

Freize und Ishraq wechselten einen erfreuten Blick. »Können wir?«, fragte Ishraq.

»Gewiss«, erwiderte sie. »Es ist die einzige Möglichkeit, sich in dieser Stadt fortzubewegen.« Sie führte sie über die Marmortreppe ins Erdgeschoss und an den Anleger vor dem Haus, wo ihre Gondel auf und ab schaukelte. Auf ihr Winken hin trat ein Diener aus dem Torbogen, wischte sich den Mund ab und setzte seinen leuchtenden Federhut auf.

»Giuseppe«, stellte sie ihn vor. »Er fährt Euch, wohin Ihr wollt, wartet auf Euch und bringt Euch wieder zurück.«

Der Gondoliere zog das Boot dicht an den Anleger und streckte die Hand aus, um Ishraq an Bord zu helfen. Freize folgte ihr ungeschickt, und Ishraq stieß einen Schrei aus, als das Boot zu schlingern begann. Dann lachte sie.

»Daran werde ich mich erst gewöhnen müssen«, sagte Freize. »Ich vermisse meinen Rufino jetzt schon. Wie wird es ihm ohne mich wohl ergehen?« Er wandte sich an Giuseppe. »Kannst du uns zur Rialtobrücke bringen?«

»Natürlich«, sagte der Bootsmann und löste das quastengeschmückte Seil, das die Gondel an der Mauer hielt. Er trat auf die Plattform am Heck und lenkte das Boot mit einem einzigen gewandten Ruderschlag vom Anleger in den wuseligen Wasserverkehr auf dem Canal Grande.

Freize und Ishraq saßen auf der Holzbank in der Mitte des Bootes und blickten staunend um sich, während die Gondel durch den belebten Kanal glitt. Krämer und Händler waren auf kleinen Schiffen unterwegs, näherten sich den Booten und boten ihre Ware feil; Jollen und Ruderboote bahnten sich ihren Weg durch den Verkehr, und große Kähne, die Holz oder Steine geladen hatten, fuhren in der Mitte des Kanals. Sie wurden von kräftigen Ruderern bewegt, die dem stetigen Schlag einer Trommel folgten. Freize und Ishraq – der blonde, rundgesichtige junge Mann und das dunkelhäutige, schwarzhaarige Mädchen – zogen in ihrer prunkvollen Gondel die Blicke auf sich, als der Gondoliere schwungvoll vor der Rialtobrücke anlegte. Er sprang ans Ufer und reichte Ishraq die Hand.

Sie zog die Kapuze ihres Umhangs über den Kopf und legte den Schleier vor das Gesicht, als sie an Land trat. Ihr Blick fiel auf Dienerinnen und Arbeiterinnen, Bettler, Ladenbesitzer und Frauen, die in grellbunten Kleidern und mit dick geschminkten Gesichtern in aberwitzig hohen Schuhen umherstolzierten. Doch es waren keine adligen Damen oder Herren auf dem breiten gepflasterten Platz vor der Brücke zu sehen, und an den Fenstern der Handelshäuser standen Männer in dunklen Anzügen und mit ernsten Gesichtern, denen der Anblick einer jungen Frau inmitten der Kaufleute zu missfallen schien.

»Was glaubst du, wo Pater Pietro sich aufhält?«, fragte Freize und sah sich suchend um.

Der Platz war so überfüllt, dass Ishraq nur staunend den Kopf schütteln konnte. Einige Schaulustige hatten sich um einen Schlangenbändiger versammelt. Der Korb mit der Schlange schaukelte leicht, während der Mann auf seiner Flöte spielte. Der Strohdeckel hob sich, und ein dunkles Auge und eine bedrohlich gespaltene Zunge wurden sichtbar. Geldwechsler hatten ihre Tische im Schutz des breiten Säulengangs aufgestellt und tauschten Geld aus einer Währung in eine andere. Die Perlen auf dem Rechenbrett klapperten wie Kastagnetten, wenn die Männer den Wert berechneten. Am Ufer des Kanals stand ein alter Fischer und verkaufte seinen Fang direkt aus dem Boot. Der große Fischmarkt hatte schon bei Sonnenaufgang geöffnet, und mittlerweile waren die Waren dort längst ausverkauft. Kaufleute gingen in den großen Handelshäusern am Rande des Platzes ein und aus, Botenjungen mit Körben auf den Köpfen und unter den Armen flitzten herum, Einkäufer drängten sich in den kleinen Geschäften zu beiden Seiten der Rialtobrücke, und Händler riefen ihre Ware von den schaukelnden Booten am Ufer aus. Menschen aus aller Herren Länder waren vertreten; sie kauften, verkauften, stritten und strichen Gewinne ein – von den deutschen Kaufmännern in ihren dunklen Anzügen bis hin zu den prächtig gekleideten Händlern aus dem Osmanischen Reich. Manche kamen sogar aus noch entlegeneren Gegenden.

»Wir müssen jemanden fragen«, sagte Ishraq, fasziniert von der geschäftigsten Handelsstadt der Welt. »Er könnte neben uns stehen, und wir würden es nicht wissen. Er könnte zwei Schritte entfernt sein, und wir würden ihn übersehen. Ich habe noch nie ein solches Getümmel erlebt. Ich habe noch nie so viele Menschen auf einem Haufen gesehen, nicht einmal in Spanien.«

»Es ist wie in der Hölle«, erklärte Freize nüchtern. »Ist ja klar, dass da was los ist.«

Ishraq lachte und sah sich suchend nach jemandem um, den sie fragen konnten, einen Priester oder einen Mönch, als sie die Spielerin entdeckte.

Das Mädchen kniete am Boden und hatte eine der weißen Marmorplatten mit feinem Sand bedeckt, um das Spielfeld zu kennzeichnen. Eine kleine Traube Schaulustiger hatte sich bereits um sie geschart. Es war das altbekannte Hütchenspiel. Ishraq hatte es als kleines Mädchen im Schloss von Lucretili kennengelernt, als ein fahrender Gaukler ihr mit dem simplen Trick ihr Taschengeld abgeluchst hatte, und später hatte sie es in Spanien gesehen, wo man ihr sagte, dass es aus dem alten Ägypten stamme.

Auf dem Boden standen drei umgedrehte Hütchen, unter einem von ihnen befand sich eine kleine Kugel. Die Spielerin bewegte die Hütchen mit beeindruckender Geschwindigkeit, dann lehnte sie sich zurück und lud die Zuschauer ein, ihre Münzen vor das Hütchen zu legen, unter dem sie die Kugel vermuteten.

Es war das einfachste Spiel der Welt. Alle wussten ja, wo die Kugel lag, alle hatten ja zugesehen, als die Hütchen bewegt wurden. Dann hob die Spielerin die Hütchen hoch und – *voilà!* – die Kugel war nicht unter dem Hütchen, das die Menge gewählt hatte. Die Spielerin hob ein anderes Hütchen hoch, darunter lag die Kugel. Sie nahm die Münzen auf, zeigte die leeren Hütchen, zeigte die kleine Kugel – in diesem Fall eine wunderschöne milchige Glasperle –, legte sie wieder unter ein Hütchen, bat die Zuschauer, genau hinzusehen und bewegte die Hütchen erst langsam, dann immer schneller.

Ishraq interessierte sich vor allem für das Mädchen. Sie war etwa achtzehn Jahre alt und trug ein einfaches braunes Kleid mit einer bescheidenen Kapuze. Ihr konzentriertes Gesicht war auf die Hütchen gerichtet, doch als sie den Kopf hob, zeigten sich ihre dunklen Augen und ihr strahlendes Lächeln. Sie setzte sich auf die Fersen, nachdem sie die Hütchen bewegt hatte, blickte in die Menge und sagte mit absoluter Vertrauenswürdigkeit: »Meine Herren, meine Damen … Wollt Ihr nicht setzen?«

Niemand, der sie sah, hätte auch nur einen Augenblick lang an ihrer Aufrichtigkeit zweifeln können. Schließlich hatten sie alle dem Spiel zugesehen, im hellen Tageslicht. Die Kugel musste dort sein, wo sie sie ganz zu Anfang hingelegt hatte: unter dem mittleren Hütchen, das sie nach links gezogen, dann zurück in die Mitte geschoben und nach rechts gedreht hatte, bevor sie die anderen Hütchen in einem offensichtlichen Ablenkungsversuch vertauscht und das Hütchen mit der Kugel zurück an seinen ursprünglichen Platz geschoben hatte.

»Es ist in der Mitte«, flüsterte Freize Ishraq ins Ohr.

»Ich wette mit dir, dass es nicht in der Mitte ist«, sagte Ishraq. »Ich habe es verfolgt, dann aber verloren.«

»Ich habe es die ganze Zeit im Auge behalten! Es ist in der Mitte!« Freize fummelte ein paar Münzen hervor und legte einen Piccoli, einen Silberpfennig, vor das mittlere Hütchen.

Das Mädchen wartete, bis alle ihre Einsätze gemacht hatten, die meisten von ihnen wie Freize vor das mittlere Hütchen. Dann hob sie es hoch: leer. Sie klaubte alle Münzen zusammen, die die Zuschauer vor das leere Hütchen auf den Stein gelegt hatten und ließ sie in die Tasche ihrer Schürze gleiten. Dann zeigte sie ihnen das leere Hütchen auf der linken Seite und schließlich die Murmel unter dem rechten Hütchen. Niemand hatte richtig geraten. Mit einem fröhlichen Lächeln ermunterte sie die Schaulustigen, ihr Glück noch einmal zu versuchen. Sie glättete den Sand mit den Händen, legte die Murmel auf die linke Seite und bewegte wieder schnell die Hütchen.

Ishraq beobachtete diesmal nicht die Hütchen, sondern einen älteren Mann, der langsam durch die Menge wanderte und immer in der Nähe der Spielerin blieb. Er sah aus, als wäre er selbst ein Spieler, sein Blick war durchdringend und wachsam, sein Hut tief in die Stirn gezogen, sein Lächeln gefällig. Aber er beobachtete die Menge, nicht die schnell umherfliegenden Hände des Mädchens.

»Das ist der Anreißer«, sagte Ishraq halblaut zu Freize.

»Der was?«

»Der Anreißer – ihr Partner. Er lenkt die Menge genau in dem Augenblick ab, in dem sie die Hütchen vertauscht. Aber ich glaube, dafür ist sie zu gut. Sie braucht niemanden, der die Zuschauer ablenkt, er muss nur die Menge beobachten und aufpassen, ob es Ärger gibt. Wenn sie fertig ist, nimmt er ihr sicher das Geld ab und bringt sie nach Hause.«

Freize hob kaum den Blick, so sehr fesselte ihn das Spiel. »Dieses Mal weiß ich sicher, wo die Murmel ist.«

Ishraq lachte und verpasste ihm einen Knuff. »Du wirst dein ganzes Geld verspielen«, prophezeite sie. »Das Mädchen ist sehr gut. Sie hat flinke Hände und spielt ihre Rolle hervorragend. Sie sieht am ruhigsten aus, wenn ihre Hände am schnellsten sind. Und sie lächelt wie ein unschuldiges Kind.«

Freize, der sich seiner Fähigkeiten sicher war, schüttelte Ishraqs Hand ab. Wieder legte er einen Piccoli vor ein Hütchen, diesmal vor das linke, und das Mädchen schenkte ihm einen schelmischen Blick. Sie hob die Hütchen. Die Murmel war unter dem rechten.

»Nein, so was!«, rief Freize aus.

Ishraqs dunkle Augen lächelten ihn über ihren Schleier hinweg an. »Wie viel Geld hast du?«, fragte sie. »Sie werden dir mit Freuden alles abknöpfen, wenn du närrisch genug bist, es ihnen zu geben.«

»Ich habe es doch gesehen, ich war mir ganz sicher!«, rief Freize. »Das ist Zauberei!«

Das Mädchen zwinkerte ihm zu.

»Das ist ein schlaues Spiel, und du bist eine gewitzte Spielerin«, sagte Freize. »Verlierst du je?«

»Natürlich«, erwiderte sie mit einem leichten französischen Akzent. »Aber meistens gewinne ich. Das Spiel ist einfach, es zerstreut die Menschen, und ich verdiene mir ein paar Pfennige.«

»Mehr als ein paar Pfennige«, stellte Ishraq fest und begutachtete den kleinen Stapel Silbermünzen, den das Mädchen zusammenklaubte.

»Willst du dein Glück noch einmal versuchen?«, fragte das Mädchen.

»Das will ich!«, erklärte Freize. »Aber meinen Glückspfennig darf ich nicht verlieren.«

Sorgsam holte er einen Pfennig aus der Brusttasche seiner Jacke, küsste ihn und steckte ihn zurück. Das Mädchen strahlte ihn mit funkelnden Augen an.

»Ich hoffe, dieses Mal lacht dir das Glück«, sagte sie. »Bislang hat es noch nicht viel für dich getan.«

»Das wird es«, versicherte er. »Dieses Mal werde ich dich keine Sekunde aus den Augen lassen!«

Sie lächelte und zeigte ihm die drei leeren Hütchen. Freize hockte sich vor das Mädchen und nickte, als es die Murmel auf den Boden legte und das mittlere Hütchen darübersetzte. Er beobachtete, wie sie es nach rechts, dann im Bogen ganz nach links schob, ein anderes Hütchen darüberhob und es wieder nach links rückte. Es folgte ein schwindelerregendes Durcheinander, als sie mehrere Hütchen herumwirbelte, dann hielt sie still.

»Wo ist die Kugel?«, fragte sie herausfordernd.

Freize nahm alle Münzen aus seinem Geldbeutel und legte sie vor das linke Hütchen. Die Umstehenden, die zugesehen hatten, legten ebenfalls ihre Münzen ab.

Mit einem kleinen Lachen hob das Mädchen das linke Hütchen. Es war leer. Dann hob sie das mittlere Hütchen, unter dem die schimmernde Murmel lag.

Freize lachte und schüttelte den Kopf. »Ein gutes Spiel. Du hast mich ausgetrickst!«, gab er zu.

»Das ist Betrug!«, sagte jemand mit harter Stimme hinter ihm. »Ich habe fast eine ganze Silberlira verspielt und schaue schon eine halbe Stunde lang zu. Ich weiß nicht, wie sie es macht.«

»Das ist ja das Gute daran«, entgegnete Freize lächelnd. »Wenn Ihr sehen könntet, wie sie es macht, wäre es ein Kinderspiel. Aber das hübsche Ding hat die schnellsten Hände, die ich je gesehen habe. Ich kann auch nicht sagen, wie sie es macht, und ich hatte meine Nase geradezu in den Hütchen.«

»Es ist Betrug. Man sollte diese Betrügerin aus der Stadt werfen«, sagte der Mann barsch. Er sah aus wie ein verdrießlicher Narr mit seinem leuchtend blauen Kostüm und seiner Kappe samt Glöckchen, das klingelte, wenn er den Kopf herumwarf. »Du gehörst wahrscheinlich auch zu der Bande.«

»Der Bande?«, wiederholte Freize langsam. »Welche Bande soll das sein?«

»Die Bande, die sie schickt, um ehrlichen Bürgern ihr hartverdientes Geld aus der Tasche zu ziehen.«

Freize sah zu den Begleitern des verärgerten Mannes. »Vielleicht wollt Ihr Euren Kameraden nach Hause begleiten?«, schlug er freundlich vor. »Ein schlechter Verlierer ist nirgends gern gesehen.«

»Ich werde sie beim Dogen anzeigen!«, rief der Mann mit lauter werdender Stimme, und das Glöckchen bimmelte grotesk an seinem nickenden Kopf. »Ich habe Freunde im Palast, ich kenne mehrere Männer aus dem Rat der Vierzig. Ich werde eine Anklage einreichen, wie es meine Bürgerpflicht ist. Diese Stadt muss sich auf die Ehrlichkeit seiner Händler verlassen können! Wir Venezianer mögen keine Betrüger.«

Freize erhob sich, um dem Mann einen Eindruck seiner Größe und seiner breiten Schultern zu vermitteln. Ishraq bemerkte, dass das Mädchen die Münzen in einen Beutel steckte, den es unter dem Kleid verbarg, und einen schnellen Blick mit seinem Komplizen wechselte. Unauffällig schob sich ihr Partner durch die Menge, bis er zwischen ihr und dem aufgebrachten Spieler stand. Für ein Mädchen, das sein Geld mit Glücksspiel auf der Straße verdiente, schien sie dieser kleine Zwischenfall erstaunlich stark zu beunruhigen. Ishraq hätte erwartet, dass sie Streitereien gewöhnt war.

»Das ist nicht unsere Angelegenheit«, sagte Ishraq leise und legte Freize eine Hand auf die Schulter. »Wir wollen keine Aufmerksamkeit erregen. Lass uns gehen.«

»Ich will mein Geld zurück!«, sagte der Mann laut, warf seinen Umhang über die Schultern und legte seine blauen Handstulpen ab, als würde er sich auf einen Faustkampf vorbereiten. »Jetzt.«

Der Anreißer trat neben das Mädchen, das sich gebückt hatte, um den Sand zu glätten. Beinahe kauernd hielt sie den Kopf gesenkt, als Freize das Wort ergriff.

»Einen Augenblick«, sagte Freize, ohne Ishraqs Warnung zu beachten. »Ihr habt gewettet, unter welchem Hütchen die schöne Kugel war?«

»Ja!«, sagte der Mann. »Immer wieder.«

»Und hattet Ihr unrecht?«

»Ja! Immer wieder!«

»Und habt Ihr Geld gesetzt?«

»Sechsmal!«

»Sechsmal!«, staunte Freize. »Dann habe ich einen guten Rat für einen weisen Mann wie Euch. Verschwendet Eure Zeit nicht hier. Geht an die Universität.«

Der Mann stutzte und fragte: »Warum? Wie meint Ihr das?«

Die Umstehenden warteten gespannt auf Freizes Antwort. Der Anreißer hielt sich schützend in der Nähe des Mädchens, das ebenfalls neugierig Freize ansah.

»An der Universität von Padua studieren die Gelehrten jahrelang. Und Ihr habt heute Morgen sechs Versuche gebraucht, um herauszufinden, dass ihre Hände schneller sind als Eure Augen. Seht Ihr, wie lange Ihr braucht, um das Offensichtliche zu erkennen? Denkt nur, wie lange Ihr in Padua studieren könntet. Ein Leben lang! Ihr könntet Philosoph werden.«

Die Freunde des Mannes brachen in Gelächter aus, klopften ihm auf die Schultern, riefen: »Philosoph!«, und zogen ihn mit sich. Ishraq blickte ihnen nach, während das Mädchen das Spiel wieder aufbaute. Der kleine Streit hatte noch mehr Schaulustige angelockt, und dieses Mal gab es mehr Einsätze auf alle Hütchen, so dass die Spielerin gezwungen war, einige Gewinne auszuzahlen. Sie steckte die Silbermünzen in ihren Beutel und gab zwei Viertelnobel heraus, dann nahm sie ihre Hütchen und ihre Kugel und kehrte den weißen Sand in die Ritzen zwischen den Steinen, um den Zuschauern zu verstehen zu geben, dass das Spiel für diesen Tag beendet war.

»Ich danke dir«, sagte sie zu Freize, während sie ihr kleines Bündel schnürte.

»Ich danke *dir*«, entgegnete Freize. »Ich bin neu in der Stadt, und es war mir ein Vergnügen, einem hübschen Mädchen bei der Arbeit zuzusehen. Wie heißt du, Schätzchen?«

»Jacinta«, sagte sie. »Und dies ist mein Vater, Drago Nacari.«

»Es freut mich, Eure Bekanntschaft zu machen«, sagte Freize, zog den Hut und lächelte, während sie sich aufrichtete und ihrem Vater den schweren Geldbeutel reichte.

»Kennst du einen Priester namens Pater Pietro?«, fragte Ishraq, um Freize an ihren Auftrag zu erinnern.

Jacinta nickte. »Jeder kennt ihn. Er sitzt immer da drüben, am Fuß der Brücke. Er hat einen kleinen Tisch und eine große Liste mit vielen, vielen Namen versklavter Menschen, die armen Seelen. Er kommt jeden Tag nach der Sext. Ihr werdet ihn dort finden, wenn die Glocke eins geschlagen hat.« Sie machte eine kleine Verbeugung und wandte sich ab. Ihr Vater legte grüßend einen Finger an den Hut und folgte ihr. Freize sah ihnen nach.

»Ich glaube, ich bin verliebt«, seufzte er.

»Du bist hoffnungslos wankelmütig«, sagte Ishraq. »Du hast Isobel ewige Treue geschworen, du hast darauf bestanden, dass ich dich küsse, du hast mit der Wirtin in Piccolo geschäkert, und jetzt stellst du einem Mädchen nach, das nichts Besseres zu tun hat, als dir dein Geld aus der Tasche zu ziehen.«

»Aber ihre Hände!«, rief Freize. »So schnell! Und so leicht! Denk nur, welch herrliche Kuchen sie ihrem Ehemann backen würde! Mit diesen flinken Händen könnte sie wahre Wunder vollbringen.«

Ishraq kicherte bei dem Gedanken, dass Freize die junge Frau anhimmelte, weil er sie für eine gute Bäckerin hielt. »Sollen wir auf Pater Pietro warten?«

Freize nickte. »In der Zwischenzeit könnten wir etwas Geld wechseln. Ich habe ein paar Münzen aus dem Geldbeutel von Lucas Herrn eingesteckt. Luca muss die Goldmünzen untersuchen, sein Herr hat ihm befohlen, sie unter die Lupe zu nehmen. Lass uns sehen, ob einer der Wechsler englische Nobel hat.«

Sie gingen zu den langen aufgebockten Tischen hinüber, an denen die Geldwechsler saßen. Jeder von ihnen hatte eine kleine Kreidetafel neben sich, auf der er immer wieder den aktuellen Wechselkurs seiner Münzen notierte. An einem der Tische ging es besonders munter zu. Davor standen Männer, die mit dem Geldwechsler ins Geschäft kommen wollten. Während Freize und Ishraq nähertraten, änderte er sein Schild, auf dem nun zu lesen war:

Zwei venezianische Dukaten gegen einen englischen Nobel.

Ishraq tippte Freize an. »Er hat sie«, sagte sie leise. »Dieser jüdische Geldwechsler verkauft englische Nobel, und anscheinend zu einem besseren Kurs als die anderen.«

Als sie an der Reihe waren, trat Freize auf den Mann zu. Bis auf das leuchtend gelbe Abzeichen an seiner Brust war er ganz in Schwarz gekleidet; sein schwarzes Haar trug er aus dem glattrasierten Gesicht geflochten und auf seinem Hinterkopf saß eine kleine schwarze Kappe, die Kippa. Seine Finger glitten emsig auf dem abgenutzten Rechenschieber hin und her. Vor ihm auf dem Tisch standen zwei verschlossene Truhen, und hinter ihm stand ein junger Mann, der für seinen Schutz sorgen sollte.

»Ich möchte Geld wechseln«, erklärte Freize höflich.

»Guten Tag«, sagte der Mann. »Heute habe ich nur englische Nobel. Ihr Wert liegt derzeit bei zwei venezianischen Dukaten.«

»Einen guten Tag auch Euch«, erwiderte Freize den Gruß. »Ist das ein guter Kurs? Ich bin neu in der Stadt.«

»Ich bin Israel der Geldwechsler. Ich sage Euch, Ihr werdet keinen besseren Preis finden.«

Freize nahm seinen Geldbeutel und leerte ihn auf dem Tisch aus, dann wühlte er in allen Taschen seiner Reithose und seiner Jacke, durchsuchte sogar sein Hutband und zog aus den unwahrscheinlichsten Stellen Münzen hervor wie ein Zauberer.

»Was machst du da?«, fragte Ishraq belustigt.

»Man kann nie vorsichtig genug sein«, erwiderte Freize. »Du klaust mir meinen Geldbeutel? Pech gehabt, die Hälfte meines Vermögens steckt in meinem Hut!«

Der Geldwechsler begann, Kupfer, Silber, Bronze und Blechmünzen zu sortieren und zu wiegen.

»Habt Ihr viel englisches Gold?«, fragte Freize beiläufig.

»Ich kaufe nur Gold der besten Qualität«, erwiderte der Mann. »Ende letzten Jahres ist eine große Anzahl dieser englischen Nobel in Umlauf gekommen. Sie sind ausgezeichnet, bessere kann man nicht bekommen. Die Münzen bestehen aus purem Gold, nicht mehr und nicht weniger.«

Er begann, die Münzen in einer penibel ausgerichteten

Waage mit Hilfe winziger Gewichte zu wiegen, das kleinste hatte die Größe eines Weizenkorns. »Wie ich sehe, seid Ihr weit herumgekommen«, bemerkte er. »Ihr habt Münzen aus Rom und Ravenna und auch aus dem Westen des Landes.«

»Ich stehe im Dienst eines Herrn aus dem Westen Italiens«, gab Freize die Geschichte wieder, auf die sie sich geeinigt hatten. »Ein junger Adliger, der in die Stadt gekommen ist, um sich im Handel zu versuchen. Er besitzt Anteile an einer Schiffsladung, die dieser Tage einlaufen soll.«

»Er hätte sich keine bessere Stadt aussuchen können. Ich wünsche ihm Glück«, erwiderte der Mann. »Sagt ihm, dass er zu mir kommen soll, wenn er einen gerechten Goldpreis will. Und nun …«, er unterbrach sich und betrachtete die Waage. »Ich bedaure, aber nicht alle Eure Münzen sind gut. Von einigen wurde Metall abgeknipst oder abgerieben.«

Freize zuckte die Schultern. »Das ist das Glück der Straße. Ich vertraue darauf, dass Ihr gerecht mit mir handelt. Oh!«, rief er dann aus. »Das hatte ich vergessen.« Er beugte sich über den Tisch und nahm einen Kupferpfennig auf. »Den hätte ich nicht dazulegen sollen«, sagte er. »Das ist mein Glückspfennig. Ich will ihn nicht wechseln. Ich behalte ihn als Glücksbringer bei mir.«

»Seit wann hast du einen Glückspfennig?«, fragte

Ishraq. »Ich dachte, das hättest du dem Mädchen nur erzählt. Warum bringt er dir Glück?«

»Ich hatte ihn bei mir, als die Flutwelle mich erfasst hat und alles aus meinen Taschen riss, bis auf diesen Pfennig«, sagte Freize. »Siehst du? Er wurde in der päpstlichen Münzgießerei im Vatikan geprägt, in meinem Geburtsjahr. Er ist wie ein Amulett. Was könnte ein besserer Glücksbringer sein?«

Der Händler machte eine kleine Verbeugung, legte die restlichen Kupfermünzen in die Waagschale, balancierte sie aus und zeigte Freize das Ergebnis. »Das ist Euer Kupfer.«

»Nicht schlechter als erwartet«, sagte Freize fröhlich. »Und nun das Silber.«

»Ich kann Euch für alles zusammen einen halben Nobel geben«, erklärte der Händler.

»Einverstanden«, erwiderte Freize.

Der Mann legte die Kupfermünzen in einen kleinen Beutel und das Silber in eine der Truhen auf dem Tisch. Er öffnete die andere Truhe, und bevor Ishraq mehr als einen flüchtigen Blick auf das Gold erhaschen konnte, hatte er bereits einen halben englischen Nobel herausgeholt und Freize überreicht.

»Wollt Ihr ihn nicht wiegen?«, fragte Ishraq. »Vertraut Ihr dem Gewicht des englischen Nobels?«

Der Geldwechsler verbeugte sich wieder. »Aus diesem

Grund will jeder die englischen Münzen. Sie haben alle, ohne Ausnahme, das volle Gewicht.«

Zuversichtlich warf er die Münze in die Waagschale. »Vierundfünfzig Gramm«, sagte er. »Ein voller Nobel wiegt einhundertacht Gramm. Immer. Es sind perfekte Münzen.«

»Er sieht aus wie neu!«, rief Freize. »Wie frisch geprägt.«

Der Mann nickte. »Wie gesagt, es sind edle Münzen«, bestätigte er.

»Aber warum sind sie so fein und glänzend?«, fragte Ishraq. »Sie müssen doch den weiten Weg von der königlichen Münzgießerei aus England hinter sich haben.«

Der Mann zuckte die Schultern. »In Wahrheit kommen sie aus der Münzgießerei des englischen Königshauses in Calais«, sagte er knapp. »Man erkennt es an der Inschrift, wenn man genau hinsieht.«

»Kaum zu glauben, dass es echte Münzen sind«, sagte Freize und dachte an die zerschrammten Geldstücke, die er sonst bei sich hatte, Münzen, an denen Menschen geschabt und geknipst hatten, um etwas von ihrem Wert abzutragen, oder die der jahrelange Gebrauch abgenutzt hatte.

»Steckt sie weg, bevor jemand sie Euch abnimmt«, riet der Händler. »Und bevor die Leute denken, dass etwas nicht damit stimmt.« Er warf einen Blick auf die anderen Tische. Einige Händler beobachteten sie. »Wir alle tauschen hier Geld. Diese Stadt lebt vom Handel wie vom Wasser. Niemand will, dass jemand eine Münze zu lange betrachtet und ihren Wert anzweifelt. Für einen Piccoli bekommt Ihr einen Laib Brot und einen Fisch fürs Abendessen. Sagt den Leuten, dass ein Piccoli nicht einen ganzen, sondern lediglich einen halben Pfennig wert ist, und Ihr bekommt nur noch das Brot, nicht aber den Fisch. Das Vertrauen in die Währung ermöglicht den Handel in dieser Stadt. Wir mögen es nicht, wenn man unsere Münzen anzweifelt. Unsere Münzen sind gut, und diese Nobel sind außergewöhnlich gut, alle anderen handeln sie für mehr als zwei Dukaten. Ich werde morgen ebenfalls den Preis erhöhen. Ihr habt Glück, dass Ihr die Münze heute noch zu dem Preis bekommen habt. Nehmt sie oder lasst es bleiben.«

»Es lag mir fern, ihre Qualität anzuzweifeln«, beschwichtigte Freize den Mann. »Im Gegenteil, ich habe ihre Schönheit bewundert. Habt Dank für Eure Geduld.«

Er verneigte sich höflich vor dem Geldwechsler, dann wandten Ishraq und er sich um und schlenderten auf die Rialtobrücke zu. »Lass mich mal sehen«, sagte Ishraq neugierig. »Wie sieht so ein Nobel aus?«

Freize reichte ihr die Münze. Sie glänzte wie frisch geprägtes und poliertes Gold. Auf der einen Seite befand sich das Bild eines Königs am Bug seines Schiffs, auf der anderen eine achtblättrige Wappenrose. In der englischen

Währung war sie drei Schilling und vier Pence wert, ein sechstel Pfund; in Venedig konnte man sie heute gegen zwei Golddukaten tauschen, schon morgen konnte sie mehr oder weniger wert sein.

»Sieht aus wie neu«, bemerkte Freize. »Ganz gleich, was er sagt.«

»Aber wer sollte falsche englische Nobel in Venedig prägen?«, fragte Ishraq.

»Genau dieser Frage soll Luca nachgehen«, erwiderte Freize. »Aber ich frage mich, warum Lucas Herr sich so dafür interessiert. Falschgeld ist doch wohl kaum ein Vorzeichen für das Ende der Tage? Es ist sicherlich keine heilige Ermittlung wert. Warum soll Luca als Ermittler des Ordens der Finsternis die Quelle gefälschter Goldmünzen in Venedig ausfindig machen? Dieses Rätsel erscheint mir ziemlich irdischer Natur für einen Orden, der im Auftrag des Papstes den Zeitpunkt des Weltuntergangs bestimmen soll. Was kümmern den Papst englische Nobel?«

In Ishraqs skeptischem Blick erkannte er seine eigenen Zweifel an Lucas Herrn. »Ah, du kannst ihn also auch nicht leiden«, sagte er leise.

»Ich kenne ihn nicht«, entgegnete sie. »Wer kennt ihn schon? Er zeigt niemandem sein Gesicht. Er hat uns nichts weiter gesagt, als dass wir unter falschem Namen nach Venedig reisen und das Geheimnis der Goldmünzen ergründen sollen. Er erteilt Luca und Bruder Peter Befehle, aber er gibt uns keinen Grund, ihm zu vertrauen. Er hasst die Osmanen wie Gift – gut, das kann ich verstehen, sie haben Konstantinopel erobert, und er glaubt, wenn sie nach Rom gelangen, endet die Welt. Aber ich weiß nicht, wie man einem Mann trauen soll, der sein Leben lebt, als drohe ihm jeden Moment der Untergang. Seine ganze Arbeit, sein ganzes Tun ist auf das Ende der Welt ausgerichtet. Er ist zornig und feige zugleich. Nein, ich mag ihn wirklich nicht.«

»Und deshalb hast du seinen Feind ins Haus gelassen«, sagte Freize trocken.

»Ich habe ihn *aus* dem Haus gelassen«, korrigierte sie ihn. »Ich habe Radu Bey auf der Treppe gehört. Ich weiß nicht, wie er ins Haus gekommen ist. Er sagte, er habe eine geheime Unterredung mit Lucas Herrn gehabt, und ich habe ihm die Tür geöffnet und sie hinter ihm wieder verschlossen. Ich weiß nicht, ob er Lucas Herrn wirklich bedroht hat. Ich weiß nicht einmal, ob es mich stören würde, wenn dem so wäre.«

»Lucas Herr hat behauptet, dass der Eindringling ein Assassine war. Dass er ihn im Schlaf hätte erdolchen können.«

»Lucas Herr behauptet vieles«, erwiderte sie. »Ich weiß mit Sicherheit, dass es Radu Bey war, der in sein Zimmer eingedrungen ist und ihm die Fahne ans Herz gesteckt hat. Er hätte ihn töten können, aber er hat es nicht getan.

Mir ist klar, dass Lucas Herr und der osmanische Fürst Feinde sind – sie stehen sich in dem erbittertsten Kampf gegenüber, den es gibt: der Kampf zwischen dem Dschihad auf der einen und dem Kreuzzug auf der anderen Seite. Aber deshalb weiß ich noch lange nicht, welche Seite recht hat und welcher Mann der bessere ist.«

Ihre Antwort entsetzte ihn. »Wir sind Christen!«, rief er aus. »Wir dienen Luca, und Luca dient der Kirche. Der Kreuzzug ist ein heiliger Krieg gegen die Ungläubigen.«

»*Ihr* seid Christen«, betonte sie. »Ich nicht. Ich bilde mir meine eigene Meinung. Und bis jetzt weiß ich einfach zu wenig über Lucas Herrn – und über den osmanischen Krieger.«

»Wir müssen Lucas Herrn folgen. Wir können Luca nicht im Stich lassen«, sagte Freize nachdrücklich. »Ich liebe ihn wie einen Bruder, und deine Herrin wird ihm nicht freiwillig von der Seite weichen. Was ist mit dir?« Er lächelte sie verschmitzt an. »Du hast dich Hals über Kopf in ihn verliebt, nicht wahr?«

Sie lachte. »Ich und Hals über Kopf?«, entgegnete sie. »Ich bewahre lieber einen kühlen Kopf. Er lässt mein Herz ein bisschen höher schlagen, das gebe ich zu. Aber ich stürze mich niemals kopfüber in etwas hinein. Ich habe lieber sicheren Boden unter den Füßen.«

»Eines Tages«, prophezeite Freize feierlich. »Eines Tages wirst du merken, dass du dich Hals über Kopf in *mich* verliebt hast. Ich bete zu Gott, dass es dann nicht zu spät ist.«

Sie lachte. »Das wäre töricht! Sieh doch nur, wie du den Frauen nachstellst!«

»Und an diesem Tag«, fuhr Freize fort, ohne auf ihren spöttischen Kommentar einzugehen, »an diesem Tag werde ich gütig zu dir sein. Ich werde deine Zuneigung nicht abwehren und dir gestatten, mich zu verehren.«

»Ich werde daran denken!«, versprach sie.

»Und denke auch daran«, sagte Freize ernsthafter, »dass Luca geschworen hat, dem Herrn seines Ordens zu dienen. Ich habe versprochen, Luca zu dienen. Und du reist in unserem Geleit. Du kannst nicht unsere Feinde unterstützen.«

»Und was ist mit euren Freunden?«, fragte sie herausfordernd. »Ein Diener der Kirche wird zur Karnevalszeit nach Venedig geschickt, um mit Gold zu spekulieren und mit Gütern zu handeln? Ist das etwa im Sinne eurer heiligen Kirche?«

Die Glocke von San Giacomo begann über ihren Köpfen zu läuten. Tauben flatterten von ihren Schlafplätzen im Glockenturm auf. »Ein Uhr«, sagte Ishraq. »Ich glaube, dort ist Pater Pietro.«

Sie beobachteten, wie ein älterer, grauhaariger Mann in der ungebleichten Kutte des Benediktinerordens aus der Kirche kam und sich bekreuzigte. Ein glitzernder Tropfen

Weihwasser blieb auf seiner Stirn zurück. Geldwechsler, Händler und Vorübergehende grüßten ihn mit Namen, während er sich seinen Weg durch die Menge bahnte, stehen blieb, um das Kreuzzeichen über ein Kind zu schlagen, und dann weiterging, bis er am Fuß der Rialtobrücke ankam. Ein kleiner Steinpfosten, an dem eigentlich Boote angebunden wurden, diente ihm als Sitz.

Er nahm seinen Platz ein, und der Diener, der ihm durch das Gedränge gefolgt war, stellte einen kleinen Tisch vor ihm auf, entrollte eine lange Schriftrolle und reichte ihm einen Federkiel. Pater Pietro blickte sich um, senkte den Kopf kurz zum Gebet und wartete dann mit gezückter Feder. Er war offensichtlich bereit, seine Arbeit aufzunehmen, doch noch bevor Ishraq und Freize ihn ansprechen konnten, hatte sich schon eine kleine Menge um ihn geschart. Die Menschen nannten ihm die Namen vermisster Angehöriger oder fragten ihn nach Neuigkeiten.

Unter Freizes und Ishraqs Blicken ging der Priester seine Liste durch, vermerkte neue Namen, berichtete von denen, die er hatte auftreiben können, und erteilte den Bittstellern Rat. Für einen jungen Mann hatte er eine gute Nachricht: Sein Vetter war auf einem besetzten Landstrich in Griechenland ausfindig gemacht worden, und sein Herr war bereit, ihn zu verkaufen.

Ein großer Teil Griechenlands war vom Osmanischen Reich erobert worden; die Griechen mussten den osmanischen Herren dienen und einen jährlichen Tribut entrichten. Der Mann arbeitete als Sklave auf dem Hof eines osmanischen Eroberers. Sein Herr hatte einen Preis genannt, den Pater Pietro als gerecht ansah, obwohl es eine *lira di grosso* war – zehn Dukaten, das Jahresgehalt eines Arbeiters.

»Woher soll ich das Geld nehmen?«, fragte der junge Mann verzweifelt.

»Eure Gemeinde sollte zu einer Sammlung für ihn aufrufen«, riet der Priester. »Und seine Heiligkeit der Papst gibt jedes Jahr eine Spende, um versklavte Christen zu befreien. Wenn Ihr etwas Geld zusammenbringt, kann ich ihn um den Rest bitten. Kommt wieder, wenn Ihr wenigstens die Hälfte zusammenhabt. Wir werden den Betrag in englische Goldmünzen umtauschen. Die Sklavenhalter wollen sich dieses Jahr nur in englischen Nobeln auszahlen lassen. Selbst die Tribute müssen in englischen Nobeln entrichtet werden. Aber ich werde bei den Geldwechslern einen guten Preis für Euch aushandeln.«

»Gott segne Euch! Gott segne Euch!«, rief der junge Mann und verschwand in der Menge.

Einige andere Bittsteller kamen näher und besprachen sich halblaut mit dem Priester, dann waren Freize und Ishraq an der Reihe.

»Pater Pietro?«, fragte Freize.

»Der bin ich.«

»Ich bin froh, Euch gefunden zu haben. Ich möchte meinen Herrn zu Euch bringen – er sucht verzweifelt nach seinen Eltern, die geraubt und versklavt worden sind.«

»Das bedaure ich für ihn und für sie. Ich werde beten, dass Gott sie nach Hause führt«, sagte der Mann sanft.

»Darf ich ihn morgen zu Euch bringen?«, fragte Freize.

»Ja, mein Sohn. Ich bin immer hier. Es ist mein Lebenswerk, die armen Lämmchen zurückzuholen, die unserer Herde gestohlen wurden. Wie lauten ihre Namen?«

»Der Name der Familie lautet Vero. Mein Herr hat einen Hinweis bekommen. Sein Vater heißt Guglielmo Vero und ist Galeerensklave auf dem Schiff eines gewissen …« Freize schlug sich mit der Hand gegen die Stirn.

»Bayeed«, soufflierte Ishraq. »Aber das war vor zwei Jahren. Wir wissen nicht, wo er jetzt ist.«

Pater Pietro neigte den Kopf. »Von diesem Bayeed habe ich schon gehört. Ich werde zu Hause meine Listen durchgehen und heute Abend einige der gerade zurückgekehrten Sklaven befragen«, sagte er. »Bayeed hat mir vor kurzem einen seiner Sklaven verkauft. Vielleicht kennt dieser Mann Guglielmo Vero. Ich hoffe, dass ich morgen eine Antwort für euch habe.«

»Bayeed hat Euch einen seiner Sklaven verkauft?«, vergewisserte sich Ishraq.

»Er ist ein Händler«, sagte Pater Pietro so gleichmütig, als könnte ihn nichts auf der Welt aus der Ruhe bringen.

»Er handelt mit Sklaven, wie die englischen Kaufleute mit Wolle und Tuch. Christenseelen sind für ihn ein Handelsgut wie jedes andere auch, Gott möge ihm vergeben. Er hat mir einen Sklaven für zehn Dukaten verkauft – allerdings hat er auf englischem Gold bestanden, also haben wir ihm acht englische Nobel geschickt. Zu dem Zeitpunkt waren sie noch weniger wert als jetzt.«

»Warum nehmen sie das Lösegeld nicht in Dukaten an?«, fragte Ishraq. »Das ist doch die venezianische Währung?«

»Sie verlangen immer pures Gold oder eine Währung, der sie vertrauen. Dieses Jahr wollen sie englische Nobel, weil in jeder Münze einhundertacht Gramm Gold sind. Sie wissen, was sie bekommen. Münzen anderer Länder werden hin und wieder mit unedlen Metallen verunreinigt. Ihr werdet schnell merken, dass die Piccoli hier fast gar kein Silber enthalten. Sie sind nahezu vollständig aus Blech. Hütet euch vor Fälschern.« Der freundliche Blick des Priesters fiel auf Ishraq. »Und du, mein Kind? Was tust du so weit fort von der Heimat? Bist du versklavt oder frei?«

»Ich bin frei.« Ishraq errötete hinter ihrem Schleier. »Meine Mutter ist mit mir aus freien Stücken in dieses Land gekommen.«

»Ist dein Vater ein Christ?«

»Ich kenne meinen Vater nicht«, bekannte sie mit vor Verlegenheit gedämpfter Stimme. »Meine Mutter hat mir seinen Namen nie genannt. Aber sie hat mir gesagt, dass sie verheiratet waren. Mein Vater war ein Christ, und meine Mutter war frei.«

»Und welchen Glauben hast du?«

»Meine Mutter hat mich den Koran gelehrt, und der christliche Fürst, in dessen Haus ich aufgewachsen bin, ließ mich in der Bibel lesen. Doch nun sind beide tot. Ich übe keine Religion aus. Ich fürchte, ich habe keinen Glauben.«

Er stieß einen kleinen Seufzer wegen ihrer Gottlosigkeit aus und schüttelte den Kopf. »Mein Kind, ich werde für dich beten und hoffen, dass du deinen Weg zum rechten Glauben findest. Würdest du zu mir kommen, damit ich dich unterrichte?«

»Wenn Ihr darauf besteht«, erwiderte Ishraq unbehaglich. »Aber ich muss leider zugeben, Pater, dass ich keine große Gelehrte der Religion bin.«

Er lächelte, amüsiert über ihre Offenheit. »Weil du so eine große Gelehrte anderer Disziplinen bist? Was hast du gelesen, meine Tochter?«

Sie ignorierte seinen sanften Spott. »Ich bin tatsächlich eine Gelehrte, Pater. Ich interessiere mich für die Lehren der alten Griechen, die von den arabischen Meistern übersetzt wurden, damit wir alle sie lesen können.«

»Gott segne dich, mein Kind«, erwiderte er ernst. »Ich werde beten, dass Gott dein Herz rührt, zu ihm zu kommen, und dass du dich daran erfreuen magst, durch Offenbarung statt durch Studium zu lernen. Aber willst du nicht in deine Heimat zurückkehren?«

Sie zögerte. »Ich weiß nicht, welchen Ort ich als meine Heimat bezeichnen soll. Das Haus, in dem ich aufgewachsen bin – das Schloss von Lucretili –, wurde von einem Dieb, dem Bruder meiner Freundin, gestohlen, und ich habe ihr meine Hilfe bei der Rückeroberung geschworen. Ich werde mit aller Kraft dafür kämpfen. Aber selbst, wenn wir gewinnen, selbst, wenn sie heimkehrt, um dort zu leben, werde ich es nicht wirklich als mein Zuhause bezeichnen können. Ich habe keinen Vater, keine Mutter und keine Heimat.«

»Vielleicht bist du ganz einfach frei«, erwiderte der Priester leise.

Dieser Gedanke war Ishraq so neu, dass sie nichts darauf sagen konnte.

Er lächelte. »Irgendwo dazuzugehören bedeutet immer auch, etwas schuldig zu sein: deine Treue, deine Arbeit oder deine Zeit, deine Liebe oder deine Steuern. Du bist ein außergewöhnliches junges Mädchen, wenn du weder an einen Mann noch an einen Ort gebunden bist. Es bedeutet, dass du wählen kannst, wo du leben willst. Und wie du leben willst.«

»Ich ...«, stammelte Ishraq. »Es ist wahr. Ich bin frei.«

Er hob den Finger. »Sei achtsam und wähle richtig,

meine Tochter. Folge dem Weg Gottes. Du hast die Freiheit, innerhalb seiner heiligen Gebote zu leben.«

Er wandte sich mit einem gütigen Lächeln an Freize. »Und du, mein Sohn?«

»Och, ich bin für niemanden von Interesse«, erwiderte Freize fröhlich. »Erst Küchenjunge in einem Kloster, jetzt Diener eines jungen Herrn; nie genug Geld in der Tasche, immer hungrig, aber immer glücklich. Macht Euch um mich keine Sorgen.«

»Gehst du in die Kirche?«, fragte der Priester.

»Aber gewiss, Pater«, versicherte Freize und verspürte einen Anflug von Reue, weil er zwar regelmäßig zum Gottesdienst ging, aber selten zuhörte.

»Dann wandle auf Gottes heiligen Wegen«, mahnte der Pater. »Und gib den Armen, nicht den Spielern.«

Ishraq hob die Augenbrauen, überrascht, dass der Priester sie beim Hütchenspiel gesehen hatte. »Sind die Spieler immer da?«, fragte sie.

»Jeden Tag, den Gott werden lässt, und der Herr allein weiß, wie viele Piccoli sie den Narren und Verschwendern schon aus der Tasche gezogen haben«, erwiderte er. »Sie sind eine Falle für die Unvorsichtigen und gehen Tag für Tag mit einem Beutel Silbermünzen nach Hause. Verschwendet nicht wieder euer Geld an sie.« Er lächelte und hob die Hand zum Segen. »Und bestellt eurem Herrn, dass ich ihn morgen erwarte.«

Isobel, Luca und Bruder Peter erwarteten Ishraq und Freize bereits, als die Gondel sie wieder vor ihrem Palazzo absetzte. Isobel hatte die Kleider ausgepackt, die die Reise von Ravenna überstanden hatten, und sich mit ihren neuen Gemächern vertraut gemacht. Während Freize Luca berichtete, dass sie Pater Pietro gefunden hatten, führte sie Ishraq ins Obergeschoss.

»Das ist das schönste Haus, das ich je gesehen habe«, schwärmte sie. »Lucretili ist prächtig, aber dieser Palast ist gewaltig. Jede Ecke sieht aus wie ein Gemälde. Es gibt einen Innenhof mit einem Säulengang, der in einen wunderschönen Garten führt. Wenn es wärmer wird, können wir über den Hof spazieren und uns in den Garten setzen.«

»Aber wir werden doch auch die Stadt besichtigen und mit der Gondel umherfahren?«, fragte Ishraq.

Isobel verzog das Gesicht. »Anscheinend gehen die Damen in Venedig nicht viel aus. Das hat zumindest Maria, die Haushälterin, gesagt. Wir müssen wohl die meiste Zeit über im Haus bleiben. Einmal am Tag können wir in die Kirche gehen oder Bekannte in ihren Häusern besuchen.«

»Ich lasse mich nicht einsperren!«, protestierte Ishraq.

»So ist es nun mal in Venedig. Wenn wir uns als Familie eines reichen jungen Kaufmanns ausgeben, müssen wir uns auch so benehmen. Es wird ja nicht lange dauern – nur bis Luca die Goldquelle ausfindig gemacht und seinem Herrn den Bericht geschickt hat.«

»Aber das kann Wochen oder Monate dauern«, wandte Ishraq entsetzt ein.

»Wir können sicher in unserer Gondel herumfahren«, beruhigte Isobel sie. »Solange wir uns verschleiern oder in der Kabine bleiben.«

Ishraq sah sie verständnislos an. »Wir sind hier in einer der reichsten und aufregendsten Städte des Christenreichs, und du sagst mir, dass wir sie nicht auf unseren eigenen Füßen erkunden dürfen?«

Isobel blickte unbehaglich drein. »Vielleicht kannst du mit Freize oder einem anderen Begleiter auf den Markt gehen«, sagte sie. »Aber ich nicht. Ich durfte mir nicht einmal die Vorlesung anhören, obwohl sie in der Kapelle gleich neben der Kirche gehalten wurde.«

»Welche Vorlesung?« Ishraqs Neugier war sofort geweckt.

»In der Kirche war ein Priester, der alles Mögliche studiert. Er ist Mitglied der Universität von Venedig und reist manchmal auch nach Padua, um dort Manuskripte zu lesen. Er hat nach der Sext eine Vorlesung gehalten, Luca hat sie sich angehört. Luca hat mit ihm auch über das Regenbogenmosaik im Mausoleum der Galla Placidia gesprochen.«

»Und was hast du gemacht?«

»Bruder Peter hat mich nach Hause gebracht. Er ist nicht der Ansicht, dass Frauen studieren sollten.«

Ishraq machte eine abfällige Geste. »Hat Luca die Vorlesung gefallen?«

»O ja, er will wieder hingehen. Er will so viel wie möglich lernen, während er hier ist. Im Dogenpalast gibt es eine große Bibliothek, Gelehrsamkeit hat in Venedig eine lange Tradition. Sie haben Manuskripte aus der ganzen Welt und sogar eine eigene Druckerei. Sie schreiben die Schriften nicht mit Feder und Tinte ab, sondern drucken viele Bücher gleichzeitig mit einer Art Presse.«

»Eine Presse zum Büchermachen?«

»Ja. Sie kann in wenigen Augenblicken eine ganze Seite drucken.«

»Aber weder du noch ich dürfen uns die Vorlesungen anhören oder zusehen, wie die Bücher gemacht werden? Die ganze Wissenschaft ist nur für Männer? In der arabischen Welt studieren und lehren die Frauen seit Jahrhunderten!«

Isobel nickte. »Bruder Peter behauptet, dass die Köpfe der Frauen für einen größeren Wissensschatz nicht gemacht sind.«

»Testa di cazzo«, murmelte Ishraq und machte sich auf den Weg ins Empfangszimmer.

Die Mädchen trafen Luca und Bruder Peter vor den großen Fenstern an. Luca hatte die Läden geschlossen und nur eines der Spaliere einen Spaltbreit geöffnet, so dass ein Strahl Sonnenlicht auf die Glasscherbe fiel, die er aus dem Mausoleum in Ravenna mitgenommen hatte. Er blickte auf, als sie hereinkamen. »Ich habe mit einem der Gelehrten in der Basilica di San Marco gesprochen«, erklärte er Ishraq. »Er sagte, bevor wir uns mit Regenbogen befassen, müssten wir darüber nachdenken, wie wir die Dinge sehen.«

Ishraq blickte ihn erwartungsvoll an.

»Er sagte, der arabische Philosoph al-Kindi glaubte, dass wir sehen können, weil unsere Augen Strahlen aussenden, die an den Dingen abprallen und zu unseren Augen zurückkommen.«

»Al-Kindi?«, wiederholte sie.

»Hast du von ihm gehört?«

»In Spanien«, erwiderte sie. »Er hat Platon ins Arabische übersetzt.«

»Könnte ich seine Schriften lesen?«

Sie nickte. »Er wurde ins Lateinische übersetzt.«

»Erst müsstet Ihr sicherstellen, dass es keine ketzerischen Schriften sind«, mahnte Bruder Peter. »Schließlich stammen sie von den alten Griechen, die nichts über Christus wussten, und wurden von einem ungläubigen Denker übertragen.«

»Aber alles ist aus dem Griechischen ins Arabische übersetzt worden!«, rief Luca aus. »Nicht ins Italienische, Französische oder Englische! Und erst jetzt werden die Schriften ins Lateinische übertragen.«

Ishraq lächelte selbstgefällig. »Die Araber haben eben die Welt erforscht und über Mathematik und Philosophie nachgedacht, als die Italiener …« Sie unterbrach sich. »Ich habe keine Ahnung, was sie zu der Zeit getan haben«, sagte sie. »Gab es Italien da überhaupt schon?«

»Wann?«, fragte Isobel und zog einen Stuhl an den Tisch.

»Etwa 900 nach Christi Geburt«, antwortete Ishraq.

»Es gab das Byzantinische Reich und die muslimische Belagerung, aber ich glaube nicht, dass es Italien schon gab.«

In diesem Augenblick kam Freize ins Zimmer, der der Haushälterin half, das Geschirr aus der Küche herunterzubringen. Doch sobald die Tür zum Speisezimmer verschlossen war, legte er die Rolle des Dieners ab und setzte sich zu den anderen an den Tisch. Isobel blickte in die Runde und dachte, dass sie wirklich als innig verbundene Familie durchgehen könnten. Die Zuneigung unter den Jüngeren war offenkundig, und Bruder Peter wirkte wie ein gestrenger älterer Bruder.

»Sie haben den Gorgonzolakäse erfunden«, verkündete Freize, während er dicke Scheiben von einem großen Schinken säbelte.

»Bitte?« Luca verschluckte sich fast vor Lachen.

»Sie haben den Gorgonzolakäse erfunden«, wiederholte Freize. »In der Lombardei. Ich glaube nicht, dass die

Italiener im Jahr 960 die Bedeutung des Regenbogens studiert haben. Sie haben Käse gemacht.« Er wandte sich an Luca. »Erinnerst du dich nicht an Giorgio aus unserem Kloster? Er kam aus der Lombardei und war sehr stolz auf ihre Geschichte. Er hat uns vom Gorgonzolakäse erzählt. Er meinte, sie würden den Käse schon seit fünfhundert Jahren herstellen. Gut schmeckt er außerdem. Mir ist er jedenfalls lieber als Regenbogen.« Er nahm sich zwei Scheiben Schinken und strich Butter auf ein Stück Brot.

»Du bist ein Quell der Überraschungen«, sagte Luca.

»Nicht wahr?«, erwiderte Freize. »Und ich habe noch mehr davon. Das hier wird dich interessieren.« Er legte sein Brot auf den Tisch, wischte sich die Finger an der Hose ab und zog den halben Goldnobel aus der Tasche. »Ich habe ein bisschen Kleingeld gewechselt. Sind das nicht die Münzen, um die es deinem Herrn geht?«

Luca streckte die Hand aus und betrachtete das glänzende Geldstück. »Ja – ein halber englischer Nobel. Perfekt«, sagte er. »Nicht ein Kratzer daran.«

Er reichte ihn Bruder Peter, der ihn genau ansah und ihn anschließend an Isobel weitergab. »Warum interessiert sich euer Herr für diese Münzen?«, fragte sie.

Ishraq und Freize wechselten einen verstohlenen Blick. Isobel stellte genau die Frage, die auch ihnen Kopfzerbrechen bereitete.

»Er vermutet, dass jemand eine Goldquelle erschlossen

hat und die Geldstücke selbst münzt«, erklärte Bruder Peter. »Auf diese Weise würde derjenige die Steuer und die Abgaben umgehen, die er der Kirche schuldet. Unser Herr will dafür sorgen, dass die Kirche ihre Steuern bekommt. Die Summe würde sich auf ein Vermögen belaufen. Vielleicht fälscht sie aber auch ein Verbrecher.«

»Ihr glaubt, dass diese Münzen gefälscht sein könnten? Dass sie aus einem unedlen Metall bestehen und nur so aussehen wie englische Nobel?«

»Der Geldwechsler sagte, dass sie aus der königlichen Münzgießerei in Calais stammen«, berichtete Freize. »Aber er reagierte sehr streng, als ich ihn danach fragte – er warnte mich davor, Fragen zu stellen. Er wollte nicht riskieren, dass irgendein Gerede den Wert der Münzen schmälert.«

»Ist der Wert hoch?«

»Ich vermute, dass sie überbewertet werden«, sagte Freize. »Ihr Preis kletterte nach oben, während wir dort standen. Der Händler sagte, er werde seinen Wechselkurs morgen anheben. Angeblich sind alle hinter diesen Münzen her – es standen mehrere Männer an. Jeder behauptet, dass sie aus massivem Gold seien, ohne Beimischung. Das ist sehr ungewöhnlich. Die meisten Münzen bestehen aus einem wertvollen und einem leichteren Metall. Und die guten Münzen sind zerkratzt und beschnitten. Aber diese Münzen scheinen perfekt zu sein.«

»Es gibt nur eine Möglichkeit, das herauszufinden. Wir müssen prüfen, wie viel Gold in jeder Münze steckt«, sagte Luca.

»Wie sollen wir das prüfen?«, fragte Isobel. »Die Geldwechsler können wir nicht fragen. Sie werden keinen Zweifel an der Qualität ihrer Münzen zulassen, wie Freize gesagt hat.«

Bruder Peter schien sich unbehaglich zu fühlen. Er legte die Hand an die Innentasche seiner Jacke.

»Er hat eine Anweisung!«, rief Freize und betrachtete die kleine Papierrolle, die zum Vorschein kam.

»Der hohe Herr hat mir …«

»… mal wieder eine geheime Anweisung aufs Auge gedrückt!«, rief Freize. »Wohin müssen wir jetzt? Wo wir uns gerade so schön eingerichtet und *fegato alla veneziana* entdeckt haben? Wo Luca zur Universität gehen kann und morgen Pater Pietro treffen wird? Wo wir vielleicht bald seinen Vater finden könnten? Sag mir nicht, dass wir schon wieder abreisen müssen! Wir haben die Mission nicht beendet, wir haben sie nicht einmal begonnen! Die Mädchen haben sich noch nicht einmal ihre Karnevalskostüme gekauft!«

»Ruhe! Ruhe! Wir müssen nicht abreisen«, rief Bruder Peter. »Aber wenn es der Befehl unseres Herrn wäre, dann würden wir uns nicht davon abhalten lassen, nur weil du die venezianische Spezialität aus Leber und Zwiebel entdeckt hast und die Mädchen neue Kleider wollen. Das ist Eitelkeit, Freize, und Völlerei. Mein Herr hat mir klare Anweisungen für unsere Zeit in Venedig gegeben. Wir sollen zur Rialtobrücke gehen, wenn unser Schiff einläuft, unseren Anteil an der Fracht einfordern und ihn gewinnbringend verkaufen. Hier ist eine Liste der verladenen Güter. Und hier ist eine Liste der Prüfungen, denen wir die Goldmünzen unterziehen sollen, sobald wir sie an uns gebracht haben.«

Er sah Ishraq an. »Die Anweisungen sind auf Arabisch«, sagte er missmutig. »Die Lehren der Ungläubigen. Du kannst sie Luca vorlesen, damit er das Gold prüfen kann.«

Ishraq strahlte triumphierend. »Ihr benötigt meine Kenntnisse, Bruder Peter?«

Der Mönch biss die Zähne zusammen. »So ist es.«

»Glaubt Ihr nicht, dass die Anweisungen zur Prüfung des Goldes meinen schwachen weiblichen Geist überfordern werden?«

»Ich hoffe, du wirst es überleben.«

»Und glaubt Ihr nicht, dass dieses Wissen allein den Männern vorbehalten sein sollte?«

»In diesem Fall nicht.«

Sie wandte sich an Luca. »Soll ich die Anweisungen übersetzen? Willst du das Gold prüfen?«

»Gewiss«, erwiderte Luca. »Wir können das freie Zimmer neben meinem Schlafgemach benutzen. Dann haben wir unsere eigene Goldprüfstube!«

Nur Freize bemerkte den Schatten, der sich beim Gedanken an die vielen Stunden, die Ishraq und Luca zusammen in dem kleinen Zimmer arbeiten würden, über Isobels Gesicht legte.

»Morgen werde ich ausgehen und mehr Gold wechseln«, versprach Bruder Peter. »Wir werden mehrere Münzen prüfen müssen, um ganz sicher zu sein.«

»Und die Mädchen können sich neue Kleider bestellen«, sagte Freize glücklich. »Und Masken und Hüte. Ich für meinen Teil werde das Gepäck durchsehen und schauen, ob ich noch mehr Münzen finde, die wir tauschen können. Man könnte in dieser Stadt ein Vermögen machen, indem man nichts anderes tut, als zur rechten Zeit zu kaufen und zu verkaufen.«

Am nächsten Morgen setzten sich Luca und Ishraq gleich nach dem Frühstück Seite an Seite an den Tisch in dem kleinen Raum zwischen Speisezimmer und Lucas Schlafgemach, die Gesichter ernst vor Konzentration. Luca starrte das halbe Dutzend glänzende Goldmünzen an, das Bruder Peter von den Geldwechslern erworben hatte. Vor Ishraq lag eine Schriftrolle. Sie entrollte sie sorgsam, beschwerte sie an Ober- und Unterkante mit Gewichten und begann, aus dem Arabischen zu übersetzen. »Hier steht, dass man zuerst prüfen soll, ob die Münzen von einem Goldschmied oder in einer Münzgießerei geprägt wurden.«

Luca kniff die Augen zusammen. »Sie sind alle als englische Nobel ausgezeichnet«, erwiderte er. »Von den Engländern in Calais gemünzt. Sie weisen alle genau die gleiche Prägung auf.«

Er machte eine Notiz auf einem Stück Papier, dann legte er es vorsichtig über die Münze und rieb farbiges Siegelwachs darüber. Das Bild der Münze zeichnete sich deutlich auf dem Papier ab. »Und jetzt?«

Ishraq schob sich eine schwarze Locke hinters Ohr.

»Suche nach Verfärbungen und Abnutzungsspuren«, las sie. »Wenn unter dem Gold ein anderes Metall zum Vorschein kommt, dann ist die Münze nur vergoldet und besteht aus einem weniger wertvollen Metall.«

Gehorsam drehte Luca jede Münze um und betrachtete die schönen angeschrägten Kanten. »Sie sind perfekt. Alle. Überall die gleiche Farbe.«

»Beiß drauf«, forderte sie ihn auf.

»Wie bitte?«

Sie kicherte, und er musste lächeln. »So steht es hier. Gold ist weich. Nimm die Münze kurz in den Mund und beiß darauf. Wenn es Gold ist, sollten deine Zähne einen Abdruck hinterlassen.«

»Beiß doch selbst drauf«, sagte Luca.

»Ich bin hier nur die Übersetzerin«, entgegnete sie. »Du bist der Goldprüfer. Ich bin nur eine Frau, schon vergessen? Deinem Glauben nach verführe ich dich, in den Apfel zu beißen. Außerdem will ich mir nicht die Zähne daran ausbeißen. Du willst es wissen – also beiß drauf!«

»Gott hat uns selbst gesagt, dass dein Geschlecht zuerst in den Apfel gebissen hat«, konterte Luca. »Wir beißen beide«, entschied er und reichte ihr eine Münze. Feierlich steckten sie die Geldstücke in den Mund, bissen darauf, zählten bis hundert und begutachteten das Ergebnis.

»Unglaublich!«, staunte sie.

»Ich kann die Abdrücke meiner Zähne sehen«, sagte er.

»Es ist also Gold.«

»Notier es«, wies Luca sie an. »Wie lautet die nächste Prüfung?«

»Wir müssen an den Münzen mit einer irdenen Scherbe kratzen.«

Luca ging zur Tür, öffnete sie und brüllte über die Treppe: »Freize! Bring mir einen Teller aus der Küche!«

»Pst!«, zischte Freize, während er die Treppe hinaufeilte. »Fräulein Isobel hat halb Venedig in ihrem Zimmer, um Kleider und Kopfschmuck für sich und Ishraq anpassen zu lassen.«

»Ich brauche einen Teller aus der Küche!«

»Zinn?«, fragte Freize und setzte einen Fuß auf die Treppe zum Dachboden.

»Nein, nein! Steingut!«

»Steingut, sagt er«, murmelte Freize. Sie konnten seine schweren Schritte bis zur Küche hinauf- und dann wieder hinuntersteigen hören. »Steingut, wie du verlangt hast«, sagte er und spähte neugierig ins Zimmer.

»Und jetzt verschwinde«, befahl Luca hartherzig, obwohl Freize offensichtlich darauf brannte, ihnen über die Schulter zu gucken. An Ishraq gewandt sagte er: »Und jetzt?«

»Du musst den Teller zerbrechen. Wir brauchen eine Scherbe.«

Luca stieß den Teller gegen die Tischkante, und er zersprang in hundert Teile. »Oh, aber ja doch, zerdeppere ihn ruhig!«, ertönte Freizes Stimme von draußen. »Nur keine Sorge. Soll ich Eurer Majestät noch einen bringen?«

»Nimm eine Scherbe und kratz damit über die Münze«, übersetzte Ishraq. »Ist der Kratzer schwarz, so ist das Gold falsch. Ist der Kratzer golden, so ist es echt.«

Luca zog eine Scherbe über die Goldmünze. »Sie ist echt«, sagte er. »Kein Zweifel.«

»Jetzt müssen wir sie entzweisägen.«

Er hob die Augenbraue beim Gedanken daran, die Münze zu beschädigen. »Ich zersäge einen der Viertelnobel«, erklärte er. »Die vollen Nobel rühre ich nicht an.«

Sie schüttelte den Kopf. »Um Himmels willen! zersäge von jedem einen: einen Nobel, einen halben Nobel und einen Viertelnobel. Mach schon, Luca. Es ist doch nicht dein Geld. Dein Herr zahlt.«

»Du hast kostspielige Ansprüche«, klagte er. »Wenn du als Bauernsohn aufgewachsen wärst, so wie ich, würdest du nicht derart bedenkenlos Goldmünzen zersägen.«

Sie lachte ihn aus, und er tat, was sie verlangte. Bald lagen die halbierten Münzen vor ihnen auf dem Tisch.

»Haben sie durch und durch dieselbe Farbe?«

Luca nahm ein Vergrößerungsglas und musterte die Schnittstellen. »Ja«, sagte er. »Sie sind nicht vergoldet. Sie sind überall gleichmäßig golden.«

»Jetzt kommt die letzte Prüfung: Wir müssen die Münzen wiegen«, sagte sie. »Sehr genau.«

Luca hielt inne. »Gut. Welches Gewicht sollten sie haben?«

»Ein voller Nobel wiegt einhundertacht Gramm«, sagte Ishraq, blickte auf die Schriftrolle und versuchte, die Anweisungen zu verstehen. »Hier steht, dass die Dichte der Quotient aus der Masse und dem Volumen ist ...«

»Warte«, sagte Luca. »Sag das noch mal.«

»Die Dichte entspricht der Masse geteilt durch das Volumen«, wiederholte sie. »Die Prüfung besteht darin, echtes Gold zu wiegen und dann die Münze, um die Masse zu bestimmen. Als Nächstes werden das Gold und die Münze ins Wasser gelegt. Wir müssen beobachten, um wie viel der Wasserstand steigt. So erhält man das Volumen.«

»Masse«, wiederholte Luca versonnen. »Volumen.« Auf Ishraq wirkte er wie ein Troubadour, der ein besonders schönes Lied sang. Die Worte, die für sie keinen Sinn ergaben, schienen in seinen Ohren Musik zu sein. »Dichte ...«

»Hier steht, dass wir ein Stück pures Gold nehmen, es in ein Gefäß mit Wasser geben und beobachten sollen, wie hoch der Pegel steigt. Dann wiederholen wir das Ganze mit dem gleichen Gewicht des zu prüfenden Goldes. Gold, das mit leichteren Metallen gemischt wurde, verdrängt weniger Wasser. Pures Gold hat eine höhere

Dichte, es verdrängt mehr Wasser.« Sie unterbrach sich. »Ich lese zwar die Wörter, aber ich verstehe nicht das Geringste. Ich habe keine Ahnung, was wir machen sollen. Begreifst du, was gemeint ist?«

Luca hatte vor Aufregung heiße Wangen. »Die Dichte entspricht der Masse geteilt durch das Volumen«, sagte er leise. »Ich verstehe. Ich verstehe.«

Er machte sich nicht die Mühe, nach Freize zu rufen, sondern rannte selbst in die Küche und kam mit einem Glas Wasser zurück. »Wir müssen von einem Goldschmied pures Gold kaufen«, murmelte er.

»Wozu?«

»Damit ich messen kann, wie dicht pures Gold ist. Damit ich sehen kann, wie hoch das Wasser steigt. Damit ich es mit den Münzen vergleichen kann.«

»Oh! Jetzt verstehe ich«, rief Ishraq aus. »Ich habe einen Ring, der ohne Zweifel aus purem Gold ist.«

»Er ist hohl und rund«, murmelte Luca, laut nachdenkend. »Aber das macht nichts. Das Loch selbst hat kein Gewicht. Und wir wiegen das Gewicht, wir messen nicht den Umfang. Alles klar.«

»Der Ring gehörte Isobels Mutter«, erklärte Ishraq. »Ich trage ihn und den restlichen Schmuck ihrer Familie bei mir, seit wir unsere Heimat verlassen mussten.«

»Und du bist sicher, dass er aus purem Gold ist?«

Sie nickte. »Fürst Lucretili wäre nicht in den Sinn gekommen, seiner Gemahlin etwas Geringeres zu schenken«, erklärte sie.

Er hörte ihre Worte kaum. Er blickte zwischen den Goldmünzen und dem Wasserglas hin und her. Ishraq rannte ins Obergeschoss, um den Ring aus ihrem Mieder zu nehmen.

»Was um alles in der Welt treibt ihr?«, fragte Isobel. Sie stand auf einem Holzstuhl, vor ihr kniete der Schneider und steckte den Saum eines Kleides ab. Eine Gewandmeisterin fertigte Kopfputz an, und überall im Raum lagen Karnevalsmasken aus Seide, Satin und Samt in leuchtend bunten Farben.

»Ich hole den Goldring deiner Mutter«, erklärte Ishraq hastig und zerrte an ihrem Mieder. »Luca muss ihn wiegen und sein Gewicht mit dem der Münzen vergleichen.«

»Seid ihr immer noch damit beschäftigt?«, fragte Isobel gereizt. »Ihr steckt schon den ganzen Morgen in dieser Kammer. Ich habe gehört, dass ihr einen Teller fallen gelassen habt.«

»Wir haben ihn absichtlich zerschlagen«, bekannte Ishraq vergnügt, bekam den Ring zu fassen und zog ihr Kleid wieder herab.

»Gib Acht, dass er ihn nicht beschädigt«, sagte Isobel verdrießlich. »Der Ring ist kostbar.«

Ohne zu antworten, stürmte Ishraq zurück zu Luca. Der lief gedankenversunken in der Kammer auf und ab und nahm sie erst wahr, als sie ihm den Ring in die Hand drückte.

Sofort drehte er sich um und legte ihn auf die feine Gewürzwaage, die Freize aus der Küche gebracht hatte. Er wog den Ring mit den winzigen Gewichten auf – das kleinste hatte die Größe eines halben Weizenkorns. Der Ring von Isobels Mutter wog knapp über einhunderteinundzwanzig Gramm.

»Schreib es auf«, wies Luca Ishraq an. »Der Ring ist aus purem Gold, einhunderteinundzwanzig und ein halbes Gramm schwer. So. Jetzt schauen wir, wie viel Wasser er verdrängt.«

Luca nahm den Ring aus der Waagschale und legte ihn in das Wasserglas. Das Wasser stieg kaum merklich an. Mit einem spitzen Stück Kreide markierte Luca den neuen Pegel, dann nahm er den Ring mit einer Gabel aus dem Wasser und hielt ihn über das Glas, so dass jeder Wassertropfen zurückfiel und das Wasser so hoch stand wie zuvor.

»Du bist dir sicher, dass er aus purem Gold ist?«, vergewisserte er sich erneut.

Ishraq verfolgte beeindruckt seine konzentrierten Bewegungen. »Ich bin mir sicher«, flüsterte sie.

»Ein Nobel wiegt einhundertacht Gramm«, sagte Luca. »Ein Nobel plus die Hälfte eines Viertelnobels ergibt also genau einhunderteinundzwanzig und ein halbes Gramm. Die Masse müsste die gleiche sein. Wenn die Münze weniger dicht ist, dann ist ein Metall beigemischt worden, das leichter ist als Gold. Wenn dagegen Blei beigemischt wurde, ist die Dichte höher und die Münze müsste mehr Wasser verdrängen.« Vorsichtig ließ er die volle Münze sowie die Hälfte des Viertelnobels ins Wasser gleiten.

Luca und Ishraq hielten den Atem an, während der Wasserpegel stieg, bis er die Markierung am Rand des Glases erreichte.

»Die Münzen sind aus purem Gold«, sagte Luca triumphierend. »Entweder stiehlt irgendjemand englische Nobel direkt aus der Münzgießerei in Calais, oder er baut Gold in einer geheimen Mine ab und prägt seine eigenen Münzen mit dem englischen Wappen.«

Die fünf Gefährten waren so aufgeregt, als hätten sie die Goldquelle selbst ausfindig gemacht.

»Was tun wir jetzt?«, fragte Isobel. »Wie finden wir die Münzgießerei? Wie finden wir die Fälscher?«

»Vielleicht könnten wir so viel Gold kaufen, dass der Geldwechsler uns nicht aus seinen eigenen Vorräten bedienen kann«, schlug Luca vor. »Wir fragen, wo wir es abholen können. Wenn er es uns nicht sagen will, verfolgen wir ihn und finden so heraus, woher er das Gold nimmt.«

»Wir könnten ihn abwechselnd beschatten …«, fügte Ishraq eifrig hinzu.

Luca schüttelte den Kopf. »Nein, ihr nicht«, wiegelte er

ab. Er warf Isobel einen Blick zu und sah, dass sie zustimmend nickte. »Es tut mir leid, Ishraq, aber das geht nicht. Wenn wir uns als adlige Familie ausgeben, müsst ihr zwei euch auch wie Damen benehmen. Ihr könnt euch nicht in Rialto herumtreiben und Goldhändler ausspionieren.«

»Luca hat recht«, bestätigte Isobel.

»Ich könnte mich als einfaches Mädchen verkleiden. Oder als Junge! Isobel hat einen ganzen Schrank voller Kostüme und Masken gekauft. Es ist Karnevalszeit. Alle sind verkleidet!«

»Es ist zu riskant«, fuhr Bruder Peter ihr über den Mund. »Abgesehen davon solltet ihr nicht durch die Straßen laufen und euch Gefahren aussetzen. Wir sind nur zufällig genau in der Jahreszeit hier, in der Frauen überhaupt aus dem Haus dürfen. Lediglich in den zwanzig Tagen vor der Fastenzeit verkleiden und maskieren sie sich und gehen hinaus. Die Stadt ist nie zügelloser als in diesen Tagen. Die Venezianer sind ein extremes Volk. Der Karneval ist eine Ausnahme, eine Zeit der Unzüchtigkeit. Das restliche Jahr über gehen die Frauen nur aus, um am Gottesdienst teilzunehmen oder um Freunde in ihren Häusern zu besuchen.«

»Aber da nun einmal Karneval ist, können wir doch die Gelegenheit nutzen!«, beharrte Ishraq.

»Wenn ihr mit den Huren der Stadt verwechselt werden wollt, bitte«, sagte Bruder Peter mürrisch. »Ihr wärt gut beraten, überhaupt nicht auszugehen. Dies ist eine Zeit der Sünde und Ausschweifung. Ich empfehle, dass ihr im Haus bleibt. Ich muss sogar darauf bestehen, dass ihr im Haus bleibt.« Er sah Luca um Unterstützung heischend an. »Da ihr in unserem Geleit reist, obliegt es uns, zu bestimmen, was ihr zu tun und zu lassen habt.«

»Niemand bestimmt über mich«, erklärte Ishraq nachdrücklich. »Ihr nicht, und auch sonst niemand. Ich bin nicht aus dem Kloster geflohen, um mich von Euch herumkommandieren zu lassen.«

Luca wurde rot. »Niemand bestimmt über dich«, beschwichtigte er sie. »Aber wenn unsere Maskerade glaubwürdig sein soll, musst du dich auch wie die Gefährtin einer Adligen verhalten. Du hast selbst in dieses Arrangement eingewilligt, Ishraq.«

»Ich gehe nur verkleidet aus«, versprach sie.

»Und nur in Begleitung«, fügte Luca hinzu. »Offensichtlich spielt die ganze Stadt während des Karnevals verrückt. Aber wenn Freize oder die Haushälterin dich begleiten, habe ich keine Einwände.«

»Kann ich heute Nachmittag mit zur Rialtobrücke kommen?«, fragte sie. »Zu Pater Pietro? Verkleidet?«

Luca schüttelte den Kopf. »Das ist meine Angelegenheit«, sagte er. »Ich gehe allein.«

Freize strahlte. »Ich auch«, sagte er. »Ich gehe allein mit dir.«

Die beiden jungen Männer verließen gemeinsam das Haus. Ishraq und Isobel standen an den Fenstern im Obergeschoss und beobachteten, wie die schwarze Gondel in die Mitte des Kanals steuerte und sich flink ihren Weg über die belebte Wasserstraße bahnte.

»Ich gehe aus«, erklärte Ishraq. »Ich besorge uns Jungenkleider, damit wir herumlaufen können, wie es uns gefällt.«

Isobels Gesicht hellte sich auf. »Sollen wir es wagen?«

»Ja«, erwiderte Ishraq fest. »Natürlich. Wir sind den ganzen weiten Weg hierhergekommen. Wir bleiben doch jetzt nicht hinter verschlossenen Türen, nur weil ein paar Pfaffen meinen, dass Venedig zu lasterhaft für uns sei.«

»Ich habe bei der Näherin Kleider für uns bestellt.«

»Ja, aber ich will keine Kleider. Ich will ein Kostüm. Ich will Reithosen und eine Kappe, damit wir gehen können, wohin wir wollen. Niemand wird uns erkennen.«

»Dann geh«, sagte Isobel aufgeregt. Sie schob die Hand in ihr einfaches graues Kleid und zog einen Beutel hervor. »Hier. Das hat Bruder Peter mir gegeben, für Almosen, Kerzen in der Kirche und andere Dinge – wer weiß schon, was reiche Damen seiner Meinung nach brauchen. Lauf und besorg uns Hosen, Umhänge und Masken!«

Ishraq lachte, steckte das Geld ein und verließ das Zimmer.

Isobel streckte den Kopf durch die Tür und rief ihrer Freundin über die Marmortreppe nach: »Und besorg mir einen großen Hut. Damit ich meine Haare verstecken kann.«

»Ich werde einige Juwelen deiner Mutter verkaufen«, rief Ishraq leise zurück.

Isobel zögerte. »Juwelen meiner Mutter? Welche?«

»Die Rubine«, erklärte Ishraq. »Das ist die Gelegenheit, zu Geld zu kommen. Wir könnten die Juwelen verkaufen, für den Erlös englische Nobel erwerben und beobachten, wie der Preis steigt. Wenn sie ihren Wert verdoppelt haben, kaufen wir die Rubine zurück und haben noch dazu ein kleines Vermögen gewonnen, mit dem wir ein Heer bezahlen können, das gegen deinen Bruder ins Feld zieht.«

»Glaubst du wirklich, wir könnten so viel Geld machen, indem wir mit Nobeln handeln?«, fragte Isobel. Der Gedanke verlockte sie.

»Vielleicht«, sagte Ishraq. »Soll ich es tun? Soll ich zum Geldwechsler gehen und Nobel für deine Rubine kaufen?«

»Ja«, sagte Isobel, die der Aussicht, ihr Erbe zurückzuerobern, nicht widerstehen konnte. »Ja, tu das.«

An der Rialtobrücke trafen die jungen Männer Pater Pietro an seinem üblichen Platz am Rande des Getümmels an. In der Nähe jonglierte ein Gaukler mit Messern, daneben drehte sich ein Hund im Kreis und balancierte eine

Kugel auf der Nase, während sein als Harlekin kostümierter Besitzer einen Hut herumreichte. Weder Luca noch Bruder Peter bemerkten Ishraq, die als Junge verkleidet und mit einer schwarzen Maske vor den Augen ihr Geschäft mit Israel dem Geldwechsler abwickelte. Sie sahen nicht, wie sie in ihre gemietete Gondel stieg und unauffällig wieder verschwand.

»Dies ist mein Herr«, rief Freize schon von weitem und schob Luca vor sich her zum Priester. »Dies ist Luca Vero.«

»Ihr sucht Euren Vater«, sagte der Priester mitfühlend. »Ich freue mich, Euch sagen zu können, dass ich Nachricht von ihm habe.« Er stockte, als er sah, dass Luca kreidebleich geworden war. »Oh, mein Sohn. Seid Ihr bereit, sie zu hören?«

Luca senkte den Kopf und sprach ein kurzes Gebet. »Ja«, sagte er dann. »Sagt mir alles.«

»Ein Sklave, den ich vor kurzem von Bayeed zurückgekauft habe, hat mir gesagt, dass Guglielmo Vero auf seinem Schiff diente«, berichtete Pater Pietro. »Zu dem Zeitpunkt war er gesund und stark. Es ist möglich, dass er noch immer auf dem gleichen Schiff dient.«

»Er könnte am Leben sein?«, wiederholte Luca ungläubig. »Jetzt? Zu dieser Stunde?«

»Es wäre möglich. Ich kann Bayeed eine Nachricht zukommen lassen und ihn fragen, ob Euer Vater am Leben ist und ob Bayeed ein Lösegeld für ihn akzeptieren würde.«

Luca schüttelte den Kopf, als müsste er seine durcheinanderwirbelnden Gedanken zurechtrücken. »Ich kann nicht denken! Ich kann es nicht glauben!«

Freize legte ihm die Hand auf den Rücken. »Ruhig«, sagte er, als würde er ein Pferd besänftigen. »Ganz ruhig.«

»Ja. Natürlich«, antwortete Luca dem Priester. »Bitte. Tut es, so schnell Ihr könnt. Wie lange wird es dauern, bis wir Antwort von ihm haben?«

»Wenn Bayeed sich in Konstantinopel aufhält …« Der Priester korrigierte sich: »Ich meine, in Istanbul, wie sie es jetzt nennen – Gott vergebe ihnen, dass sie unsere Stadt genommen haben, das Rom des Ostens, das Heim Gottes –, nun, wenn Bayeed dort ist, würde es etwa zwei Wochen dauern, um ihm eine Botschaft zu übermitteln. Aber Ihr könntet Glück haben. Ich habe gehört, dass er sich in Triest aufhalten soll. Wenn das stimmt, könnten wir ihn innerhalb weniger Tage erreichen. Vielleicht kommt er sogar selbst nach Venedig.«

»Er könnte schon in wenigen Tagen in Venedig sein?«, wiederholte Luca fassungslos.

Der Priester legte sanft seine Hand auf Lucas geballte Faust. »Ja, mein Sohn. Ihr könntet schon in wenigen Tagen eine Antwort erhalten. Falls Bayeed im Hafen von Triest ist, mein Bote ihn findet und er uns seinen Preis übermittelt.«

Luca und Freize wechselten einen entgeisterten Blick.

»Wenige Tage«, stammelte Luca. »Ich könnte meinen Vater schon in einer Woche wiedersehen …«

»Für gewöhnlich antwortet Bayeed mir sofort. Aber es wird nicht billig werden. Er wird etwa eine *lira di grosso* verlangen – das sind zehn Dukaten.« Er hielt inne. »Etwa fünf Nobel.«

Luca nickte. Er hatte die Währung bereits selbst umgerechnet. Unwillkürlich musste er an das Vermögen denken, das er bei sich trug und das doch nicht seines war – das Geld, das sein Herr ihm anvertraut hatte, damit er sich als Kaufmann ausgeben konnte, die verdächtigen Goldmünzen, die sie geprüft hatten, und die Fracht des Schiffes, das in diesem Moment mit geblähten Segeln von Osten her übers Meer kam. Es sollte ihm ein weiteres kleines Vermögen bescheren und bei den Bürgern der Stadt die Illusion seines Reichtums hervorrufen. »Ich habe das Geld«, erklärte er. »Ich kann zahlen. Für die Freiheit meines Vaters zahle ich jeden Preis.«

Freize neigte sich an sein Ohr. »Das Geld gehört dir nicht«, erinnerte er ihn. »Was tust du, wenn dein Herr eine Abrechnung verlangt?«

»Ich muss es nehmen!«, entgegnete Luca leidenschaftlich. »Für die Freiheit meines Vaters würde ich es sogar stehlen. Aber ich leihe es mir nur. Ich werde es meinem Herrn erklären. Ich werde es ihm mit dem Gewinn, den wir durch den Handel mit den Nobeln erzielen, zurückzahlen.«

Der Priester nickte. »Ich werde noch heute Abend einen Boten losschicken und in Erfahrung bringen lassen, ob Bayeed uns ein Angebot macht. Ich gehe davon aus, dass er das Lösegeld in Nobeln verlangt. Es werden etwa fünf Nobel sein, vielleicht begnügt er sich auch mit viereinhalb, da der Wert der Münzen steigt. Am besten wäre es, wenn wir den Preis gleich festlegen. Alle scheinen zu glauben, dass der Wert des Nobels in den Himmel steigt.«

»Ich kann die Münzen besorgen«, versicherte Luca. »Ich kann ihn in Nobeln auslösen.«

»Ich habe noch eine andere gute Nachricht für Euch.«

Luca wartete.

»Der Mann, der Euren Vater kennt, sagte, Euer Vater habe gewusst, wohin seine Frau gebracht wurde. Anscheinend hat Eure Mutter als Hausdienerin für eine Familie gearbeitet, die enge Verbindungen zum Sultan hat. Euer Vater hat gesehen, wie sie versteigert wurde, bevor er selbst an Bayeed verkauft wurde. Es wäre möglich, dass sie am Leben ist und noch immer für dieselbe Familie arbeitet. Wenn diese Familie am Palast des Sultans lebt, müsste sie jetzt in Istanbul sein. Möge Gott ihnen vergeben, dass sie unsere Stadt gestohlen haben.«

Luca schwindelte von all den Neuigkeiten. Freize nahm seinen Arm. »Ruhig«, sagte er wieder. »Ganz ruhig.« Er stützte seinen wankenden Freund und klopfte ihm auf den Rücken. »Geht es, Spätzchen?«

Luca schob seine Hand weg. »Meine Mutter lebt!«

»Diese Informationen sind alt«, warnte der Priester. »Euer Vater hat gesagt, ihr Käufer habe ausgesehen wie ein guter Herr. Doch das ist Jahre her. Niemand weiß, ob sie noch bei ihm ist.«

»Aber es könnte sein, dass sie jetzt am Hof des Sultans dient?«

»Ja. Das wäre eine gute Arbeit. Leichte Aufgaben. Ich werde an einen der Offiziellen am Königshof schreiben und nach ihr fragen«, versprach der Priester und hob die Feder. »Wie lautet ihr Name?«

»Clara«, sagte Luca. »Clara Vero. Ich kann es nicht glauben. Ich kann es einfach nicht glauben! Ich war erst vierzehn, als man mir sagte, sie seien tot. Sie wurden von unserem Hof geraubt, einem kleinen Hof auf dem Lande. Niemand konnte den Raubzug bezeugen. Jahrelang hatte ich die Hoffnung aufgegeben, sie je wiederzusehen. Seitdem habe ich jeden einzelnen Tag um sie getrauert. Ich habe mich für eine Waise gehalten.«

»Gott ist gnädig«, sagte der Priester. »Gelobt sei der Herr.«

»Es ist ein Wunder«, pflichtete Freize ihm bei. »Amen. Kopf hoch, Spätzchen!«

Luca flüsterte ein Gebet. »Wann soll ich wieder zu Euch kommen, Pater?«, fragte er dann.

»Ich werde nach Euch schicken lassen, sobald ich Nachricht von Bayeed habe«, erklärte der Priester. »Es kann einige Tage dauern, bis wir von Eurem Vater hören, und Monate, bis wir Eure Mutter ausfindig machen. Ihr werdet Euch in Geduld üben müssen. Euer Diener sagte mir, dass Ihr im Palazzo der Familie de Longhi wohnt?«

»Ja.« Luca nickte. »Dort könnt Ihr mich erreichen.«

»Ihr habt einen langen Weg von Eurem kleinen Bauernhof zurückgelegt«, bemerkte der Priester. »Ihr habt es weit gebracht.«

Luca, völlig überfordert von den Neuigkeiten, fiel keine passende Antwort ein. »Mein Herr hat ein glückliches Händchen«, sprang Freize ein. »Wir sind nach Venedig gekommen, um mit Gold zu handeln. Und wir erwarten eine Schiffsladung aus Russland. Aber er war fest entschlossen, zu Euch zu kommen und in Erfahrung zu bringen, ob Ihr seinen Vater finden könnt. Er ist ein treuer Sohn.«

Der Priester lächelte milde. »Vielleicht wollt Ihr der Kirche etwas von Eurem Reichtum spenden?«, fragte er Luca. »So viele gute Christen könnten wie Euer Vater und Eure Mutter zu ihren Familien zurückkehren, wenn wir nur genügend Geld hätten.«

»Das werde ich tun«, versprach Luca, zitternd vor Aufregung. Freize sah, dass er kaum wusste, was er sagte. »Das werde ich tun. Ich werde mich großzügig zeigen. Ich will, dass auch andere Menschen heimkehren können. Gott weiß, wenn es nach mir ginge, gäbe es keine versklavten Männer und Frauen auf der Welt, und keine elternlosen Kinder, die auf sie warten.«

»Gott sei mit Euch, mein Sohn.« Der Priester schlug das Kreuzzeichen über ihn. »Und möge er Euch auf Eurem Weg leiten und Euch bei Eurem Handel mit Gold und Gütern führen. Der Handel ist ein weltliches Geschäft. Ihr werdet Euch vor Verbrechern hüten müssen.«

»Es wäre uns übrigens lieb, wenn nicht ganz Venedig von unseren Geschäften erfährt«, bemerkte Freize. »Vom armen Bauernjungen zum reichen Kaufmann – mein Herr möchte nicht, dass darüber geredet wird.«

»Ich tratsche nicht«, entgegnete der Priester entschieden. »Ich handle mit Informationen über verlorene Lämmchen aus unserer Herde. Meine Arbeit basiert auf Diskretion.«

»So ist es recht.« Freize nickte und wandte sich ab. »Es ist ganz schön viel Gold hier in Umlauf, denkt Ihr nicht auch?«, setzte er beiläufig hinzu.

»Ich habe noch nie im Leben so viele Nobel gesehen«, erwiderte der Priester. »Gott ist wahrhaftig groß. Denn die Osmanen wollen nur in dieser Münze ausgezahlt werden, und viele Menschen haben sie mir für meine Arbeit gegeben. Ihr Wert steigt täglich, so dass ich weitere arme Seelen damit freikaufen kann. Ich habe all meine Ersparnisse in Nobel getauscht, um noch mehr Menschen zurückzuholen. Gelobt sei der Herr.«

An der Piazza San Marco huschte Ishraq gerade in dem Augenblick durch die Seitentür in den Palazzo, in dem die Gondel mit Luca und Freize ihre Nase durch das Wassertor an der Vorderseite des Hauses streckte. Immer zwei Stufen auf einmal nehmend rannte sie ins Obergeschoss hinauf, während die Männer sich in den ersten Stock begaben. Sie schob die Umhänge, Hosen und klobigen Schuhe unters Bett und zeigte Isobel den Beutel mit den Goldmünzen.

»Wie viel hast du für die Rubine bekommen?«, fragte Isobel aufgeregt.

»Zehneinhalb Nobel«, erwiderte Ishraq. »Das war der beste Preis, den ich aushandeln konnte.«

Isobel schluckte bei dem Gedanken, dass sie mit dem Schmuck ihrer Mutter spekulierten. »Ich hoffe, die Münzen steigen im Wert«, sagte sie nervös. »Meine Mutter hat die Rubine wie ihre Augäpfel gehütet.«

»Das hoffe ich auch«, sagte Ishraq. »Aber alle sagen, dass die Münzen schon morgen mehr wert sein werden als heute. Sie rechnen bereits jetzt mit dem Preis von morgen, und die Geldwechsler schließen in diesen Augenblicken ihre Stände. Wir könnten sie schon morgen gewinnbringend veräußern und die Rubine zurückkaufen.«

Isobel kreuzte die Finger und tippte sie gegen Ishraqs Stirn, ein spielerisches Zeichen, das noch aus ihrer Kindheit stammte.

»Viel Glück!«, antwortete Ishraq. »Geh du schon runter, ich verstecke noch den Beutel unter der Matratze.«

Lucas Gesicht hellte sich auf, als Isobel ins Zimmer trat. Er nahm ihre Hände und erzählte ihr, dass er vielleicht schon bald seine Eltern würde auslösen können. »Das ist ja eine wunderbare Nachricht!«, rief sie. »Das Beste, was dir passieren konnte.«

Einen Augenblick lang standen sie einander Hand in Hand gegenüber, und ihm wurde klar, dass er nach Hause geeilt war, um es ihr so schnell wie möglich erzählen zu können.

»Du verstehst es«, sagte er. »Du verstehst, was es für mich bedeutet.«

»Weil auch ich meinen Vater verloren habe«, erwiderte sie. »Nur dass meiner für immer fort ist, tot. Ich verstehe, wie sehr du dich nach ihm sehnst, welchen Kummer dir sein Verschwinden jeden Tag bereitet. Wenn dein Vater wirklich heimkehren kann, und auch deine Mutter – es wäre ein Wunder!«

»Ich würde der Kirche nicht länger dienen«, sagte Luca wie zu sich selbst. »Wenn sie wirklich zurückkommen, würde ich wieder mit ihnen auf unserem Hof leben. Ich wäre stolz darauf, ihr Sohn zu sein und auf dem Feld zu arbeiten. Ich würde nichts anderes wollen.«

»Aber was ist mit deiner Arbeit für den Orden der Finsternis? Es heißt, dass du großes Talent hast. Bruder Peter sagt, es sei deine Pflicht und deine Berufung, das Ende der Tage zu erforschen. Er sagt, du seist der größte Ermittler, den er je bei der Arbeit gesehen hat. Und er ist schon mit vielen Ermittlern gereist.«

Luca freute sich über das Lob. »Das hat er wirklich gesagt?«

»Ja!« Sie lächelte reumütig. »Als er mich ausgeschimpft hat. Er hat mich angewiesen, dich nicht von deiner Arbeit abzuhalten. Er sagte, du habest eine Berufung. Er sagte, du seist außergewöhnlich.«

»Trotzdem. Ich würde zu meinem Vater und meiner Mutter zurückkehren. Natürlich würde ich meine Mission zu Ende bringen, ich will nichts unvollendet lassen. Aber wenn meine Eltern wirklich nach Hause kommen, werde ich mich nie wieder von ihnen trennen. Ich würde einfach nur ihr Sohn sein wollen.«

Isobel nickte. Sie verstand sein Heimweh von allen am besten. Schließlich war sie selbst nach dem Tod ihres Vaters von ihrem Bruder aus ihrem eigenen Schloss und von ihren eigenen Ländereien verjagt worden. »Aber du weißt, dass wir nie wirklich zurückkehren können«, sagte sie leise. »Selbst wenn es mir gelingt, meinen Bruder zu besiegen und mein Land zurückzuerobern, selbst wenn ich durch das Tor meines Schlosses reite und es wieder mein eigen nenne, wird es nie wieder sein wie zuvor. Nichts wird je wieder sein, wie es war. Mein Vater wird immer noch tot sein. Mein Bruder wird mich immer noch betrogen haben. Ich werde immer noch allein auf der Welt sein, abgesehen von Ishraq. Ich werde immer noch die Trauer über den Verlust meines Vaters und den Zorn über den Betrug meines Bruders spüren. Mein Herz wird härter sein. Ich werde nicht mehr dieselbe sein, selbst wenn mein Schloss noch steht.«

»Ich weiß«, erwiderte er. »Du hast recht. Aber wenn meine Eltern heimkehren könnten, und wenn du dort leben könntest, wo du hingehörst, dann könnten wir auf unsere Art an unserem Platz ein neues Leben beginnen. Ein neues Leben an einem alten Ort. Wir könnten neu anfangen, dort, wo wir herkommen.«

Sie begriff, dass ihre Wege sie in sehr unterschiedliche Richtungen führen würden. »Oh, Luca, sollte ich Lucretili wirklich zurückbekommen, würde ich sehr weit von deinem Hof entfernt wohnen.«

»Und sollten meine Eltern zurückkommen, würde ich ein unbedeutender Bauer sein, ich könnte nie mit einer hohen Dame wie der Fürstin von Lucretili sprechen. Du würdest an meinem Hof vorbeireiten und mich keines Blickes würdigen. Ich wäre ein schmutziger Bauernlümmel hinter einem Ochsenpflug, und du würdest hoch oben auf deinem edlen Ross sitzen.«

Schweigend dachten sie beide dasselbe: Was auch geschieht, wir können nie gemeinsam ein neues Leben beginnen. Sachte lösten sie ihre ineinander verschränkten Hände.

»Wir dürfen unsere Mission nicht vernachlässigen«, ertönte Bruder Peters mahnende Stimme von der Tür her. »Das ist die Hauptsache. Ich bin froh, dass Ihr eine Spur von Eurem Vater habt, Luca. Aber wir dürfen nicht vergessen, warum wir hier sind. Ihr habt eine Berufung. Nichts ist wichtiger als das Ende der Tage.«

»Ich werde nicht vergessen, warum ich hier bin«, versprach Luca. »Aber da unser Herr uns aufgetragen hat, zu handeln und zu spielen, ist das meine Gelegenheit. Ich muss etwas Geld verdienen. Ich werde es brauchen, um meine Eltern zurückzukaufen.«

»Du könntest durch Handel ein kleines Vermögen machen«, bemerkte Ishraq, die ins Zimmer getreten war. Isobel warf ihr einen schuldbewussten Blick zu. »Du musst nur englische Nobel kaufen. Alle sagen, dass sich ihr Wert schon bald verdoppeln wird. Auf diese Weise macht man wie durch Zauberei Geld. Du kaufst jetzt, verkaufst in einem Monat und bekommst das Doppelte dessen, was du ursprünglich bezahlt hast.«

»Aber wie?«, fragte Isobel an Luca gewandt. »Mir ist klar, dass es geschieht, mir ist klar, dass halb Venedig darauf spekuliert – jeden Tag kommt ein kleiner Gewinn hinzu. Aber wie funktioniert es?«

»Alle wollen die englischen Nobel, und bald wird es mehr Käufer als Münzen geben«, sagte Luca. »Es ist wie ein Traum. Alle kaufen in der Erwartung, Gewinn einzustreichen, und so steigt der Wert immer weiter. Letztlich spielt es keine Rolle, was es ist. Es können Nobel oder Muscheln oder Diamanten oder sogar Gebäude sein. Alles, was man gegen Geld tauschen kann. Wenn immer mehr Menschen es besitzen wollen, überbieten sie sich gegenseitig bis ins Unermessliche.«

»Aber eines Tages wird das alles platzen wie eine Blase«, prophezeite Ishraq. »Es kommt darauf an, zu verkaufen, bevor es so weit ist.«

»Und woher weißt du, wann es so weit ist?«, fragte Luca. Verwundert bemerkte er, dass die Mädchen einen beunruhigten Blick wechselten.

»Nun, wir hatten gehofft, du würdest es wissen«, gestand Isobel. »Wir haben selbst ein paar Nobel gekauft.«

»Ach ja?« Luca lachte. »Ihr seid Spekulantinnen?«

Die Mädchen nickten mit großen Augen, als wäre es ihnen selbst nicht ganz geheuer.

»Wie viel?«, fragte Luca nüchtern, als er ihre ernsten Gesichter sah.

»Zehneinhalb Nobel«, gestand Isobel.

Er stieß einen leisen Pfiff aus. »Woher habt ihr das Geld?«

»Ich habe die Rubine meiner Mutter verkauft«, beichtete Isobel. »Aber jetzt habe ich Angst, dass ich sie nie wiedersehe.«

»Sagst du uns Bescheid, wenn du den Zeitpunkt zum Verkaufen für gekommen hältst?«, fragte Ishraq.

Er nickte. »Natürlich. Ich werde mein Bestes tun. Wir werden ohnehin jeden Tag auf den Markt gehen und die Preise beobachten.«

»Außerdem sind die Münzen aus purem Gold – wir haben sie geprüft«, erinnerte Ishraq ihn. »Was auch immer geschieht, sie können nicht unter den Goldwert sinken.«

»Vielleicht wird Luca auf diese Weise an sein Lösegeld kommen«, sagte Bruder Peter und drehte sich mit einem Brief in der Hand zu ihnen um. »Luca, Ihr seid – besser gesagt, wir alle sind – zu einer Gesellschaft bei einer der wichtigsten Familien Venedigs eingeladen. Übermorgen Abend, mit Spiel und Tanz. Die Einladung kam, während Ihr unterwegs wart. Unser Name scheint sich schon herumgesprochen zu haben.«

Die Mädchen blickten auf.

»Sollen wir hingehen?«, fragte Luca.

»Ich glaube, das müssen wir«, sagte Bruder Peter schwermütig. »Wir müssen uns unters Volk mischen, um herauszufinden, woher das Gold kommt und wie viel davon in Umlauf ist. Unser Herr hat selbst gesagt, dass wir spielen sollen, um den Anschein einer wohlhabenden, weltlichen Familie zu erwecken. Ich werde vor unserem Aufbruch und nach unserer Rückkehr beten. Ich werde beten, dass uns der Herr vor der Versuchung bewahrt.«

»Denn es besteht durchaus die Gefahr, dass sich ihm die Frauen reihenweise an den Hals werfen«, flüsterte Ishraq Isobel grinsend zu.

»Sollen wir auch mitkommen?«, fragte Isobel.

»Ihr und Eure Gesellschafterin seid ebenfalls eingeladen.« Bruder Peter reichte ihr ein Billett, das an Signorina Vero adressiert war.

»Sie glauben, ich trage deinen Namen!«, rief Isobel an Luca gewandt und errötete gleich darauf.

»Natürlich tun sie das«, gab Bruder Peter mürrisch zurück. »Wir reisen alle unter Lucas Namen. Mich halten sie für Peter Vero, Lucas älteren Bruder.«

»Es klingt nur so sonderbar! Als wären wir wirklich verheiratet«, sagte Isobel, rot bis an die Ohrenspitzen.

»Es klingt, als wärt Ihr seine Schwester«, korrigierte Bruder Peter sie kühl. »Denkt daran, den Schein zu wahren. Ihr werdet mit den Damen plaudern, während wir mit den Herren spielen. Ishraq sollte Euch als Eure Dienerin und Gefährtin begleiten.«

»Gewiss«, sagte Isobel. »Aber Spiel und Tanz klingen sehr viel amüsanter als eine Plauderei unter Damen.«

»Wir sind nicht hier, um uns zu amüsieren«, entgegnete Bruder Peter streng. »Wir werden die Quelle des Falschgolds ausfindig machen. Nur aus diesem Grund müssen wir in das Herz der Sünde eindringen.«

»So ist es«, bestätigte Isobel und vermied jeglichen Blickkontakt mit Ishraq, deren Schultern vor unterdrücktem Lachen zuckten. »Wir werden unseren Beitrag leisten. Wir werden die Ohren spitzen und die Damen fragen, was ihre Männer von den Nobeln halten und woher sie ihre Münzen beziehen.«

Am nächsten Morgen machten sich Freize, Luca und Bruder Peter wieder auf den Weg zu den Geldwechslern an der Rialtobrücke. »Wie finden wir heraus, wie viel Gold sie bei sich haben?«, fragte Bruder Peter sorgenvoll, während die Gondel sich durch den regen Schiffsverkehr schlängelte. »Schließlich wollen wir so viel Gold verlangen, dass sie ihre Zulieferer kontaktieren müssen. Dafür müssen wir aber den entsprechenden Betrag kennen.«

»Ich habe hinter dem Tisch des jüdischen Geldwechslers beim letzten Mal nur eine einzige Truhe gesehen. Ich glaube nicht, dass er weitere Münzen dabeihat. Aber ich weiß nicht, wie viele er zu Hause aufbewahrt«, sagte Freize.

»Bruder Peter hat mir die Güterliste der Schiffsladung gezeigt, die unser Herr uns geschickt hat«, sagte Luca. »Sie soll nächste Woche eintreffen. Wir bekommen ein Viertel der gesamten Fracht. Ein Vermögen.«

»So viel hat euer Herr zu verschenken? Was hat das Schiff geladen?«

»Bernstein, Pelze, Seide, Elfenbein.«

»Woher hat euer Herr das Geld?«, fragte Freize. »Hat er

kein Armutsgelübde abgelegt wie die Brüder in unserer Abtei?«

Bruder Peter runzelte die Stirn. »Seine Geschäfte sind seine Angelegenheit, Freize, das geht dich nichts an. Aber natürlich schöpft er aus dem Reichtum der Kirche.«

»Wie Ihr sagt.« Luca musste ein weiteres Mal den Eindruck von seinem Herrn zurechtrücken. »Ich wusste, dass er große Macht hat. Aber ich wusste nicht, dass er auch über großen Reichtum verfügt.«

»Das ist ein und dasselbe«, sagte Bruder Peter. »Beides verleitet zur Sünde.«

»So ist es«, stimmte Freize vergnügt zu. »Aber ich muss mich darum nicht sorgen, denn ich besitze nur Kleingeld, und Macht habe ich überhaupt nicht.«

»Wir werden sagen, dass wir die gesamte Ladung gegen Gold tauschen wollen, sobald das Schiff einläuft«, erklärte Luca. »Wir werden den Geldwechsler fragen, ob er genügend Nobel vorrätig hat. Ich werde die Güterliste vorzeigen, falls es nötig ist.«

Bruder Peter schüttelte den Kopf. »Ich lüge, wann immer ich in dieser Stadt den Mund aufmache«, sagte er düster.

»Ich auch«, sagte Freize ohne irgendein Zeichen des Unbehagens. »Fürchterlich.«

Der Gondoliere steuerte das Boot vor die Ufertreppe und ließ es an den Anleger gleiten. »Soll ich hier warten?«

»Ja«, sagte Luca, während er an Land trat.

»Die Damen brauchen die Gondel nicht?«

»Die Damen bleiben zu Hause«, entschied Bruder Peter. »Sie können in unserer Abwesenheit ohnehin nur in die Kirche, und die Piazza San Marco ist nur einen Fußmarsch weit entfernt.«

Der Gondoliere verbeugte sich höflich, und die Männer schritten die Treppe zu dem belebten Platz hinauf. Freize hielt sofort nach der hübschen Hütchenspielerin Ausschau. Sie kniete am Boden, vor sich eine Marmorplatte mit weißem Sand und die drei umgedrehten Hütchen. Ihr schweigsamer Vater stand wie immer nahebei.

»Ich bin gleich wieder bei euch«, entschuldigte sich Freize bei Luca und Bruder Peter und ging zu ihr hinüber. »Guten Morgen, Jacinta«, sagte er und wurde von einem strahlenden Lächeln begrüßt. »Guten Morgen auch Euch, Drago Nacari«, sagte er zu ihrem Vater. »Habt Ihr heute viel zu tun?«

»So viel wie immer«, erwiderte sie, glättete den Sand und stellte die Hütchen auf. Freize sah zu, wie sie die milchige Perle unter eines der Hütchen legte, sie mehrmals herumwirbelte und dann wieder hinstellte. Er verfolgte das Spiel mehrere Male, schließlich konnte er der Versuchung nicht länger widerstehen.

»Das da«, sagte er selbstsicher. »Es ist unter diesem Hütchen, ich würde mein Leben darauf verwetten.«

»Verwette lieber deine Pfennige«, sagte sie mit einem Funkeln in den braunen Augen. »Dein Leben sollst du behalten.«

»Es ist das rechte Hütchen«, sagte Luca leise neben ihm. »Ich habe genau zugesehen. Ich bin mir sicher.«

»Wie Ihr meint«, sagte das Mädchen. »Warum wettet Ihr nicht beide?«

Luca legte eine Handvoll Kleingeld vor das rechte Hütchen, doch Freize setzte den gesamten Inhalt seines Beutels auf das mittlere.

Sie lachte, als würde sie sich wirklich freuen, dass ein Spieler gewann, und sagte zu Freize: »Dein Freund hat flinkere Augen als du! Er hat recht.« Sie klaubte die Münzen vor dem mittleren Hütchen zusammen, auf das Freize und der Großteil der Schaulustigen gesetzt hatten. Luca gab sie seine Piccoli zurück und reichte ihm dazu einen Viertelnobel. »Euer Gewinn«, sagte sie. »Ihr bekommt Euren Einsatz dreifach zurück.«

»Ein gutes Spiel für den Gewinner.« Es hatte ihn leicht aus der Fassung gebracht, die englische Münze wie gewöhnliches Wechselgeld zu erhalten.

Sie missdeutete sein Zaudern. »Es ist ein Viertelnobel. Er ist einen halben Dukaten wert«, erklärte sie. »Eine gute Münze.«

»Ihr wollt doch etwa nicht die Goldmünzen anzweifeln?«, rief jemand aus der Menge.

»Gewiss nicht. Ich staune nur über mein Glück«, erwiderte Luca.

»Bei diesem Spiel zu gewinnen, ist nahezu unmöglich«, grummelte Freize. »Aber es ist ein gewitztes Spiel und ein Vergnügen, dir dabei zuzusehen, Jacinta.«

»Willst du wieder mit Pater Pietro sprechen?«, fragte sie. »Er kommt erst am Nachmittag.«

»Nein, nein. Mein Herr ist Händler. Er trifft Vorbereitungen für den Verkauf einer großen Schiffsladung, die demnächst einläuft«, erklärte Freize. »Seide. Hättest du nicht gern ein Seidenkleid, Jacinta? Oder seidene Schleifen für deine prächtigen Haare?«

Sie lächelte. »O ja, sehr gern! Wollen wir darum spielen? Du lässt mir ein Kleid schneidern, wenn du dreimal hintereinander verlierst?«

Freize grinste. »Ich werde mich hüten! Du würdest einen ganzen Kleiderschrank voll bekommen. Ach was, eine ganze Schiffsladung!«

Sie lachte. »Es ist nur Glück.«

»Es ist eine große Kunst«, entgegnete Luca. Er senkte die Stimme. »Aber ich werde dir ein Geheimnis verraten.«

Sie beugte sich vor.

»Ich habe nicht gesehen, dass die Murmel unter dem rechten Hütchen war – deine Hand war zu schnell. Ich denke, sie ist für jeden zu schnell. Aber ich habe erraten, dass sie unter dem rechten Hütchen liegt.«

Sie blickte ihn mit zusammengekniffenen Augen an. »Ein Glückstreffer?«

»Nein. Ich habe mich an das gehalten, was ich gesehen habe.«

»Und was habt Ihr gesehen?«

»Du bist Rechtshänderin«, erklärte er. »Und es ist einfacher, die Hütchen wegzuschieben, als sie heranzuziehen. Wenn du das Hütchen mit der versteckten Murmel bewegst, bevorzugst du die Schiebebewegung nach rechts. Seit ich hier stehe, hast du das Hütchen mit der Murmel drei von sieben Malen nach rechts geschoben. Und ich nehme an, dass du am Ende des Tages, wenn du müde bist, die rechte Seite noch häufiger bevorzugst.«

Sie hockte sich auf die Fersen. »Ihr habt also mitgezählt, wie oft die Murmel wo gelandet ist?«

Luca zuckte die Schultern. »Ich hatte gar nicht vor, mitzuzählen«, erklärte er. »Es ist mir einfach aufgefallen. Muster und Zahlen fallen mir auf.«

Sie lächelte. »Spielt Ihr Karten?«

Luca lachte. »Du glaubst, das könnte mir dabei nützlich sein?«

»Ich bin mir sogar sicher«, erwiderte sie. »Wenn Ihr Euch die Karten einprägen könnt, seid Ihr bestimmt ein guter Karnöffelspieler. Ihr könntet hier auf dem Platz spielen. Ihr würdet ein Vermögen machen. Jeder hier hat Geld in der Tasche und wähnt das Glück auf seiner Seite.«

Luca warf Bruder Peter einen Blick zu. Die Miene des Schreibers wurde immer ungeduldiger. »Ich spiele nicht, meinem Bruder würde es nicht gefallen. Aber ich denke, du hast recht, ich würde mir die Karten einprägen können.«

»Wenn Ihr eine Zahlenfolge auswendig lernen müsstet, wie viele Zahlen könntet Ihr im Kopf behalten?«, fragte sie.

Er schloss die Augen und musste daran denken, wie er als Junge in Gedanken durch Zahlen gelaufen war wie durch eine Säulenhalle. »Ich weiß es nicht, ich habe es nie ausprobiert. Tausende, denke ich.«

»Herr, seht Ihr Zahlen in Farbe?«

Die Frage war so sonderbar, dass er lachen musste. »Ja, das tue ich«, gab er dann zögerlich zu. »Aber ich habe es stets für eine seltsame Illusion gehalten. Ein Schnippchen, das meine Augen mir schlagen, oder mein Geist. Wer weiß? Es ist von keinem Nutzen, soweit ich weiß. Siehst du Zahlen in Farbe?«

Sie schüttelte den Kopf. »Ich nicht. Aber ich weiß, dass einige Menschen, die gut mit Zahlen umgehen können, sie in Farben oder Bildern sehen. Versteht Ihr Sprachen, wenn Ihr sie zum ersten Mal hört?«

Wieder zögerte er. Der Gedanke an Prahlerei lag ihm fern – zu oft war er als Kind für seine außergewöhnlichen Fähigkeiten schikaniert worden. »Ja«, sagte er kurz. »Aber ich schere mich nicht darum.«

Sie bedeutete ihrem Vater mit einem Kopfnicken, herzukommen. Drago Nacari trat zu ihnen und schüttelte Lucas Hand. »Das ist mein Vater«, stellte Jacinta ihn vor. Zu ihrem Vater sagte sie in schnellem Französisch: »Dieser junge Mann hat eine Gabe für Zahlen und Sprachen. Er ist neu in Venedig. Er ist erst vor kurzem in die Stadt gekommen.«

Dragos Griff um Lucas Hand wurde fester. »Was für ein Glück! Ich habe gehofft und gebetet, dass ein Mann wie Ihr zu mir kommt«, sagte er.

»Letzte Nacht hatte ich einen Traum«, sagte das Mädchen leise zu Luca. »Ich habe geträumt, dass ein Reh, mit Augen, so braun und glänzend wie Eure, auf die Piazza San Giacomo kommt. Die kleinen harten Hufe klapperten über die Rialtobrücke, und der Platz war eine grüne Wiese.«

»Er ist ein wohlhabender Kaufmann«, schaltete Freize sich ein. »Er wettet nur zum Spaß. Er ist kein Spieler. Er wird Euch bei Eurem Geschäft nicht helfen. Und ein Reh ist er schon gar nicht!«

»Versteht Ihr mich?«, fragte Drago Luca auf Latein.

»Ich spreche und lese Latein«, bestätigte Luca. »Ich habe es im Kloster gelernt.«

»Versteht Ihr mich?«, fragte Drago auf Arabisch.

Luca runzelte die Stirn. »Ich denke, das ist dieselbe Frage«, setzte er an. »Aber ich spreche kein Arabisch. Ich rate nur.«

»Nun, das hier werdet Ihr nicht verstehen«, sagte Drago auf Romani, der Sprache des fahrenden Volkes. »Nicht ein Wort!«

Luca lachte. »Zufall! Als ich klein war, sind Zigeuner in unser Dorf gekommen«, sagte er. »Ich habe ihnen zugehört und ihre Sprache gelernt.«

»Sprecht Ihr die Sprache der Vögel?«, fragte Drago leise auf Italienisch.

Luca schüttelte den Kopf. »Nein. Davon habe ich noch nie gehört. Was ist das?«

»Ich studiere ein Manuskript, das mich verwirrt«, sagte Drago Nacari, ohne auf Lucas Frage einzugehen. »Dort stehen Zahlen geschrieben und seltsame Wörter und etwas, das ein geheimer Code zu sein scheint. Erst gestern Abend sagte ich mir, dass ich Gott bitten muss, mir einen Menschen zu schicken, der die Zahlen und Wörter versteht, denn ohne Hilfe werde ich mir nie einen Reim darauf machen können. Dann träumte meine Tochter von einem Reh auf der Rialtobrücke. Und heute kommt Ihr!«

»Warum sollte der Traum auf mich verweisen?«, fragte Luca.

Jacinta lächelte. »Weil Ihr so hübsch seid wie ein junger Bock«, erklärte sie keck. »Und das Reh ist gelaufen wie Ihr, stolz und elegant, mit erhobenem Kopf.«

Freize beugte sich vor. »Ich bin auch ein junger Bock«, beteuerte er. »Vielleicht hast du ja auch von mir geträumt.

Ein Bock oder zumindest ein Pferd? Oder vielleicht ein schöner Ochse? Kräftig und wohlgeformt? Als er klein war, nannte ich ihn Spätzchen, weil er so langbeinig und mager war.«

»Du erinnerst mich wirklich an ein hübsches Pferd«, sagte sie mit einem Lächeln. »Ich mochte dich vom ersten Augenblick an.«

»Um welche Schrift handelt es sich?« Luca konnte seine Neugier nicht verbergen.

»Es ist ein Manuskript mit Bildern und Schriftzeichen. Aber auf den Bildern sind weder Pflanzen noch Menschen, die mir bekannt sind, und ich verstehe die Sprache nicht.«

»Habt Ihr es an die Universität von Venedig oder nach Padua gebracht?«

Der Mann breitete die Arme aus. »Ich wage es nicht«, gestand er. »Wenn die Schrift Geheimnisse beinhaltet, mit denen sich Geld machen lässt, wäre ich gern derjenige, der etwas davon hat. Und wenn es eine ketzerische Schrift ist, wäre ich ungern derjenige, der sie zur Kirche bringt und bestraft wird. Die Kirchenmänner würden wissen wollen, woher ich sie habe und was sie bedeutet. Sie könnten mich wegen verbotenen Wissens anklagen, dabei weiß ich gar nichts. Versteht Ihr, in welch verzwickter Lage ich stecke?«

»Steht sie auf der Liste der verbotenen Schriften?«,

fragte Freize vorsichtig. »Mein Herr darf keine ketzerischen Schriften lesen.«

Der Mann zuckte die Schultern. »Da ich nicht einmal den Titel übersetzen kann, weiß ich auch nicht, worum es in der Schrift geht.«

»Warum vertraut Ihr mir?«, fragte Luca.

Drago lächelte. »Selbst wenn Ihr einen Auszug übersetzen könnt, werden es nur wenige Seiten eines sehr umfangreichen Manuskripts sein. Aus dem Zusammenhang gerissen werden sie nicht viel Sinn ergeben. Ihr müsstet ein großer Philosoph sein, um sie auch nur ansatzweise zu verstehen. Ihr sagt, Ihr seid ein Kaufmann. Dieser Weg führt schneller zum Reichtum, als die Weisheit der Alten zu studieren. Aber ich würde Euch einen Anteil an allem versprechen, was ich durch Eure Gelehrsamkeit verdiene.«

»Ich würde die Schrift auf jeden Fall gerne sehen«, sagte Luca eifrig. »Und wir haben eine junge Frau bei uns …«

»Die Gefährtin seiner Schwester«, fügte Freize rasch hinzu, um bei ihrer Geschichte zu bleiben. Er stieß Luca mit der Schulter an. »Sieh, dein Bruder wartet auf uns und wird langsam ungeduldig.«

Luca warf einen Blick über die Schulter hinweg auf Bruder Peter, der richtiggehend empört wirkte darüber, dass sie so viel Zeit mit Gauklern verschwendeten. »Gleich, nur einen Moment noch. Die besagte junge Frau … die Gefährtin meiner Schwester … ist zur Hälfte Araberin und könnte uns helfen. Sie hat in Spanien an den maurischen Universitäten studiert und ist sehr belesen. Sie ist eine Gelehrte.«

»Eine gebildete Frau?«, fragte Jacinta, plötzlich hellhörig geworden. Anders als Bruder Peter schien sie das nicht für einen Widerspruch in sich zu halten.

»Soll ich die Schrift in Euer Haus bringen lassen?«, fragte Drago Nacari.

»Ja, bitte. Kommt zu uns«, lud Luca ihn ein. »Kommt heute Nachmittag. Ich bin sehr gespannt.«

»Wir kommen, sobald wir hier fertig sind«, versprach Drago. »Nach der Sext.«

»Einverstanden.«

Der Mann verbeugte sich, und Jacinta kniete sich wieder auf den Boden und verteilte den feinen Sand auf der Marmorplatte. Freize bückte sich, um sich leise von ihr zu verabschieden. »Wirst du deinen Vater begleiten?«

»Wenn er es wünscht«, erwiderte sie.

»Dann sehen wir uns also später in unserem Haus, in der Ca' de Longhi.«

Sie lächelte. »Wenn nicht dort, dann sehen wir uns hier wieder, ich bin jeden Vormittag da. Vielleicht lacht dir ja morgen das Glück.«

»Mir lacht immer das Glück«, versicherte Freize. »Ich wurde von einer schrecklichen Flut erfasst und bin unbeschadet heimgekehrt. Ich bin aus einem Kloster voller verrückter Nonnen entkommen, ohne dass mir ein Haar gekrümmt worden wäre. Und davor war ich ein einfacher Küchenjunge, und mein einziger Freund wurde nach Rom berufen und hat mich mitgenommen. Dort habe ich auch meinen Glückspfennig bekommen.«

»Zeig ihn mir noch einmal«, bat sie mit einem Lächeln.

Er zog ihn aus der Hemdtasche. »Ich hebe ihn jetzt getrennt von den anderen auf, damit ich ihn nicht versehentlich ausgebe. Siehst du? Der Pfennig wurde vom Papst in meinem Geburtsjahr gemünzt. Er hat mit mir die Flut überstanden, und ich habe ihn seither nicht aus der Hand gegeben. Durch und durch ein Glückspfennig.«

»Willst du nicht mit ihm wetten?«, fragte sie. »Wenn er dir so viel Glück bringt?«

»Nein, denn wenn er nur ein einziges Mal versagt und ich ihn verliere, würde es mir das Herz brechen«, sagte Freize. »Mein ganzes Glück wäre dahin. Aber dir würde ich ihn geben … im Tausch gegen etwas anderes.«

»Leih ihn mir«, sagte sie. »Leih ihn mir, ich verspreche dir, dass du ihn wiederbekommst. So gut wie vorher … nur ein bisschen besser.«

»Ein Pfand?«, fragte er. »Ein Liebespfand?«

»Ich werde ihn nicht lange behalten«, sagte sie. »Du bekommst ihn bald zurück, das verspreche ich.«

Er reichte ihn ihr, ohne zu zögern. »Ich verlange einen Kuss als Zins«, forderte er.

Sie hauchte einen Kuss auf die Fingerspitze und legte sie ihm an die Wange.

»Da siehst du, wie das Glück mir lacht!«, sagte Freize strahlend. Ihre Augen funkelten ihn unter ihren dunklen Wimpern an, bevor er sich umdrehte, um Luca zu folgen.

Luca führte Bruder Peter und Freize über den belebten Platz zu den Geldwechslern im Säulengang. Jeder von ihnen hatte einen kräftigen Burschen mit einem Knüppel oder einem Messer am Gürtel an seiner Seite.

»Der ist es, der ganz links«, erklärte Freize. Luca ging auf den Mann zu, dessen kleiner Hut und gelbes Abzeichen ihn als jüdischen Geldwechsler auswiesen. Er saß allein am Ende der Reihe, etwas abseits der christlichen Händler, als wollten sie sich von ihm abheben.

»Seid gegrüßt! Ich möchte mit Euch ins Geschäft kommen«, sprach Luca ihn freundlich an.

Der Mann machte eine einladende Geste, während sein Gehilfe Luca einen Stuhl brachte. Luca setzte sich, und Bruder Peter und Freize stellten sich hinter ihn.

»Ich bin ein ehrlicher Geschäftsmann«, sagte der Geldwechsler. »Euer Diener wird Euch bestätigen, dass ich ihm einen guten Preis geboten habe, als er vorgestern zu mir kam. Der Wert ist bereits gestiegen. Ich würde den Nobel jederzeit von ihm zurückkaufen, und er könnte den Gewinn einstreichen.«

Freize nickte und zeigte sein offenes Lächeln. »Ich habe keine Klagen«, erwiderte er vergnügt. »Ich behalte den halben Nobel noch ein Weilchen und hoffe, dass sein Wert weiter steigt.«

»Ich habe Anteile an einer Schiffsladung, die dieser Tage aus Russland kommen soll«, erklärte Luca und beugte sich vor, damit niemand mithören konnte. »Ich möchte mit dem Verkauf der Ladung beginnen, sobald das Schiff einläuft.«

»Habt Ihr dafür einen Kredit aufgenommen?«, fragte der Geldwechsler.

»Aber nein!«, rief Bruder Peter hastig.

»Ja«, sagte Luca zur gleichen Zeit.

Sie wechselten einen verlegenen Blick. »Mein Bruder streitet es ab, weil er Schulden verurteilt«, erklärte Luca schnell. »Aber es stimmt, ich habe einen Kredit dafür aufgenommen, und deshalb möchte ich verkaufen, sobald das Schiff in den Hafen kommt. Ich möchte die Ware gegen Nobel veräußern.«

»Natürlich«, erwiderte der Mann. »Ich wäre selbst daran interessiert, einen Anteil zu kaufen, aber so viele Nobel habe ich nicht zur Hand. Ich habe mein Vermögen in verschiedenen Währungen angelegt. Akzeptiert Ihr Silber? Rubine?«

»Nein, ich nehme nur Gold«, sagte Luca. »Goldmünzen. Englische Nobel.«

»Ach, alle wollen englische Nobel, sie treiben den Preis hoch! Es ist lächerlich.«

»Vielleicht. Aber das macht es umso besser für mich. Ich will in Gold investieren, solange der Preis steigt. Der Wert meiner Ladung beträgt um die tausend Nobel.«

Der Händler senkte den Blick auf den Tisch. »Das ist eine hohe Summe, Herr!«

»Vielleicht ist es sogar noch mehr.« Luca senkte die Stimme. »Es sind fast ausschließlich Pelze.«

»Tatsächlich?«

»Eichhörnchen, Fuchs und Biber. Ich habe meinem Gesandten aufgetragen, nur das Beste zu kaufen. Außerdem Seide, Bernstein und Elfenbein.« Luca legte die Güterliste auf den Tisch und ließ den Geldwechsler einen Blick darauf werfen.

Er nickte. »Nun. Wenn die Ware so gut ist, wie Ihr sagt …«

»Aber ich verkaufe nur gegen englische Nobel.«

»Ich werde einige Tage brauchen, um die Summe zu beschaffen.«

»Könnt Ihr den vollen Betrag aufbringen?«

»Das kann ich. Wann läuft Euer Schiff ein?«

»Nächste Woche«, erklärte Luca. »Es ist natürlich möglich, dass es länger braucht.«

»Sollte es sich stark verspäten, wird der Wert des Nobels weiter gestiegen sein. Ich kann die Ladung nur zum aktuellen Kurs der Münzen bezahlen. Aber ich werde Euch einen guten Preis für die Pelze bieten, und auch der Bernstein interessiert mich sehr. Ich würde schon jetzt eine Anzahlung machen, wenn ich dafür als Erster einen Blick auf Eure Ware werfen und Euch ein Angebot machen kann.«

»Vielleicht wollt Ihr auch gleich noch unser Augenlicht dazu?«, fragte Bruder Peter gehässig.

Der Händler senkte den Kopf und ignorierte die Beleidigung. »Ich werde in englischen Nobeln zahlen.«

»Woher bekommt Ihr die Münzen?«, fragte Bruder Peter. »Von den anderen Geldwechslern?«

Der Händler sah an den Tischreihen entlang. »Sie arbeiten nur mit mir, wenn sie sich einen hohen Profit versprechen«, sagte er. »Und für einen Mann meines Glaubens sind Geschäfte mit Christen nicht immer ratsam.«

»Warum nicht?«, fragte Bruder Peter empört.

Der jüdische Geldwechsler lächelte traurig. »Wenn sie eine Schuld nicht begleichen, habe ich kein Gericht hinter mir.«

»Selbst in Venedig nicht?«, fragte Luca entgeistert. Er wusste, dass überall auf der Welt Christen gegen die Juden hetzten, die die regelmäßigen Angriffe nur überstanden, weil sie unter dem Schutz des jeweiligen Statthalters in gesonderten Bereichen lebten, aber er hätte erwartet, dass in

Venedig der einzige Gott der Profit war und dass die Gesetze zum Schutz des Handels durch den Herrscher der Stadt, den Dogen, streng durchgesetzt wurden.

»In Venedig ist es besser als anderswo«, räumte der Händler ein. »Wir werden durch die Gesetze und den Dogen geschützt. Aber wie überall arbeiten wir auch hier lieber mit Männern, denen wir vertrauen können. Abgesehen davon kann ich die Münzen beschaffen, ohne mich an die christlichen Geldwechsler zu wenden.«

»Von den arabischen Kaufleuten?«, fragte Bruder Peter misstrauisch. »Den Goldhändlern? Wir wollen nicht, dass die ganze Stadt über unsere Geschäfte Bescheid weiß.«

»Von mir wird niemand etwas erfahren. Und für Euch spielt es keine Rolle, woher die Nobel kommen, solange ihre Qualität stimmt. Ich habe meinen eigenen Händler. Einen einzigen. Und der ist diskret.«

»Die englischen Nobel sind die sicherste Währung, nicht wahr?«, fragte Luca. »Allerdings sind überraschend viele davon auf dem Markt.«

Der Mann zuckte die Schultern. »Die Engländer verlieren den Krieg gegen die Franzosen«, sagte er. »Sie haben viel Gold nach Frankreich gebracht, um ihre Soldaten zu entlohnen. Als sie letzten Sommer Bordeaux verloren, wurde die Stadt geplündert, alle Geldmittel verschwanden. Irgendwie ist das Gold hier gelandet. So geht es in Kriegszeiten. Es ist ihr Verlust und unser Gewinn, denn die

Münzen sind gut, ich habe sie selbst geprüft. Und ich bekomme sie zu einem guten Preis.«

»Wer ist Euer Zulieferer?«, fragte Bruder Peter rundheraus.

Der Geldwechsler lächelte. »Er zieht es ebenfalls vor, dass nicht ganz Venedig über seine Geschäfte Bescheid weiß«, sagte er. »Ihr seht, ich bin diskret, genau wie Ihr es wünscht.«

»Wann werdet Ihr die Münzen haben?«, fragte Luca.

Der Geldwechsler warf einen verstohlenen Blick zum Vater der Hütchenspielerin hinüber, der gerade seiner Tochter dabei half, ihre Requisiten einzusammeln. Niemand außer Luca hatte den Blick bemerkt. Er beobachtete den Geldwechsler ebenso aufmerksam, wie er Jacinta beim Spielen beobachtet hatte.

»Morgen«, sagte der Mann. »Oder übermorgen.«

»Ausgezeichnet«, erwiderte Luca. »Dann komme ich morgen wieder. Vielleicht habe ich bis dahin schon Nachricht von unserem Schiff.«

»Das hoffe ich.« Der Händler erhob sich von seinem Stuhl und verbeugte sich zum Abschied. »Ich bitte Euch, sprecht mit niemandem über Eure Ladung, bis wir unseren Handel besiegelt haben.«

Luca, Freize und Bruder Peter überquerten den Platz – Freize winkte Jacinta im Vorbeigehen zu – und stiegen in ihre Gondel. Sobald der Gondoliere das Boot in die Mitte des Kanals gerudert hatte, sagte Freize leise: »Lasst mich auf der anderen Seite aussteigen. Ich werde den Geldwechsler beobachten und euch später Bericht erstatten.«

»Gib Acht, dass niemand dich sieht«, mahnte Luca.

»Es ist Karneval!«, entgegnete Freize. »Ich besorge mir eine Maske und einen Umhang.«

»Beobachte ihn nur«, sagte Luca. »Versuch nicht, den Helden zu spielen. Folge ihm, beobachte ihn, und dann komm nach Hause. Ich erwarte nicht, dass wir das ganze Rätsel auf einmal lösen. Vielleicht sind die Dinge anders, als sie scheinen.«

»Wir sind in Venedig«, sagte Bruder Peter düster. »Nichts ist, wie es scheint.«

Während Luca und Bruder Peter ihren Weg mit der Gondel fortsetzten, schlenderte Freize zurück zur Rialtobrücke. An einem der vielen Stände auf der Brücke erstand er einen dunkelroten Umhang, eine kunstvolle Maske und einen prächtigen roten Hut. Er legte die Verkleidung sofort an und stieg über die steile Brückentreppe auf den Campo San Giacomo hinunter. Jacinta und ihr Vater hatten ihr Tagewerk beendet und den Heimweg angetreten. Der Geldwechsler legte gerade seine Papiere zusammen und verschloss sie in einer Kiste, dann gab er seinem jungen Helfer ein Zeichen, Truhe und Tisch fortzutragen. Er selbst nahm die beiden kleinen Hocker.

Freize war zuversichtlich, dass niemand ihn mit seinem roten, wippenden Hut und seiner großen Maske erkennen würde. Doch während er den Geldwechsler beobachtete, der sich gemächlich durch das Gedränge an der Rialtobrücke schlängelte und weiter stadteinwärts lief, wurde ihm klar, dass er selbst zwischen den bunten Karnevalskostümen ziemlich auffiel.

»Alter Narr«, tadelte Freize sich selbst, nahm den Hut ab, drückte die hohe Spitze ein und riss die drei langen Federn ab, um den Kopfputz bescheidener aussehen zu lassen. »Ich habe mich wohl eher von Eitelkeit als von Vernunft leiten lassen. Aber wenn ich ihn so einknicke …« Er hielt inne, um die Kopfbedeckung zu begutachten. »… ist es schon besser, viel besser.«

In sicherer Entfernung folgte er dem Geldwechsler und seinem Jungen, bereit, im nächsten Hauseingang zu verschwinden, falls der Mann sich umdrehen sollte, doch der eilte zielstrebig weiter. Sie passierten eine dunkle Straße nach der anderen, bogen in enge Gassen und überquerten kleine Holzbrücken, die herabgelassen und dann wieder hochgezogen wurden, damit der Wasserverkehr nicht behindert wurde. An den breiteren Kanälen mussten die beiden am Ufer warten, bis ein flaches Fährboot sie für einen Piccoli übersetzte. Freize hielt sich im Schatten der Häuser und wartete, bis sie auf der anderen Seite waren, bevor er die Fähre zurückpfiff, damit sie ihn ebenfalls übersetzte.

Er war hinter ihnen zurückgefallen und fürchtete schon, sie verloren zu haben, doch dann hörte er ihre Schritte auf der gepflasterten Straße neben dem Kanal und eilte dem Geräusch nach. Es war ein langer, unheimlicher Fußmarsch durch die stillen, dunklen Hinterstraßen der Stadt; immerzu führte der Weg an einem düsteren Kanal entlang, und fortwährend ertönte das Klatschen des Wassers gegen die bemoosten Steinstufen.

Freize war froh, als der Geldwechsler endlich vor der Seitentür eines Hauses am Rand des Judenviertels stehen blieb. Die Luft hier war rauchig, und die Kanäle waren trüb von den Abwässern der Gerbereien und Tuchfärber. Die ganze schmutzige Arbeit der Stadt wurde hier verrichtet, und nachts durften die Juden die Mauern des Viertels nicht verlassen. Freize spähte um die Ecke und sah, wie sich die Tür des Hauses öffnete und die hübsche junge Frau, Jacinta, die beiden Männer hineinließ.

»Die Hütchenspielerin«, murmelte Freize. »Das ist ja sonderbar. Mit den paar Münzen lässt sich nicht viel Geld machen – aber ihr Haus ist groß. Und der Geldwechsler kommt zuerst hierher, wenn er eine große Menge Goldnobel braucht.«

Er zog den Hut tiefer über die Maske und wartete in einem dunklen Hauseingang. Nach etwa einer Stunde kam der Geldwechsler wieder heraus, gefolgt von seinem Gehilfen. Die beiden Männer gingen durch das niedrige

Tor ins Judenviertel. Freize wagte es nicht, ihnen weiter zu folgen, zwischen den dunkelgewandeten Männern mit den gelben Abzeichen würde er zu sehr auffallen. Aber er näherte sich dem Tor und sah, wie der Geldwechsler und sein Gehilfe scharf nach rechts bogen und in einem hohen, schmalen Haus verschwanden, das direkt an dem dunklen Kanal lag. Über der Tür hingen drei goldene Kugeln, das Zunftwappen der Pfandleiher.

»He, Junge, sag mir, wer wohnt da?«, fragte Freize einen Laufburschen, der mit großen, gerade geschmiedeten Metallringen über der Schulter die Gasse entlangkam.

Freize zeigte auf das Haus hinter dem Tor, und der Junge warf einen Blick über die Schulter. »Israel der Geldwechsler«, sagte er. »Er hat einen Stand auf dem Campo San Giacomo, dort ist er jeden Tag. Ihr könnt auch an seine Tür klopfen und Geld leihen, Tag und Nacht. Es heißt, dass er niemals schläft. Und wenn er doch einmal schläft, wird sein Reichtum von einem Golem bewacht.«

»Ein Golem? Was ist das?«

»Ein Ungeheuer aus Staub, das auf jeden seiner Befehle hört. Deshalb wird sein Haus niemals ausgeraubt. Der Golem beschützt es. Er hat die Kraft von zehn Männern. Sein Befehl steht ihm auf die Stirn geschrieben. Wenn ein Buchstabe des Wortes geändert wird, zerfällt er zu Staub. Aber wen der Golem angreift, von dem lässt er nicht ab, bis er tot ist.«

»Wie unangenehm«, erwiderte Freize, ohne ein Wort zu glauben. Er folgte dem Jungen über den Platz vor dem Judenviertel. »Und weißt du auch, wer dort wohnt?« Er zeigte auf Jacintas Haus.

Der Junge beschleunigte seine Schritte. »Ich habe keine Zeit zum Schwatzen. Ich muss diese Ringe wegbringen.«

»Aber wer wohnt da?«

»Der Alchemist!«, rief der Junge ihm über die Schulter zu. »Nacari, der Alchemist, und das schöne Mädchen, das angeblich seine Tochter ist.«

»Wird ihr Haus auch von einem Golem bewacht?«, rief Freize ihm scherzend nach.

»Wer weiß?«, gab der Junge zurück. »Wer weiß, was in diesem Haus vor sich geht? Nur Gott, und der lässt sich hier nicht oft blicken!«

Bist du dir sicher, dass sie dich nicht gesehen haben?«, fragte Luca. Sie saßen beim Mittagessen, die Türen waren fest verschlossen, damit niemand ihr Gespräch mitbekam, und Freize erstattete stolz Bericht. Auf seinem Teller türmten sich die köstlichsten Speisen – er belohnte sich selbst für die gute Arbeit, die er geleistet hatte.

»Sie haben mich nicht gesehen, ich bin gar nicht in die Nähe von Nacaris Haus gekommen. Und ich bin mir sicher, dass weder der Geldwechsler noch sein Junge mich bemerkt haben.«

Luca warf Bruder Peter einen kurzen Blick zu. »Der Junge auf der Straße hat Nacari einen Alchemisten genannt?«

Bruder Peter zuckte die Schultern. »Ist das so verwunderlich? Er ist ein Straßenspieler, das wissen wir. Ebenso gut kann er ein Zauberer oder ein Hochstapler sein. Ein Bader, ein Quacksalber oder ein Zahnreißer. Ein Händler mit alten Handschriften und Liebestränken. Wer weiß, was er tut? Sicherlich nichts, was die Kirche gutheißt.«

Einen Augenblick lang schwiegen sie. Dann sprach Isobel aus, was alle dachten: »Er könnte auch ein Falschmünzer sein. Vielleicht ist er der Goldfälscher.«

»Wir haben die Münzen selbst geprüft«, erinnerte Luca sie.

»Das beweist nur, dass *einige* von ihnen echt sind.«

»Aber warum sollte er ausgerechnet englische Nobel prägen?«, fragte Ishraq. »Wäre es nicht besser, Goldbarren zu schmieden?«

»Nicht unbedingt«, erwiderte Bruder Peter. »Die meisten erwerben Goldbarren, um sie weiterverarbeiten zu lassen, zu Goldwaren oder Schmuck. Es würde schnell herauskommen, dass das Innere der Barren aus Metall besteht. Aber wenn man perfekte Münzen fälscht, verbunden mit einer überzeugenden Geschichte – englische Nobel aus der Münzgießerei in Calais zur Entlohnung der englischen Soldaten, das klingt plausibel –, dann kann man die Münzen sorglos auf den Markt bringen. Wie wir wissen, werden sie bereits zwei zu eins gegen venezianische Dukaten getauscht. Und der Geldwechsler hat gesagt, dass der Preis weiter steigt.«

»Aber wir haben sie geprüft«, wiederholte Luca. »Und auch andere müssen sie geprüft und sich von ihrem Wert überzeugt haben.«

»Vielleicht sind es sehr gute Fälschungen«, mutmaßte Bruder Peter. »Es ist jedenfalls auffällig, dass niemand etwas gegen die Münzen sagt.«

»Ihr Wert steigt noch immer«, bestätigte Ishraq. »Ich habe heute nachgesehen.«

Isobel grinste sie an. »Du bist eine echte Spekulantin«, flüsterte sie.

»Aber was hätte er davon?«, dachte Luca laut nach. »Wenn er mit den Münzen ohnehin alles kaufen kann? Was macht er mit dem Profit? In was investiert er ihn?«

»In Juwelen«, sagte Isobel. »In Schmuck. Kleine Dinge, die er leicht beiseiteschaffen kann, wenn es brenzlig wird.«

»In Bücher«, schlug Ishraq vor. »In Bücher über Alchemie. Wir wissen, dass er alte Schriften besitzt. Vielleicht benötigt er teure Zutaten oder Geräte.«

»In Pferde«, sagte Freize. »In ein tüchtiges Pferd, um im Notfall zu fliehen.«

Luca warf seinem Freund einen liebevollen Blick zu. »Es ist jedenfalls klar, was du mit dem Geld machen würdest.«

Freize nickte. »Und du?«, fragte er Bruder Peter neugierig.

»Ich würde Messen für mein Seelenheil lesen lassen«, erwiderte Bruder Peter. »Was sonst?«

Einen Augenblick lang schwiegen alle nachdenklich. »Wohlhabend sehen sie jedenfalls nicht aus«, bemerkte Freize dann. »Die Tochter arbeitet jeden Morgen für ein paar Silberlinge auf der Straße. Sie trägt einfache Kleider und keinen Schmuck. Sie wollte mit mir um ein Seidenkleid spielen. Sie hat selbst die Haustür geöffnet, also scheinen sie keine Bediensteten zu haben. Aber ihr Haus ist groß. Es passt alles nicht zusammen.«

»Wie können wir mehr herausfinden?«, fragte Luca. »Wie bringen wir in Erfahrung, was sie tun?«

»Wir könnten einbrechen«, schlug Ishraq vor. »Wie wir wissen, sind sie jeden Morgen an der Rialtobrücke. Der Vater ist immer dabei, nicht wahr? Und Freize glaubt, dass sie keine Magd haben …«

»Zumindest waren sie jeden Morgen an der Brücke, seit wir in der Stadt sind«, schränkte Freize ein. »Heute Nachmittag kommt Nacari ohnehin hierher. Er will Luca ein Manuskript zeigen.«

»Er hat mich gebeten, es mir anzusehen. Ich habe gesagt, falls es auf Arabisch ist, könntest du vielleicht weiterhelfen«, erklärte Luca Ishraq.

»Ist es eine Schrift über Alchemie?«

»Ich weiß es nicht. Er sagte, die Schrift sei ihm ein Rätsel. Aber sie scheint ihm nicht ganz geheuer zu sein. Er will sie weder in die Universität noch in die Kirche bringen.«

»Ich werde sehen, was ich tun kann. Und vielleicht könnt ihr morgen früh zur Rialtobrücke gehen und sie ablenken, während ich in ihr Haus einbreche?«

»Du kannst nicht allein gehen«, sagte Isobel. »Ich komme mit!«

»Auf gar keinen Fall. Das ist viel zu gefährlich«, sagte Luca sofort.

»Außerdem gehört es sich für Damen nicht, zur Karnevalszeit allein auf den Straßen zu sein«, fügte Bruder Peter streng hinzu. »Wir haben uns darüber doch schon unterhalten. Die Mädchen müssen im Haus bleiben.«

»Aber in der Karnevalszeit ist es doch gerade möglich«, protestierte Ishraq. »Wir könnten uns verkleiden. Ich könnte das Kostüm eines jungen Mannes tragen, und Freize könnte mich als mein Diener begleiten. Luca und Bruder Peter, Ihr geht zum Platz und lenkt sie ab, und Isobel hält als Wache Ausschau, Nacari und seine Tochter haben sie schließlich noch nie gesehen. Sollten sie früher aufbrechen als sonst, läuft sie voraus und warnt uns, damit wir das Haus rechtzeitig verlassen.«

»Ihr schaut euch nur ein bisschen um und kommt sofort zurück«, befahl Luca.

Sie nickte. »Ich steige durch ein Fenster ein und öffne Freize die Tür.«

Luca zögerte. »Kannst du denn an einer Mauer hochklettern und durch ein Fenster einsteigen?«

Isobel lachte. »Sie klettert wie ein Äffchen«, sagte sie. »Sie ist im Schloss ein und aus gegangen, ohne dass die Wachen sie je bemerkt hätten.«

Luca sah Bruder Peter fragend an. Dessen Gesicht war rot, so sehr missfiel ihm die Idee.

»Wir betreiben Glücksspiel, während eine Frau, die unter unserem Schutz steht, in ein Haus einbricht?«, fragte Bruder Peter empört. »Und eine junge Dame, eine Adlige, Fürstin Isobel von Lucretili, stellt sich als Wachposten auf? Was sind wir für eine erbärmliche Diebesbande!«

»Aber es dient doch alles dem Auftrag unseres Herrn«, erinnerte Luca ihn. »Wir müssen herausfinden, woher die Goldmünzen stammen. Wir sind kurz davor, die Quelle zu entdecken.«

Bruder Peter schüttelte betrübt den Kopf. »Es fällt mir schwer, die Sünde zu tolerieren«, sagte er. »Auch wenn sie einem guten Zweck dient. Der Orden der Finsternis hat sich dazu verpflichtet, die zunehmende Ketzerei und das nahende Ende der Tage zu ergründen. Wie oft schon musste ich bei meiner Arbeit schreckliche Sünden mit ansehen. Aber nie zuvor musste ich selbst sündigen.«

»Ach was«, entgegnete Freize munter. »Ihr beide spielt doch nur um ein paar Piccoli. Wir müssen vielleicht noch viel schlimmere Dinge tun. Und außerdem, sieh es positiv – du könntest gewinnen!«

Alle fünf erwarteten ungeduldig die Ankunft des Alchemisten und seiner Tochter. Isobel war ins Obergeschoss verbannt worden. Sie stand am Treppenabsatz und spähte hinunter, in der Hoffnung, einen Blick auf die Fremden zu erhaschen, wenn sie hereinkamen. Ishraq wartete im Speisezimmer, das sie als Studierstube hergerichtet hatten; Papier und Federn lagen auf dem Esstisch bereit. Freize war wie ein Diener in einen dunklen Anzug gewandet und bereit, den Alchemisten in Empfang zu nehmen, sobald sein Boot durch die Wassertür kam. Bruder Peter hatte sich in sein Zimmer zurückgezogen, um einen Zwischenbericht zu schreiben, und Luca hielt müßig seine Regenbogenscherbe ins Licht, während er vom Fenster aus über den Canal Grande blickte.

»Ich glaube, da kommt er«, sagte er zu Ishraq, als sich eine kleine Gondel aus dem wimmelnden Verkehr in der Kanalmitte löste und auf das Wassertor ihres Palazzos zusteuerte. Mit drei langen Schritten war Luca an der Treppe. »Freize!«

»Bereit!«, ertönte der Ruf aus dem Erdgeschoss. Luca drehte sich um und sah die Treppe hinauf. Er erhaschte einen flüchtigen Blick auf Isobels Lächeln, bevor sie außer Sichtweite trat. Es war, als hätte sie ihm einen Kuss zugeworfen oder eine ermutigende Botschaft hinuntergeschickt. Das Lächeln hatte nur ihm gegolten und schien ihm sagen zu wollen, dass sie an ihn glaubte.

Er hörte, wie Freize den Gast begrüßte, und als er wieder hinunterblickte, sah er den dunkelgewandeten Mann die Treppe heraufkommen. Luca ging ihm mit ausgestreckter Hand entgegen.

»Drago Nacari«, begrüßte er ihn. »Ich danke Euch, dass Ihr gekommen seid.«

»Luca Vero«, entgegnete der Mann förmlich. »Ich habe zu danken.«

Sie betraten das Speisezimmer. Ishraq erhob sich von ihrem Platz am Tisch. Sie trug ihre maurische Tracht: eine Tunika und weite Hosen und einen Schleier, der ihr halbes Gesicht verdeckte. Sie verneigte sich vor Drago Nacari, und er nahm seinen Hut ab und verneigte sich ebenfalls.

»Dies ist Ishraq, die Gefährtin meiner Schwester«, stellte Luca sie vor. »Vielleicht kann sie uns mit dem Manuskript helfen. Sie spricht Arabisch und Spanisch und ist sehr belesen.«

»Ausgezeichnet«, sagte der Mann. »Es ist mir eine Ehre.«

»Habt Ihr Eure Tochter nicht mitgebracht?«, fragte Ishraq.

»Nein«, sagte er. »Sie ist zu Hause und studiert.«

Sie setzten sich an den großen Tisch, Drago Nacari nahm am Kopfende und Luca und Ishraq an den Längsseiten Platz. Der Alchemist legte seinen Ranzen auf den Tisch, löste die Schnüre und zog einen Bogen Pergament heraus, der mit herrlichen Symbolen und Pflanzen bemalt und eng in der geübten Handschrift eines Schreibers beschrieben war.

»Wo habt Ihr studiert?«, fragte Nacari Ishraq höflich. »Kommen Euch diese Zeichen bekannt vor?«

»Ich stand im Dienst des Fürsten von Lucretili«, sagte sie. »Er war ein großer Kreuzritter und interessierte sich für mein Volk und die Lehren der Mauren. Er nahm mich mit nach Spanien, wo er mich bei Philosophen an verschiedenen Universitäten studieren ließ. Ich durfte Geographie und Astronomie, Medizin und Sprachen studieren. Ein großes Privileg.«

Er neigte den Kopf. »Ich habe in Ägypten studiert«, erwiderte er. »Ich lese Arabisch, aber das hier verstehe ich nicht. Es ist ein alchemistischer Text, das weiß ich mit Sicherheit. Gewisse Besonderheiten sind also zu erwarten.«

»Zum Beispiel?«, fragte Luca.

»Eine Mischung aus Zahlen und Worten«, sagte der Mann. »Alchemisten haben Symbole, spezielle Zeichen für viele Dinge und Vorgänge.« Er zeigte auf ein Symbol. »Dies hier bedeutet ›langsam erhitzen‹, jeder Alchemist würde es erkennen.«

»Glaubt Ihr, dass es eine Rezeptur ist?«, fragte Luca. »Ein alchemistisches Rezept?«

Drago breitete die Hände aus. Der kleine Goldring an seinem Finger spiegelte das Sonnenlicht. »Das weiß ich nicht«, sagte er. »Ich hoffe es natürlich. Ich hoffe, es ist das Rezept, das wir alle suchen.«

»Und das wäre?«, fragte Luca. Er ließ den Blick über die

erste Seite des Manuskripts gleiten und versuchte, auffällige Wörter oder Zeichen auszumachen. Aber es war nichts Besonderes zu erkennen, er bemerkte nicht einmal ein bestimmtes Muster.

»Natürlich suchen wir alle den Stein«, sagte der Mann leise. »Den Stein der Weisen.«

»Was ist das?«, fragte Luca.

Drago Nacari warf Ishraq einen prüfenden Blick zu, als wolle er abschätzen, wie viel sie über den Stein wusste.

»Es ist der Stein, der jegliches Material in Gold verwandelt«, erklärte sie. »Wasser, das den Stein in erhitztem Zustand berührt, wird zum Elixier des Lebens – es heißt, dass es das Leben bis in alle Ewigkeit verlängern, Alte wieder jung und Kranke wieder gesund machen kann. Es würde alle Sorgen auf der Welt heilen.«

»Und diese Schrift vertraut Ihr mir an?«, fragte Luca. »Wenn wir sie entschlüsseln, würden wir das Ende des Todes und unermesslichen Reichtum in den Händen halten.« Einen Augenblick lang malte er sich aus, was er tun würde, wenn er den Stein der Weisen besäße und über ein unerschöpfliches Vermögen verfügen könnte. Er würde seine Eltern und alle Sklaven freikaufen. Er würde das Schloss von Lucretili kaufen und es Isobel zurückgeben. Und dann würde er um ihre Hand anhalten, denn er wäre so reich, dass er es dürfte. Er riss sich zusammen und kam aus seinen Tagträumen in die Realität zurück. »Ich stelle mir schon jetzt vor, was ich mit dem Stein tun würde, sollte ich ihn finden«, gestand er verlegen. »Warum wendet Ihr Euch damit an uns Fremde?«

»Diese Seite ist nur eine von vielen«, erwiderte Drago Nacari. »Es handelt sich nicht um ein Rezept für geschmorte Austern – es ist alles andere als einfach. Selbst wenn Ihr jedes Wort auf dieser Seite verstehen würdet, könntet Ihr noch lange nicht den Stein erschaffen. Dazu müsstet Ihr jahrelang studieren. Ihr müsstet Euch und alles um Euch herum reinigen. Ich selbst habe Jahrzehnte daran gearbeitet und nähere mich erst jetzt diesem Zustand. Ihr mögt klug sein – Jacinta sagt, Ihr habt schnelle Augen und gute Ohren, und natürlich hat sie von Euch geträumt –, aber Ihr habt nicht jahrelang studiert, so wie ich.«

Ishraq lächelte. »Natürlich geht es auch um die Frage des Begehrens«, bemerkte sie.

»Begehren?«, wiederholte Luca das verführerische Wort.

Drago Nacari nickte. »Ihr habt also wirklich studiert«, sagte er zu Ishraq.

»Wer Reichtum begehrt, wer durch Habgier an die Welt gefesselt ist, der kann den Stein nicht finden, denn sein Herz ist nicht rein«, erklärte Ishraq. »Nur der kann ihn finden, der ihn für andere will. Nur ein Mensch, der ihn nicht für sich selbst begehrt. Es ist das reinste Ding der Welt, es lässt sich nicht durch schmutzige, gierige Hände fassen.«

Luca nickte. »Ich verstehe. Also gut, wollen wir mal sehen.«

»Arabisch ist es nicht«, stellte Ishraq fest. »Aber einige der Symbole sehen arabisch aus.« Sie zeigte auf ein Zeichen. »Dieses hier. Und dieses auch.«

»Das Manuskript ist in keiner mir bekannten Sprache verfasst«, sagte Luca. »Habt Ihr es schon einem Russen gezeigt? Oder jemandem aus dem Reich der Mitte?«

Drago Nacari schüttelte den Kopf. »Noch nicht. Ich hoffte, ich könnte es selbst verstehen, aber ich studiere es schon seit Monaten und habe eingesehen, dass ich Hilfe benötige.«

»Ich kenne keine der abgebildeten Pflanzen«, sagte Ishraq. »Ich habe sie nie gesehen, weder in der Natur noch in Büchern. Kennst du sie?«

Luca gab keine Antwort. Er betrachtete die Schrift und kritzelte etwas auf ein Blatt Papier. Ishraq verstummte und sah von Lucas Notizen auf das Manuskript.

»Es könnte eine Chiffre sein«, sagte er. »Ein Code.«

»Auf welcher Grundlage?«, flüsterte Drago Nacari, als fürchte er, belauscht zu werden.

»Auf der Grundlage alter Zahlen«, sagte Luca. »Lateinische Zahlen. I, II, III und so weiter. Seht hier«, er zeigte auf eine Reihe Wörter. »Diese Worte kehren immer wieder: ›or, or, or, oro‹. Es könnte ein Zahlencode sein. Wie alt ist das Manuskript?«

Drago schüttelte den Kopf. »Nicht älter als fünfzig Jahre, denke ich.«

»Und wer war der Verfasser?«

»Ich weiß es nicht. Ich glaube, dass es in Italien verfasst wurde, aber ich habe es von einem Gelehrten in Paris bekommen. Es stammte aus seiner privaten Bibliothek.«

»Ein Franzose?«

Drago zögerte. »Nein. Ein englischer Fürst. Er war ein großer Philosoph, aber er hat es nicht selbst geschrieben. Er war … er war am englischen Hof in Paris.« Er brach ab und bemerkte, dass Ishraq ihn mit schmalen, dunklen Augen musterte.

»Wie war sein Name?«, fragte sie rundheraus.

»Das kann ich Euch nicht sagen.«

»War er ein weiser Mann?«, fragte sie. »Kannte er die Sprache der Vögel?«

Er lächelte. »Ja. Ja, er kannte sie.«

»Was ist die Sprache der Vögel?«, fragte Luca.

Drago Nacari antwortete: »Es ist die verschlüsselte Sprache der Alchemisten.«

»Dieses Manuskript gehörte also einem Alchemisten und wurde weder auf Englisch noch Französisch verfasst, sondern beruht wahrscheinlich auf der italienischen oder der lateinischen Sprache?«

»Könnt Ihr bezeugen, dass es keine Fälschung ist?«, fragte Ishraq den Alchemisten direkt. »Ihr und Eure Tochter verbringt den halben Tag damit, andere zu betrügen. Ist dies ein weiterer Betrug? Eine Täuschung? Mit Taschenspielereien wollen wir keine Zeit vergeuden.«

»Meine Tochter verdient sich ihr Auskommen«, sagte Drago Nacari verteidigend. »Niemand wird betrogen. Es ist ein gerechtes Spiel.«

»Ich verurteile Euch nicht«, sagte Ishraq. »Aber es ist eine sonderbare Beschäftigung für eine junge Frau, deren Vater Gold aus Staub zu machen hofft und der, wie er selbst behauptet, jahrzehntelang studiert hat. Nachmittags widmet Ihr Euch uralten Weisheiten, und vormittags spielt Ihr mit Narren.«

»Wir haben nicht immer so gelebt. Wir arbeiten im Auftrag unseres Schutzherrn«, erklärte Drago Nacari. »Wir haben nicht immer in Venedig gewohnt, und diese Rezeptur war nicht immer in unserem Besitz.«

»Ihr habt also vom Straßenspiel gelebt, bevor sich ein Schutzherr Eurer angenommen hat?«

»Ja.«

»Und nun spielt Ihr immer noch?«

»Wir spielen, um unsere Anwesenheit in dieser Stadt zu rechtfertigen.«

»Hat Euer Schutzherr Euch ein Haus und dieses Manuskript überlassen?«, fragte Ishraq. »Und hat er Euch angewiesen, Euch weiter als Straßenspieler auszugeben?«

»So ist es. Das ist nun zwei Jahre her«, sagte Drago.

»Was verlangt er für seine Großzügigkeit?«

»Einen Anteil natürlich«, sagte Drago. »Wenn wir die Antwort gefunden haben, nach der er sucht. Die meisten Alchemisten haben einen Schutzherrn. Wie sollten sie sonst die teuren Zutaten bezahlen? Wie sollten sie ein jahrelanges Studium finanzieren?«

»Euer Schutzherr muss sehr großzügig sein«, sagte Ishraq. »Und sehr geduldig.« Verwundert nahm sie zur Kenntnis, dass der Alchemist ihr Lächeln nicht erwiderte.

Er war sehr ernst. »Ich kenne ihn kaum«, sagte er leise. »Er ist mein Patron. Er ist mein Herr. Er schickt mir versiegelte Anweisungen über einen Mittelsmann. Ich habe ihn erst zweimal in meinem Leben gesehen. Mein Freund ist er nicht.«

»Ihr mögt ihn nicht?«, fragte Ishraq scharf.

Seine Miene blieb undurchdringlich. »Ich kenne ihn nicht«, entgegnete er.

»Was ist das?«, fragte Luca plötzlich. Er zeigte auf eine zierliche Federzeichnung am Ende der Seite. Ishraq beugte sich vor und sah, dass es ein Drache war, der sich selbst in den Schwanz biss. Es war das Zeichen von Lucas Orden. Sein Herr hatte einen Teil dieses Symbols in Lucas Oberarm geritzt, nachdem er die erste Phase seiner Lehrzeit abgeschlossen hatte. Der Herr hatte angekündigt, den Rest des Drachenkörpers und die Schuppen nach und nach hinzuzufügen, bis Luca wie Bruder Peter, wie der

Herr selbst, das vollständige Zeichen auf der Haut trug: eine leicht abgewandelte Version dieser kleinen Zeichnung, doch eindeutig dasselbe Symbol.

»Das ist das Zeichen des Ouroboros«, sagte Drago. »Ein alchemistisches Zeichen. Es steht für das ewige Leben, ein Leben, das sich selbst erneuert. Der Drache verzehrt sich selbst, er frisst seinen eigenen Schwanz, trinkt sein eigenes Blut, bis in alle Ewigkeit. Alles ist Eins. Eins ist in allem.«

Luca war blass geworden. »Ich kenne dieses Zeichen«, sagte er. »Es ist das Wappen eines Ordens.«

»Des Drachenordens«, bestätigte der Mann. »Der Orden meines Patrons.«

»Der Orden, den ich meine, ist als Orden der Finsternis bekannt«, sagte Luca.

»Finsternis«, wiederholte der Mann leise. »Die Finsternis der Prima Materia, des Urstoffs von Al-Khem, der der Alchemie ihren Namen gegeben hat. Die erste Materie, die sich in ein Ding verwandelt, dann in ein anderes, in viele weitere, und schließlich in den Stein der Weisen, in Gold. Alles kommt aus der Finsternis. Dieser Orden trägt den richtigen Namen, wenn er die Reise aus der Finsternis ins goldene Licht der Erkenntnis zurücklegen will.«

»Von der Unwissenheit zum Verständnis«, murmelte Ishraq.

Luca schwirrte der Kopf. »Was hat das alles zu bedeuten?«, fragte er. »Ihr redet, als wäre alles mit allem verbunden.«

Drago Nacari lächelte. »Das ist es ohne Zweifel«, sagte er.

»Luca dient einem Orden, der sich ›Orden der Finsternis‹ nennt«, sagte Ishraq langsam. »Der Orden wird von einem Herrn geführt, dessen Gesicht wir nie gesehen haben. Er wurde gegründet, um das Ende der Tage zu erforschen, das Ende der Welt, das Ende aller Dinge, das Ende des Lebens. Nun zeigt Ihr uns sein Zeichen – den Drachen, der sich selbst in den Schwanz beißt, das Zeichen der Ewigkeit, des Lebens selbst. Ihr sprecht vom Drachenorden, und Ihr dient ebenfalls einem Herrn, den Ihr kaum kennt.«

»Viele große Männer wirken im Verborgenen«, erwiderte Drago Nacari leichthin. »In meinem Geschäft arbeitet jeder im Geheimen.« Er erhob sich. »Wollt Ihr das Manuskript vorerst behalten, um es zu studieren?«

»Wenn Ihr einverstanden seid«, sagte Luca.

»Aber zeigt es niemandem«, warnte er. »Es darf nicht in die falschen Hände geraten, in die Hände derer, die das geheime Wissen für ihre eigenen Zwecke verwenden wollen. Die Schrift könnte etwas beinhalten, das nicht zum Reinen und Guten führt – sondern zum Gegenteil.«

»Zum Gegenteil?«, wiederholte Ishraq. »Zu welchem Gegenteil?«

»In den Schatten der Finsternis, in den Tod, den Verfall«, sagte er. »In die Zerstörung und das Ende der Menschheit. In das, was Ihr das Ende der Tage nennt. Die Dunkelheit ist so wahr wie das Licht. Die andere Welt ist nur einen Fingerzeig entfernt. Manchmal kann ich sie beinahe sehen.«

»Seht Ihr Vorzeichen für das Ende der Tage?«, fragte Luca. »Es ist meine Mission, diese Zeichen zu ergründen. Glaubt Ihr, dass die Welt enden wird? Die Ungläubigen sind in Konstantinopel, ihre Armeen haben das Christenreich betreten – wird Christus zurückkommen und über uns alle richten? Wird die Welt enden, werden die Toten auferstehen? Habt Ihr bei Eurer Arbeit Anzeichen dafür gesehen? Oder in der Welt, von der Ihr sagt, sie sei nur einen Fingerzeig entfernt?«

Der Mann nickte und wandte sich zur Tür. »Ich glaube, der Zeitpunkt ist gekommen«, sagte er. »Ich sehe es in allem, was ich tue. Und ich bekämpfe es jeden Tag …«

»Was bekämpft Ihr?«, frage Ishraq.

»Meine eigene Angst«, sagte er schlicht. Er sah sie offen an, und sie war sich sicher, dass er die Wahrheit sprach. »Es sind finstere Zeiten«, erklärte er. »Und ich fürchte, ich diene einem finsteren Herrn.«

Am nächsten Morgen teilte sich die kleine Gruppe auf. Ishraq, die sich mit einem schwarzen Umhang, einem schwarzen Samthut mit breiter Krempe, unter den sie die langen Haare gesteckt hatte, und mit einer silberschwarzen Maske als junger Mann verkleidet hatte, machte sich mit Freize zum Rand des Judenviertels auf. Luca und Bruder Peter fuhren mit der Gondel zur Rialtobrücke, und Isobel, in bescheidener Nonnentracht, das Gesicht unter einer großen Flügelhaube verborgen, ging durch die kleinen Gassen zum Campo San Giacomo neben der Rialtobrücke. Sie postierte sich unter dem Säulengang der Kirche und beobachtete, wie Bruder Peter und Luca über den Platz schlenderten und sich zu der Hütchenspielerin gesellten.

»Seid Ihr gekommen, um Euer Glück zu versuchen, meine Herren?«, fragte Jacinta, fröhlich wie immer. Sie lächelte Luca an. »Meine Hände sind heute flink. Ich glaube, ich werde Euch überlisten.«

Luca ließ einige Silberlinge klimpern. »Und ich glaube, ich werde gewinnen«, sagte er.

Sie lachte. »Dann passt gut auf!« Während sie die

schimmernde Murmel unter eines der Hütchen legte, bildete sich eine kleine Menschentraube um sie herum. Sie bewegte die Hütchen erst langsam, dann mit schwindelerregender Schnelligkeit, stellte sie wieder hin, hockte sich auf die Fersen und fragte: »Wo ist die Murmel?«

Isobel ließ den Blick über den Platz schweifen und versuchte, sich die verschiedenen Straßen und Kanäle einzuprägen, damit sie den richtigen Weg nicht verfehlte, falls sie Ishraq und Freize vor der Rückkehr der Nacaris warnen musste. Dann senkte sie den Kopf, als würde sie beten, und unversehens betete sie tatsächlich: Sie betete, dass ihr Bruder die Verfolgung aufgegeben hatte, sie betete, dass Luca seine Eltern wiederfinden würde, und sie betete, eines Tages nach Hause zurückkehren zu können. »Herr«, flüsterte sie, »leite uns auf unseren Wegen und schütze uns vor Gefahren.« Sie versuchte, sich zu konzentrieren, doch ihre Gedanken wanderten hierhin und dorthin. Sie hob den Blick zum gekreuzigten Christus. Aber sie konnte nur an Luca denken, an sein Gesicht und an ihre Sehnsucht, ihm nahe zu sein, sich zu ihm zu neigen, auf seine Berührung zu hoffen.

Schuldbewusst schüttelte sie den Kopf, um diese Gedanken zu vertreiben. Sie schloss die Augen wieder und betete für Ishraq und Freize, die in diesem Augenblick verkleidet zum Haus der Nacaris schlichen.

Ishraq und Freize war keineswegs nach Beten zumute. Aufgeregt näherten sie sich dem großen Haus vor den Toren des jüdischen Viertels. Ishraq hielt sich hinter Freize, der forsch vor die Tür auf der Kanalseite trat und den Türklopfer betätigte.

»Hallo! Ist jemand zu Hause?«, rief er.

Auf der gegenüberliegenden Kanalseite öffnete eine Frau ihren Fensterladen und rief: »Sie sind an der Rialtobrücke. Wie jeden Morgen.«

»Kann ihre Magd mich nicht einlassen?«

»Sie haben keine Magd. Sie haben keine Bediensteten. Ihr müsst zur Brücke, wenn Ihr sie sprechen wollt.«

»Dann gehe ich gleich dorthin«, rief Freize zurück. »Jetzt sofort. Habt Dank für Eure Hilfe.«

»Tut das, und macht nicht einen solchen Lärm«, murrte die Frau und knallte den Fensterladen wieder zu.

Freize wechselte wortlos einen Blick mit Ishraq und setzte sich in Bewegung Richtung Rialtobrücke. Leise wie eine Katze drückte Ishraq die Klinke der kleinen Tür in der Gartenmauer herunter. Die Tür ließ sich nicht öffnen; die Nacaris hatten abgeschlossen, als sie ihr Haus verließen. Ishraq zog sich an der glatten Mauer hoch, ihre Füße tasteten nach einem Vorsprung. Dann konnte sie ein Knie auf einen kräftigen Efeuzweig setzen, sich auf die Mauer ziehen und auf der anderen Seite wieder hinunterfallen lassen.

Sogleich rappelte sie sich auf und blickte sich wachsam um. Sie hatte schon einen Baum erspäht, auf den sie klettern konnte, falls ein Wachhund auf sie zugeschossen kam, aber der sonnendurchflutete Garten war still und friedlich. Ein Vogel begann zu singen. Auf Zehenspitzen lief Ishraq zum Haus und versuchte ihr Glück an der Tür, die vom Garten in den Lagerraum führte. Sie war versperrt, und die Läden waren von innen geschlossen. Sie wandte sich nach rechts und begutachtete die Fenster. Auch die waren fest von innen verriegelt. Sie schaute nach oben. Über dem Garten lag ein hübscher Balkon. Eine steinerne Wendeltreppe führte von der Wiese unter dem Pfirsichbaum direkt nach oben.

Lautlos wie ein Geist schlich Ishraq die Treppe hinauf. Sie sah, dass das Schlafzimmerfenster einen Spaltbreit offen stand, schob ihre schmale Hand in den Spalt und legte den Riegel um. Das Fenster schwang auf, und sie kletterte mit dem Kopf voran durch die Öffnung. Geräuschlos landete sie auf dem Boden.

Sie richtete sich auf und lauschte. Das Haus war leer, das spürte sie. Auf Zehenspitzen schlich sie aus dem Zimmer zum Treppenabsatz und sah nach unten. Nichts rührte sich, nirgends ertönte ein Laut. Sie huschte die Treppe hinunter und entriegelte in dem Augenblick die Tür, in dem Freize entschlossenen Schrittes – ein Mann, der seinen Geschäften nachgeht – am Haus vorbeiging. Ein rascher

Satz zur Seite, und er war im Haus. Sofort schloss sich die Tür hinter ihm.

Sie strahlten sich an. Ishraq schob den Riegel wieder vor, so dass die Tür von außen nicht geöffnet werden konnte. »Falls sie unerwartet heimkehren«, erklärte sie. »Komm.«

Zuerst nahmen sie sich das große Zimmer auf der Kanalseite vor. In der Mitte des Raumes stand ein großer Tisch voller Manuskriptrollen und handgeschriebener gebundener Bücher. Ishraq betrachtete sie, ohne sie zu berühren. »Philosophie«, sagte sie. »Astronomie. Und hier – Alchemie. Das sind viele Bücher. Es scheint zu stimmen, dass er seit Jahrzehnten studiert.«

»Sie beide«, berichtigte Freize sie. Er zeigte auf einen kleineren Schreibtisch an der Wand. Über der Lehne des Stuhls hing ein brauner Schal, und auf dem Tisch lagen ein aufgeschlagenes Buch und ein Blatt Papier mit einer sorgfältig kopierten Zeichnung und einigen Notizen. Er sah von dem Buch auf das Papier. »Sie übersetzt etwas«, sagte er. »Sie ist eine Gelehrte, genau wie er.«

Ishraq trat näher und schaute ihm über die Schulter. »Alchemisten arbeiten oft paarweise zusammen, ein Mann und eine Frau, wegen der Energieströme«, erklärte sie. »In der Alchemie geht es um die Verwandlung der Dinge; Flüssigkeiten werden zu festen Körpern, Unreines wird rein. Dazu braucht man den Geist einer Frau und den Geist eines Mannes.«

»Woher weißt du das alles?«, fragte Freize verblüfft.

Ishraq zuckte die Schultern. »Die arabischen Philosophen in Spanien haben auch die Schriften der Alchemisten studiert«, sagte sie. »Eine der Universitäten hat sogar Platon zugunsten von Hermes aufgegeben. Sie sagten, von der Alchemie könne man mehr lernen als von den Griechen – das gibt dir eine Vorstellung davon, wie wichtig ihre Arbeit ist und wie viel es zu verstehen gilt. Aber diese Texte überschreiten meine Kenntnisse.«

Freize nahm einen seltsam geformten Papierbeschwerer auf, eine Pyramide aus glitzerndem Glas. Daneben entdeckte er einen Kupferstempel. »Was ist das?«, fragte Freize. »Ihr Siegel?«

Ishraq nahm den kleinen Stempel in die Hand und betrachtete die Unterseite. Er trug eine goldene Gravur, um heißes Siegelwachs auf Briefen oder Päckchen zu kennzeichnen.

»Es sieht wie ein königliches oder fürstliches Wappen aus. Warum besitzen die Nacaris ein solches Siegel?«

»Mach einen Abdruck. Wir sollten es Luca zeigen«, riet Freize. »Ich schaue mich oben um.«

Sie hörte seine leisen Schritte auf der Treppe, das Knarren der Türen, als er in die Schlafzimmer spähte und das sanfte Tappen, als er weiter unter das Dach zu den ungenutzten Dienstbotenzimmern stieg. Sie war so darauf konzentriert, ein Stück Siegelwachs an der Glut im Kamin zu erwärmen, dass sie kaum bemerkte, wie er wieder herunterkam und zum Lagerraum auf der Rückseite des Hauses ging. Sie drückte das Siegel in das Wachs und musterte den deutlichen Abdruck. Dann hörte sie Freize eindringlich rufen: »Ishraq! Komm her und sieh dir das an!«

Sie legte das Wachs zurück, schob das Siegel in sein mit Samt ausgekleidetes Kästchen und wedelte das Papier, damit der Wachstropfen trocknete. Dann ging sie zum Lagerraum. Als Freize die schwere Tür öffnete, erstarrte sie.

Das war nicht der schlichte Lagerraum eines venezianischen Hauses, sondern die Werkstatt eines Alchemisten. Es stank nach Verwesung, verdorbenen Lebensmitteln, nach Erbrochenem und nach dem erdigen Geruch von Schimmel. Ishraq legte angewidert die Hand über Mund und Nase. Neben der Tür stand ein großer runder Kessel mit Holzdeckel, der vor sich hin blubberte und den ekelerregenden Gestank des Todes verströmte.

»O Gott«, sagte Ishraq würgend. »Das ist unerträglich.«

Freize sah entsetzt drein. »Es stinkt wie ein Misthaufen. Schlimmer noch, wie eine Pestgrube. Was brauen sie da?«

Unterhalb des verrammelten Fensters stand eine Steinbank. In ihre glatte Oberfläche waren vier kleine runde Vertiefungen eingelassen, die jeweils mit Kohlen gefüllt und mit einem Dreifuß, einer Pfanne oder einem kleinen Kessel bestückt waren. In den Regalen an den Wänden befanden sich seltsam geformte Metallgefäße und teure Glasbehälter mit Tüllen und Röhrchen, um Flüssigkeiten umzufüllen oder zu destillieren. In einer Ecke stand ein großer gläserner Destillierkolben, der Ishraq bis zur Schulter reichte und aus dessen Rohr gelblicher Schleim in eine Porzellanschale tropfte. Auf dem großen Tisch in der Mitte des Raumes befanden sich mehrere Kästen mit Kerzenwachs, das man über Blumen und Kräuter gegossen hatte, um ihnen ihre Säfte zu entziehen.

Freize blickte sich um. Sein rundes Gesicht war blass, seine Augen schimmerten dunkel vor abergläubischer Furcht. »Was ist das? Was in Gottes Namen tun sie hier?«

Unter einer Glasglocke, die in einem flachen Wasserbad stand, saß eine kleine braune Maus auf einer Erhöhung und putzte sich die Schnurrhaare. Neben ihr befand sich eine brennende Kerze.

»Wollen sie, dass sie erstickt?«, flüsterte Freize. »Wollen sie das arme Tier töten?«

Ishraq schüttelte den Kopf, ebenso erschüttert wie ihr Freund. »Ich weiß es nicht. Ich habe so etwas noch nie gesehen.«

Die steinerne Feuerstelle war hüfthoch – so hoch wie die Feuerstelle einer Schmiede –, und die großen Blasebalge neben dem Kamin und die gesprungenen Steine deuteten darauf hin, dass sie über die Maßen erhitzt worden war. Mittlerweile war das Feuer bis auf einige glimmende Kohlen heruntergebrannt. Aus der grauen Asche funkelten ihnen Hunderte, vielleicht Tausende Piccoli wie kleine Augen entgegen. Sie waren geschmolzen und in seltsamen Formen erstarrt.

»Was machen sie mit dem Geld?«, fragte Freize.

In den Wandregalen entdeckten sie kleine getrocknete Tierkörper: Mäuse, Ratten, die ihren Schwanz in den Fallen verloren hatten, Vögel, deren Köpfchen schlaff zur Seite hing, ein Nest mit vier eingefallenen Nestlingen, Glas um Glas mit toten Insekten aller Art. Freize verzog vor Abscheu das Gesicht. »Was machen sie nur damit? Brauchen sie das für die Alchemie? Für die Zauberei? Oder töten sie zum Spaß, aus teuflischen Gründen?«

Wieder schüttelte Ishraq den Kopf. »Ich weiß es nicht.« Sie wandte den Blick von den leblosen kleinen Körpern ab und konnte ein Schaudern nicht unterdrücken.

An einer Wand stand ein thronartiger, mit purpurnem Samt bezogener Stuhl; daneben lagen ein purpurnes Samtgewand und ein purpurner Umhang. An der Wand davor hing ein Silberspiegel.

»Und das?«, flüsterte Freize. »Was ist das?«

»Der Spiegel könnte zum Wahrsagen dienen«, erwiderte Ishraq. »Vielleicht lässt sich damit die Zukunft vorhersehen. Sofern einer von ihnen hellseherische Fähigkeiten hat.«

»Wie geht das?«, fragte Freize ängstlich und fasziniert zugleich.

»Sie schauen in den Spiegel und sehen die Zukunft«, antwortete Ishraq knapp.

Der Spiegel war von einer zeltartigen Konstruktion umgeben, die man herunterlassen konnte, um ungestört zu sein, davor stand einem Altar gleich ein kleiner Tisch. Über dem Tisch hing ein mit grüner Tinte beschriebenes Blatt Papier, daneben war ein Kerzenhalter angebracht, damit man die Schrift auch im Dunkeln lesen konnte.

»Die Smaragdtafel.« Ishraq las die arabischen Wörter. Sie wandte sich an Freize. »Das sind die Regeln der Alchemie«, flüsterte sie. »Da steht: Dies sind die Gebote, die alle Wahrheitssuchenden führen.«

»Und weiter?«, fragte Freize. »Steht da, was man tun muss, um Gold herzustellen?«

Ishraq schüttelte den Kopf. Ihre Augen waren dunkel vor Angst. »Ich kann es dir übersetzen, aber ich kann es nicht erklären«, warnte sie.

»Übersetz es!«

»Das erste Gebot«, las sie. »Wahr ist es, gewiss und ohne Lüge: Was oben ist, gleicht dem, was unten ist, und was unten ist, gleicht dem, was oben ist, um die Wunder des Einen auszuführen. Und so wie alles aus Einem stammt, durch das Denken des Einen, stammt auch alles Gewordene durch Angleichung aus diesem Einen.«

Freize warf einen Blick über die Schulter auf die toten

Tiere in den Regalen. »Was soll das heißen?«, fragte er missmutig. »Ich sehe hier nichts anderes als Grausamkeit.«

»Es ist ein Mysterium«, erklärte Ishraq. »Ich habe dir doch gesagt, dass ich es nicht erklären kann.«

»Stimmt«, bestätigte Freize. »Können wir jetzt gehen?«

Ishraq sah sich um. »Wir sollten nach den Goldmünzen suchen«, erinnerte sie ihn.

»Gott weiß, was wir finden, wenn wir diese Truhen öffnen«, sagte Freize bedrückt. »Tote Großmütter oder noch Schlimmeres. Der Junge hat gesagt, der Jude hätte einen Golem, der seinen Reichtum bewacht. Ich dachte, er macht Witze.«

»Einen was?«, fragte Ishraq, plötzlich hellhörig geworden.

»Einen Golem. Eine Art Wächter, ein Ungeheuer, das seinen Befehl auf der Stirn trägt.«

Ishraq schauderte unwillkürlich.

»Lass uns gehen«, drängte Freize.

Auf dem kleinen Altar lagen zwei mit seltsamen Zeichen beschriebene Wachstafeln, darunter stand, von einem Samttuch bedeckt, eine kleine Truhe. Ishraq bückte sich und versuchte, die Riegel zu öffnen. Sie gaben nicht nach. Die Truhe schien verschlossen zu sein.

»Lass es«, warnte Freize. »Öffne sie nicht mit Gewalt. Was, wenn …« Er brach ab. Er wollte sich nicht ausmalen, was Alchemisten in einer verschlossenen Truhe aufbewahrten.

An der gegenüberliegenden Wand spuckte ein großes Glasgefäß plötzlich einen Schwall übelriechender Flüssigkeit in eine Schale. Das Zischen ließ sie beide zusammenzucken. Dann sahen sie, dass unter dem großen Tisch eine weitere Truhe stand, größer als die Truhe unter dem Altar. Sie war nicht verschlossen. Ishraq löste die Riegel, und Freize trat vor, um den schweren Deckel anzuheben. Er hatte das Gesicht in ängstlicher Erwartung zu einer Grimasse verzogen und hielt die Augen geschlossen. Der Deckel öffnete sich.

»Unglaublich«, flüsterte Ishraq fasziniert.

Freize öffnete die Augen. »Sieh dir das an«, flüsterte er, als zeigte er ihr seine eigene Entdeckung. »Sieh dir das an!«

In der Truhe lag eine Art Blech mit mehreren Vertiefungen, sie wirkte beinahe wie eine Form, die ein Zuckerbäcker für seine Bonbons verwendete. Jede Vertiefung war sorgfältig ausgearbeitet. Es waren Gussformen. Freize blinzelte, um sich des Anblicks zu vergewissern. »Gussformen für Münzen«, sagte er langsam. »Gussformen für englische Nobel. Siehst du die Form? Siehst du das Bild? Das Schiff und die Rose?«

»Sie sind also wirklich Falschmünzer«, flüsterte Ishraq. »Alchemisten und Falschmünzer. Zauberer und Verbrecher zugleich.«

Sie schaute sich um. »Ich hätte es nicht für möglich gehalten. Aber sie münzen wirklich die Goldnobel. Sie tun es hier, in diesem Ofen. Aber wo bewahren sie die Münzen auf? Wo ist das Gold?«

»Sollten wir nicht lieber verschwinden?«, fragte Freize. »Nur Gott allein weiß, was sie mit uns anstellen, wenn sie nach Hause kommen und uns entdecken. Das sind nicht bloß Zauberer, das sind Verbrecher, die ein Vermögen unterschlagen.«

»Schnell, beeilen wir uns«, stimmte Ishraq zu. Freize schloss den Deckel der Truhe, ließ den Blick durch den Raum schweifen und entdeckte eine Luke am Boden, die in den Keller führen musste.

»Siehst du?« Er zeigte mit dem Finger darauf.

»Lässt sie sich öffnen?« Ishraq war sofort neben ihm. Die Luke war verschlossen. Ishraq hielt nach einem Schlüssel Ausschau, doch Freize beugte sich vor, schob die scharfe Klinge seines Messers ins Schlüsselloch und drehte sie vorsichtig. Ein Klicken ertönte, und die Klappe ließ sich anheben. Ishraq hob die Augenbrauen angesichts Freizes ungeahnter Fähigkeiten.

»Das hast du nicht im Kloster gelernt.«

»Ehrlich gesagt, doch«, bekannte er. »An der Speisekammertür. Ich hatte immer Appetit, und der kleine Spatz wäre verhungert, wenn ich uns nicht ab und zu eine Extraportion verschafft hätte.«

Ishraq beugte sich vor und spähte durch die Luke. Die Tür war so niedrig, dass sie sich auf alle viere niederlassen musste.

»Was siehst du?«, flüsterte Freize hinter ihr.

»Nichts, es ist zu dunkel«, erwiderte sie und zog den Kopf wieder zurück.

Freize drehte sich zum Kamin, entzündete eine Fackel an den glühenden Kohlen und reichte sie ihr. Ishraq hielt sie in die dunkle Öffnung, schob die Schultern hindurch und sah nach unten. Freize hielt sie an den Füßen fest.

»Fall nicht runter«, warnte er sie. »Lass mich hier bloß nicht allein.«

Die Flamme flackerte unruhig und erleuchtete dunkel fließendes Wasser. Die Luke führte zu einem verborgenen Anleger unterhalb des Hauses, von wo aus Vorräte direkt in den Lagerraum gebracht werden konnten. Blitzend spiegelte sich das Feuer im Wasser und auf den feuchten Steinen, dann blies ein kalter Luftzug die Fackel aus, und Ishraqs Oberkörper hing in der klammen Dunkelheit. Nur das klatschende Wasser warnte vor der nahen Uferkante.

»Was siehst du?«, flüsterte Freize hinter ihr. »Komm wieder hoch! Was siehst du?«

»Gold«, sagte Ishraq mit vor Staunen belegter Stimme. »Ein unglaubliches Vermögen. Säcke um Säcke voller Goldnobel!«

Bruder Peter und Luca blieben noch eine Weile bei der Hütchenspielerin, dann gingen sie zur Kirche hinüber. Wie sie erwartet hatten, trafen sie Pater Pietro dort an. Er kniete in einer Seitenkapelle zu Füßen einer außergewöhnlich fein gearbeiteten Madonnenstatue. Sie beugten die Knie und bekreuzigten sich. Luca ließ sich schweigend neben dem Priester nieder.

»Ihr kommt gerade recht. Ich habe eben für Euch gebetet«, sagte der Priester leise, ohne die Augen zu öffnen.

»Ich nehme an, dass es für Neuigkeiten noch zu früh ist?«

»Vielleicht morgen oder übermorgen. Ihr könnt zu mir kommen, oder ich schicke Euch eine Nachricht.«

»Ich komme zu Euch«, versprach Luca. »Ich wage kaum zu beten, dass mein Vater unversehrt ist. Ich wage kaum zu denken, dass er wirklich heimkehren könnte.«

Der Priester drehte sich zu ihm und schlug das Kreuz über Lucas Kopf. »Gott ist barmherzig«, sagte er leise. »Möge er Euch gegenüber barmherzig sein, Eurem Vater und Eurer Mutter gegenüber.«

»Amen«, flüsterte Luca.

Pater Pietro blickte zu dem heiteren Madonnengesicht auf. Seine Lippen umspielte das zuversichtliche Lächeln eines Mannes, der weiß, dass seine Arbeit gesegnet ist. Luca dachte, dass die schöne Statue mit ein wenig Aberglauben den Anschein erweckte, als würde sie zurücklächeln.

»Habt Dank, Pater Pietro«, sagte er. »Ich danke Euch von ganzem Herzen.«

»Dankt mir, wenn Ihr Euren Vater in die Arme schließt, mein Sohn«, entgegnete der Priester.

Luca und Bruder Peter sprachen ihre Gebete, dann schritten sie über den Mittelgang zurück zu der großen Holztür, öffneten sie leise und gingen hinaus.

Luca blinzelte in das helle Sonnenlicht. Er sah in die eine, dann in die andere Richtung und sagte leise: »O nein!«

Die Stelle, an der Jacinta mit ihren Hütchen gespielt hatte, war leer. Drago und seine Tochter waren nicht mehr da.

Und Isobel, ihre Wächterin, hatte sich in Luft aufgelöst.

Isobel hatte ihren langen Rock gerafft und rannte so schnell sie konnte durch die engen Straßen. Ihre Absätze klapperten auf dem feuchten, holprigen Pflaster. Als sie einen Platz mit ebenen Steinplatten überquerte, beschleunigte sie ihre Schritte. Im Schatten des Säulengangs hatte sie Jacinta beim Spielen beobachtet. Nacari war wie immer wachsam in ihrer Nähe gewesen. Dann plötzlich, viel früher als sonst, hatten sie das Spiel zusammengepackt, sich an den Kai begeben und eine freie Gondel herbeigerufen.

Isobel stürmte atemlos und mit klopfendem Herzen

über die kleinen Holzbrücken, rief Fährmänner herbei, nahm eine Abkürzung, die Freize ihr beschrieben hatte, und rannte schließlich die Gasse entlang, an deren Ende Nacaris Haus stand. Sie hoffte inständig, der Gondel zuvorzukommen.

Sie erkannte das Haus sofort von der Zeichnung wieder, die Ishraq angefertigt hatte, und hämmerte gegen die Tür. »Freize! Ishraq!«, schrie sie. »Kommt raus!«

Das Hämmern schallte laut durch das stille Haus. In Windeseile schlossen Freize und Ishraq die Bodenluke und sprangen entsetzt auf. Freizes erster Gedanke war, dass der mysteriöse Golem gekommen war, um sie zu holen, doch Ishraq lief bereits in die Diele. »Es ist Isobel«, rief sie.

»Mach ihr auf, schnell«, sagte Freize. »Sie wird Aufmerksamkeit erregen.«

Ishraq schob den Riegel zurück und riss die Tür auf.

»Sie haben den Platz verlassen und könnten auf dem Weg hierher sein«, keuchte Isobel. »Ich weiß nicht, wo sie jetzt sind, sie haben eine Gondel genommen. Ich bin gerannt, so schnell ich konnte.« Der Nonnenschleier war ihr vom Kopf gerutscht, und ihre blonden Haare fielen ihr über die Schultern. Sie schnaufte vor Anstrengung.

Ishraq legte ihr den Arm um die Schulter und wandte sich zur Tür. »Komm«, sagte sie zu Freize. »Verschwinden wir.«

»Wir können nicht die Vordertür nehmen, sie war verriegelt«, erinnerte Freize sie.

Während Ishraq noch zögerte, blickte Isobel den schmalen Kanal hinunter und sah den unheilvollen Schatten einer Gondel an der gegenüberliegenden Kanalmauer. Sobald sie um die Ecke bog, würden die Insassen sie auf der Schwelle des Hauses stehen sehen. Schon ertönte der Warnruf des Gondoliere: *»Gondola! Gondola! Gondola!«*

»Zu spät!«, flüsterte Ishraq. »Wir müssen ins Haus.«

Sie drängten zurück und schlossen die Tür hinter sich.

»Durch den Garten«, zischte Ishraq. »Schnell, sonst sehen sie uns.«

Sie zog Isobel mit sich, während Freize die Tür verriegelte.

»O Gott, was ist das für ein Gestank?« Isobel legte sich die Hand vor den Mund, als sie an der offenen Tür zum Lagerraum vorbeirannten. »Es riecht nach Tod.«

»Schnell.« Ishraq schloss die Tür und zog sie zu der kleinen Hintertür, die in den Garten führte.

»Geht raus«, befahl sie. »Ich schließe hinter euch ab und klettere oben durchs Schlafzimmerfenster.«

»Das kann ich machen!«, flüsterte Freize. »Geh du mit raus.«

Doch Ishraq hatte sie schon in den Garten geschoben, die Tür hinter ihnen verriegelt und war auf dem Weg ins

Obergeschoss. Freize wandte sich an Isobel. »Wir müssen über die Mauer klettern«, flüsterte er. »Die Gartentür ist verschlossen.« Er legte die Hände zusammen, damit Isobel daraufsteigen konnte. »Los«, sagte er. »Wie auf ein Pferd!« Isobel setzte einen Fuß auf seine Hände und sprang nach oben. Sie bekam den Ast eines Baums zu fassen und konnte sich auf die Mauer ziehen. Schwerfällig kletterte Freize hinterher und erstarrte. Rittlings auf der Mauer sitzend, von den herabhängenden Zweigen halb verborgen, sahen sie entsetzt, wie unter ihnen die Nacaris, Vater und Tochter, zur Gartentür gingen, einen Schlüssel hervorzogen und die Tür öffneten. Sie durchquerten den Garten und betraten das Haus durch die Hintertür.

»Was machen wir jetzt?«, flüsterte Isobel. »Wir müssen Ishraq da rausholen!«

»Warte«, riet Freize.

Im Haus huschte Ishraq auf Zehenspitzen ins Schlafzimmer. Sie hörte, wie sich die Hintertür öffnete und die Nacaris hereinkamen. Sie hörte, wie Jacinta eine Bemerkung über das kühle Wetter machte, und dann hörte sie Drago erschreckend deutlich sagen: »Was war das für ein Geräusch?«

Lautlos glitt Ishraq über die verräterischen Dielenbretter ans Fenster und schob sich hindurch. Sie rannte die Wendeltreppe hinunter in den Garten und sah ihre Freunde auf der Mauer sitzen.

»Runter!«, zischte sie. »Sie sind im Haus. Sie könnten euch durchs Fenster sehen!«

Freize sprang auf die Straße und fing Isobel mit den Armen auf. Ishraq schwang sich auf einen niedrigen Ast und zog sich auf die Mauer. Kaum war sie oben, beugte sie sich vor und sprang auf der anderen Seite wieder hinunter.

Einen Augenblick lang standen sie reglos vor dem Seitenkanal. Ein Stück weiter vorn befand sich eine kleine Holzbrücke, die man herunterlassen konnte.

»Hier entlang«, rief Isobel. Sie zog sich die Kapuze ihres Umhangs über die blonden Haare und lief mit schnellen Schritten voran. Schwitzend fuhr sie sich mit dem Ärmel übers Gesicht. »So bin ich nicht mehr gerannt, seit wir Lucretili verlassen haben«, bemerkte sie.

»Du warst schon immer schnell«, sagte Ishraq keuchend. »Schneller als ich. Dafür sollte ich dir beibringen, wie man kämpft.«

Isobel schüttelte abwehrend den Kopf.

»Sie mag den Gedanken nicht, anderen weh zu tun«, sagte Ishraq zu Freize.

Die drei überquerten die Brücke und liefen auf der anderen Seite am Kanal entlang.

»Zum Kämpfen fehlt mir der Mut«, sagte Isobel. »Allein der Gedanke daran ist mir unerträglich. Seht nur, wie meine Hände zittern. Ich sollte jetzt lieber nach Hause gehen.«

»Schaffst du das allein?«, fragte Freize. Er war hin und her gerissen zwischen dem Bedürfnis, sie sicher nach Hause zu bringen, und der Notwendigkeit, seine Rolle als Ishraqs Diener weiterzuspielen. Damit sie nicht Gefahr liefen, aufzufliegen, sollten sie besser nicht mit Isobel zusammen gesehen werden.

»Aber ja«, erwiderte sie. »Ich fange zwar schnell an zu zittern, aber ich bin kein Feigling.«

»Ich sollte dich begleiten«, insistierte Freize.

Ishraq lachte. »Wenn es Probleme gibt, kann sie rennen«, sagte sie. »Sie ist mit Sicherheit schneller als du.«

Isobel lächelte. »Ich gehe vor. Wir sehen uns zu Hause.«

Freize und Ishraq schlenderten am Canal Grande entlang heimwärts. Ishraq achtete darauf, wie ein junger Prinz voranzugehen, bis sie den Anleger vor ihrem Haus erreichten. Dann spähte sie nach rechts und links, vergewisserte sich, dass niemand aus dem Fenster sah, bog in die Gasse und glitt durch die Seitentür.

Isobel sprang ihr entgegen und umarmte sie fest. »Ich habe auf euch gewartet! Die anderen sind auch gerade gekommen.« Sie rief durch die Halle: »Sie sind zurück!« Im selben Moment trat Freize durch die Seitentür, und Luca und Bruder Peter erschienen am oberen Treppenabsatz.

»Kommt hoch«, rief Luca. »Wie ist es euch ergangen?«

Bruder Peter wich entsetzt zurück, als er Ishraqs Kostüm sah. »Sie sollte sich erst umziehen«, sagte er und bedeckte die Augen. »Es ist Ketzerei, wenn eine Frau sich wie ein Mann kleidet.«

»Ich bin gleich wieder da«, versprach Ishraq.

Sie rannte die Treppe hoch, immer zwei Stufen auf einmal nehmend wie ein Junge, schleuderte ihr Kostüm in eine Truhe, warf ein Kleid über und stürmte wieder hinunter. Ihr Haar hing ihr zerzaust um die Schultern, und erst beim Anblick von Bruder Peters schockiertem Gesicht band sie es im Nacken zu einem Knoten zusammen. Luca lächelte sie an. Bruder Peter war der Einzige, der sich von ihrer Anmut im Prinzengewand und von ihrer mühelosen Schönheit in Mädchenkleidern nicht beeindrucken ließ. »Mir hat dein Kostüm gefallen«, bemerkte er.

»Es widerspricht dem Willen Gottes und den Lehren der Kirche«, sagte Bruder Peter. »Verkleidung ist die Schwelle zur Sünde.«

»Es war jedenfalls sehr nützlich«, verteidigte sich Ishraq. »Wie ist es an der Rialtobrücke gelaufen, war alles in Ordnung?«

»Ja«, erwiderte Luca knapp. »Wir haben gespielt, das Mädchen hat wie immer gewonnen und den Beutel Silberlinge seinem Vater gegeben. Wir haben mit dem Geldwechsler gesprochen, und er sagte, er werde über genügend Münzen verfügen, wenn unser Schiff einläuft. Er habe seinen Zulieferer kontaktiert und etwa tausend Nobel zur Hand. Anschließend haben wir Pater Pietro in der Kirche getroffen. Er hat noch keine Neuigkeiten. Dann sind wir aus der Kirche gekommen und haben gesehen, dass die Nacaris früher als sonst den Platz verlassen hatten. Und Isobel war auch weg! Aber wie ich sehe, seid ihr in Sicherheit. Wie ist es euch ergangen? Seid ihr ins Haus gekommen?«

»Ich bin durch ein Fenster eingestiegen«, berichtete Ishraq, »und habe dann Freize eingelassen. Es ist möglich, dass sie etwas gehört und Verdacht geschöpft haben, als wir fliehen mussten, aber wir haben keine Spuren hinterlassen. Wie Freize gesagt hat, haben sie keine Bediensteten – sie könnten auch keine haben. Ihr Lagerraum ist eine Alchemistenküche. Es stinkt nach Zauber und Verwesung. Jeder Diener würde sie sofort anzeigen. Im Studierzimmer waren noch weitere Seiten des Manuskripts. Ich habe etwa zehn Seiten gesehen, aber ich konnte keine von ihnen lesen. Unbekannte Pflanzen und unaussprechliche Wörter. Und ich habe das hier kopiert.« Sie zeigte Luca das Stück Papier mit dem Wachssiegel. »Wir fanden es sonderbar, dass sie ein solches Siegel besitzen.«

Er musterte es eingehend. »Ich kann nichts dazu sagen, ich kenne mich mit Siegeln nicht aus«, erklärte er.

Sie wandten sich an Isobel, deren Familie ein eigenes Wappen hatte. Sie erkannte es sofort. »Oh! Das ist das Siegel von einem meiner Paten«, rief sie aus.

»Von Fürst Vladislav?«, fragte Bruder Peter respektvoll.

»Nein«, sagte sie. »Von meiner Patin.«

»Wie viele Paten hast du denn noch?«, fragte Freize. »Wie viele Paten braucht ein Mädchen?«

Sie zuckte die Schultern. »Mein Vater hatte viele Freunde. Meine Patin war einst eine mächtige Frau. Ihr Name ist Jacquetta von Luxemburg. Sie war die Gattin von John, dem Herzog von Bedford, Regent von Nordfrankreich.«

»Wer?«, fragte Freize.

»Ihr Gatte war der Bruder von Heinrich V., dem König von England, der Frankreich erobert hat. Herzog John regierte Frankreich, als der kleine Prinz von England auf den Thron kam«, sagte sie. »Unter König Karl VII. stiegen die Franzosen auf, und er kämpfte gegen sie und nahm ihre Anführerin Johanna von Orléans gefangen.«

»Ja«, sagte Luca, der Teile der Geschichte kannte. »Das sagt mir etwas, ich habe von ihm gehört. Er hat Johanna von Orléans als Hexe verbrennen lassen.«

»Die Kirche hatte sie der Hexerei und Ketzerei schuldig gesprochen«, bemerkte Isobel. »Den Herzog habe ich nie kennengelernt, er starb, als ich noch klein war. Es heißt, dass er Frankreich wie ein Kaiser regierte. Er unterhielt eine riesige Armee und hatte herrliche Paläste in Paris und Rouen. Er erließ viele neue Gesetze und gab Münzen aus. Nach seinem Tod hat seine Witwe, meine Patin, wieder geheiratet. Sie lebt jetzt in England am Hof von Heinrich VI.«

»Aber warum haben diese Betrüger das Siegel des Herzogs in ihrem Besitz?«, fragte Bruder Peter. »Vermutlich haben sie es gefälscht – doch warum?«

»Vielleicht, um die Goldtruhen zu versiegeln?«, mutmaßte Isobel. »Sie behaupten doch, dass es englisches Gold ist. Truhen aus der englischen Münzgießerei tragen das Siegel des Königs, oder nicht?«

Alle schwiegen. Dann streckte Luca den Arm aus und ergriff Isobels Hand. Ishraq rettete das Papier mit dem Siegelabdruck, das Isobel aus der Hand gefallen war.

»Brillant«, sagte er. »Einfach brillant. Sie versiegeln die Truhen mit seinem Wappen, damit es so aussieht, als ob die gefälschten Münzen echte englische Goldnobel sind. Denn der Herzog muss der Verantwortliche in der Münzgießerei in Calais gewesen sein. Er hat die Münzen in Auftrag gegeben und sie an seine Soldaten auszahlen lassen. Jede verlorene Truhe – möglicherweise Hunderte verlorener Truhen – müsste sein Siegel tragen. Jahre später kommt jemand daher, fälscht die Münzen, gibt vor, dass sie aus der königlichen Münzgießerei in Calais stammen, und verbreitet sie in Truhen, die mit dem königlichen Wappen versiegelt sind. Es ist genial.« Isobels Gesicht glühte. Luca und sie standen sich Hand in Hand gegenüber, als hätten sie die anderen im Zimmer vergessen.

»Aber woher kommt das Gold?«, fragte Bruder Peter trocken. »Das sollten wir uns fragen, bevor wir wegen des Siegels in Verzückung geraten. Gibt es überhaupt Gold in ihrem Haus?«

»Aber ja doch«, entgegnete Freize mit einem selbstgefälligen Nicken. »Keine Sorge. Sie haben säckeweise Gold. Säckeweise! Ishraq hat es gefunden.«

»Ist das wahr?« Luca wandte sich an sie.

»Wir haben ihren Lagerraum durchsucht«, erklärte Ishraq. »Der Raum ist ein alchemistisches Labor. Der Kamin ist riesig und gleicht dem Ofen einer Schmiede. Wir haben Silbermünzen in der Asche liegen sehen. Der Ofen ist so stark erhitzt worden, dass der Kamin gesprungen ist.«

»Warum?«, fragte Isobel. Niemand konnte eine Antwort geben.

»Und wir haben Gussformen für englische Nobel gefunden«, fügte Freize hinzu. »Anscheinend prägen sie die Münzen in diesen Formen.«

»Dann haben wir hinter einer Bodenluke Säcke mit Gold gefunden«, sagte Ishraq mit gedämpfter Stimme. »Die Tür führt zu einem Anlegesteg unterhalb des Hauses. Die Goldsäcke stehen gleich neben dem Anleger. Dahinter befinden sich der Kanal und eine Wassertür. Ich denke, dass sie die Säcke durch die Luke zum Kai hinunterlassen und das Gold mit einem Boot abtransportieren.«

»Wie viel Gold ist es?«, fragte Bruder Peter. »Wie viel hast du gesehen?«

»Ich habe zwei offene Säcke gesehen und dahinter vielleicht vier, die verschlossen waren. Ein Vermögen«, sagte Ishraq.

Luca ließ sich in den Lehnstuhl am Fenster fallen. »Gute Arbeit«, lobte er Ishraq und Freize. »Großartig!«

Er wandte sich an Bruder Peter. »Ist unsere Mission hiermit beendet?«, fragte er. »Unser Auftrag lautete, die Goldquelle ausfindig zu machen und zu ergründen, ob das Gold gestohlen oder aus einer unbekannten Mine abgebaut wird. Wir können unserem Herrn mitteilen, dass Falschmünzer am Werk sind und wir ihre Arbeitsstätte gefunden haben.«

»Aber wir wissen nicht, wie sie die Münzen herstellen«, erinnerte ihn Freize. »Wir haben die Gussformen gesehen. Aber kein Gold.«

»Haltet ihr es für möglich, dass sie einen Weg gefunden haben, Silber in Gold zu verwandeln?«, fragte Isobel. »Aus den Silbermünzen, die im Kamin lagen? Das Mädchen verdient eine Menge Silberlinge mit dem Spiel. Sie tragen jeden Tag einen großen Beutel Silber nach Hause.«

»Die Münzen im Feuer!« Ishraq nickte Freize zu.

»Wir müssen unserem Herrn Bericht erstatten«, beschloss Bruder Peter. »Und dann müssen wir sie der Obrigkeit übergeben. Der Befehl unseres Herrn lautet, die

Beamten des Dogen zu informieren, sobald wir die Falschmünzer identifiziert haben.« Verlegen wandte er sich an Ishraq. »Ich habe zu streng über deine Verkleidung geurteilt«, sagte er unbeholfen. »Du hast für den Orden Großes geleistet, du warst mutig und kühn.« Er zögerte. »Und du gehst als anständiger junger Herr durch«, gab er dann zu. »Es sieht überhaupt nicht ketzerisch aus.«

»Richtig hübsch«, bestätigte Freize. »Zum Anbeißen.« Ishraq gluckste überrascht. »Und sie klettert wie ein Äffchen«, fügte er hinzu. »Wenn man sich eine Einbrecherin zur Frau wünscht, dann sie.«

»Aber das bedeutet nicht, dass du von nun an jeden Tag verkleidet herumstrolchen darfst«, fuhr Bruder Peter unbeirrt fort. »Das war eine Ausnahme. Heute Abend wirst du als sittsame junge Dame ausgehen. Unser Ansehen hängt ganz von deinem und Isobels Benehmen ab.«

»Ach ja, das Bankett!«, rief Isobel aus. »Bei all der Aufregung hätte ich das fast vergessen.«

»Spitzt die Ohren, falls irgendjemand die Münzen erwähnt«, wies Bruder Peter sie an. »Und vergesst nicht, dass Ihr junge Damen aus guter Familie seid, die zu Hause unter strenger Aufsicht stehen.« Er sah Isobel an, als vertraue er ihr in dieser Hinsicht mehr als Ishraq. »Ich sehe Euch an, Fräulein Isobel, damit Ihr ein Beispiel setzt.«

Isobel knickste bescheiden und zwinkerte Luca heimlich zu. »Aber natürlich«, erwiderte sie.

Am Abend brachen sie alle zusammen in der Gondel auf. Nach ihrer Ankunft würde Freize gemeinsam mit den anderen Dienern im Bedienstetenzimmer auf sie warten. Die Gondel sollte am Anleger vor dem Haus bleiben und Isobel und Ishraq nach Hause bringen, sobald sich die Damengesellschaft auflöste, und dann zurückkehren und Luca und Bruder Peter abholen. Sie gingen davon aus, dass sie lange ausbleiben würden, vielleicht bis nach Mitternacht.

Die Männer hatten die Kapuzen ihrer Umhänge hochgeschlagen und trugen einfache schwarze Masken vor den Augen. Isobel konnte nur Lucas lächelnden Mund sehen. Der wiederum bewunderte ihre geheimnisvolle Schönheit. Sie trug einen dunkelblauen Umhang und hatte die dunkelblaue Kapuze halb über die blonden Haare gezogen. Ihre Maske bedeckte Stirn, Augen und Nase, und ihre dunkelblauen Augen funkelten ihn durch die Schlitze hindurch an. Blaue Federn sprossen seitlich aus der Maske und zwirbelten sich wie hohe Fragezeichen um ihren Kopf. Sie sah exotisch und sonderbar und bezaubernd aus. Neben ihr saß Ishraq, ganz in Schwarz gekleidet, wie ein schöner schlanker Schatten. Nur ihr Mund sah unter ihrer sichelförmigen, mit silbernen Sternen besetzten Maske hervor.

Luca beugte sich zu Isobel und flüsterte: »Ich habe noch nie im Leben eine schönere Frau gesehen als dich.«

Isobel wandte ihm das Gesicht zu und lächelte verzaubert. Ihre dunklen Augen glänzten.

»Warte auf mich«, flüsterte Luca ihr zu. »Warte heute Abend auf mich. Sobald wir uns von dem Bankett stehlen können.«

Die ganze Stadt war in Karnevalsstimmung. Jedes Fenster am Canal Grande war von hellem Kerzenschein erleuchtet, und auf den dunklen Seitenkanälen und an den schmalen Anlegern drängten sich schaukelnde Gondeln. Gelegentlich erhaschten sie einen Blick auf ein eng umschlungenes Paar, das seine verstohlenen Küsse und Berührungen unter den Umhängen zu verbergen suchte. In einigen Gondeln hatten sich die heimlichen Liebenden in die kleine Kabine zurückgezogen, die Tür verschlossen und dem Gondoliere die müßige Arbeit zugewiesen, das Boot ruhig auf dem Wasser zu halten. Verräterisches Kerzenlicht drang durch die Fensterläden der Kabine. Bruder Peter wandte den Blick ab und bekreuzigte sich zum Schutz vor der Sünde.

Ihre Gondel näherte sich einem imposanten Palazzo. Schon von weitem sahen sie am Anleger eine Menschenmenge, Männer und Frauen in den prächtigsten Kostümen. Die Herren waren als Ungeheuer oder Engel verkleidet, die Damen hatten sich in seidene Gewänder jeder Farbe gehüllt und standen auf ihren modischen hohen Chopinen. Einige von ihnen waren so grell gekleidet und stellten sich so herausfordernd zur Schau, dass selbst die jungen Reisenden ihre Käuflichkeit erkannten. Es waren die berühmten venezianischen Kurtisanen. Männer kostete es ein Vermögen, mit einer von ihnen eine Nacht zu verbringen. Sie waren ein Handelsgut wie jedes andere auch in dieser geschäftstüchtigen Stadt.

Überall standen Menschen herum, unterhielten sich oder schäkerten hinter ihren Masken, die sie manchmal in die Stirn schoben, um einen verstohlenen Kuss zu tauschen. Hin und wieder wandten sich sogar zwei einem stillen Garten oder einem dunklen Eingang zu. Isobels Blick fiel auf eine lächelnde Frau, die von einem Mann in den Schatten geführt wurde. Am Ufer sah sie einen anderen Mann von einer Gondel flink in die nächste steigen, ermuntert durch das Winken eines silbernen Handschuhs.

Es war faszinierend. Im Heck jeder Gondel brannte eine Fackel oder eine schaukelnde Laterne, in deren Lichtschein Männer und Frauen ihre Verabredungen trafen. Dann glitten ihre Gondeln gemeinsam in die dunkleren Seitenkanäle, wo sie ungestört nebeneinander herfahren konnten, die Frauen kokett hinter ihren Fächern und die Männer den Mund voller großer Versprechungen.

Auf dem weißen Stein des Anlegers klapperten die hölzernen Absätze der Damen, als ob sie die Männer zum Tanz rufen wollten. Musik drang aus den Türen, und sie konnten helles Gelächter hören. Isobel wechselte einen sehnsüchtigen Blick mit Luca, als wünschte auch sie, allein mit ihm zu sein und zu tanzen, zu lachen und zu küssen.

»Isobel«, flüsterte Ishraq warnend. »Deine Maske verbirgt nicht deine Gedanken. Du siehst aus, als wolltest du dich ins lasterhafte Getümmel von Venedig stürzen.«

Isobel stieg die Röte ins Gesicht. »Ishraq«, sagte sie leise. »Ich muss ihn noch einmal küssen. Sonst sterbe ich.«

Ishraq schnappte nach Luft. »Aber du hast doch gesagt …«

Die große Wassertür des Palasts war geöffnet, und die hellen Flammen zahlreicher Kerzen spiegelten sich in dem glasklaren Wasser. Eine Gondel nach der anderen drängte durch die Tür, um Gäste auf dem eleganten roten Teppich abzusetzen, der sich bis an die Wasserkante herabsenkte.

»Es ist wie eine andere Welt«, staunte Isobel. »So viel Reichtum und so viel Schönheit!«

»Und so viel Sünde«, klagte Bruder Peter.

Endlich war es an ihrer Gondel, unter dem Torbogen hindurchzugleiten und vor den Palaststufen anzulegen. In leuchtenden Farben gewandete Diener traten ihnen entgegen, um die Gondel ruhig zu halten. Bevor Isobel ausstieg, blickte sie zurück zum Kanal und sah eine Gondel mit vier schönen Frauen darin. Sie trugen hohe Kopfputze und ausgefallene Masken, sie hatten die Augen kunstvoll geschminkt und die Wangen mit Rouge gerötet. Eine von ihnen gab Luca ein lässiges Zeichen und rief ihm den Namen ihres Hauses zu. »Am Canal Grande«, fügte sie hinzu. »Komm um Mitternacht, wenn du hier gehst!«

»Sünde, wohin man auch schaut«, sagte Bruder Peter und schüttelte entsetzt den Kopf.

»Ich weiß, ich habe gesagt, ich würde nie einen Mann vor der Hochzeit küssen!«, flüsterte Isobel Ishraq zu, während sie aufstand und ihre Kapuze hinunterzog. »Aber das war vor Wochen. Bevor er mich geküsst hat und wir vorgaben, verheiratet zu sein. Jetzt weiß ich, wie es ist … Und außerdem ist Karneval, alle machen einander den Hof. Siehst du es nicht?«, fragte sie drängend. »Fühlst du es nicht? Es ist, als ob die Luft meinen Nacken kitzelt und meine Lippen berührt. Fühlst du es nicht? Ich kann kaum atmen.«

Isobel trat aus der Gondel ans Ufer. Ishraq ließ sich von einem Diener helfen und griff nach ihrer Hand. Sie hielt sie ganz fest, während sie warteten, bis auch die beiden Männer ausgestiegen waren. »Isobel, was wirst du tun?«

Isobels dunkelblaue Augen blitzten wie Saphire hinter ihrer Maske. »Wirst du mir helfen?«

»Natürlich! Immer! Aber ich werde dir nicht zu deinem Unglück verhelfen …«

»Geht nur voran, wir folgen euch«, sagte Bruder Peter und winkte die Mädchen weiter. Als hätte sie sich wieder daran erinnert, wie eine junge Adlige sich zu verhalten hatte, rückte Isobel ihre Maske zurecht und schritt hocherhobenen Hauptes über die Marmorstufen in das prachtvoll erleuchtete Haus.

Eine Kammerfrau erwartete die beiden jungen Frauen schon und führte sie über die geschwungene Marmortreppe ins Obergeschoss, wo die Dame des Hauses ihre Gäste empfing. Unterdessen eilten Pagen Luca und Bruder Peter entgegen und nahmen ihnen ihre Umhänge und Hüte, nicht aber ihre dunklen Masken ab und führten sie in den ersten Stock. Freize, dessen glücklichster Augenblick des Tages immer der Weg zum Abendessen war, ging vergnügt in den Bedienstetenraum im Erdgeschoss.

Auf der Treppe drehte sich Isobel um und sah, wie Luca von einer Traube junger Männer verschluckt wurde. Sie hörte das Klappern der Würfel, das Johlen der Kartenspieler und das Gelächter der Kurtisanen, die den Herren Gesellschaft leisteten, während die Ehefrauen ins Obergeschoss verbannt wurden.

»Seid gegrüßt! Welche Freude, Euch kennenzulernen.« Fräulein Carintha, die Dame des Hauses, trat ihnen entgegen und nahm sie bei den Händen. Sie war eine elegante Frau, ganz in Dunkelblau, beinahe wie Isobel, nur dass ihr Kleid tief ausgeschnitten war und ihre Schultern entblößte – eine unverhohlene Einladung. Ihre glänzenden blonden Haare waren auf ihrem Kopf aufgetürmt und mit blauen Seidenbändern geschmückt; drei neckische Löckchen fielen ihr über die schimmernden nackten Schultern. Sie musterte die Mädchen mit einem berechnenden Blick, und ihr rotbemalter Mund lächelte ohne Wärme.

»Ihr könnt Eure Masken abnehmen. Hier sind wir unter uns.« Als sie Isobels und Ishraqs jugendliche Schönheit sah, stieß sie einen kleinen Schrei aus. »Oh, meine Lieben! Ihr werdet in unserer lasterhaften Stadt viele Herzen brechen! Die eine so hell und die andere so dunkel, kein Mann wird Euch widerstehen können. Die meisten wollen Euch sicher beide auf einmal!«

Sie zog sie hinter sich her und stellte sie den anderen Damen vor, die Wein aus bunten Gläsern tranken und kleine Gebäckstücke knabberten. »Wein?« Sie drückte ihnen Gläser in die Hand. »Ich sollte wohl kein Loblied auf Eure Schönheit singen, Ihr müsst es schon zu Genüge gehört haben. Sicherlich habt Ihr schon viele Verehrer gehabt? Ihr müsst mir alles erzählen!«

»Ganz im Gegenteil«, antwortete Isobel errötend.

Die Dame lachte und tätschelte ihre Wangen. »Das ist nur eine Frage der Zeit, ach was, nur eine Frage weniger

Minuten. Wahrhaftig! Warum nicht heute Abend? Ich kann kaum glauben, wie schön Ihr seid, und Ihr passt so gut zusammen. Ihr solltet immer gemeinsam auftreten. Ihr bringt einander aufs Trefflichste zur Geltung.« Sie wandte sich an Ishraq. »Ihr müsst doch schon einen Liebhaber gehabt haben! Die Männer lieben schwarzhaarige Frauen.«

Ishraq schüttelte den Kopf. Die übertriebenen Schmeicheleien ihrer Gastgeberin gefielen ihr überhaupt nicht. »Nein. Wir wurden sehr streng erzogen. Ich habe keinen Mann.«

»Es muss ja nicht Euer eigener sein«, bemerkte eine der Frauen, und die anderen brachen in Gelächter aus.

»Der ältere Bruder meiner Herrin ist sehr streng«, sagte Ishraq und verbarg ihren Widerwillen hinter einem höflichen Lächeln. »Wir gehen nur selten aus.«

»Ach ja, der ältere Bruder! Das versteht sich von selbst. Der lässt kein Herz höher schlagen. Aber der andere Bruder, der jüngere, der kann doch nicht so tugendhaft sein! Doch? Enttäuscht mich nicht! Er ist wahrhaftig ein Mann, nach dem sich die Frauen umdrehen. So einer kann doch nicht leben wie ein Mönch!«

Eine andere Frau pflichtete ihr kichernd bei: »Ich würde ihn nicht von der Bettkante stoßen!«

»Wir haben ihn vom Fenster aus beobachtet! Wir waren so neidisch, dass Carintha in seiner Nähe wohnt«, verriet eine der Damen Ishraq und umfasste ihren Ellbogen. »Wir haben schon Wetten darüber abgeschlossen, ob sie ihm in ihrer Gondel ein Ständchen singen wird! Glaubt mir, sie würde es tun. Sie ist schamlos! Wenn sie ihr Herz an einen Mann gehängt hat, dann bekommt sie ihn auch!«

Die Frauen lachten wieder, während Ishraq sich unauffällig aus dem Griff der Fremden befreite.

»Ihr würdet mir doch die Tür öffnen, damit ich ihm auf seinem Zimmer Gesellschaft leisten kann, meine Liebe?«, fragte Fräulein Carintha und legte Isobel vertraulich die Hand auf den Arm.

Isobel musste ein Schaudern unterdrücken und sich beherrschen, die unliebsame Berührung nicht abzuschütteln. »Ihr müsst mir verzeihen. Das dürfte ich nicht«, erwiderte sie knapp.

»Dann muss er mir eben selbst den Schlüssel geben!« Die Dame des Hauses lächelte und wandte sich ab, um sich ein neues Glas Wein zu nehmen. Ishraq sah Isobels grimmige Miene und zupfte an ihrem Ärmel, um sie daran zu erinnern, dass sie ihrer Gastgeberin zur Höflichkeit verpflichtet waren.

»Richtet ihm aus, dass ich ihn besuchen werde«, flüsterte Fräulein Carintha den Mädchen zu. »Ich meine es ernst. Schon als ich ihn das erste Mal gesehen habe, wusste ich, dass er für die Zeit des *Carnevale* mein Liebhaber sein würde. Weiß Gott, ob es mir gelingt, ihn zur Fastenzeit wieder aufzugeben!«

Isobel schnappte empört nach Luft und zog ihren Arm aus Fräulein Carinthas Umklammerung. Die Dame schien es kaum zu bemerken.

»Ich habe noch nie einen Korb bekommen«, prahlte sie vor einer ihrer Freundinnen, ohne auf Isobel zu achten, die ihr den Rücken zugekehrt hatte. »Es ist mir jedes Mal gelungen, einen jungen Mann zu erobern, wenn ich es mir in den Kopf gesetzt hatte. Glaubst du, dass er noch Jungfrau ist? Das wäre zu köstlich! Ich werde mich so unschuldig geben wie er. Ich werde zittern. Ich werde beben!«

»Das ist doch nicht möglich!«

»Nicht bei seinem Aussehen!«

»Es wird dir schon jemand zuvorgekommen sein, Carintha!«

»Das ist unerträglich«, zischte Isobel Ishraq zu.

»Hab Geduld«, entgegnete diese. »Wir müssen bloß eine Stunde bleiben. Hast du ihre Ohrringe gesehen?«

»Was ist damit?«, fragte Isobel verdrießlich.

»Es sind Goldnobel«, erklärte Ishraq. »Sie trägt Goldmünzen an den Ohren.«

Auch in diesem Saal wurde dem Glücksspiel nachgegangen und Konversation gepflegt, allerdings schien es keine Gesprächsthemen außer Mode und Liebesaffären zu geben. Isobel zog Ishraq von den verruchten Frauen fort zu den Spieltischen.

»Ich fürchte, ich habe kein Geld dabei«, gestand Ishraq

Fräulein Carintha, die ihnen, gierig an ihrem Weinglas nippend, gefolgt war. »Ich habe nicht daran gedacht. Dabei habe ich gerade erst Geld gewechselt. Alles, was ich dabeihatte, habe ich in englische Goldnobel getauscht. Meint Ihr, das war klug?«

»Oh, sind sie nicht göttlich? Ich verwende nur noch diese Währung«, erwiderte Fräulein Carintha. »So blank, als hätte jemand sie eigens für mich geschrubbt. Habt Ihr meine Ohrringe gesehen?«

»Wir sind gerade auf sie aufmerksam geworden«, sagte Isobel.

»Sind sie nicht zauberhaft?« Fräulein Carintha drehte den Kopf, damit sie die Schmuckstücke bewundern konnten. »Ich werde mir auch eine Halskette aus den Münzen anfertigen lassen. Ich werde einen neuen Modetrend setzen. Bald wird jeder sie haben wollen.«

»Die Münzen sind wirklich hübsch. Ob sie hier in Venedig geprägt werden?«, fragte Ishraq beiläufig, den Blick auf die Spieltische gerichtet.

»Ganz sicher nicht«, erwiderte die Gastgeberin. »Sie sind durch und durch englisch. Mein Mann handelt mit ihnen. Sie stammen aus den englischen Schatzkammern in Bordeaux. Als die Engländer die Stadt letztes Jahr verloren haben, sind ihre Schätze den Franzosen in die Hände gefallen, der ganze Reichtum des Herzogs von Bedford. Mittlerweile benötigen die Engländer die Münzen so dringend, dass sie ihr eigenes Geld zurückkaufen. Die Armen haben kein bisschen Gold mehr. Mein Mann macht Geschäfte mit englischen Kaufmännern. Sie kaufen die Nobel zu Tausenden zurück und schicken sie heim nach England.« Sie lachte. »Und jeden Tag müssen die armen Schäfchen mehr für ihr eigenes Gold zahlen, weil jeder es haben will!«

Eine Frau ging an ihnen vorbei und tippte gegen Carinthas Ohrring. »Entzückend«, bemerkte sie. »Wie einfallsreich.«

»Woher bezieht Euer Herr Gemahl die englischen Münzen?«, fragte Isobel leichthin. »Da die Engländer selbst nicht genügend haben?«

»Oh, von dem dubiosen jüdischen Geldwechsler«, sagte Fräulein Carintha freimütig. »Seinem Aussehen nach glaubt man kaum, dass er auch nur einen Pfennig in der Tasche hat. Aber er versorgt meinen Gemahl mit englischen Münzen. Und so komme ich an meine Ohrringe!«

»Wie praktisch«, sagte Ishraq.

»Für zwei schöne Mädchen wie Euch«, kam Carintha auf Ishraqs ursprüngliche Bemerkung zurück, »spielt es keine Rolle, ob Ihr Geld dabeihabt oder nicht. Ich kann Euch welches leihen. Ihr könnt es mir nächste Woche zurückzahlen. Ich werde Euer Bankier sein. Ich denke doch, dass Ihr zahlungsfähig seid. Ich habe gehört, der hübsche junge Herr erwartet ein Schiff, das dieser Tage aus Russland eintreffen soll? Und Eure junge Herrin ist die Erbin großer Reichtümer, nicht wahr?«

»Unvorstellbarer Reichtümer«, erwiderte Ishraq. »Ihr könnt Euch ihr Vermögen nicht ausmalen. Nicht einmal ich kann es treffend beschreiben.«

Gegen zehn Uhr löste sich die Damengesellschaft auf. Als sich die Mädchen über die breite Treppe zum Ausgang begaben, hörten sie, dass das Bankett der Herren noch immer in vollem Gang war. Mehrere Damen gingen offensichtlich noch zu anderen Gesellschaften oder Verabredungen – sie trugen neues Lippenrot auf, legten ihre Masken wieder an und glitten in ihren Gondeln davon. Fräulein Carintha gesellte sich zu den Herren an ihren Spieltischen. Sie tuschelte mit einer ihrer Freundinnen, und Isobel hörte sie Lucas Namen flüstern.

»Wir müssen nach Hause«, grollte Ishraq, als Freize ihnen in die Gondel half. »Während alle anderen nach Belieben um die Häuser ziehen.«

»Wir können die Gondel gleich wieder verlassen und noch eine Weile spazieren gehen«, schlug Isobel leise vor. »Mit unseren Masken und Umhängen erkennt uns niemand, und Bruder Peter ist nicht zu Hause – er kann uns also nicht kontrollieren.«

»O ja!«, rief Ishraq. Sie drehte sich um und bat den Gondoliere unter dem Vorwand, dass sie durch den Nebeneingang ins Haus wollten, sie an der Treppe des Seitenkanals herauszulassen. Das Lächeln des Gondoliere und Freizes wortloses Nicken verrieten ihnen, dass keiner der beiden Männer auch nur im Geringsten daran glaubte, dass sie ins Haus gehen würden. Aber es war Karnevalszeit, und alles war erlaubt, sogar für adlige junge Damen. Der Gondoliere setzte sie ab und steuerte das Boot mit Freize darin zurück zur Gesellschaft.

Arm in Arm schlenderten die Mädchen durch die Straßen und an den dunklen Kanälen entlang. Sie genossen das Gefühl der Freiheit, das Rascheln der seidenen Kleider um ihre Knöchel, den Zauber der Masken und das Bewusstsein, schön und exotisch auszusehen in dieser seltsamen, faszinierenden Stadt.

Fast jede Tür stand auf, fast jedes Haus wurde von Kerzenschein erleuchtet, und überall fanden Feierlichkeiten statt. Immer wieder rief ihnen jemand zu, sie sollten hereinkommen, Wein trinken und mit ihnen tanzen. Die Mädchen lehnten lachend ab, gingen weiter und genossen das Gefühl von Aufregung und Abenteuer.

»Fräulein Carintha ist einfach scheußlich«, bemerkte Isobel, als ihr Weg sie schließlich heimwärts führte.

»Weil sie Luca verführen will und dich gebeten hat, ihr dabei zu helfen?«, neckte Ishraq sie. »Sie hält dich für seine Schwester, sie kann ja nicht wissen, dass du …«

»Dass ich *was*?«, fragte Isobel scharf und blieb stehen.

Ishraq ließ sich nicht einschüchtern. »Dass du so empört darüber bist, sie zu ihm zu bringen.«

»Natürlich bin ich empört. Jeder wäre empört. Sie ist alt genug, um seine Mutter zu sein. Und diese lächerlichen Münzen an ihren Ohren!«

»Es liegt nicht an ihrem Alter und auch nicht an ihrem Aussehen. Abgesehen davon ist sie höchstens dreißig. Du bist sauer, weil du ihn selbst haben willst!«

Einen Augenblick lang glaubte sie, Isobel wäre verärgert, denn sie stand noch immer reglos da. Doch dann brach es aus ihr heraus: »Es ist wahr! Ich kann es nicht länger leugnen! Ich will ihn so sehr – es ist wie ein Fieber! Ich kann an nichts anderes denken als daran, von ihm im Arm gehalten, berührt, geküsst zu werden. Ich weiß, es ist verrückt, aber ich kann nicht anders. Vorhin hat er mich gebeten, ihn heute Abend zu treffen. Ich habe nichts erwidert, aber ich hätte am liebsten ja gesagt.«

»Es ist *Carnevale*«, sagte Ishraq beschwichtigend. »Wir sind in Venedig. Wie du selbst gesagt hast, die ganze Stadt scheint solche Gedanken zu haben. Die ganze Stadt ist verrückt nach Vergnügen. Und er ist nun einmal ein schöner Mann.«

»Du … Begehrst du ihn auch?«, fragte Isobel zögernd, als fürchte sie die Antwort. »So wie ich? Bist du verliebt in ihn, Ishraq?«

Ishraq lachte leise. »O ja«, sagte sie. »Ein bisschen. Er

ist sehr anziehend, das gebe ich zu. Aber ich fühle nicht das Gleiche wie du. Für mich ist es nicht so schwer wie für dich. Ich kann ihn ansehen und mir denken, dass er wirklich begehrenswert ist, und dann kann ich wegsehen und ihn vergessen. Denn er ist nicht für mich bestimmt. Das weiß ich. Er nimmt mich nicht auf diese Weise wahr. Eine ehrbare Liebe ist zwischen uns nicht möglich – und fast ebenso schlecht stehen die Chancen für eine unehrbare Liebe. Er hat sich der Kirche verpflichtet, und ich bin eine Ungläubige. Er gehört einem Orden an, der die Ketzerei vernichten will, und ich kann nicht anders, als alles in Frage zu stellen. Wir könnten unterschiedlicher nicht sein. Aber du ...« Sie stockte.

»Was?«, fragte Isobel drängend. »Was ist mit mir?«

»Er ist verliebt in dich«, sagte Ishraq leise. »Er kann die Augen nicht von dir lassen. Ein Wort von dir, und er würde alles für dich aufgeben und dich gleich morgen vor den Altar führen.«

»Das kann ich nicht.« Isobel stöhnte leise. »Ich kann nicht. Und er auch nicht. Er ist ein Novize und ein Ermittler des Papstes. Bruder Peter hat mir eingetrichtert, dass ich nichts tun darf, was ihn von seiner Arbeit für den Orden der Finsternis ablenken könnte. Er ist einer der wenigen Auserwählten, die das Ende der Tage erforschen. Sollte die Welt tatsächlich enden, muss er seiner Arbeit nachgehen und seinem Herrn in Rom Bericht erstatten.

Sein Orden ist unsere einzige Waffe gegen den Untergang. Ich sollte ihn als einen Soldaten der Kirche betrachten, als einen Kreuzritter, wie mein Vater einer war. Ich sollte ihn für seine Arbeit ehren. Ich sollte überhaupt nicht auf diese Weise an ihn denken.«

Ishraq zuckte die Schultern. »Aber du denkst an ihn. Und er denkt an dich.«

»Ich kann einfach nichts dagegen tun!«, rief Isobel leidenschaftlich aus. »Und ich träume! Ich träume fast jede Nacht von ihm. Aber diese Träume dürfen niemals Wirklichkeit werden. Ich wäre ruiniert, wenn ich mehr täte, als ihn zu küssen. Ich könnte nie einen ehrbaren Mann heiraten, wenn bekannt würde, dass ich Lucas Geliebte war. Alle Gefahren, die wir auf uns nehmen, um mein Erbe zurückzugewinnen, wären umsonst, wenn ich meine Ehre verliere. Ich könnte niemals heimkehren und Fürstin von Lucretili sein.«

»Aber wenn niemand davon wüsste …«, setzte Ishraq an.

»*Ich* würde es wissen!«, rief Isobel. »Ich wäre entehrt. Ich würde nie einen anderen lieben, nie einen anderen heiraten können. Ich würde immer wissen, dass ich entehrt bin, dass ich eines ehrbaren Mannes nicht würdig bin. Ich muss meinem künftigen Ehemann ein unberührtes Herz und einen unberührten Körper versprechen können.«

»Aber wirst du widerstehen können?«

»Was soll ich tun?«, klagte Isobel. »Was soll ich tun? Als diese Frau davon sprach, nachts in unser Haus zu kommen, hätte ich sie am liebsten erschlagen. Ich ertrage den Gedanken nicht, dass sie sich an ihn heranmacht. Ich ertrage den Gedanken nicht, dass sie ihn anrührt ...« Isobel schlug die Hand vor den Mund, um sich am Weiterreden zu hindern. Doch nichts konnte ihre Gedanken aufhalten. Sie schloss die Augen, als könnte sie so die Bilder in ihrem Kopf verdrängen.

»Wenn niemand davon wüsste ...«, wiederholte Ishraq langsam. »Wenn du ihn lieben könntest, ihn küssen könntest, und niemand würde je davon erfahren?«

»Ich würde es wissen! Er würde es wissen! Du würdest es wissen!«

»Und wenn es nur ein Mal geschähe? Nur ein einziges Mal? Und wir alle drei Stillschweigen geloben würden?«

Isobel schwieg lange. Dann nahm sie die Hand vom Mund und flüsterte: »Was sagst du da?«

»Stell dir vor, es geschähe nur ein Mal. Niemand wüsste davon. Du und ich würden kein Wort darüber verlieren. Es wäre wie ein unausgesprochener Traum. Du wärst seine Geliebte, seine erste Geliebte, und er dein Geliebter, aber er hätte nie dein Gesicht gesehen, nie deinen Namen gesagt, und du würdest niemals gestehen, was du getan hast. Nicht einmal mir. Ein Geheimnis der Nacht, des Karnevals, an das sich nach der Fastenzeit niemand erinnert.«

Isobel legte ihre zitternde Hand auf den Arm ihrer Freundin. »Wenn wir nie darüber sprechen würden. Wenn es nur einmal geschähe. Wenn es wie ein Traum wäre. Ich träume ohnehin jede Nacht von ihm …«

Bevor Ishraq etwas erwidern konnte, sah sie eine Gondel vom Canal Grande in den Nebenkanal abbiegen. Sie zog ihre Freundin in den Schatten eines Hauses.

»Da ist unsere Gondel!«, flüsterte sie. »Luca, Freize und Bruder Peter kommen nach Hause.«

Sie sahen zu, wie die Gondel neben der Ufertreppe anlegte. »Ich gehe noch nicht schlafen«, erklärte Luca. Seine Worte waren undeutlich vom Wein. »Ich will noch eine Weile durch die Straßen schlendern.«

»Ihr solltet lieber Euer Nachtgebet sprechen und Euch ins Bett legen«, riet Bruder Peter.

»Das kann ich in einer Stunde auch noch tun«, gab Luca zurück. »Geht schon vor.«

»Ich begleite dich«, sagte Freize.

»Nein«, widersprach Luca. »Ich will allein sein und einen klaren Kopf bekommen.«

Freize packte seinen Arm. »Triffst du Fräulein Carintha?«, flüsterte er. »Ich kann dir gleich sagen, dass das nur Ärger gibt …«

Luca machte sich los und leugnete seine Verabredung,

obwohl sein Herz beim Gedanken an ein bestimmtes dunkelblaues Kleid schneller schlug. »Ich will nur eine Weile herumlaufen«, wiederholte er und trat schwankend ans Ufer.

Schulterzuckend ließ Bruder Peter Luca am Kai aussteigen und wies den Gondoliere an, ihn und Freize durch die Wassertür zu fahren.

Isobel und Ishraq pressten sich gegen die Hauswand, während Luca die Stufen hinaufstieg, sich umwandte und über den Canal Grande blickte. Der Mond stand gelb und rund über ihm, und die Sterne funkelten am schwarzen Nachthimmel. Eine Weile lauschte er schweigend der entfernten Musik und dem Gelächter.

»Und plötzlich weiß ich, dass ich sie liebe«, sagte er halblaut in die nächtliche Stille hinein. Seine Worte vermischten sich mit dem Klatschen des Wassers auf der Kanaltreppe. »Es ist erstaunlich, aber ich weiß es. Ich liebe sie.«

Er stieß ein leises Lachen aus. »Ich bin ein Narr«, sagte er. »Halb zum Priester geweiht, ganz einem heiligen Orden verpflichtet, und sie ist eine solch hohe Dame, dass ich sie nie zu Gesicht bekommen hätte, wenn ich in meinem Kloster geblieben wäre.«

Er schwieg einen Augenblick lang. »Aber ich habe sie zu Gesicht bekommen«, sagte er dann ruhig. »Und sie mich. Heute Abend begreife ich zum ersten Mal, was die Menschen damit meinen ...« Er brach ab und lächelte. »Liebe«, sagte er. »Was bin ich für ein Narr! Ich liebe sie. Ich habe mich verliebt. *Coup de foudre.* Auf den ersten Blick.«

Er öffnete die kleine Tür in der Gartenmauer und ging hindurch. Seine Schritte knirschten auf dem Kies, dann setzte er sich auf die Bank unter dem Feigenbaum, und es wurde still.

In der dunklen Gasse standen die beiden Mädchen wie erstarrt da.

»Hat er von ihr geredet?«, fragte Ishraq fassungslos. »Von Fräulein Carintha? Hat sie ihre Ankündigung wahrgemacht und ihn verführt?«

Isobel wandte sich ab, doch Ishraq konnte unter der dunkelblauen Maske die Tränen auf ihrer hellen Wange schimmern sehen. »Er hat gesagt, dass er sich heute Nacht verliebt hat«, sagte sie mit belegter Stimme. »Liebe auf den ersten Blick, *coup de foudre.* In eine Dame, die er nie kennengelernt hätte, wenn er im Kloster geblieben wäre. Er hat sich in diese Frau verliebt. In diese aufgedonnerte ...« Isobel verstummte, als eine weitere Gondel am Ufer anlegte. Fräulein Carintha, in ihrem dunkelblauen Umhang, eine elegante Federmaske vor dem Gesicht, schnipste mit den Fingern, damit der Gondoliere ihr aus dem Boot half.

»Sie trifft sich mit ihm!«, rief Isobel mit gedämpfter Stimme. Unwillkürlich zogen sich Ishraq und sie noch tiefer in den Schatten zurück. »Sie trifft ihn in unserem Garten!«

Die beiden jungen Mädchen pressten sich an die dunkle Mauer, während das Mondlicht das Ufer taghell erleuchtete. Fräulein Carintha hatte ihnen den Rücken zugewandt. Sie nahm einen zierlichen Spiegel von der Goldkette an ihrer Taille und begutachtete ihre dunkelblaue Maske und ihre rotbemalten Lippen. Dann wanderte ihr Blick zur Seite und fiel auf die beiden an die Wand gedrückten Mädchen. Leise begann sie zu lachen.

»Sieh an, die schönen Jungfrauen!«, sagte sie. »Sie streunen durch die Nacht. Wie wundersam! Und ich selbst bin mit einer dritten Jungfrau verabredet. Welch gute Nacht für Ausschweifungen! Wollt Ihr mich begleiten?«

Selbst Ishraq, die sonst so keck war, verschlug es die Sprache. Es war Isobel, die auf die Frau zutrat und sagte: »Ihr dürft ihn nicht treffen. Ich verbiete es.«

»Für wen haltet Ihr Euch, dass Ihr einem erwachsenen Mann vorschreiben wollt, was er zu tun hat?«, fragte Fräulein Carintha verächtlich. »Er will mich. Er wartet auf mich. Und nichts kann mich davon abhalten, zu ihm zu gehen.«

»Das geht nicht!«, fauchte Isobel. »*Wir* sind im Garten verabredet. Ihr könnt nicht zu ihm.«

»Seine Schwester?«, fragte Fräulein Carintha. »Mein Gott! Diese Familie ist ja noch wunderlicher, als ich dachte.«

»Sie meint *mich*«, sprang Ishraq ein. »Er hat sie gebeten, mich zu ihm zu bringen.«

Fräulein Carintha stemmte die Hände in die Hüften und musterte die beiden jungen Frauen. »Nun, was machen wir da? Ich habe nicht vor, ihn zu teilen. Und wir können nicht alle hineingehen und ihn entscheiden lassen. Das würde ihn verderben, außerdem lasse ich mich auf solche Spielchen nicht ein. Ich trete nicht gegen Euch junge Dinger an.«

»Aber Ihr spielt gern«, erwiderte Ishraq. »Warum spielen wir nicht um ihn?«

Fräulein Carintha stieß ein entzücktes Lachen aus. »Meine Liebe, Ihr seid kühner, als Ihr vorgebt zu sein. Aber ich habe keine Würfel.«

»Wir haben Goldmünzen«, sagte Ishraq. »Wir könnten eine Münze werfen.«

»Wie überaus passend«, erwiderte Fräulein Carintha trocken. »Wer gewinnt?«

»Jede wirft eine Münze. Diejenige, die zuerst das Gegenteil der beiden anderen wirft, hat gewonnen. Sie geht in den Garten. Was sie dort tut, wird niemand je erfahren – wir verlieren kein Wort darüber«, erklärte Ishraq. »Einverstanden?«

»Einverstanden«, flüsterte Isobel.

»Amen!«, sagte das gotteslästerliche Fräulein Carintha. »Warum nicht?«

Ishraq nahm zwei der geliehenen Goldmünzen aus ihrer Tasche und reichte eine davon Isobel. Fräulein Carintha hatte ihre Münze bereits in der Hand.

»Viel Glück!«, sagte Fräulein Carintha lächelnd. »Eins, zwei, drei!«

Die drei Goldmünzen flogen in die Luft und drehten sich blitzend im Mondlicht, dann fing jede ihre Münze auf und schlug sie auf den Handrücken. Sie streckten die Hände aus, die Goldmünze unter der oberen Handfläche verborgen. Langsam zog die Erste ihre Hand weg.

»Schiff«, sagte sie, als das winzige Bildnis des englischen Königs auf seinem Schiff zum Vorschein kam.

»Schiff«, echote die Nächste, die ihre Münze entblößte.

Sie sahen die Dritte erwartungsvoll an, die langsam die Hand hob und ihnen die glänzende Münze zeigte.

»Rose«, sagte sie. Ohne ein weiteres Wort wandte sie sich der hohen Mauer zu, drehte den schweren Eisenring an der Tür und ging leise hindurch.

Eine Wolke verdunkelte das helle Mondlicht. Luca sprang auf, als sich die Gartentür beinahe geräuschlos öffnete und eine maskierte Gestalt unter dem Bogen erschien. Luca starrte sie an wie eine Vision, die sein inständiges Verlangen heraufbeschworen hatte. »Bist du es?«, flüsterte er. »Bist du es wirklich?«

Wortlos streckte sie die Hand nach ihm aus. Wortlos

trat er auf sie zu. Er schloss die Tür und führte sie in den Schatten des Baumes. Sanft legte er ihr den Arm um die Taille und zog sie an sich. Sie wandte ihm in der Dunkelheit ihr Gesicht zu, und er küsste sie auf den Mund.

Willig folgte sie ihm in den Säulengang. In einer verborgenen Nische setzten sie sich auf eine Bank. Geschmeidig glitt sie auf seinen Schoß und schlang ihre Arme um seinen Hals. Sie legte ihren Kopf an seine Schulter und sog seinen warmen, männlichen Duft ein. Luca drückte sie fester an sich. Er spürte sein Herz schneller schlagen, als er sachte die Bänder ihres Kleides löste und ihre Haut darunter berührte. Sie fühlte sich glatt wie ein Pfirsich an unter der dunklen Seide. Nur einmal wehrte sie seine Berührung ab. Als er ihr die Maske abnehmen und ihre Kapuze zurückschieben wollte, griff sie nach seiner Hand und führte sie an ihre Lippen. Er küsste sie wieder, ihren Mund, ihren Hals, die warme Kuhle ihres Schlüsselbeins. Die ganze Nacht lang küsste er sie, liebte er sie, lernte er jede Kurve ihres Körpers kennen, bis das erste Morgenlicht den Kanal zinnschwarz färbte, den Garten in fahles Silber tauchte und die Vögel zu singen begannen. Sie erhob sich, raffte ihren dunklen Umhang zusammen, zog die Kapuze über ihr Haar und beschattete ihr Gesicht. Sein einziger Wunsch war, sie bei sich zu behalten und immer weiter zu küssen, doch sie trat leise durch die Gartentür und verschwand im Morgengrauen.

An diesem Tag wurde das Frühstück spät serviert. Luca sprang auf, um Isobels Stuhl vorzuziehen, und sie dankte es ihm mit einem kleinen Lächeln. Er reichte ihr die frischen Brötchen, die gerade aus dem Ofen gekommen waren, und sie nahm sie entgegen. Luca glich einem Mann, der zu lange in die Sonne gestarrt hatte und sich nun blinzelnd zurechtfinden musste. Isobel war sehr still.

Freize hob die Augenbrauen und sah Ishraq fragend an, doch die ignorierte ihn, hielt den Blick auf ihren Teller gerichtet und grinste vor sich hin, als hätte sie ein vergnügliches Geheimnis. Schließlich konnte er sich nicht länger beherrschen. »Wie war denn nun die Feier gestern Abend?«, fragte er aufgekratzt. »Hattet ihr Spaß?«

Isobel antwortete gleichmütig: »Wir haben Fräulein Carintha und ihre Freundinnen kennengelernt und uns ein paar Goldnobel geliehen, um zu spielen. Wir müssen sie ihr noch zurückgeben. Die Frauen waren allesamt einfältige, eitle Geschöpfe. Sie haben über nichts als Kleider und Liebhaber getratscht. Bruder Peter hat ganz recht, diese Stadt ist der reinste Sündenpfuhl. Wir sind gegen zehn

Uhr nach Hause gekommen, noch einige Minuten durch die Straßen geschlendert und dann zu Bett gegangen.«

Luca sah betreten auf seinen Teller. Einmal hob er den Blick, während sie sprach. Er starrte sie an, als könnte er die einfachen Worte nicht verstehen. Sie achtete nicht auf ihn, als er seinen Stuhl zurückschob und ans Fenster trat.

»Also, was haben wir heute vor?«, wechselte Freize das Thema.

»Sobald Luca und Ishraq die Arbeit an dem Manuskript beendet und dem Alchemisten und seiner Tochter die Schrift zurückgegeben haben, müssen wir sie anzeigen«, sagte Bruder Peter nachdrücklich. »Wenn Ihr heute noch fertig werdet, können wir sie heute noch anzeigen, das wäre mir am liebsten. Ich will nicht, dass sie noch einmal unser Haus betreten. Sie sind Verbrecher, vielleicht beherrschen sie sogar die dunklen Künste. Wir dürfen uns nicht weiter mit ihnen abgeben.«

»Wie zeigen wir sie an?«, fragte Ishraq. »An wen müssen wir uns wenden?«

»Überall in der Stadt und an den Mauern des Dogenpalastes befinden sich große steinerne Briefkästen mit offenen Mündern«, erklärte Bruder Peter. »Man nennt sie *Bocca di Leone*, Maul des Löwen. Venedig ist die Stadt des Löwen: Es ist das Symbol des heiligen Apostels Markus. Jeder kann eine Anzeige schreiben und sie in eine *Bocca* werfen. Luca bezichtigt die beiden der Alchemie und des

Falschmünzens, Freize und ich unterzeichnen als Zeugen, und man wird sie verhaften, sobald der Rat den Brief gelesen hat.«

Isobel runzelte die Stirn. Das venezianische Justizsystem war ihr nicht ganz geheuer. »Wann wird der Rat die Anzeige lesen?«

»Noch am selben Tag«, entgegnete Bruder Peter grimmig. »Die Kästen werden ständig geleert, und der Rat der Zehn liest alle Anzeigen sofort. Venedig ist die sicherste Stadt im Christenreich. Jeder Mann kann seinen Nachbarn beim leisesten Verdacht anzeigen.«

»Was wird mit Drago und Jacinta geschehen, wenn der Rat die Anzeige gelesen hat?«, fragte Freize.

Bruder Peter sah unbehaglich drein. »Ich gehe davon aus, dass sie verhaftet werden«, sagte er. »Man wird ihnen den Prozess machen, und sie werden ihre gerechte Strafe erhalten. Das liegt bei der Obrigkeit. Sie werden einen anständigen Prozess bekommen. Venedig ist die Stadt des Gesetzes.«

»Aber Alchemie ist doch nicht illegal?«, wandte Isobel ein. »Es gibt Dutzende Alchemisten hier an der Universität, und noch mehr in Padua. Die Leute bewundern sie für ihr Wissen. Wie sonst sollen die Dinge erforscht werden?«

»Alchemie ist nicht illegal, wenn man eine Genehmigung hat, aber einige Anwendungen der Alchemie sind sehr wohl illegal. Und Münzfälschung ist ein schweres

Verbrechen«, erwiderte Bruder Peter. »Jeder, der englische Goldnobel außerhalb einer offiziellen Münzgießerei prägt, ist ein Fälscher. Dieses Verbrechen wird schwer bestraft.«

»Wie?«, hakte Freize nach, dem das hübsche Mädchen mit seinem strahlenden Lächeln nicht aus dem Kopf ging.

»Der Rat wird die Beweislage prüfen, ein Urteil fällen und die gerechte Strafe verhängen«, antwortete Bruder Peter widerstrebend. »Für Falschmünzerei ist es in der Regel die Todesstrafe. Sie nehmen Betrug hier sehr ernst.«

Freize war entsetzt. »Aber das Mädchen ... das schöne Mädchen ...«

»Ich glaube kaum, dass der Doge sein Urteil nach der Schönheit der Angeklagten richtet«, erwiderte Bruder Peter trocken. »Die ganze Stadt ist voll von hübschen Sünderinnen. Ich bezweifle, dass das Aussehen für ihn einen Unterschied macht.«

Freize warf Luca, der noch immer aus dem Fenster starrte, einen hilflosen Blick zu. »Das kommt mir zu hart vor«, sagte er dann. »Ich weiß, sie sind Fälscher, trotzdem erscheint mir diese Strafe zu hart. Ich würde nicht für ihren Tod verantwortlich sein wollen.«

Luca, der nur mit einem Ohr zugehört hatte, unterbrach seine stumme Beobachtung des Kanals. »Die Strafe war ihnen bekannt, bevor sie die Tat begangen haben«, sagte er. »Sie müssen ein Vermögen damit gemacht haben. Hat Ishraq nicht gesagt, dass sie Säcke voll Gold unter der

Kellerluke lagern? Und habt ihr nicht selbst die Gussformen und den Brennofen gesehen?«

»Ich behaupte ja nicht, dass sie unschuldig sind, ich bin nur nicht der Meinung, dass sie für ihre Taten sterben sollten«, insistierte Freize.

Luca schüttelte resigniert den Kopf. »Es ist nicht an uns, darüber zu richten«, entschied er. »Wir ermitteln nur. Meine Aufgabe ist es, Anzeichen für das Ende der Tage zu finden. Ich berichte der Kirche, wenn ich eine Sünde aufdecke, und ich berichte den Vertretern des Gesetzes, wenn ich ein Verbrechen aufdecke. Diese Sache ist ohne Zweifel ein Verbrechen. Sie muss angezeigt werden. Egal, wie hübsch das Mädchen ist. Es ist der klare Befehl meines Herrn.«

»Sie sind nicht nur Falschmünzer«, beschwor Freize ihn. »Sie sind Ermittler, genau wie du. Sie untersuchen Dinge. Sie sind Gelehrte. Sie verfügen über großes Wissen.«

Er griff in die tiefe Tasche seines Umhangs und zog eine kleine Glasscherbe heraus. »Sieh nur«, sagte er. »Sie interessieren sich für das Licht, genau wie du. Ich habe es von Jacintas Schreibtisch für dich geklaut.«

»Geklaut!«, rief Bruder Peter.

»Einer Fälscherin geklaut! Einer Diebin!«, gab Freize zurück. »Das kann man wohl kaum Diebstahl nennen. Und interessierst du dich nicht genau für diese Dinge? Sie beschäftigt sich auch mit ihnen. Sie ist eine Forscherin wie du, sie ist keine gewöhnliche Verbrecherin. Vielleicht weiß sie etwas, das du wissen willst. Sie darf nicht sterben.«

Er legte die Scherbe auf den Tisch, damit alle das kleine Wunder betrachten konnten, das er aus dem Haus der Fälscher mitgenommen hatte. Es war ein langes, dreieckig geformtes, durchsichtiges Glasstück. Als Freize es auf den Frühstückstisch zwischen Isobel und Ishraq legte, fiel durch die Ritzen der Fensterläden ein heller Sonnenstrahl darauf, und augenblicklich war das Glasstück von einem perfekten Kranz Regenbogenfarben umgeben.

Luca seufzte fasziniert. »Das Glas verwandelt das Sonnenlicht in einen Regenbogen«, sagte er. »Genau wie im Mausoleum. Wie funktioniert das?«

Er griff in seine Tasche und holte die Scherbe aus Ravenna hervor. Seite an Seite lagen die Glasstücke auf dem Tisch und warfen Regenbogenfarben auf das helle Leintuch. Ishraq streckte die Hand aus und hielt sie in das bunte Licht. Die Farben tanzten auf ihrer Handfläche. »Ich halte einen Regenbogen«, sagte sie voller Staunen. »Ich halte einen Regenbogen in der Hand!«

»Wie ist das möglich?«, fragte Luca. Er ging mit dem Glasstück ans Fenster und sah hindurch. Es war vollkommen durchsichtig. »Wie kann ein Stück Glas das Sonnenlicht in einen Regenbogen verwandeln? Und warum runden sich die Farben unter dem Glas? Warum erscheinen sie nicht geradlinig?«

»Warum fragst du sie nicht?«, schlug Freize vor.

»Was?«

»Warum bittest du die Alchemisten nicht, dir ihre Arbeit zu zeigen oder dir etwas über Regenbogen zu erklären?«, präzisierte Freize. »Sie werden daran gewöhnt sein, dass Menschen mit Fragen zu ihnen kommen. Warum fragst du sie nicht nach dem Regenbogen im Mausoleum der Galla Placidia? Vielleicht kannst du etwas von ihnen lernen, bevor wir sie anzeigen. Wir sollten mehr über sie in Erfahrung bringen. Du willst doch sicher wissen, warum sie ein Glas besitzt, das einen Regenbogen erzeugen kann.«

»Du bist scharf auf das Mädchen«, erklärte Ishraq unverblümt. »Du willst nur Zeit für sie gewinnen.«

Freizes würdevoller Miene mangelte es nicht an Komik. »Zufällig interessiere ich mich selbst sehr für die Entstehung von Regenbogen«, entgegnete er gemessen. »Ich weiß nicht, wovon du sprichst.«

Isobel lachte schallend, und selbst Bruder Peter hob den Kopf. »Ach, Freize, gib es schon zu! Du hast dich verliebt, so wie anscheinend alle anderen Menschen in dieser Stadt auch.«

»Alle?«, fragte Luca herausfordernd, doch sie wandte nur leicht errötend den Kopf ab und antwortete ihm nicht.

Freize legte die Hand aufs Herz. »Ich plaudere keine Geheimnisse aus«, sagte er galant. »Vielleicht liebt sie mich – vielleicht auch nicht. So oder so würde ich kein

Wort darüber verlieren. Aber ich finde, dass du mit ihr und ihrem Vater reden solltest, bevor du sie beim Dogen anzeigst. Wir müssen mehr darüber erfahren, was sie in diesem seltsamen Raum anstellen. Und warum warnen wir sie nicht, dass das Spiel aus ist und sie ihre Sachen packen und verschwinden sollten?«

»Sie werden nicht ihre Sachen packen und verschwinden, Schluss damit!«, rief Bruder Peter empört. »Sie haben die Kaufmänner dieser Stadt um ein Vermögen gebracht. Sie haben die englische Nation um Tausende, vielleicht sogar Hunderttausende Goldmünzen gebracht. Wir haben selbst Goldnobel gekauft und gutes Geld gegen schlechtes getauscht. Falschmünzerei ist ein schweres Verbrechen. Es muss ein Ende haben. Abgesehen davon sind die Anweisungen unseres Herrn unmissverständlich: Wir müssen sie anzeigen.«

»Die Münzen sind nicht schlecht«, gab Ishraq zu bedenken. »Sie gewinnen jeden Tag an Wert. Die beiden haben niemanden ärmer gemacht. Im Gegenteil, alle werden reicher. Wir auch. Die Venezianer selbst wollen die Münzen nicht in Frage stellen. Und wir haben sie geprüft, wie Euer Herr es verlangt hat. Die Münzen sind gut, sie sind aus echtem Gold.«

»Ich werde zu ihnen gehen«, entschied Luca. »Ich muss ihre Arbeit sehen. Ich werde sie danach fragen. Und dann entscheiden wir, was wir mit ihnen machen.«

»Unser Herr hat uns klare Anweisungen erteilt«, mahnte Bruder Peter. »Er hat uns befohlen, die Geldfälscher zu finden und sie anzuzeigen. Er hat nicht gesagt, dass wir verstehen sollen, warum sie es tun oder was sie sonst noch tun. Seine Anweisungen waren schlicht und einfach: nach Venedig zu reisen, die Münzen zu kaufen, die Fälscher zu finden und sie anzuzeigen.«

»Wir müssen seine Befehle befolgen«, stimmte Luca zu. »Und ich stelle sie auch gar nicht in Frage. Wir werden sie anzeigen, wie er es befiehlt. Nur nicht sofort. Erst will ich mit ihnen reden. Wir müssen ohnehin die Manuskriptseite zurückbringen. Ich nehme Freize mit und ...« Er wandte sich an Ishraq. »Würdest du auch mitkommen?« Er zögerte einen Augenblick. Offensichtlich überlegte er, ob er auch Isobel bitten konnte, mitzukommen.

»Wenn Ishraq mitgeht, muss sie sich maskieren und mit ihrer Kapuze bedecken«, brummte Bruder Peter. »Und solange sie weg ist, kann Isobel nur zu Hause bleiben oder in die Kirche gehen.«

»Ich bleibe hier«, sagte Isobel. Die Aussicht auf eine Beichte verlockte sie nicht. »Ich warte auf euch.«

»Du wartest auf mich?«, fragte Luca so leise, dass nur sie es hören konnte.

Ihr Blick war kühl. »Ich meinte, dass ich auf Ishraq warte«, erwiderte sie mit einem Lächeln, das er nicht deuten konnte.

»Heiliger Valentin, was habe ich ihr getan? Habe ich sie vor den Kopf gestoßen?«, fragte Luca Ishraq, als sie nebeneinander in der Gondel saßen. Freize saß vor ihnen und wandte ihnen den Rücken zu.

»Wie kommst du darauf?«, fragte Ishraq unschuldig.

»Ich dachte ... Gestern Abend ... Sie war so schön ...«

»Auf der Feier?«

»Ja. Auf dem Weg zur Feier war sie so fröhlich und herzlich, sie hat mich angelächelt und mir Glück gewünscht ... Ihre Augen funkelten hinter der blauen Maske, und ich dachte, dass wir uns nach der Feier vielleicht treffen könnten ... Nach der Feier glaubte ich dann ... Und heute spricht sie kein Wort mit mir.«

»Mädchen!« Freize wandte sich zu ihnen, um seinen Beitrag zu ihrem gemurmelten Gespräch zu leisten. »Ich sage nur: wie der kleine Esel. Leicht zu beeinflussen, aber nur schwer von etwas abzubringen, wenn sie es sich in den Kopf gesetzt haben.«

»Ach, Unsinn!«, entgegnete Luca. An Ishraq gewandt fragte er eindringlich: »Hat sie nichts über mich gesagt? Hat sie nichts über gestern Abend gesagt?«

»Über die Feier?«, fragte Ishraq wieder.

»Über die Zeit *nach* der Feier?«, deutete Luca an. »Hinterher ...«

Ishraq schüttelte ausdruckslos den Kopf. »Sie hat nichts gesagt, weil es nichts zu sagen gab. Es war eine gewöhnliche Abendgesellschaft, und wir sind früh nach Hause gekommen. Wir haben noch einen kleinen Spaziergang gemacht und sind dann zu Bett gegangen. Darüber gibt es nichts zu sagen.« Sie hielt inne, senkte die Stimme und sah Luca direkt an. »Und du solltest lieber auch nichts sagen.«

Er erwiderte verwirrt ihren Blick. »Ich sollte nichts sagen?«

Sie nickte. »Nichts.«

Bruder Peter blieb allein in dem sonnendurchfluteten Speisezimmer zurück. Er ließ das Frühstücksgeschirr abräumen, breitete seine Schreibutensilien auf dem Tisch aus und nahm die langwierige Arbeit an dem verschlüsselten Bericht in Angriff. Er musste ihren Ordensherrn darüber informieren, dass sie die Fälscher aufgespürt hatten und sie umgehend anzeigen würden, und er musste um Anweisungen für ihre nächste Mission bitten. Der Herr würde ihnen ein neues Reiseziel nennen, wo neue Rätsel auf sie warten würden.

Sie würden immer weiterreisen, dachte Bruder Peter erschöpft, weiter und weiter, bis zum Tag des Jüngsten Gerichts, bis sie endlich alles verstehen würden, anders als jetzt, da sie nur flüchtige Blicke auf die Wahrheit erhaschten. Die Welt würde enden, so viel stand fest, und vermutlich würde es schon bald so weit sein – vielleicht schon in diesem Jahr, vielleicht schon in diesem Monat. Als Gesandter des Heiligen Ordens musste er immer auf der Hut sein, musste er seine Gefährten – seine vergnügten, gelegentlich unvernünftigen, aber liebgewonnenen Reisegefährten – behüten, unterstützen und begleiten auf ihrer Reise aus dem Jetzt in den Tod, aus dem Hier zum Ende aller Dinge.

Isobel stand im Obergeschoss am Fenster und schaute der Gondel nach, die mit Luca, Ishraq und Freize durch die Wassertür glitt und sich in den Verkehr auf dem Canal Grande einordnete. Sie legte eine Hand an die Lippen und schickte dem Boot einen Kuss hinterher. Dabei achtete sie darauf, weit genug vom Fenster entfernt zu stehen, damit Luca sie nicht sehen konnte.

Eine andere Gondel erregte ihre Aufmerksamkeit, sie steuerte direkt auf ihr Haus zu. Sie trat an den Treppenabsatz und spitzte die Ohren. Sie hörte, wie die Haushälterin die Magd zur Wassertür schickte, um den Gast in Empfang zu nehmen, und als sie die Treppe hinabspähte, sah sie eine schlanke, mit Ringen geschmückte Hand, die sich auf dem Geländer nach oben bewegte. »Fräulein Carintha«, murmelte Isobel voller Abscheu.

Kurz überlegte sie, ob sie sich verleugnen lassen sollte, doch da Bruder Peter sich nicht einmal zu der geringsten Lüge bewegen ließ und sie sich nicht von der Haushälterin entschuldigen lassen wollte, musste sie die unliebsame Besucherin wohl oder übel in Empfang nehmen. Sie warf einen prüfenden Blick durch den Raum, rückte einen Stuhl zurecht, schloss die Türen zu den Schlafzimmern und setzte sich möglichst würdevoll in einen Lehnstuhl am Fenster. Die Tür ging auf.

»Fräulein Carintha«, verkündete die Haushälterin.

Isobel erhob sich und knickste. »Gnädige Frau.«

»Meine Liebe!«, sagte Fräulein Carintha überschwänglich.

»Bitte setzt Euch doch.« Isobel zeigte auf den harten Stuhl am warmen Kaminfeuer, doch Fräulein Carintha nahm ebenfalls am Fenster Platz, das helle Licht im Rücken. Ihr Lächeln entblößte ihre scharfen weißen Zähne.

»Ein Glas Wein?«, fragte Isobel höflich und ging zur Anrichte. »Etwas Gebäck?«

Die Dame nickte, und die Münzen an ihren Ohren schwangen klirrend hin und her. Isobel bemerkte, dass sie heute auch eine Halskette aus den glänzenden Münzen trug. Das Gold wirkte grell auf ihrer fahlen Haut, und die großen Münzen zogen schwer an der Kette. Isobel schenkte ein Glas Wein ein und reichte es Fräulein Carintha mit einem Teller kleiner Gebäckstücke.

»Ich muss noch unsere Spielschuld begleichen«, sagte sie. »Es war sehr großzügig von Euch, uns das Geld zu leihen.« Sie ging in ihr Schlafzimmer und kam mit einem Beutel Goldmünzen zurück. »Ich danke Euch. Auch für die Einladung zu Eurer reizenden Gesellschaft.«

»Nobel?«, fragte Fräulein Carintha und wog den Beutel in ihrer Hand.

Isobel war froh, dass Ishraq die Rubine ihrer Mutter gegen englische Nobel getauscht hatte und sie Fräulein Carintha in dieser Währung auszahlen konnte. »Gewiss«, erwiderte sie.

»Oh, dann habe ich Profit gemacht!«, sagte Fräulein Carintha fröhlich. »Denn heute Morgen sind sie mehr wert als gestern Abend. Ich habe Euch Geld geliehen und Euch dabei doch bestohlen. Ihr zahlt mir die Schuld mit gleicher Münze zurück, aber ihr Wert ist gestiegen. Ist das nicht wie Zauberei?«

»Ich beglückwünsche Euch zu Eurem Gewinn.« Isobel musste sich sehr zusammenreißen, um sich ihre Gereiztheit nicht anmerken zu lassen. »Ihr seid offensichtlich ebenso begabt wie die venezianischen Händler.«

»Ihr besitzt noch einen anderen Schatz, den ich haben will«, erklärte Fräulein Carintha mit blitzenden Augen.

Isobel machte ein ahnungsloses Gesicht. »Was könnte ich haben, das eine hohe Dame wie Ihr begehrt? Sicherlich liest Euer Gatte Euch jeden Wunsch von den Augen ab.«

Fräulein Carintha warf lachend den Kopf zurück und stellte ihren langen weißen Hals mit der protzigen Goldkette zur Schau. »Mein Gatte erfüllt mir viele Wünsche, aber bei weitem nicht alle«, sagte sie bedeutungsvoll. »Ihr versteht, was ich meine?«

Isobel schüttelte den Kopf. »Ach, gnädige Frau, ich bin auf dem Land aufgewachsen. Die Gepflogenheiten der Städter sind mir fremd. Ich kann mir nicht vorstellen, welch andere Übereinkunft Ihr mit Eurem Gemahl haben solltet, als ihn zu ehren und zu respektieren.«

Fräulein Carintha lachte kurz auf. »Dann seid Ihr wahrlich noch kurioser, als ich dachte!«, spottete sie. »Ich werde offen zu Euch sein, Landmädchen. Wenn Ihr wie gestern Abend allein durch die Stadt gehen wollt, wenn Ihr jemanden treffen oder eine Nacht außer Haus verbringen wollt, kann ich Euch helfen. Ihr könnt sagen, dass Ihr mich besucht, Ihr könnt Euch meine Gondel leihen, meinen Umhang und meine Maske, sogar meine Kleider. Wenn Ihr eine Ausrede braucht, könnt Ihr Euch auf mich verlassen. Ihr könnt behaupten, dass Ihr die Nacht bei mir verbracht habt, und ich werde bezeugen, dass wir lange beisammen gesessen und Karten gespielt haben. Ihr könnt flunkern, bis Euch Euer hübsches Köpfchen abfällt, ich werde Euch den Rücken freihalten und keine Fragen stellen. Was es auch ist, was Ihr auch tun wollt, wie … ungewöhnlich es auch sein mag. Versteht Ihr mich?«

»Ich denke schon«, sagte Isobel kühl. »Ihr würdet für mich lügen.«

»So ist es!« Fräulein Carintha lächelte.

»Wenn ich unsittliche Absichten hätte und heimlich das Haus verlassen wollte, wäre das sehr hilfreich«, sagte

Isobel voller Verachtung. »Aber da das nicht der Fall ist, ist Euer Angebot für mich völlig belanglos.«

»Ich weiß, was ich weiß«, bemerkte Fräulein Carintha.

»Das ist der Inbegriff des Wissens«, gab Isobel zurück. »Jeder weiß, was er weiß.«

»Ich weiß, was ich gesehen haben«, beharrte die Dame.

»Ihr habt gesehen, wie ich – oder vielleicht war es Ishraq? – in unseren Garten gegangen bin. Vielleicht haben wir aber auch Euch in unseren Garten gehen sehen. Vielleicht könnten wir es beschwören. Was macht es für einen Unterschied? Gnädige Frau, das ist sinnlos. Ihr tätet besser daran, offen zu mir zu sein. Was wollt Ihr?«

»Dann sage ich Euch schlicht und ergreifend, was Ihr tun werdet, Landmädchen. Ihr werdet heute Abend meiner Gondel die Wassertür öffnen, Ihr werdet mich zum Zimmer Eures Bruders führen und mich morgen früh wieder aus dem Haus lassen. Ihr werdet niemandem davon erzählen und es abstreiten, sollte jemand danach fragen.« Sie legte Isobel eine Hand aufs Knie. »Es wird niemand fragen«, versicherte sie. »Ich bin sehr diskret.«

»Aber was, wenn mein Bruder Euch nicht in seinem Zimmer haben will?« Isobel geriet außer Atem, unkontrollierbarer Zorn stieg in ihr hoch. »Was, wenn Ihr ihm zu alt und zu abgenutzt seid? Was, wenn er Euch nicht begehrt?«

Fräulein Carintha lachte und strich über ihr Kleid, als

imitierte sie Lucas Berührungen von letzter Nacht. »Er wäre nicht der erste junge Mann, der mich beim Erwachen überraschend in seinem Bett vorfindet. Und er wäre nicht der erste junge Mann, der sich darüber freut.«

»Er ist kein gewöhnlicher junger Mann«, entgegnete Isobel fest. »Er ist nicht wie die anderen Männer, die Ihr kennt.«

»Das ist wahr, er sieht außergewöhnlich gut aus«, stimmte Fräulein Carintha zu. »Und ich habe ein außergewöhnlich großes Verlangen nach ihm. Ich denke, unsere Affäre wird … außergewöhnlich!«

Isobel sprang auf. Sie konnte sich nicht länger beherrschen. »Bei meiner Ehre, das wird sie nicht!«, rief sie.

»Was kümmert es Euch? Ich kann Euch im Gegenzug helfen. Soll ich Euch mit jungen Männern bekanntmachen, wenn Ihr schon kein Alibi für eine eigene Liebelei braucht? Oder wollt Ihr Geschenke?« Fräulein Carintha legte die Hände an ihre schaukelnden Ohrringe. »Wollt Ihr die? Ihr könnt sie haben! Aber glaubt mir, ich werde Euren Bruder bekommen. Ich werde ihn zu meinem Spielzeug machen. Er wird verrückt nach mir sein. So ist es. Ich werde ihn zurücklassen wie einen Opiumsüchtigen, der nach einem neuen Rausch lechzt. Er wird sich für den Rest seines Lebens nach mir verzehren. Ich werde ihm alles beibringen, was er über die Frauen wissen muss; er wird keine bessere Liebhaberin finden als mich. Er wird sein ganzes Leben lang auf der Suche sein. Ich werde ihn für jede gewöhnliche Frau verderben.«

»Nein«, sagte Isobel. »Das werdet Ihr nicht. Und bleibt mir mit Eurem abscheulichen Gold und Euren Lügen vom Hals. Ich muss Euch jetzt bitten, zu gehen.«

»Ich komme wieder«, sagte die Frau drohend. »Ob Ihr mir helft oder nicht. Ihr werdet nachts aufwachen und wissen, dass ich bei ihm bin, in dem Zimmer genau unter Eurem. Oder er wird zu mir kommen. Ihr glaubt, er will mich nicht? Ihr glaubt, ich wäre hier, wenn er mich nicht selbst eingeladen hätte? Gestern Abend flehte er mich an, mit ihm zu kommen. Gestern nach dem Fest. Er wollte mich im Garten treffen. Er ist verliebt in mich, dagegen könnt Ihr nichts tun.«

»Das ist er nicht!« Isobels Stimme zitterte bei dem Gedanken daran, dass Fräulein Carintha möglicherweise die Wahrheit sagte und Luca tatsächlich eine Verabredung mit ihr getroffen hatte. Vielleicht hatte er sie erwartet, als sich die Gartentür öffnete. »Er ist nicht in Euch verliebt, und ich würde Euch nie in sein Zimmer lassen. Selbst wenn ich nicht …« Sie brach ab und besann sich eines Besseren. »Selbst wenn er nicht mein Bruder wäre, würde ich es nicht dulden. Ihr seid eine teuflische, abstoßende Frau. Ich würde Euch nicht mal in Freizes Zimmer lassen!«

»Der Diener!« Die Frau kreischte fast.

»Faktotum!«, schrie Isobel. »Er ist ein Faktotum! Und

zehnmal mehr wert als Ihr! Er ist ein tapferer, treuer Freund – Ihr seid nur eine alte Hure!«

Fräulein Carintha stürzte sich auf Isobel, schlug ihr ins Gesicht und zog sie an den Haaren. Wutentbrannt ballte Isobel die Faust, wie sie es bei Ishraq gesehen hatte, und schlug der Frau gegen den Kiefer. Fräulein Carintha taumelte zurück und stieß gegen den Tisch, fing sich aber schnell und kam mit ausgestreckten Händen wieder auf sie zu. Ihre Fingernägel waren wie Klauen auf Isobels Augen gerichtet. Sie zerkratzte Isobels Wange, bevor Isobel ihr den Arm auf den Rücken drehen konnte. Fräulein Carintha schrie vor Schmerz auf und versuchte, Isobel mit ihren hohen Schuhen einen Fußtritt zu verpassen, doch Isobel schubste sie durch die Tür bis zum Treppenabsatz. In diesem Augenblick kam Bruder Peter mit seiner gastfreundlichsten und feierlichsten Miene die Treppe herauf und sagte: »Wie ich höre, beehrt Fräulein Carintha uns mit ihrem Besuch … Guter Gott! Was ist hier los?«

»Sie geht!«, rief Isobel mit zornrotem Gesicht und blutverschmierter Wange. »Die alte Hure ist schon auf dem Heimweg!«

Rücksichtslos stieß sie Fräulein Carintha zur Treppe. Sie fiel Bruder Peter geradezu in die Arme und hielt sich kurz an ihm fest. Dann schubste sie ihn weg und eilte die Stufen hinunter. »Die Pest soll euch holen!«, kreischte sie vom unteren Treppenabsatz herauf. »Die Pest soll dich holen, du prüde Gans, und deinen Bruder auch. Du wirst noch bereuen, dass du mich beleidigt hast.«

Sie hielt inne und schaute nach oben – Isobel standen die Haare wild zu Berge, ihre rechte Wange war zerkratzt und blutig, und Bruder Peter blickte völlig verblüfft drein.

»Wer seid ihr überhaupt?« Fräulein Carinthas Miene wechselte von zornig zu listig. »Ihr seid anders als alle Familien, die ich kenne. Warum bewacht ihr euren Bruder wie einen Priester? Was spielt ihr uns vor? Wer kennt euch? Was führt ihr im Schilde? Woher stammt euer Geld? Antwortet mir!«

»Aber nein! Wir spielen Euch doch nichts vor! Ich versichere Euch, werte Dame …« Bruder Peter lief ihr nach, doch sie hatte sich bereits umgedreht. Im nächsten Augenblick war sie durch die Tür verschwunden. Sie hörten sie nach ihrer Gondel rufen und kurz darauf das Quietschen der sich öffnenden Wassertür.

In die plötzliche Stille hinein drehte Bruder Peter sich um und sah Isobel an. »Was in aller Welt geht hier vor?«, fragte er streng. »Was ist in Euch gefahren, dass Ihr Euch wie ein Gassenjunge rauft? Fräulein Isobel! Seht Euch nur an! Was habt Ihr Euch dabei gedacht?«

Isobel setzte mehrmals zu einer Erklärung an, doch alles, was sie herausbrachte, war: »Ich hasse sie! Und ich hasse Luca!« Damit stürmte sie in ihr Zimmer und knallte die Tür zu.

Luca, Freize und Ishraq warteten auf dem Anleger vor dem Haus des Alchemisten. Als die Glocken zur Non schlugen, sahen sie Drago Nacari und Jacinta zu Fuß näher kommen.

Freize lief ihnen entgegen, um sich vor dem Mädchen zu verneigen und den Vater zu begrüßen. Jacinta zog einen großen Schlüssel aus der Tasche unter ihrem Umhang.

»Welch freudige Überraschung«, sagte der Alchemist. Er wirkte müde.

»Ich wollte Euch Eure Manuskriptseite zurückgeben«, erklärte Luca. »Leider sind wir nicht weitergekommen. Ich hatte gehofft, wir könnten den Code entschlüsseln, aber alle Versuche waren vergebens.«

Der Mann nickte. »Glaubt Ihr, Ihr würdet mehr verstehen, wenn Ihr das ganze Manuskript hättet?«

»Das ist möglich«, erwiderte Luca vorsichtig. »Je mehr Worte man vergleichen kann, desto wahrscheinlicher ist es, ihre Bedeutung zu verstehen. Aber ich bin mir nicht sicher, ich kann Euch nichts versprechen. Ich bin nicht belesen genug …« Er brach ab, als der Alchemist die Tür aufstieß und ihnen bedeutete, ihm ins Haus zu folgen.

»Kommt in meine Studierstube.« Der Alchemist führte sie in den großen, dem Garten zugewandten Raum. Der Tisch war mit zahlreichen Papieren bedeckt. Schnell schloss Jacinta die Flügeltür zum Lagerraum, doch der seltsam süßliche Geruch von verfaulenden Pflanzen und der darunterliegende Gestank nach Verwesung entging den Gästen nicht.

»Das ist der Geruch der dunklen Materie«, sagte der Alchemist nüchtern. »Wir haben uns daran gewöhnt, aber für Fremde ist er beunruhigend.«

»Ihr destilliert dunkle Materie?«, fragte Luca.

Drago Nacari nickte. »Ich habe die vollständige Rezeptur ...« Er hielt inne. »Seid Ihr aus diesem Grund persönlich gekommen? Ihr hättet auch einen Boten schicken können. Ich nehme an, Ihr wolltet unsere Arbeit sehen?«

Jacinta stand mit dem Rücken an der Tür zum Lagerraum, als wäre sie fest entschlossen, sie am Eintreten zu hindern. Sie warf ihrem Vater einen warnenden Blick zu. Der Alchemist sah sie an und lächelte, dann richtete er seine Aufmerksamkeit wieder auf Luca. »Jacinta macht sich Sorgen, um mich und um unsere Sicherheit«, erklärte er. »Aber ich habe von Euch geträumt, und der Traum sagte mir, dass ich Euch trauen kann. Wollt Ihr wissen, was ich geträumt habe?«

Luca nickte. »Sagt es mir.«

»Ich sah Euch als kleines Kind in den Armen einer Frau. Ein seltsamer Glanz ging von Euch aus. Eure Mutter brachte Euch zu mir und sagte mir, sie hätte Euch gefunden. Sie sagte, Ihr wärt kein Menschenkind«, sagte er. »Ergibt das für Euch einen Sinn?«

Ishraq sog scharf die Luft ein und sah Freize an. Dass man Luca in seinem Heimatdorf einen Wechselbalg genannt hatte, war nur Freize, ihr selbst, Isobel und Bruder Peter bekannt. Vor anderen erwähnte er es nie.

»Ich habe mein Leben lang abgestritten, ein Wechselbalg zu sein«, bekannte Luca. »Meine Mutter hat immer gesagt, nur ängstliche, unwissende Leute würden so etwas behaupten und ich solle es leugnen. Also habe ich es immer geleugnet. Und ich werde es auch weiterhin leugnen, um ihrer und meiner eigenen Ehre willen.«

»Eure Mutter wird ihre Gründe gehabt haben«, sagte Drago Nacari sanft. »Aber in meinem Traum wart Ihr wirklich ein Elfenkind. Das ist ein großes Privileg.«

Jacinta trat vor und legte eine Hand auf Lucas Arm. »Ihr konntet als Einziger den Bewegungen der Hütchen folgen. Ihr habt mir gesagt, dass Ihr berechnen könnt, wo sie zum Stehen kommen. Kein gewöhnlicher Mensch kann den Bewegungen folgen, sie sind zu schnell. Und niemand kann berechnen, wo sie zum Stehen kommen. Ihr seid begabt. Vielleicht in einer Weise, die nicht von dieser Welt ist. Doktor Nacari ist ebenfalls ein begabter Seher. Er sieht die Wahrheit in seinen Träumen. Sogar Wahrheiten, die wir in dieser Welt nicht verstehen.«

»*Doktor* Nacari?«, fragte Ishraq.

Jacinta drehte sich zu ihr. »Er ist nicht wirklich mein Vater«, erklärte sie. »Wir sind Gefährten auf unserer Mission. Er ist ein großer Alchemist, und ich bin sein Gegenstück. Wir geben uns als Vater und Tochter aus, weil die Welt Frauen gern in der Obhut eines Mannes sieht. Aber in der echten Welt, in der Welt hinter dieser, sind wir gleichberechtigte Sucher der Wahrheit. Wir haben uns zusammengetan, um gemeinsam zu arbeiten.«

»Du bist nicht seine Tochter?«, wiederholte Freize dümmlich. Hilflos klammerte er sich an die eine Tatsache, die er von ihrem sonderbaren Gerede begriffen hatte.

Sie lächelte ihn an. »Und ich bin auch keine junge Frau«, sagte sie. »Es tut mir leid, wenn ich dich enttäusche. Doktor Nacari und ich arbeiten seit vielen Jahren zusammen, wir haben viele Dinge gemeinsam entdeckt. Darunter auch ein lebensverlängerndes Elixier. Ich bin eine alte, alte Seele in einem jungen Körper. Du, Freize, lässt mein Herz höher schlagen, aber ich muss dir doch sagen, dass es ein sehr altes Herz ist. Ich bin eine alte Frau mit einem jungen Gesicht.«

Freize sah Luca an und zuckte die Schultern. »Das übersteigt meinen Horizont, Spätzchen«, sagte er. »Irgendjemand ist hier verrückt – entweder sie oder ich.«

Es war Ishraq, die das ratlose Schweigen brach. »Es geht um das Gold«, sagte sie rundheraus. »Deswegen sind wir hier. Wir müssen Euch warnen.«

Der Alchemist lächelte. »Seid Ihr in unser Haus eingebrochen, Tochter?«

Freize schüttelte schnell den Kopf, doch Ishraq begegnete der Furchtlosigkeit des alten Mannes ebenfalls furchtlos und nickte. »Es tut mir leid. Wir hatten den Auftrag, die Quelle der Goldnobel ausfindig zu machen. Wir haben uns auf den Befehl unseres Herrn hin als wohlhabende Familie ausgegeben und verdeckt ermittelt. Wir sind Israel dem Geldwechsler bis an Eure Tür gefolgt. Daher wussten wir, dass Ihr die Goldmünzen eingelagert habt.«

»Wir wussten gleich nach unserer Rückkehr, dass jemand in unserem Labor gewesen ist. Die Dinge – die dunkle Materie, die Maus unter der Glasglocke, die Münzen im Feuer – waren durch Eure Anwesenheit ein klein wenig beunruhigt. Die Dinge bleiben nicht dieselben, wenn sie beobachtet werden. Etwas verändert sich, wenn sie gesehen wurden.«

»Ihr wusstet, dass wir in dem Raum waren?«, fragte Freize skeptisch.

Luca faszinierte der Gedanke, dass ein Ding die Gegenwart seines Betrachters spüren konnte, doch Ishraq sagte: »Ich habe mir schon gedacht, dass Ihr es merken würdet.

Wir haben ein Stück Glas und einen Abdruck des königlichen Siegels mitgenommen.«

»Das Regenbogenglas«, präzisierte Luca. »Das Glas, das einen Regenbogen erzeugt, wenn Licht darauffällt. Ich interessiere mich für Regenbogen, seit ich das Mosaik im Mausoleum der Galla Placidia in Ravenna gesehen habe. Wisst Ihr, wie ein Regenbogen am Himmel entsteht? Und warum das Glas ebenfalls einen Regenbogen verursachen kann?«

»Das Glas spaltet das Licht in seine einzelnen Farben auf«, erklärte der Alchemist. Er spürte Lucas Wissensdurst. »Jeder glaubt, dass das Licht die Farbe des Sonnenscheins hat. Aber das stimmt nicht. Es besteht aus vielen Farben. Wenn es durch das Glas scheint, kann man sie sehen.«

»Sind es immer dieselben Farben?«, fragte Luca eifrig. »Das Mosaik war sehr alt, und doch zeigte es dieselben Farben, die wir heute sehen. Irgendwoher müssen die Künstler schon damals gewusst haben, dass das Licht den Regenbogen erzeugt.«

»Es sind immer dieselben Farben«, bestätigte Jacinta. »Und es ist immer dieselbe Reihenfolge. Das Licht zeigt sich klar und hell, wenn alle Farben zusammenfließen. Fällt es aber auf ein entsprechend geschnittenes Glas, so werden die einzelnen Farben sichtbar. Und legt man ein zweites Glasstück vor den Regenbogen, bündeln sich die

Farben wieder und der Regenbogen wird unsichtbar. Ein Stück Glas kann das Licht zerlegen, ein weiteres kann es wieder zusammenführen.«

»Aber wie entsteht der Regenbogen am Himmel?«, fragte Ishraq.

Jacinta drehte sich zu ihr. »Ich glaube, die Wassertropfen des Regens zerlegen das Licht, genau wie das Glas. Man sieht einen Regenbogen fast immer vor Regenwolken oder Nebel.«

Luca nickte. »Das ist wahr.«

»Viel interessanter ist die Frage, warum er gebogen ist«, fuhr Jacinta fort.

»Gebogen?«, wiederholte Freize. Er war völlig verwirrt, verspürte aber dennoch den Wunsch, mitzureden.

Der Alchemist lächelte ihn an. »Warum ist der Regenbogen rund?«, fragte er. »Warum verläuft er nicht geradlinig über den Himmel?«

Freize schüttelte schulterzuckend den Kopf. Auch Luca war ratlos.

»Weil er der Form der Erde folgt. Das ist der Beweis, dass die Erde nicht flach, sondern rund ist wie ein Ball. Und die große Länge des Regenbogens deutet darauf hin, dass dieser Ball sehr viel größer ist, als die Philosophen glauben, und außerdem kreisförmig, nicht oval. Der Regenbogen verrät uns, dass die Erde rund ist und größer, als wir dachten. Viel größer.«

Freize legte die Hände auf den Tisch, als müsse er sich abstützen. »Wie kommt Ihr auf solche Ideen?«, fragte er vorwurfsvoll. Diese rätselhaften Reden ließen den Boden unter seinen Füßen wanken. »Warum verbreitet Ihr so verstörende Dinge? Und so offensichtlich falsche? Warum sollte man sich dergleichen vorstellen, selbst wenn man verrückt genug dazu wäre? Mir schwirrt der Kopf!«

Jacinta legte ihre kleine Hand auf seine. »Wir ziehen eben alle Möglichkeiten in Betracht«, antwortete sie. »Es ist wirklich wahr, die Welt ist rund. Aber natürlich denken die Menschen nicht gerne darüber nach.« Sie blickte auf und lächelte Luca an. »Ihr könnt das Glasstück behalten«, sagte sie. »Beobachtet, wie das Licht hindurchfällt. Wer weiß, was Ihr entdecken werdet?«

»Und was ist mit Euch?«, fragte Ishraq direkt. »Ihr wisst, dass Ihr nicht ewig hierbleiben und Münzen fälschen könnt. Das muss ein Ende haben.«

»Ihr nennt uns Falschmünzer?« Der Alchemist richtete sich zu seiner vollen Größe auf. »Haltet Ihr uns für gemeine Verbrecher?«

Zum ersten Mal wurde Ishraq unbehaglich zumute. Sie blickte von Jacinta zu dem Mann, der sich als ihr Vater ausgab, und rief sich ins Gedächtnis, dass sie, Luca und Freize in der Überzahl waren. Aber die Alchemisten erschienen ihr plötzlich in einem anderen, beängstigenden Licht. »Ich wollte Euch nicht beleidigen, Doktor Nacari. Aber was soll ich sonst davon halten?«, sagte sie vorsichtig.

»Wir haben die Piccoli im Kamin gesehen«, fügte Freize hinzu. »Und die Goldsäcke vor Eurer Wassertür. Wir wissen, dass Ihr Israel den Geldwechsler mit Münzen versorgt. Und wir nehmen an, dass Ihr auch andere Geldwechsler beliefert. Ihr besitzt das Siegel des Herzogs von Bedford. Alles in allem sieht es schlecht für Euch aus.« Er wandte sich an Jacinta. »Es ist offensichtlich, dass ihr Goldmünzen fälscht. Mag ja sein, dass du so alt wie meine Urgroßmutter bist und dass die Erde rund ist – auch wenn ich das bezweifle –, aber ich will nicht, dass einer Frau mit deinem Lächeln ein Leid geschieht.«

Sie strahlte ihn an wie ein junges Mädchen. »Ach, Freize«, sagte sie liebevoll. »Du hast ein ehrliches Herz. Das sehe ich ganz klar.«

Der Alchemist seufzte. »Kommt mit mir«, sagte er. Er öffnete die Tür zu dem einstigen Lagerraum und führte sie hinein. Ein warmer, fauliger Geruch schlug ihnen entgegen. Luca blickte sich verwundert um und nahm alles neugierig auf, von dem Fass mit den verwesenden Abfällen bis hin zu den blubbernden, tropfenden Glaskolben.

»Ich will es nicht leugnen. Wir haben begonnen, Gold zu machen«, sagte der Alchemist zu Freize. »Hier sind die Gussformen für die Nobel. Und hier …« Er zeigte auf ein eiförmiges, verschlossenes Gefäß, das tief im Feuer steckte. »Weißt du, wie wir das nennen?«

Freize schüttelte den Kopf.

»Das philosophische Ei«, sagte er lächelnd. »Es kann unvorstellbar große Hitze aushalten. In seinem Inneren schmelzen und vermischen sich reine und unreine Metalle. Darin stellen wir das Gold her, das wir in die Münzformen gießen.«

»Pures Gold?«, fragte Luca fassungslos. »Wir haben die Münzen kurz nach unserer Ankunft geprüft.«

»Das müssen die ursprünglichen Münzen gewesen sein. Wir haben sie von unserem Herrn bekommen. Echte Goldnobel aus der Münzgießerei in Calais. Mit diesen Münzen haben wir den Markt vorbereitet. Anfangs haben wir nur die Münzen verkauft, die er uns geschickt hat, um das Interesse der Käufer zu wecken und den Preis in die Höhe zu treiben. Dann haben wir begonnen, aus verschiedenen Metallen unsere eigenen Münzen zu prägen. Sie sind nur einen Schritt von echtem Gold entfernt, sie sind ganz nah dran, nahezu perfekt. Wir brauchen bloß noch ein wenig Zeit für ihre Vollendung, bloß noch eine kleine Änderung der Rezeptur. Die letzte Stufe der Verfeinerung.«

»Hier können wir nicht weitermachen«, erinnerte Jacinta ihn. »Freize tut gut daran, uns zu warnen. Wir müssen weiterziehen.«

»Ja. Wir werden wohl wieder auf Reisen gehen müssen. Wir sollten unseren Herrn darüber informieren, dass wir ein neues Quartier brauchen.«

Ishraq sah, wie die junge Frau einen Blick auf die Glasglocke auf dem Tisch warf. Wo einst die kleine braune Maus gewesen war, lag nun ein anderes Geschöpf, das entfernt an eine Eidechse erinnerte. Ishraq konnte nur den glatten Rücken und die ausgebreiteten Beinchen sehen, da die Kreatur auf dem Bauch lag und schlief.

»Wer ist Euer Herr?«, fragte Luca.

Der Alchemist lächelte. »Er wirkt im Geheimen«, sagte er. »Er arbeitet in der Dunkelheit. Wir haben getan, was er uns aufgetragen hat. Er hat uns befohlen, nach Venedig zu kommen und die Münzen, die echten englischen Nobel, auf den Markt zu bringen. Dann sollten wir unsere selbstgeprägten Münzen verkaufen, und jetzt sind wir nur noch einen Schritt vom puren Gold entfernt – und nur noch einen Schritt vom ewigen Leben.«

»Ihr habt also einen Teil der Münzen hergebracht?«, fragte Freize. »Ihr habt sie nicht alle hier gemacht?«

»Der erste Teil unseres Auftrags bestand nur darin, mit den Münzen zu handeln.« Jacinta ging zum Tisch und warf beiläufig ein Tuch über die Glasglocke. Das kleine Geschöpf im Inneren rührte sich nicht. »Wir haben einen Händler gefunden, dem wir vertrauen konnten – Israel, Ihr kennt ihn – und die Goldnobel auf den Markt gebracht. Wir haben beobachtet, wie die Händler sich gegenseitig überboten und den Preis in die Höhe trieben. Alle wollten die Münzen. Wir haben erst die Nachfrage geschaffen und sie dann aus unserem Lager bedient. Unsere zweite Aufgabe lautete, Silber in Gold zu verwandeln, sobald unsere Vorräte die Nachfrage nicht mehr stillen konnten. Ihr habt selbst gesehen, wie viele Silberlinge wir mit dem Hütchenspiel eingenommen haben. Und Ihr habt die Münzen gesehen, die wir im Ofen erhitzt haben. Als uns die Rezeptur endlich geglückt war, haben wir unser Alchemistengold auf den Markt gebracht. Das alles habt Ihr selbst gesehen. Wisst Ihr, wie wir es machen?«

Freize schüttelte den Kopf. »Wir hatten nicht viel Zeit«, sagte er und sah plötzlich verlegen aus. »Wir sind wie Einbrecher hier herumgeschlichen.«

Der Alchemist wandte sich an Luca. »Wenn wir unsere Arbeit hier hätten fortsetzen können, hätte ich diesen Schmutzkessel in Gold verwandelt. Stellt Euch das nur vor! Das reinste Metall, hergestellt aus dem niedersten Dreck.«

»Aber woher stammen die ursprünglichen Münzen?«, fragte Freize, der sich an die wenigen Fakten klammerte, die er begreifen konnte. »Das Gold, das Euer Herr Euch gegeben hat? Woher kommt es?«

Jacinta räumte einige Gläser vom Tisch in die hohen Regale. Ishraqs Blick fiel auf einige vertrocknete Mäusekörper und auf eine magere Kreatur, die mit gespreizten Beinen auf ein Brett gespießt war. Sie sah aus wie eine tote Katze. Die junge Frau brachte sie außer Sichtweite und wandte sich dann an Freize.

»Es waren echte Goldnobel«, sagte sie. »Goldnobel, die der Herzog von Bedford gemünzt und gelagert hat. Er war selbst ein großer Alchemist. Ein großer Adept. Wir haben sie in Truhen mit seinem Siegel bekommen und sie so auf den Markt gebracht.«

»Aus der königlichen Münzgießerei in Calais? Stimmt es, dass er sie aus echtem Gold geprägt hat, um die englischen Soldaten in Frankreich zu bezahlen?«, fragte Luca.

Sie lachte und drohte ihm mit dem Finger, als hätte er einen Scherz gemacht. »Oh, fragt mich nicht!«, sagte sie. »Es war seine Münzgießerei, vielleicht war es also wirklich englisches Gold. Die Münzen könnten echt sein. Aber von ihm stammt auch das Manuskript, das wir Euch gezeigt haben, er arbeitete vor seinem Tod an der Übersetzung. Wir nutzen seine Rezeptur für die Herstellung der dunklen Materie, um sie in Gold zu verwandeln. Er hat sein Leben und sein Vermögen darauf verwendet, den Stein der Weisen herzustellen. Wer kann schon sagen, ob das Gold aus Minen oder seiner Alchemistenküche stammt? Wen kümmert es? Solange die Münzen nur gut sind?«

»Aber wenn es Alchemistengold ist, dann muss er auch das Geheimnis des ewigen Lebens gefunden haben! Und nun seid Ihr im Besitz dieses Rezepts, auch wenn Ihr es noch nicht lesen könnt!«, rief Ishraq aus. »Ihr kommt ihm immer näher. In der Schrift, in Eurem Ofen und in Euren Destillierkolben bewahrt Ihr das Geheimnis, wie man aus dem Nichts Gold gewinnt – und wie man ewiges Leben schafft!«

Jacinta lächelte. »Das ist wahr. Aber wenn wir das Gold gestohlen und ganz einfach nur Falschmünzerei betrieben hätten, wären wir nichts als gemeine Fälscher. Also fragt mich nicht, was davon zutrifft. Ich werde es Euch nicht sagen.«

Freize ließ sich auf einen Stuhl fallen. »Das überfordert meinen Verstand«, murmelte er. »Aber eines weiß ich sicher ...«

In der nun folgenden Stille konnte man das Gluckern in dem großen Kessel und das Tropfen des Destillierkolbens hören.

»Nein, zwei Dinge weiß ich sicher«, berichtigte sich Freize. »Erstens: Die Welt ist flach, daran besteht kein Zweifel, denn wenn sie es nicht wäre, wie könnte der Himmel dann oben und die Hölle unten sein? Das zumindest habe ich im Kloster gelernt. Es gab sogar ein Bild davon in der Kirche, das ich jeden Tag mehrmals und am Sonntag sogar noch öfter gesehen habe, so dass ich mit Sicherheit weiß: Hölle unten, Erde in der Mitte, Himmel oben.

Und das Zweite ist etwas, das ich weiß, Ihr aber nicht.

Etwas, das Ihr wissen und als Warnung begreifen solltet. Unser Herr, besser gesagt, Lucas Herr, hat uns den Auftrag gegeben, die Falschmünzer ausfindig zu machen und sie anzuzeigen. Unser Reisegefährte Bruder Peter wird seinem Willen Folge leisten, ob wir damit einverstanden sind oder nicht. Wenn Ihr Eure Haut retten wollt, solltet Ihr augenblicklich Eure Sachen packen und abreisen. Es spielt keine Rolle, ob Ihr Alchemie oder Falschmünzerei gesteht oder beides bestreitet, denn Bruder Peter wird Euch anzeigen, und ich für meinen Teil will lieber nicht mit ansehen, wie die Männer des Dogen Euch in heißem Öl braten.«

»Sie braten Falschmünzer?«, fragte das Mädchen erschrocken.

»Weiß Gott, was sie mit ihnen machen«, entgegnete Freize. »Aber du willst es nicht herausfinden, Schätzchen.«

Der Alchemist nickte bedächtig. »Ich danke Euch für die Warnung. Wir werden die wichtigsten Dinge zusammenpacken und morgen früh bei Sonnenaufgang abreisen.«

»Geht lieber schon heute Abend«, riet Freize.

»Es tut mir so leid«, sagte Luca. »Ich sehe, dass Ihr hier wichtige Arbeit verrichtet habt. Ich hätte liebend gern mit Euch zusammengearbeitet. Es wäre mir eine große Ehre gewesen, die Verwandlung der ersten Materie in Gold zu erleben.«

Drago Nacari zuckte die Schultern. »Nun müssen wir eben von neuem beginnen. Aber dieses Mal werden wir uns an ein erprobtes Rezept halten. Am Gold liegt uns nichts. Wir wollen das Leben selbst erschaffen. Das ist das Ziel der Alchemie: die Verwandlung vom Geringen ins Höhere, bis hin zum reinsten Stoff von allen. Gold ist nichts. Das Leben ist das große Geheimnis.«

Luca schüttelte den Kopf, voller Bedauern, dass sie ausgerechnet jetzt, so kurz vor der Entdeckung, einen Großteil ihrer Arbeit zurücklassen und abreisen mussten. »Ich wünschte, Ihr könntet mich alles lehren, was Ihr wisst«, sagte er.

»Dann geht es uns gleich. Ich wünschte, Ihr könntet mich alles lehren, was Ihr wisst. Ich glaube, es ist Eure Bestimmung, ein großer Adept zu werden«, sagte der Alchemist. »Ob Sterblicher oder Elfenkind, Ihr habt das dritte Auge.«

»Was?«, fragte Freize. »Was hat er?«

Drago Nacari legte den Zeigefinger zwischen seine Augenbrauen, dann zeigte er auf Lucas Stirn. Luca zuckte wie vor einer Berührung zurück. »Das dritte Auge«, wiederholte Drago. »Der Blick, der die unsichtbaren Dinge sehen kann. Ich glaube, Ihr habt wirklich Elfenblut in Euren Adern.«

»Wir müssen jetzt gehen«, erklärte Freize. Dragos sonderbare Reden über Luca verstörten ihn. Er sprang auf die

Füße, nahm Jacintas Hand und küsste sie. »Wir werden tun, was wir können, damit Bruder Peter Euch nicht sofort anzeigt. Aber zu Eurem eigenen Wohl – wartet nicht zu lange, packt sofort zusammen und geht.«

Sie nahm seine Hand und legte sie kurz an ihre Wange. »Ich danke dir«, sagte sie. »Ich werde dich als das Süßeste in dieser außergewöhnlichen Stadt in Erinnerung behalten. Reiner als reines Gold, feiner als alles, was wir verfeinern könnten.«

Freize wurde rot wie ein kleiner Junge. Er drehte sich zu dem Alchemisten und nickte ihm unbeholfen zu. »Tut mir leid«, sagte er. »Wegen des Einbruchs. Arbeit … Ihr versteht schon.«

Drago Nacari nickte ebenfalls. »Tut mir leid wegen der falschen Münzen«, sagte er. »Arbeit. Ihr versteht schon.«

Luca ging zur Tür und verbeugte sich vor beiden. »Ich wünsche Euch das Beste«, sagte er. »Wir werden Euch frühestens morgen bei Sonnenaufgang anzeigen. Bis dahin müsst Ihr fort sein.«

Die junge Frau folgte ihnen und ließ ihre schmale Hand in Freizes Tasche gleiten.

»Was ist das?«, fragte er.

»Dein Glückspfennig«, sagte sie leise. »Ich hatte versprochen, ihn dir zurückzugeben. Er ist so wahrhaftig wie du.« Sie hob ihm ihr Gesicht entgegen, und Freize beugte sich vor und küsste ihren warmen Mund. »Möge das Glück dir folgen«, sagte sie. »Geh mit Gottes Segen.« Sie drehte sich um und stellte sich zwischen Drago Nacari und den blubbernden Destillierkolben.

Freize warf einen Blick zurück, um sie ein letztes Mal anzusehen, und dachte bei sich, dass sie in ihrem sonderbaren Labor wie ein verlorenes Paar aussahen, das sich auf seinem kleinen Boot heldenhaft dem Untergang stellt, den es durch eigene Willenskraft herbeigeführt hatte. Dann verließ er hinter Ishraq und Luca schweigend das Haus, und die Tür schloss sich hinter ihnen.

Die Wellen schlugen gegen die Steine, während ihre Gondel leise durch die schmalen Kanäle glitt. »Ich steige hier aus«, sagte Luca plötzlich. »Ich will sehen, ob Pater Pietro noch an der Rialtobrücke ist.«

»Wir warten hier«, erklärte Ishraq. Die Gondel setzte Luca an der nächsten Ufertreppe ab, und er sprang leichtfüßig die Stufen hinauf. Er lief über den Platz bis zu der Stelle, an der Pater Pietro wie üblich an seinem Tischchen saß, seine tragische Namensliste vor sich.

»Pater Pietro! Habt Ihr Neuigkeiten für mich?«

Der Priester sprang auf und kam Luca mit ausgestreckten Händen entgegen. »Gelobt sei der Herr!«, rief er. »Gelobt sei der Herr, ich habe Neuigkeiten für Euch. Mein Bote hat mit Bayeed gesprochen und konnte mit der besten aller Nachrichten zu mir zurückkehren.«

»Mein Vater?«

»Er wurde gefunden. Er wurde gefunden, mein Sohn!«

Eine große Dunkelheit trübte Lucas Blick; ihm schwirrte der Kopf. Durch den Nebel spürte er, wie der Priester nach seinem Arm griff und seine Wange tätschelte. »Luca! Luca Vero!«

»Es geht mir gut«, sagte Luca schwach. »Habe ich richtig gehört? Ich kann es nicht glauben. Mein Vater ist am Leben? Können wir ihn freikaufen?«

Der Priester strahlte ihn an. »Ich wusste nicht, dass Ihr so mächtige Freunde habt. Ihr hättet es mir sagen sollen.«

»Wie?«, stammelte Luca. »Ich habe keine mächtigen Freunde. Ich habe niemanden auf der Welt. Bis zu diesem Augenblick hielt ich mich für eine Waise. Ich weiß nicht, wen Ihr meint.«

»Ein großer Mann hatte bereits eine Nachricht an Bayeed geschickt und gefragt, ob er einen Sklaven namens Guglielmo Vero an Bord seines Schiffes habe. Er befahl, ihn sofort freizugeben, wenn sein Sohn Luca dies verlange. Wisst Ihr, wer das war?«

Luca schüttelte langsam den Kopf. »Ich kenne niemanden … nur den Mann, der mir von Euch erzählt hat. Sein Name lautet Radu Bey.«

Pater Pietro lachte. »Das ist er! Ein großer Mann unter den Ungläubigen. Wer ihn zum Freund hat, hat einen der mächtigsten Männer des Osmanischen Reichs hinter sich.«

»Ich hätte nie gedacht … Ich habe ihn nur ein Mal getroffen. Ich habe ihn nach meinem Vater gefragt, und einer seiner Sklaven sagte, er sei mit ihm auf Bayeeds Galeere gewesen. Er schien sich weder für mich noch für meinen Vater zu interessieren. Und er ist der Erzfeind meines Herrn. Ich hielt ihn auch für meinen Feind.«

»Nun, da habt Ihr ihm unrecht getan. Er ist nicht Euer Feind. Euer Schicksal hat ihn gerührt, und er hat gehandelt. Bayeed ist seiner Forderung wie einem Befehl des Sultans nachgekommen; er hat mir umgehend seine Antwort geschickt.« Der Priester zeigte Luca ein kleines Stück Papier, das ein hastig gestempeltes Siegel trug und mit schwarzer Tinte bekritzelt war.

Guglielmo Vero, Galeerensklave: fünf englische Nobel

Pater Pietro runzelte die Stirn. »Er hat den Preis nicht herabgesetzt, obwohl der Wert der Nobel gestiegen ist und immer noch steigt. Das wird Euch zwölf Dukaten kosten. Letzte Woche wären es noch zehn gewesen.«

»Das macht nichts«, rief Luca, atemlos angesichts der Neuigkeiten. »Ich habe das Geld. Ich habe Goldnobel.« Er schüttelte den Kopf. »Ich bin außer mir. Ich bin ganz benommen.« Er holte tief Luft. »Was machen wir jetzt? Soll ich ihn abholen?«

Pater Pietro schüttelte den Kopf. »Nein. Ihr gebt mir

das Geld, und ich lasse es Bayeed durch meinen Boten überbringen. Er wird noch heute Abend aufbrechen, das Geld übergeben und den Sklaven – Euren Vater – in Empfang nehmen. Er wird ihn in eine Herberge führen, wo er sich waschen, stärken und ausruhen kann, und ihm neue Kleider besorgen. Ich habe die Erfahrung gemacht, dass alle befreiten Sklaven eine Weile brauchen, um ins Leben zurückzukehren.« Er lächelte. »Es ist eine schwere Erschütterung, müsst Ihr wissen, wenn der Felsbrocken vom Grab gewälzt wird. Man muss demjenigen Zeit lassen. Er muss langsam begreifen, was im Laufe der Jahre geschehen ist, er muss sich auf die Welt vorbereiten, die er vor so langer Zeit verlassen hat. Wie lange war Euer Vater fort?«

»Vier Jahre«, sagte Luca. »Ich würde am liebsten sofort aufbrechen und ihn selbst abholen.«

»Ihr müsst Euch noch etwas gedulden, mein Sohn. Mein Bote wird Euch Euren Vater bald zurückbringen.«

»Wann?«, fragte Luca ungeduldig.

»Sobald Ihr mir das Geld gebt, kann mein Bote nach Triest segeln. Er wird morgen oder spätestens übermorgen dort sein, er wird einen Tag brauchen, um ihn in Empfang zu nehmen, ihn ausruhen zu lassen und ihn einzukleiden, und zwei Tage für die Rückreise.« Der Priester hatte die Tage an seinem Rosenkranz wie an einem Rechenschieber abgezählt. »Sagen wir, in fünf Tagen. Ihr werdet ihn noch diese Woche wiedersehen.«

»Ich bringe Euch sofort das Geld«, versprach Luca. Jeglicher Gedanke an die Alchemisten war wie weggeblasen. »Ich habe meine Gondel hier. Ich bin bald wieder zurück.«

»Kommt vor Sonnenuntergang. Bis zum Einbruch der Dämmerung bin ich hier.«

»Ich komme sofort! Sofort!«

Pater Pietro nickte. »Einen Augenblick, mein Sohn«, sagte er sanft. »Ich werde Euch segnen.«

Luca bezwang seine Ungeduld und fiel vor ihm auf die Knie.

Der Priester legte ihm sacht die Hand auf den gesenkten Kopf. *»In nomine Patris et Filii et Spiritus Sancti.«*

»Amen«, erwiderte Luca inbrünstig.

Der Priester ließ die Hand einen Augenblick lang auf Lucas Kopf liegen. Er hatte den Eindruck, unter seinen Fingern die durcheinanderwirbelnden Gedanken fühlen zu können. »Seid vorbereitet«, sagte er leise. »Er wird sich sehr verändert haben.«

Luca erhob sich. »Ich werde ihn lieben und ehren, ganz gleich, wie sehr er sich verändert hat«, gelobte er.

Der Priester nickte. »Er wird große Grausamkeiten erlebt und Narben davongetragen haben – auf der Haut seines Rückens und seines verbrannten Gesichts, aber auch innerlich. Macht Euch darauf gefasst, dass er ein anderer ist.«

»Auch ich bin ein anderer«, sagte Luca. »Er hat mich

zuletzt als Junge gesehen, als Novize, der Priester werden sollte. Jetzt bin ich ein Mann. Ich habe die Liebe kennengelernt, und ich habe schreckliche Dinge gesehen, über die ich geurteilt habe. Ich lebe nun ein weltliches Leben. Wir werden beide große Veränderungen aneinander feststellen. Aber ich habe nie aufgehört, ihn zu lieben, und ich weiß, dass er nie aufgehört hat, mich zu lieben.«

Der Priester nickte. »So sei es«, sagte er. »Ich werde beten, dass die Liebe zwischen Vater und Sohn und die Liebe Gottes Euch zusammenführen wird.«

»Wo werde ich ihn wiedersehen?«, fragte Luca.

»Kommt in vier Tagen zur Sext hierher an die Rialtobrücke, um Neuigkeiten einzuholen. Von da an könnt Ihr jeden Tag kommen, bis er eintrifft«, sagte Pater Pietro.

»Ich werde hier sein«, versprach Luca. »In vier Tagen.«

Benommen verabschiedete er sich, drängte sich durch das Menschengewimmel auf der Brücke und steuerte auf die wartende Gondel zu. Er schüttelte den Kopf, als Ishraq und Freize ihn mit Fragen bestürmten. »Er hat meinen Vater gefunden«, sagte er nur. »Ich muss das Lösegeld schicken. Er kommt zurück.«

Bruder Peter erwartete sie bereits auf den Stufen vor der Wassertür ihres Hauses.

»Ich verstehe nicht, was hier los ist«, klagte er. »Da ist diese Frau gekommen, sie und Fräulein Isobel hatten einen schrecklichen Streit, und jetzt hat sich Fräulein Isobel in ihrem Zimmer eingeschlossen und will weder herauskommen, noch mit mir reden. Sie hat nur gesagt, sie werde ihr Leben lang kein Wort mehr mit Luca sprechen.« Er wandte sich an Luca. »Was habt Ihr getan?«

Eine verräterische Röte stieg ihm ins Gesicht, von seinem weißen Kragen bis unter den schwarzen Hut. »Nichts«, sagte er und warf Ishraq einen schuldbewussten Blick zu. »Ich habe nichts getan.«

Ishraq verließ die Gondel, ging die Treppe hinauf in den Saal im Obergeschoss, an dessen Decke sich das gekräuselte Wasser des Kanals spiegelte, und klopfte an Isobels Tür. Sie drehte sich um und sah, dass Luca ihr gefolgt war. Er knetete seinen Hut in den Händen, und sein junges Gesicht war zerknirscht.

»Isobel?«, rief sie. »Bist du da?«

»Ja«, ertönte es gedämpft aus dem Zimmer.

»Was ist los?«

»Diese schreckliche Frau war hier, ich habe sie geschlagen, und sie hat mir das Gesicht zerkratzt und mich an den Haaren gezogen, und dann habe ich sie an den Haaren gezogen. Wir haben uns aufgeführt wie die Fischweiber an der Rialtobrücke. Ich war keinen Deut besser als sie. Ich war wie eine eifersüchtige … *puttana.* Ich habe mich selbst so erniedrigt!«

»Warum?«, fragte Ishraq und musste mühsam ein Lachen unterdrücken.

»Weil sie sagte … sie sagte …« Isobel kämpfte mit den Tränen.

»Oh!« Ishraq war sofort gerührt. »Nicht weinen. Es spielt keine Rolle, was sie gesagt hat.«

»Doch! Sie hat gesagt, Luca habe sich mit ihr im Garten verabredet und sie sei nur deshalb gestern Abend zu unserem Haus gekommen. Sie hatten ein Rendezvous! Er wollte sich mit ihr treffen! Und sie wollte mich dazu zwingen, sie heute Nacht ins Haus zu lassen. Sie hat gesagt, dass er sie will. Sie hat gesagt, dass er sie begehrt. Sie hat gesagt, dass sie ihn zu ihrem Spielzeug machen und er verrückt nach ihr sein wird!«

»Das ist nicht wahr!«, rief Luca verzweifelt, doch wenig überzeugend. Er stellte sich dicht vor die Tür und legte das Gesicht ans Holz, als könnte er Isobels kühle Hand auf seiner Stirn fühlen. »Ich habe sie nicht eingeladen«, sagte er. »Keineswegs! Zumindest … wollte ich es nicht.«

»Du bist auch hier?« Isobels Stimme drang gedämpft an sein Ohr, als würde sie die Lippen gegen das Holz drücken, um ihm so nah wie möglich zu sein.

»Ich bin hier.«

»Warum?«

»Ich kann den Gedanken nicht ertragen, dass du unglücklich bist. Schon gar nicht wegen mir. Ich würde alles in der Welt tun, um dich glücklich zu machen. Ich würde alles geben, was ich besitze, um Unglück von dir abzuwenden. Es gibt nur eine Frau für mich. Es wird immer nur eine Frau geben, die ich liebe.«

»Sie hat gesagt, du seist in sie verliebt.«

»Sie hat gelogen.«

»Sie hat gesagt, sie werde dich für immer an sich binden.«

»Das wird sie nicht, ich schwöre es.«

»Sie hat gesagt, du habest eingewilligt, sie nach der Feier in unserem Garten zu treffen. Zu einem heimlichen Rendezvous.«

Er stammelte: »Ich habe eingewilligt … Ich war ein Narr … Sie sagte … Es spielt keine Rolle. Aber im Garten dachte ich, es sei nicht sie, sondern eine andere … Isobel … Ich weiß nicht, was passiert ist. Ich dachte … Ich hoffte … Ich war mir sicher …«

»Luca, sie ist eine schlechte, eine widerwärtige Frau.«

»Isobel, ich bin ein Mann. Ich habe Verlangen gespürt. Ich habe gefühlt, geküsst, aber es war dunkel, ich wusste nicht … Ich dachte die ganze Zeit … Ich wusste nicht, dass sie es war. Ich war halb betrunken, ich dachte …«

»Sag es nicht. Denk es nicht. Sag nicht, was du gedacht hast. Du darfst niemals sagen, was du gedacht hast. Du darfst niemals sagen, wen du an deiner Seite glaubtest.«

»Ich werde nichts sagen«, flüsterte er, die Hand flach an der Tür, die Stirn gegen das Holz gedrückt, so dass nur sie ihn hören konnte.

»Niemand wird je verraten, wer gestern Nacht im Garten war«, sagte Ishraq leise. Luca wandte den Kopf und begegnete ihrem dunklen Blick. Er schnappte nach Luft, als ihn ein Gedanke durchzuckte, so heftig wie ein Blitz des Begehrens. »Ishraq? Warst du es?«

»Wir werden nicht einmal darüber nachdenken«, sagte sie.

Sie lächelte ihn schweigend an, dann drehte sie sich um und ging leise zur Tür.

»Ishraq?«, flüsterte Isobel.

»Sie ist weg. Sie hat nichts gesagt«, erwiderte Luca. »Aber ich muss es wissen! Liebste …«

»Was? Wie hast du mich genannt?«

»Ich habe dich Liebste genannt, denn das bist du für mich. Wenn du darauf bestehst, werde ich die Nacht im

Garten nie wieder erwähnen, und auch nicht die Unbekannte, die zu mir kam. Wenn du mir sagst, dass es ein schrecklicher Fehler war, dann war es ein schrecklicher Fehler. Wenn du mir sagst, dass es Augenblicke der Liebe waren, jenseits von Raum und Zeit, die nie wieder erwähnt werden sollen, dann glaube ich dir. Wenn du mir sagst, dass es das Geschenk eines anderen Mädchens war, das ich beinahe so liebe wie dich, dann verwahre ich auch dieses Geheimnis in mir. Und wenn du mir sagst, dass es ein Traum war, der schönste aller Träume, dann glaube ich das. Ich beuge mich deinem Willen. Es bleibt mein Geheimnis, auch wenn ich nichts darüber weiß. Aber ich weiß, dass ich dich liebe. Nur dich.«

Sie schwieg lange. Dann hörte er den Schlüssel im Schloss, und plötzlich stand Isobel vor ihm, die Haare zerzaust und die Augen rotgeweint.

»Kannst du das Geheimnis bewahren und nie wieder danach fragen? Niemals Gewissheit erlangen wollen? Kannst du damit leben, es nicht zu wissen?«

»Ich weiß es nicht«, sagte Luca aufrichtig. »Ich habe mir erträumt, dass du es warst, ich habe mich danach gesehnt, mit dir zusammen zu sein. Ich hatte zu viel getrunken. Im Rausch der Liebe und des Weins glaubte ich, du wärst es. Kannst du es mir nicht sagen? Hatte ich unrecht? Schrecklich unrecht? Oder war ich der glücklichste Mann Venedigs?«

Sie schüttelte langsam den Kopf. »Ich kann es dir nicht sagen«, erklärte sie. »Du wirst damit leben müssen, es nie zu erfahren.«

Er bedrängte sie nicht weiter. Er schien zu verstehen und breitete die Arme aus. Sie trat zu ihm, legte ihren Kopf an seine Schulter und ihr heißes Gesicht an seine Brust.

»Ich werde nie wieder danach fragen«, sagte er. »Es war wie ein Traum. Ein wundervoller Traum, den ich kaum zu träumen wagte. Soll er ein Traum bleiben. Wenn du es so willst: Ich hatte den wunderbarsten Traum.«

Bruder Peter und die Mädchen warteten darauf, dass Luca und Freize mit der Gondel von der Rialtobrücke zurückkamen. Luca hatte Isobel einen eiligen Kuss auf die Hand gedrückt und war mit einem Beutel voller Goldmünzen aus dem Haus gestürmt, um Pater Pietro so schnell wie möglich das Lösegeld zu bringen.

»Dieses Geld haben wir von unserem Herrn erhalten, damit wir uns als Kaufleute ausgeben können«, sagte Bruder Peter besorgt, während er am Fenster stand und auf den Kanal blickte. »Es ist nicht dazu gedacht, dass Luca seinen Vater zurückkauft.«

»Eurem Herrn muss doch klar gewesen sein, dass Luca das Geld für die Rettung seines Vaters verwenden würde. Vielleicht hat Luca Glück und kann es durch Handeln und Spielen zurückverdienen. Sind die Nobel heute nicht viel mehr wert als an dem Tag, an dem wir sie gekauft haben?«

»Das ist Wucherei«, sagte Bruder Peter düster. »Er sollte kein Geld mit Zinsen machen.«

»Er muss!«, entgegnete Ishraq ungeduldig. »Euer Herr hat es selbst befohlen. Er sollte handeln. Und wenn er aus seiner Schiffsladung Profit schlägt, kann er damit tun, was ihm gefällt!«

Bruder Peter schüttelte den Kopf. »Ein treuer und vorsichtiger Diener würde nur zu Ehren Gottes Profit machen«, sagte er, »und diesen Profit dann seinem Herrn zurückgeben. So wäre es recht. Denk an das Gleichnis von den anvertrauten Talenten.«

»Aber wenn Lucas Vater nach Hause kommt, so dient das doch auch der Ehre Gottes«, bemerkte Isobel. »Außerdem bedeutet es für Luca das größte Glück. Sollten wir uns nicht mit ihm freuen?«

»Ich sorge mich einfach darum, was aus ihm werden könnte, wenn er weiter in seiner Gondel herumfährt wie ein reicher junger Kaufmann.« Er blickte zu ihr. »Und um Euch sorge ich mich auch. Mit einer Frau zu zanken wie ein Fischweib! Euer Vater hat Euch nicht so erzogen, Fräulein Isobel.«

Sie nickte. »Ich schäme mich für mein Verhalten«, sagte sie. »Ich schäme mich mehr, als Ihr wisst, Bruder Peter.«

»Habt Ihr gebeichtet?«, fragte er leise. Ishraq entfernte

sich taktvoll ein paar Schritte, damit Isobel ungestört antworten konnte.

Sie schüttelte den Kopf. »Ich schäme mich zu sehr.«

»Ihr seid zu einer Dame erzogen worden«, rief Bruder Peter ihr ins Gedächtnis. »Zu einer Dame mit Pflichten und Aufgaben. Es ist Eure Pflicht, Selbstbeherrschung und gute Manieren an den Tag zu legen. Ihr dürft Euch nicht von Eurem verliebten Herzen oder von Eurer Wut hinreißen lassen. Ihr solltet über all das erhaben sein. Euer Vater hat Euch zu einer Frau erzogen, die einmal einen wichtigen Platz in der Welt einnehmen wird – nicht zu einem albernen Mädchen mit Affären und Zankereien.«

Sie blickte zu ihm auf. »Das weiß ich«, sagte sie. »Aber in der Welt, in der ich lebe, kann ich mich nicht so benehmen, die Menschen um mich herum tun es auch nicht. Ich lebe in einer Welt der Versuchungen und des Zorns. Ich will für mich selbst eintreten können. Ich will meinen Gefühlen folgen und selbst handeln dürfen. Ich will mich gegen Angriffe verteidigen.«

»Eine Dame findet immer einen Verteidiger. Die Männer um Euch herum werden für Euch sprechen, wenn es nötig ist«, versicherte Bruder Peter, ohne zu realisieren, dass er sie damit zu einem Opfer männlicher Willkür machte.

Sie senkte den Kopf. »Ich werde versuchen, mich zurückzunehmen«, sagte sie.

Im Hintergrund schüttelte Ishraq, die entschieden anderer Meinung war als Bruder Peter, den Kopf und ließ ein empörtes »Tss!« vernehmen.

»Da sind sie«, sagte Bruder Peter beim Anblick der schwarzen Gondel, die sich wendig durch den Verkehr schlängelte.

Sie hörten Giuseppes Singsang – »*Gondola! Gondola! Gondola!*« –, als er die Gondel zwischen den anderen Booten hindurch zum Haus steuerte, und kurz darauf Lucas und Freizes leise Stimmen auf der Treppe.

»Ist alles in Ordnung?«, fragte Isobel und ging schnell auf Luca zu, als sie seine gerunzelte Stirn sah.

Er nickte. »Es müsste alles reibungslos vonstatten gehen. Wir haben sieben Nobel geschickt, falls Bayeed noch mehr verlangt. Der Wert der Nobel steigt schneller als der jeder anderen Münze. Der Sklavenhalter in Triest wird nicht wissen, welchen Wert die Münzen in Venedig haben. Ihr Wert steigt so schnell, dass man am Tisch des Geldwechslers dabei zusehen kann. Er steigt sogar noch über den Goldwert.«

»Wie kann eine Münze wertvoller sein als das Metall, aus dem sie gemacht ist?«, fragte Ishraq. »Wie kann eine Goldmünze wertvoller sein als Gold?«

»Die Menschen trauen den Goldnobeln noch mehr als Gold«, erwiderte Freize. »Vor Israels Tisch war eine lange Schlange. Die Menschen haben Goldbarren in Nobel gewechselt, weil man überall mit ihnen zahlen kann. Mittlerweile sind sie wertvoller als ihr eigenes Gewicht. Die Menschen tauschen die Halsketten ihrer Frauen gegen die Münzen ein. Ein Goldbarren könnte auch Blei mit einem Goldüberzug sein. Man hat nie Gewissheit, bis man ihn prüft. Ebenso ist es mit einer Goldkette. Aber die Nobel sind immer gut, und sie sind heute mehr wert als gestern.«

Die fünf Gefährten wechselten unbehagliche Blicke.

»Diese Angelegenheit wird immer ernster«, sagte Bruder Peter. »Die Menschen spekulieren mit den Nobeln. Nur wir wissen, woher sie stammen. Nur wir wissen, dass ein Großteil von ihnen nicht aus echtem Gold besteht und von Alchemisten hergestellt wurde.«

Er durchquerte den Raum und vergewisserte sich, dass niemand an der Tür lauschte, dann gab er ihnen ein Zeichen, sich um den Tisch zu versammeln. »Wir müssen entscheiden, was zu tun ist. Die Lage wird immer brenzliger. Ich weiß, dass Ihr dem Alchemisten und seiner Tochter wohlgesonnen seid. Dennoch müssen wir sie unverzüglich anzeigen.«

Luca schwieg einen Augenblick lang. Er musste sich erst wieder ins Gedächtnis rufen, dass er ein Ermittler auf einer Mission war. Langsam zog er den Stuhl am Kopfende des Tisches zurück. Zum ersten Mal hatte er das Gefühl, Bruder Peter als seinen Schreiber zu Rate zu ziehen – und nicht als seinen Mentor. »Eins nach dem anderen. Wir müssen die Sache durchdenken«, ordnete er an. »Einige Dinge sind eindeutig. Wir können unserem Herrn berichten, dass wir unsere Ermittlungen abgeschlossen haben. Die Alchemisten sind mit dem Gold eines unbekannten Herrn in die Stadt gekommen, um es auf den venezianischen Markt zu bringen. Sie geben zu, viele englische Nobel in Umlauf gebracht zu haben, aber sie wollen nicht preisgeben, ob auch diese ersten Münzen schon aus alchemistischem Gold des Herzogs von Bedford gemacht wurden oder aus echtem, irdischen Gold aus der Münzgießerei in Calais.«

»Gut«, sagte Bruder Peter. »Genau das habe ich in meinem verschlüsselten Bericht geschrieben. Wir können ihn abschicken, sobald Ihr ihn unterzeichnet habt.«

»Sie haben gesagt, dass die Welt rund ist«, warf Freize ein. »Und das schöne Mädchen hat behauptet, eine alte Frau zu sein. Vielleicht sind sie ganz einfach verrückt, die Armen.«

»Unsinn!«, sagte Luca. »Die meisten Gelehrten sind der Ansicht, dass die Welt rund ist.«

»Wirklich wahr?« Freize war entsetzt. »Was ist mit der anderen Seite?«

»Welcher anderen Seite?«

»Na, mit der Unterseite. Wenn die Welt rund ist, was ist dann auf der Unterseite? Auf der unteren Seite des Balls? Was ist dort? Das ist die Frage. Und ihr zerbrecht euch den Kopf über Regenbogen! Was passiert, wenn man über die Mitte hinausgeht? Ab einem bestimmten Punkt müsste man ja auf dem Kopf stehen!« Er hob beide Hände und zog sich selbst an den Ohren. »Mir wird schwindelig, wenn ich nur daran denke!«

»Vergiss das alles. Sie haben noch von vielen anderen Dingen gesprochen.«

»Warum ging es überhaupt um die Frage, ob die Welt rund ist?«, fragte Isobel, von Freizes Verwirrung abgelenkt. Sie beugte sich vor und nahm ihm die Hände von den Ohren. »Freize, beruhig dich. Es ist auch nicht schlimmer als die Vorstellung, dass die Erde flach ist. Du könntest zu nah an die Kante geraten und runterfallen.«

»Runterfallen?«, wiederholte er verschreckt. »Es gibt eine Kante?«

»Wir haben über Regenbogen gesprochen«, erklärte Luca knapp.

»Das ist wirklich kein Trost«, sagte Freize leise zu Isobel. »Das wäre ja noch schlimmer. Über den Rand fallen! Heilige, errettet uns!«

»Zurück zu den Alchemisten«, mahnte Luca. »Sie haben gestanden, dass sie nach der Rezeptur des Herzogs von Bedford Gold hergestellt, die Münzen selbst geprägt und sie gemeinsam mit echten Nobeln unters Volk gebracht haben. Wir müssen also davon ausgehen, dass sowohl echte englische Nobel als auch zahlreiche alchemistische Goldnobel in Umlauf sind.«

»Lassen sie sich auseinanderhalten?«, fragte Bruder Peter. »Oder sind sie alle gleich gut?«

»Es scheint Unterschiede zu geben«, erwiderte Ishraq. »Ich habe die Alchemisten so verstanden, dass ihr eigenes, aus Silber und unedlen Metallen gewonnenes Gold noch verfeinert werden muss. Sie haben gesagt, dass sie noch Zeit brauchen.«

»Fräulein Carintha hatte eine Halskette aus Goldnobeln«, bemerkte Isobel. »Sie sahen so echt aus wie die anderen Münzen. Wenn sie aus alchemistischem Gold bestehen, kann man es durch bloßes Hinsehen jedenfalls nicht erkennen.«

»Aber ihr wichtigstes Ziel ist nicht das Gold, sondern das Leben«, warf Freize ein. »Das haben sie gesagt. Oder nicht?«

»Richtig«, bestätigte Luca. »Sie haben gesagt, dass die Herstellung von Gold die geringere Kunst sei; sie interessiere nur habgierige Menschen. Ihr wichtigstes Ziel ist nicht der Stein der Weisen, der alles in Gold verwandelt, sondern das Elixier der Weisen, mit dem man das Leben selbst schaffen kann.«

»Sie haben jede Menge toter Tiere in ihrer Alchemistenküche«, stellte Freize fest. »Für Leute, die Leben schaffen wollen, stinkt es in ihrem Haus verdammt stark nach Tod und Verwesung.«

»Das Mädchen sagte, sie sei nicht das, was sie zu sein

scheint«, berichtete Ishraq Bruder Peter. »Angeblich ist sie eine alte Frau im Körper eines jungen Mädchens, und sie und der Mann, den sie als ihren Vater ausgibt, arbeiten schon seit vielen Jahren zusammen.«

Beklommenes Schweigen machte sich breit.

»Sie haben vieles gesagt, was nicht stimmen kann«, sagte Freize dann. »Ich will gar nicht darüber nachdenken.«

»Wir müssen sie anzeigen«, erklärte Bruder Peter entschlossen. »Ich sehe ein, dass sie Philosophen sind, und möglicherweise ist ihre Arbeit sehr wichtig. Aber unser Herr hat eindeutig verfügt, dass wir die Fälscher ausfindig machen und ausliefern sollen. Diese zwei haben offensichtlich die Münzen gefälscht. Wir haben den Befehl, sie anzuzeigen – also müssen wir es tun.«

»Wir lassen ihnen noch diese Nacht Zeit, um ihre Sachen zu packen und abzureisen. Morgen früh zeigen wir sie an«, erwiderte Luca.

»Aber unser Herr hat gesagt …«

»Euer Herr hat auch gesagt, dass Ihr Radu Bey töten sollt«, warf Ishraq verächtlich ein. »Er hat ihn einen Assassinen genannt. Und er hat Luca erst Monate nach ihrer ersten Begegnung erzählt, dass es möglich ist, seinen Vater zurückzukaufen. Er hat nichts preisgegeben, was Luca nicht bereits wusste. Er hätte ihm schon viel früher sagen können, wie er seinen Vater retten kann, aber er hat sich nicht dazu bequemt. Euer Herr gibt viele Anweisungen, doch nicht immer zu Eurem Besten. Euer Herr kann sich einen Tag gedulden.«

Bruder Peter schnappte empört nach Luft. »Du bist respektlos!«, fuhr er sie an. »Unser Herr arbeitet unermüdlich für den Orden. Tag und Nacht dient er Gott und dem Heiligen Vater. Er kämpft gegen die Ungläubigen und die Mächte der Finsternis. Ich habe diesem Orden meine Treue geschworen – und Luca auch. Der Herr ist der Anführer unseres Ordens, und wir müssen seine Befehle achten. Wir haben ihm ewige Treue geschworen.«

»Ich aber nicht!«, beharrte Ishraq. »Guckt nicht so entsetzt, ich sage ja nicht, dass wir uns seinen Anweisungen widersetzen sollen. Ich stelle mich ihm nicht in den Weg. Bruder Peter, ich stelle mich Eurer Mission nicht in den Weg, ich streite mich mit Euch nicht einmal darüber, wie Frauen sich Eurer Ansicht nach benehmen sollten, und ich habe Euch in den letzten Tagen gute Dienste geleistet. Ich sage nur, dass wir tun sollten, was Luca vorschlägt, wir sollten die Alchemisten erst morgen früh anzeigen. Wir haben es ihnen zugesichert.«

»Das denke ich auch«, sagte Isobel und wechselte einen flüchtigen Blick mit Luca, als hätten sie sich ebenfalls ewige Treue geschworen. »Morgen. Wie Luca sagt.«

»Morgen«, sagte auch Freize. »Das ist nur gerecht.«

Bruder Peter blickte von einem entschlossenen jungen

Gesicht zum anderen. »Nun gut«, sagte er und seufzte schwer. »So sei es. Aber gleich nach Sonnenaufgang!«

Er erhob sich und ging mit steifen Schritten zur Tür. In diesem Augenblick ertönte plötzlich wild die Glocke am Wassertor, und sie hörten Männer, viele Männer, mit polternden Stiefeln die Marmortreppe emporlaufen. Mit einem Schlag flog die Tür auf, und ein Wächter des Dogen stürmte herein, gefolgt von einem Beamten in prächtiger Uniform, der einen silbernen Dolch schwang. »Ihr seid verhaftet!«, erklärte er mit lauter Stimme.

Lucas Stuhl fiel polternd zu Boden, als er aufsprang und sich schützend vor Isobel stellte. »Wie lautet die Anklage?«

»Wir haben nichts getan!«, rief Bruder Peter und wich vor dem Mann zurück, der entschlossen weiter in den Raum vordrang.

Den Wachen folgte mit aschfahlem Gesicht die Haushälterin, und hinter ihr erschien, triumphierend lächelnd und mit ihrem Gatten im Schlepptau, Fräulein Carintha in blutrotem Gewand.

»Das ist eine Privatangelegenheit«, sagte Luca, als er sie sah. Er wandte sich an den Beamten. »Hauptmann, hier gibt es nichts zu ermitteln, es ist kein Verbrechen begangen worden. Es handelt sich um ein Missverständnis zwischen der Dame und mir, um einen unglücklichen Streit zwischen Nachbarn.« Er ging durch das Zimmer, verbeugte sich vor Fräulein Carintha und nahm ihre Hand. »Es tut mir leid, wenn ich Euch gekränkt habe«, sagte er. »Ich wollte Euch nicht beleidigen.« Er verbeugte sich auch vor ihrem Gemahl. »Es ist mir eine Ehre, Euch wiederzusehen, Maestro.«

»Er ist kein Kaufmann«, sagte Fräulein Carintha zu dem Beamten. »Und ich bezweifle, dass sie Geschwister sind. Sie ist jedenfalls nicht seine Schwester, und Gott allein weiß, wer die arabische Sklavin ist. Vielleicht ihre Tänzerin? Ihre Zaubermeisterin? Vielleicht gehört sie zu seinem Harem?«

Sonderbarerweise wehrte Ishraq sich nicht mit Händen und Füßen gegen die Beleidigungen, sondern senkte den Kopf und ging zur Tür. »Bitte entschuldigt mich«, sagte sie leise.

»Wo will sie hin?«, fauchte Fräulein Carintha.

»In mein Zimmer«, erklärte Ishraq, die Augen bescheiden zu Boden gerichtet. »Mein Glaube verbietet es mir, mich in einem Raum voller Männer aufzuhalten.«

»Oh, gewiss.« Der Beamte winkte sie fort, und die Soldaten traten beiseite. Ishraq zog sich den Schleier vors Gesicht und ging an ihnen vorbei.

»Das ist eine Lüge!«, kreischte Fräulein Carintha. »Sie ist eine dreiste Dirne. Wenn Ihr sie gehenlasst, läuft sie davon!«

»Niemand verlässt das Haus!«, befahl der Beamte. »Ihr dürft nur in Eure Gemächer gehen.«

Ishraq verneigte sich demütig und ging zur Treppe.

»Postiert eine Wache vor ihrer Tür«, befahl der Beamte, woraufhin einer der Soldaten ihr in respektvollem Abstand folgte.

»Meine Liebe«, sagte Fräulein Carinthas Gemahl leise. »Wir können die Beamten nun ihre Arbeit machen lassen. Du hast gut daran getan, sie anzuzeigen.«

»Sie sind Fälscher«, sagte Fräulein Carintha zu dem Beamten. »Seht, was sie mir gegeben hat!«

Sie warf den Beutel Goldmünzen auf den Tisch, mit dem Isobel ihre Spielschulden beglichen hatte. »Falschgold«, rief Fräulein Carintha. »Gefälschte Münzen. Schlimmer noch, gefälschte englische Nobel! Ihr müsst sie verhaften.«

»Mit den Münzen ist alles in Ordnung«, beteuerte Isobel kühn. »Wenn dem nicht so ist, bin ich selbst betrogen worden. Ich habe die Münzen hier in Venedig gekauft. Abgesehen davon hätte ich Euch nie falsche Münzen untergeschoben – ich würde Euch doch nicht freiwillig einen Anlass geben, in mein Haus zurückzukommen!«

»Ich bin nicht zum Vergnügen hier, sei gewiss!«, fauchte die Frau. Sie wandte sich an ihren Mann. »Siehst du, wie sie mit mir spricht! Und die soll eine Adlige sein? Sie ist so falsch wie die Münzen in diesem Beutel.«

»Fräulein Carintha«, sagte Luca ruhig. »Lasst uns die Sache in aller Freundschaft besprechen. Es gibt keinen Grund für schlechte Gefühle.«

»Wir sind ehrliche Kaufleute. Wir sind eine anständige Familie.« Bruder Peter wiederholte die Lüge so wenig überzeugend, dass seine Worte einem Geständnis gleichkamen.

»Verhaftet sie!«, forderte Fräulein Carintha.

»Soll ich unsere Reisepapiere holen?«, fragte Freize den Beamten. »Unser Empfehlungsschreiben? Ihr werdet sehen, dass wir einen mächtigen Schutzherren haben, einen wichtigen Mann.«

Der Beamte nickte, und Freize verließ den Raum.

»Schaut Euch die Münzen an!«, kreischte Fräulein Carintha. »Was kümmert uns ein Brief? Sie können Briefe fälschen, wie sie Münzen fälschen.« Sie steckte die Hand in den Beutel, und ihre Miene veränderte sich. Die Wut war plötzlich verschwunden, ihr Gesicht starr vor Entsetzen.

Sie zog die Hand aus dem Beutel. Ihre Finger waren mit einer klebrigen, blutroten Flüssigkeit beschmiert. »O Gott!«, rief sie. »Seht meine Hand an! Die Münzen bluten! Sie bluten wie die Wunden eines Erstochenen.«

Sie drehte sich um und hielt ihrem Mann ihre Hand hin. Er zuckte zurück – sie sah so furchterregend aus, als hätte sie die Hand in eine offene Wunde gelegt. Alle Männer im Raum wichen vor ihr zurück wie vor einer blutüberströmten Mörderin.

Sie spürte ein seltsames Kribbeln am Hals und legte die saubere Hand ans Ohr. Aus ihren Münzohrringen tropfte Blut auf ihre Schultern. Die Halskette hinterließ einen roten Abdruck auf ihrer Haut, als hätte ihr jemand die Kehle aufgeschlitzt.

»Nehmt das weg«, sagte sie mit zitternder Stimme. »Nehmt mir den Schmuck ab!«

Niemand brachte es über sich, sie anzurühren. Alle konnten nur entsetzt und fasziniert zugleich zusehen, wie das Blut aus den Ohrringen auf ihre weißen Schultern tropfte und in den tiefen Ausschnitt ihres Kleides rann.

»Nehmt das weg!«, schrie sie wieder. Ihre Finger glitten an dem komplizierten Verschluss der Halskette ab. »Es glüht! Es verbrennt mir die Haut! Nehmt es weg!«

Mit vor Abscheu zusammengebissenen Zähnen überwand sich ihr Gemahl, ihr zu helfen. Der Beamte des Dogen zog sein Messer und legte die Klinge unter den Verschluss der Kette, sorgsam darauf achtend, die blutenden Münzen nicht zu berühren.

»Schneidet die Kette durch!«, schrie Fräulein Carintha. »Schneidet sie ab! Sie blutet! Sie brennt! Sie versengt mir die Haut!«

Ihr Mann hielt die Kette von ihrem Hals weg, während der junge Beamte sie mit dem Messer zu durchtrennen versuchte. Das Messer färbte sich so rot, als würde er es ihr ins Herz stechen, und die Kette schnürte ihr einen Augenblick lang die Luft ab, bevor sie nachgab, zu Boden fiel und auf dem weißen Marmor tiefrote Spuren hinterließ.

Plötzlich sauste etwas Schwarzes am Fenster vorbei.

Nur Luca, der mit dem Gesicht zum Fenster stand, sah, dass es Ishraq war, die wie ein Pfeil aus ihrem Schlafzimmerfenster in den Kanal sprang.

»Was zur Hölle war das?« Der Beamte drängte sich an Fräulein Carintha vorbei und sah aus dem Fenster. »Ich habe etwas Schwarzes gesehen …«

»Ein Vogel«, sagte Luca. »Vielleicht ein Kormoran.« Er trat neben den Beamten ans Fenster. Auf der Wasseroberfläche war nur ein Kreis kleiner Blasen zu sehen.

»Der Leichnam eines Erstochenen blutet, wenn sein Mörder nahe ist«, deklamierte Fräulein Carintha und drängte sich vor, während sie mit einem Tuch ihren roten Hals rieb. »Die Münzen bluten, weil wir im Haus der Fälscher sind!«

»Wir müssen Euer Anwesen durchsuchen lassen«, erklärte der Beamte und wandte sich vom Fenster ab.

Luca blickte noch immer nach unten. Einige, scheinbar endlose Augenblicke später sah er ein Stück kanalabwärts Ishraqs dunklen Schopf, nass wie eine Robbe, aus dem Wasser auftauchen. Jemand zog sie an Bord eines Ruderboots. Sie kauerte sich in den Bug, und der Bootsmann beugte sich vor und ruderte so schnell er konnte den Kanal hinunter, bevor jemand aus dem Palazzo Alarm schlagen oder ihnen nachsetzen konnte. Luca vermutete, dass Freize am Ruder saß und Ishraq ihn antrieb, um die Alchemisten rechtzeitig warnen zu können.

»Was war das?« Der Beamte wandte sich wieder an Luca. »Es scheint, als hätte jemand etwas aus dem Fenster im Obergeschoss in den Kanal geworfen.«

»Ich sehe nach«, bot Isobel an. »Vielleicht ist meiner Dienerin etwas heruntergefallen.«

»Ich hoffe in Eurem eigenen Interesse, dass sie keine Beweise aus dem Fenster geworfen hat«, sagte der Beamte warnend. »Wir suchen den gesamten Kanal ab, wenn es sein muss!«

»Gewiss nicht!«, rief Isobel.

Bevor jemand sie aufhalten konnte, stürmte sie an Fräulein Carintha vorbei und die Treppe hoch in ihr Zimmer. Man konnte hören, wie sie die Tür zuschlug und den Schlüssel umdrehte. Fräulein Carintha trat mit der Spitze ihres Satinschuhs nach der blutigen Kette und sagte mit zitternder Stimme: »Falsche Münzen, falsche Herzen! Blutende Münzen sind ein Zeichen der Schuld. Dies sind niederträchtige Menschen. Ihr müsst sie alle verhaften. Vor allem die jungen Frauen. Ihr müsst sie vernehmen. Ihr müsst sie ins Gefängnis im Dogenpalast sperren.«

»Woher habt Ihr das Gold?« Der Beamte warf die befleckten Münzen auf den Tisch. Im Nu waren sie von einer Blutlache umgeben.

Bruder Peter und Luca wechselten einen Blick.

»Ich kann es selbst herausfinden«, sagte der Beamte. »Ich muss nur an der Rialtobrücke herumfragen, irgendwer wird es mir schon sagen. Aber für Euch wäre es besser, wenn Ihr mir selbst antwortet.«

Luca nickte. Sie mussten die Wahrheit sagen. »Wir haben die Münzen von Israel dem Geldwechsler«, sagte er. »Aber er wusste sicherlich selbst nicht, dass es sich um Fälschungen handelte. Wir haben die Münzen jedenfalls für echt gehalten. Es war ein simples, ehrliches Geschäft.«

Der Beamte drehte sich zur Seite und gab einem seiner Männer mit leiser Stimme ein paar knappe Anweisungen. Augenblicklich verließ er den Raum und polterte die Treppe hinunter.

»Ich muss Euch in Gewahrsam nehmen«, erklärte der Beamte.

»Warum?«, fragte Luca. »Jemand hat uns falsche Münzen verkauft – genau wie Fräulein Carintha. Woher hat sie ihre Kette? Nicht von uns! Wir haben die Münzen gekauft, nicht gefälscht. Ihr könnt unser Haus durchsuchen.«

»Fräulein Carintha ist uns wohlbekannt; sie ist in dieser Stadt geboren und aufgewachsen, und ihr Gemahl ist ein mächtiger Kaufmann, sein Name steht im Goldenen Buch. Er ist ein Mitglied des Rats. Ihr dagegen seid gerade erst in die Stadt gekommen, und alles an Euch ist verdächtig. Fräulein Carintha sagt, dass Ihr nicht der seid, der Ihr vorgebt zu sein. Ihr wollt einem Geldwechsler riesige Summen Gold abkaufen, Ihr erwartet eine wertvolle Schiffsladung, Ihr werdet nahezu täglich mit Pater Pietro gesehen, und Ihr scheint einen der mächtigsten Feinde des Christentums zum Freund zu haben.«

Luca hob die Augenbrauen. »Ihr habt mich beobachtet?«

»Gewiss. Wir beobachten alle Fremden. Venedig ist voller Spione. An jedem Platz befindet sich eine *Bocca di Leone,* über die Schuldige und Verdächtige angezeigt werden können. Ihr verfügt über großen Reichtum und zweifelhafte Freunde. Wir beobachten Euch, seit Ihr in die Stadt gekommen seid.«

»Ich habe keine zweifelhaften Freunde. Ich habe Radu Bey durch Zufall kennengelernt, er hat mir geholfen, meinen Vater ausfindig zu machen, der von den Osmanen entführt wurde. Venedig handelt mit dem Osmanischen Reich. Der Doge selbst handelt mit Radu Bey!«

»Aber der Doge gebraucht keine Falschmünzen«, konterte der Mann.

»Und ob«, schnaubte Fräulein Carintha gehässig und warf ihre rotverschmierten Ohrringe angewidert auf den Tisch. »Das tut er mit Sicherheit. Jeder benutzt sie. Auch an seinen Händen klebt Blut.«

»Wie?«

»Seit diese Fremden hierhergekommen sind, sind alle in der Stadt verrückt nach englischem Gold. Fragt meinen Mann. Der Preis ist in die Höhe geschnellt. Kein Zweifel, dass auch der Doge sie gekauft und weiterverkauft hat.

Auch seine Hände sind befleckt. Wir werden alle ruiniert.« Sie rieb sich die blutigen Hände an ihrem Kleid ab und schauderte. »Was *ist* das?«

»Es sieht aus wie Rost«, sagte Luca. »Vielleicht zerfällt das Metall.«

Sie sah ihn an. Ihr schönes Gesicht war verzerrt vor Eifersucht und Hass. »Rostendes Gold?«, fragte sie schneidend. »Das widerspricht den Gesetzen der Natur. Wie Ihr und Eure Schwester. Auch das ist wider die Natur. So unnatürlich wie Falschgold.«

»Was meint Ihr damit?«, fragte der Beamte. »Wollt Ihr andeuten, dass sie nicht nur Verbrecher, sondern auch Sünder sind?«

»Gott allein weiß, wessen sie sich schuldig gemacht haben«, fauchte Fräulein Carintha. »Ihr müsst sie umgehend verhaften. Er ist so falsch wie die schönste Goldmünze, und sie gibt sich als Adlige aus, kämpft aber wie ein Straßenmädchen. Wer weiß, was sie zusammen getan haben?«

»Aber meine Liebe …«, versuchte ihr Mann, sie zu beruhigen.

»Ich will nach Hause.« Fräulein Carinthas Stimme wurde plötzlich weinerlich. Sie wandte sich an ihren Mann. »Wir haben unsere Pflicht hier erfüllt. Ich kann keinen Augenblick länger in diesem niederträchtigen Haus bleiben!«

Er nickte feierlich. »Tut Eure Pflicht für den Dogen und die Republik«, sagte er hochtrabend. »Das Fortkommen der mächtigsten Stadt der Welt hängt von unserem Wohlstand und unserer Vertrauenswürdigkeit ab. Diese Familie – wenn es denn eine Familie ist und keine Fälscherbande – hat beides in Gefahr gebracht. Sie müssen zerstört werden, bevor sie uns zerstören! Verhaftet sie umgehend und führt sie vor den Rat der Zehn!«

Der Auftritt von Fräulein Carintha und ihrem Mann ließ keinen Widerspruch zu. Der Beamte sah von Luca zu den befleckten Münzen auf dem Tisch. »Ich verhafte Euch wegen Verdachts auf Falschmünzerei, Falschgoldhandel mit einem Juden und inzestuöser Beziehung mit Eurer Schwester«, erklärte er. »Ihr müsst mit mir kommen. Ihr seid alle verhaftet.«

Bruder Peter legte die Hand vor die Augen und stieß einen leisen Seufzer aus. In diesem Augenblick öffnete sich die Tür, und Isobel kam herein. Sie war wie verwandelt. Sie hatte die blonden Haare hochgesteckt und trug einen roten, spitzen Hut, der sie riesig erscheinen ließ, dazu eines der schönsten Kleider, die sie in Venedig hatte anfertigen lassen. Es war dunkelrot, mit geschlitzten Ärmeln, durch die die darunterliegende weiße Seide hervorblitzte. Sie hielt sich sehr aufrecht und stolz. Neben ihr sah Fräulein Carintha mit ihrem befleckten Hals und den blutverschmierten Ohren alt und geschmacklos aus.

»Ihr seid zu weit gegangen«, sagte Isobel bestimmt.

»Schluss jetzt.« Ihr Ton und ihr Auftreten ließen den Beamten eingeschüchtert zurückweichen, und Fräulein Carinthas Mann hätte sich ehrfürchtig vor ihr verneigt, wenn seine Frau ihm nicht einen Stoß mit dem Ellbogen verpasst hätte.

»Ich bin Fürstin Isobel von Lucretili«, sagte Isobel an den Beamten gerichtet. »Dies ist der Siegelring meiner Mutter. Darauf könnt Ihr das Wappen meiner Familie sehen. Ich reise mit meiner Gefährtin Ishraq und meinem Gefolge: mit meinem Lehrer Bruder Peter, einem durch und durch redlichen Mann, mit dessen Schüler Luca Vero und mit unserem Diener und Faktotum Freize. Zu meiner persönlichen Sicherheit haben wir uns vor unserer Ankunft in Venedig darauf verständigt, uns als Kaufmannsfamilie auszugeben, um unerkannt reisen zu können.«

»Aus welchem Grund?«, fragte der Beamte. Fräulein Carintha stand stumm da. Schier überwältigt von Isobels Erscheinung, klammerte sie sich an ihren Mann.

Isobel antwortete ihm, ohne sie zu beachten. »Mein Bruder hat meine Familie verraten und mir mein Erbe geraubt«, sagte sie. »Er gibt sich als der neue Fürst von Lucretili aus. Er darf nicht erfahren, dass wir auf dem Weg zu dem Sohn meines Paten sind, um ihn um Hilfe zu bitten. Aus diesem Grund reisen wir unter geänderten Namen.«

»Wer ist der Sohn Eures Paten, gnädige Dame?«, fragte der Beamte ehrerbietig.

»Fürst Vlad Tepes der Dritte von der Walachei«, erklärte Isobel würdevoll.

Der Beamte und die Wächter zogen ihre Hüte, als sie den Namen eines der größten Feldherren an den Grenzen des Christenreichs hörten, eines Mannes, der sein Land eisern gegen die unaufhaltsame osmanische Armee verteidigt hatte und daraus vertrieben worden war, der es aber ohne Zweifel zurückerobern würde. »Ihr seid die Patentochter des mächtigen Fürsten Vladislav?«, hakte der Beamte nach.

»So ist es«, sagte Isobel. »Ihr seht also, ich habe keine geringen Verbindungen.« Sie trat in die Mitte des Raums und musterte Fräulein Carintha mit einem Ausdruck tiefster Verachtung. »Diese Frau ist eine Kupplerin«, erklärte sie unverblümt. »Sie führt ein sündiges Haus, in dem Huren ein und aus gehen und das Glücksspiel gepflegt wird. Sie rühmt sich schamlos ihrer eigenen Lasterhaftigkeit. Unser Streit entstand dadurch, dass ich mich weigerte, sie in ihrem wollüstigen Treiben zu unterstützen.«

Langsam löste sich Fräulein Carinthas Mann aus ihrer Umklammerung und drehte den Kopf, um sie anzusehen.

»Ihr seid der Einzige, der nichts davon weiß, gnädiger Herr«, sagte Isobel sanft. »Eure Gemahlin ist nicht mehr wert als eine gemeine Dirne. Sie hat mich angegriffen, weil ich mich geweigert habe, sie nachts in unser Haus zu lassen. Sie wollte sich zu dem jungen Mann legen, für dessen geistiges und seelisches Wohlergehen ich verantwortlich bin. Sie wollte ihm beiwohnen und sich meine Hilfe erkaufen. Sie bot mir Schmuck und Alibis für heimliche Rendezvous an; sie schlug sogar vor, mich mit einem Liebhaber zu verkuppeln. Sie sagte, sie wolle den jungen Mann zu ihrem Spielzeug machen, ihn zum *Carnevale* vernaschen und ihn zur Fastenzeit wieder fallenlassen.«

Bruder Peter bekreuzigte sich beim Bericht dieser sündigen Absichten. Luca konnte den Blick nicht von Isobel abwenden, die so mutig um ihrer aller Sicherheit kämpfte.

»Sie lügt!«, fauchte Fräulein Carintha.

»Als ich für ihre Angebote nur Verachtung übrighatte, griff sie mich an«, fuhr Isobel fort, ohne sich verunsichern zu lassen.

Fräulein Carintha stürzte durch den Raum, baute sich vor Isobel auf und stemmte die Hände in die Hüften: »Ich werde dir wieder ins Gesicht schlagen, wenn es nötig ist«, kreischte sie. »Halt dein Maul. Sonst wird es dir leidtun!«

»Ich bedaure es sehr, überhaupt so reden zu müssen«, sagte Isobel eisig und blickte kurz zu Bruder Peter, als käme ihr dessen Mahnung in den Sinn, eine Frau solle nicht für sich kämpfen. »Eine Dame verbreitet solch beschämende Geheimnisse nicht. Eine Dame verunreinigt ihren Mund nicht mit solchen Worten. Aber manchmal muss eine Dame ihre Ehre und ihren Ruf verteidigen. Ich lasse mich nicht von einer Sünderin herumschubsen. Ich lasse mich nicht von ihr zerkratzen wie von einer Wölfin.« Sie schlug den Schleier ihres Spitzhuts zurück und zeigte dem Beamten die Kratzer auf ihrer Wange. »Das hat sie mir angetan, weil ich ihre Angebote ausgeschlagen habe. Ich lasse nicht zu, dass man mich in meinem eigenen Haus angreift – Ihr dürft ihren Anschuldigungen keinen Glauben schenken. Eine Anzeige aus ihrem Mund ist wertlos.«

»Gewiss!«, erwiderte der Beamte beflissen. »Gnädiger Herr?« Er wandte sich an Fräulein Carinthas Mann. »Bringt Eure Frau Gemahlin nach Hause. Wir können ihrer Anzeige nicht nachgehen, da es offensichtlich um eine persönliche Auseinandersetzung geht. Diese Dame«, er verneigte sich in Isobels Richtung, »ist über jeden Zweifel erhaben.«

»Sie hat viele Falschmünzen in ihrem Besitz«, fügte Isobel hinzu. »Und sie betreibt Glücksspiel mit ihnen.«

»Wir gehen«, erklärte Fräulein Carinthas Gemahl eilig. Er verneigte sich tief vor Isobel. »Ich bedaure sehr, dass es zu diesem Missverständnis gekommen ist«, sagte er. »Es ist nur ein Missverständnis. Es besteht kein Grund, die Sache weiterzuverfolgen, nicht wahr? Es wäre mir höchst unlieb, wenn unser Name bei Eurem Paten in Verruf geriete. Ich würde nicht wollen, dass ein so mächtiger Mann schlecht von mir denkt. Ich bedaure zutiefst, dass wir Euch gekränkt haben. Es war nicht unsere Absicht …«

Isobel neigte würdevoll den Kopf. »Ihr könnt gehen.«

Der Beamte wandte sich an Bruder Peter und Luca. »Ich bitte vielmals um Verzeihung«, sagte er. »Die Anzeige wird selbstverständlich fallengelassen. Ihr seid frei und könnt kommen und gehen, wie es Euch beliebt.«

Er verbeugte sich vor Isobel. Dann rief er seine Wachen zusammen, und Isobel, Luca und Bruder Peter warteten still, bis sie die Männer die Treppe hinuntergehen und schließlich die Haustür zuschlagen hörten.

Es folgte tiefes Schweigen. Dann wandte sich Isobel in der Erwartung einer Rüge zu Bruder Peter um. Doch der sagte nichts, überwältigt von dieser neuen, eindrucksvollen Version des Mädchens, das er zuvor nur als Opfer der Umstände kennengelernt hatte: als Trauernde und Vertriebene, als Angeklagte oder als Frau, die der Sturmflut schutzlos ausgeliefert war.

»Ich werde mich selbst verteidigen«, sagte sie fest. »Ganz gleich, gegen wen. Von jetzt an werde ich für meine Rechte kämpfen.«

Freize ruderte verbissenen, bis Ishraq in ihrem durchnässten Gewand zitternd zurückblickte und sagte: »Niemand folgt uns.«

Er ließ die Ruder sinken und zog seine dicke Wolljacke aus. »Hier«, sagte er. »Leg sie dir um die Schultern.«

Sie nahm sie und wickelte sich darin ein.

»Du siehst aus wie eine nasse Ratte«, sagte Freize grinsend und griff wieder nach den Rudern.

Sie erwiderte nichts.

»Eine durchnässte Wühlmaus«, fügte er hinzu.

Sie wandte den Kopf ab.

»Das war ein beeindruckender Sprung«, sagte er anerkennend. »Sehr mutig.«

Ishraq neigte den Kopf wie ein Turniersieger, der einen Lorbeerkranz erhält. »Mir ist kalt«, sagte sie. »Und ich bin hart auf dem Wasser aufgekommen. Es hat mir den Atem verschlagen.«

»Bist du verletzt?«

Er sah ihr unbezwingbares Lächeln. »Nicht so schlimm.«

Sie glitten durch das Geflecht der kleinen Kanäle bis zum Judenviertel und ruderten an der hohen Mauer entlang, bis Ishraq sagte: »Das muss es sein. Da ist ihre Wassertür, dort an der Ecke.«

Die Alchemisten besaßen keine Gondel; ihre Wassertür war verschlossen und die eisernen Torflügel verriegelt. Ishraq wollte gerade am Glockenzug ziehen, als Freize warnend die Hand hob. »Pst! Hör mal!«

Jemand hämmerte gegen die Eingangstür an der Straße und schrie: »Im Namen des Gesetzes, öffnet die Tür! Im Namen des Dogen, macht auf!«

»Zu spät«, sagte Freize. »Sie haben den Geldwechsler

schon verhaftet, und er hat ihnen gesagt, woher die Münzen stammen.«

Ishraq lauschte auf das laute Klopfen. »Sie sind noch nicht im Haus«, sagte sie. »Vielleicht können wir sie rausholen ...«

Ohne ein weiteres Wort ruderte Freize das Boot vor die Wassertür. Ishraq beugte sich über den Bug und stemmte sich gegen den schweren Riegel, doch der Druck ließ das Boot von der Tür weggleiten. Schließlich klammerte sie sich mit Händen und Füßen an das schmiedeeiserne Gitter und drückte den Riegel mit aller Kraft nach oben. Sie stieß den beweglichen Torflügel auf und schwang, über dem kalten Wasser hängend, langsam nach vorn.

Freize steuerte das kleine Boot durch die Öffnung. Ishraq kletterte wieder in den Bug, und er lenkte das Boot an den Anleger. Sie sprang an Land und vertäute es an einem Ring an der Wand.

»Klingt so, als wäre es eine ganze Meute«, sagte Freize. »Acht Männer? Zehn?«

Vorsichtig drückte er gegen die Luke, die vom Anleger in den Lagerraum führte. Sie öffnete sich einen Spaltbreit und Freize spähte hindurch.

»Sie haben die Tür zur Straße verriegelt«, sagte er. »Aber es hört sich so an, als würden die Männer sie mit einer Axt aufbrechen.« Freize stieß die Luke auf, schob sich mühsam nach oben und richtete sich auf. Von der

Vorderseite des Hauses her ertönte ein Krachen. Freize wirbelte herum und sah Jacinta durch die Tür stürzen, gefolgt vom Alchemisten. Sie trugen lauter Manuskriptrollen und eine Kiste mit Papieren.

Sie schreckte kurz zurück, als sie Freizes breite Gestalt und die offene Luke entdeckte, dann erkannte sie ihn. »Ein Glück, du bist es!«, flüsterte sie. Sie warf ihm die Papiere zu. »Die Schriften dürfen ihnen nicht in die Hände fallen. Niemand darf sie sehen. Sie sind geheim.«

»Ins Boot«, sagte Freize schnell und warf die Papiere durch die Luke. »Unser Boot ist unten am Anleger.«

»Ich muss noch ...«

Sie hörten feste Schläge und das Krachen von Holz. Anscheinend rammten die Männer eine Eisenstange gegen die Tür, um sie aufzubrechen. Drago Nacari nahm hastig einige Glasröhrchen und reichte sie durch die Luke Ishraq, die sie im Boot verstaute.

»Los jetzt!«, drängte Freize das hübsche Mädchen, das kleine Gewürzschachteln aufeinanderstapelte, um sie mitzunehmen. »Die Tür hält nicht mehr lange. Wenn du jetzt nicht kommst, werdet ihr alles verlieren!«

Sie rannte zur Luke und reichte Ishraq die Kästchen. Drago Nacari war schon hinuntergestiegen und saß an den Rudern. »Komm!«, befahl er.

»Das Kind!«, schrie sie.

»Kind?«, wiederholte Freize entsetzt.

Lautes Splittern ertönte, als die Haustür unter der Brechstange nachgab. Sie hörten die Schreie der Wächter direkt vor dem verriegelten Lagerraum. Jacinta zog einen Stuhl heran und sprang darauf, um an das höchste Regalbrett zu kommen. Sie streckte die Hände nach der Glasglocke aus, unter der Freize und Ishraq erst die kleine braune Maus und dann das nackte salamanderähnliche Geschöpf gesehen hatten.

»Hier …«, setzte sie an, als die Tür zerbarst und die Wächter des Dogen in den Lagerraum drängten. Einer der Männer stürzte sich auf sie, packte sie an den Knien und warf sie zu Boden.

Die Glasglocke glitt ihr aus den Händen und zersprang auf dem Boden. Die junge Frau kreischte, zappelte und wand sich in dem Griff des Mannes wie eine Schlange. Dabei rutschte ihre Kapuze zurück und ihre vollen rotbraunen Locken fielen ihr über die Schultern. Freize umklammerte den Wächter von hinten und zog ihn weg. Aus dem Augenwinkel konnte er sehen, wie sich Jacinta von dem Mann befreite. Er sah sie, sah, wie sie sich verwandelte: Ihre langen wirren Locken waren plötzlich weiß, ihr Gesicht wurde knorrig und rau, ihre fröhlichen braunen Augen verschwanden unter hängenden Lidern, und ihre runzligen Lippen legten sich über ihren zahnlosen Gaumen. Sie gab einen krächzenden Laut von sich.

Eine Sekunde lang waren alle wie erstarrt vor Entsetzen, dann stieß der Wächter sie mit einem Schrei von sich. In diesem Augenblick sprang sie durch die Luke, glitt wie eine weißköpfige Schlange durch die Öffnung, zum Anleger, in das Boot, und im nächsten Moment waren Drago und Jacinta fort. »Guter Gott!«, flüsterte der Mann. »Habt ihr das gesehen?«

Freize sagte nichts. Er war so entsetzt, dass er kaum Luft bekam. Dann fiel sein Blick auf den Inhalt der Glasglocke, die Jacinta unbedingt hatte retten wollen. Zwischen den Scherben lag eine kleine Kreatur. Erst dachte er, es sei ein blasser, rosafarbener Salamander. Dann hielt er es für ein Kätzchen, dass sie grausam ausgehungert und ausgeblutet hatten. Dann sah er genauer hin. Das winzige Wesen stellte sich auf die Beine, streckte ihm die Arme entgegen und sagte mit feinem Stimmchen: »Hilf mir! Hilf mir!«

Die anderen Wächter kamen in den Lagerraum und umringten die Luke, die zum Anleger führte. Inmitten des Durcheinanders aus zerbrochenem Glas und trampelnden Lederstiefeln trippelte das kleine Wesen verängstigt umher und rief wieder Freize an: »Hilf mir!«

Mitleid besiegte sein Entsetzen. Schaudernd beugte er sich zu dem kleinen Wesen hinunter. Es war nicht größer als sechs Zoll, sah aber genauso aus wie ein Mensch; sein Gesichtchen war ängstlich verzerrt, und auf seiner Stirn stand in silberner Schrift ein einziges Wort geschrieben: *EMET*.

Freize konnte sich nicht überwinden, es zu berühren. Er nahm die Mütze vom Kopf und legte sie auf den Boden. Das kleine Wesen machte einen Sprung und landete in der Mütze wie ein Fisch im Netz. Freize schüttelte entsetzt und verwundert den Kopf. »Was jetzt?«, flüsterte er.

Er hörte ein hauchzartes Flüstern: »In den Kanal.«

Die Wächter hatten Ishraqs blasses, ängstliches Gesicht unter der Luke entdeckt.

»Hier ist ein Mädchen!«, rief einer. »Kommt her!«

Er bückte sich, um mit den Füßen voran durch die Öffnung zu gleiten, doch Freize machte einen großen Satz und kam ihm zuvor. Er schob seinen Oberkörper durch die Luke und blockierte sie mit seinen breiten Schultern. »Ishraq!«, zischte er und warf ihr die Mütze zu.

Sie fing sie mit beiden Händen auf. »Was?« Sie zuckte zurück, als sie das kleine zusammengerollte Geschöpf in der Mütze sah. »Was ist das? O Gott, Freize, was ist das?«

Die Soldaten stürzten sich auf Freize und zogen ihn an den Beinen zurück. »Wirf es in den Kanal«, rief Freize Ishraq zu. »Ins Wasser!« Jemand trampelte ihm über die Hände. »Lass es frei«, rief er verzweifelt. »Lass es ins Wasser!«

Er sah, wie sie sich unter der Luke wegduckte und zum Kanal huschte. Etwas fiel mit lautem Poltern neben ihm zu Boden, und jemand trat ihm gegen den Kopf. Dann war alles dunkel.

Triefnass näherte sich Ishraq der Gartentür des Palastes am Canal Grande. Sie drehte vorsichtig den Knauf, er gab nach, und sie schob sich schnell durch die Tür. Der Abend dämmerte; der abnehmende Frühlingsmond kletterte bereits über die Gartenmauer. Sie zitterte vor Kälte, ihre Haare fielen ihr wie ein Rattenschwanz über den Rücken, und ihr edles Gewand war vom Saum bis zur Hüfte zerrissen. Sie hatte es mit einer Schnur hochgebunden, damit es sie nicht behinderte. Erschöpft sah sie sich im Garten um und blickte an der Hauswand empor.

Alles war ruhig. Auf Zehenspitzen schlich Ishraq an eins der Fenster und lauschte. Stille. Sie schirmte die Augen mit einer Hand ab und spähte hinein. Der Raum war leer. Leise schlich sie im Schatten des Säulengangs zur Hintertür und stieß sie auf. Ein Knarzen ertönte, und im nächsten Augenblick stand sie in der gemauerten Eingangshalle. Sie durchquerte die Halle und lief die Treppe hoch, am Speisesaal vorbei ins Obergeschoss, das sie mit Isobel teilte.

Die Tür zu ihren Gemächern war verschlossen. Ishraq

benutzte das Klopfzeichen, das sie und Isobel in ihrer Kindheit verwendet hatten – zweimal lang, zweimal kurz –, und sogleich öffnete sich die Tür, und Isobel zog sie ins Zimmer.

»Ich habe mir solche Sorgen gemacht! Du bist ja halb erfroren! Geht es dir gut? Du bist völlig durchnässt! Konntet ihr sie rechtzeitig warnen?«

Isobel rannte in ihr Zimmer, holte ein Leintuch und begann, Ishraqs Haare zu trocknen, während diese sich aus ihren zerrissenen Kleidern schälte.

»Wir sind ganz knapp vor den Männern des Dogen angekommen. Sie konnten fliehen. Aber ihr Labor wurde zerstört, und sie haben Freize verhaftet!«

»O nein! Wir müssen es Luca sagen!«

Ishraq wickelte sich eine Decke um die nackten Schultern. »Sind die Wächter fort?«

»Sie haben nur einen Wachposten an der Wassertür zurückgelassen. Deshalb habe ich hier oben auf dich gewartet. Sie wissen nicht, dass du weg warst, sie denken, du hättest dein Zimmer nicht verlassen. Zieh dir etwas Trockenes an. Niemand wird je erfahren, dass du bei ihnen warst. Es gibt keine Verbindung zwischen uns und den Alchemisten. Mach schnell! Wir müssen Luca und Bruder Peter Bescheid geben.«

Ishraq rubbelte sich die Haare, band sie zum Knoten und zog ein trockenes Kleid über. »Gehen wir«, sagte sie.

Die Mädchen eilten hinunter ins Speisezimmer. Bruder Peter und Luca standen am Fenster und blickten auf den dunkelnden Kanal, als sich die Tür hinter ihnen öffnete.

»Gott sei Dank, du bist zurück!«, rief Luca aus, als er Ishraq sah. »Was für ein Sprung! Ishraq, das war lebensgefährlich!« Er lief durch den Raum und umarmte sie. »Du bist ja noch ganz nass!«

Bruder Peter schüttelte den Kopf. »Ich nehme an, du hast sie gewarnt«, sagte er. »Hat man dich gesehen?«

»Schlimmer«, entgegnete Ishraq knapp. »Es tut mir leid, Bruder Peter. Sie haben mich gesehen, doch ich konnte fliehen. Aber sie haben Freize verhaftet.«

»Freize!«

»Er ist gerudert. Wir sind durch ihre Luke von unten ins Haus gelangt. Wir konnten schon die Männer des Dogen an der Vordertür hören. Die Alchemisten haben versucht, ihre Sachen zu retten, Bücher, Manuskripte und einige Kräuter und andere Dinge aus ihrem Labor. Sie sind in letzter Sekunde mit unserem Boot entkommen …« Ishraq verstummte beim Gedanken an die junge Frau mit dem alten, alten Gesicht und den strähnigen weißen Haaren, die an ihr vorbei ins Boot gestürmt war. »Sie konnten sich retten. Aber die Männer sind in den Lagerraum eingedrungen und haben Freize gefangen genommen. Ich bin um mein Leben geschwommen.«

Sie stockte wieder. Nach ihrem Sprung vom Anleger

war irgendwo im Wasser, nicht weit von ihr, das kleine Geschöpf gewesen, diese Mischung aus einem Frosch, einem Salamander und einem Säugling. Sie hatte die Mütze übers Wasser gehalten und gesehen, wie es hineingesprungen und untergetaucht war. Seine weiche Haut am Rücken hatte blass geschimmert in den Tiefen des Kanals.

»Was ist dann passiert?«, fragte Isobel leise, der die entsetzte Miene ihrer Freundin nicht entgangen war.

Ishraq schüttelte langsam den Kopf. »Ich weiß nicht, was sie getan haben«, sagte sie. »Ich weiß es nicht. Ich weiß nicht, was sie unter ihrer Glasglocke herangezüchtet haben. Ich weiß nicht, was für ein Geschöpf es war.«

»Wovon sprichst du?«, fragte Luca und nahm ihre Hand.

Sie sah in seine ehrlichen braunen Augen, und ein tiefes Gefühl der Erleichterung überkam sie, als wäre Luca der einzige Mensch, dem sie es anvertrauen konnte.

»Luca«, flüsterte sie. »Ich will es dir sagen.« Sie zögerte. »Aber ich fürchte mich davor, es auszusprechen. Es war schrecklich – grauenhaft. Ich will es dir sagen. Aber ich kann nicht.«

Ohne nachzudenken, legte er ihr den Arm um die Schultern und führte sie beiseite. Er fühlte, wie sie sich an ihn lehnte und sich entspannte, wie seine Nähe ihr Vertrauen und Geborgenheit gaben.

»Du kannst es mir sagen. Was es auch war.«

Sie hob den Kopf, um es ihm ins Ohr zu flüstern. Sie konnte den Duft seiner Haare riechen. Er roch nach der echten, der normalen Welt, nach einem ehrlichen, jungen Mann. Sie spürte eine Welle des Begehrens, als wäre dieses Gefühl das einzig Wahre in einer Welt voller Rätsel und Gefahren. Es schien ihr, als wäre Luca das einzig Verlässliche, das Einzige, worauf sie vertrauen konnte. »Ich glaube, sie haben einen Homunculus geschaffen«, wisperte sie.

Er erstarrte und sah sie an. »Haben sie davon gesprochen, als sie sagten, sie wollten das Leben erschaffen?«

Ihre Augen waren dunkel vor Angst; sie nickte. »Vielleicht. Ich weiß es nicht.«

»Wie sah es aus?«

»Wie ein winziger grausiger Mann. Erst hielt ich es für einen Salamander, aber es war ein Mensch, ein winzig kleiner Mensch. Er steckte unter der Glasglocke. Ich glaube, sie haben ihn in der Glocke geschaffen. Jacinta wollte ihn mitnehmen, aber die Glocke zerbrach und sie musste fliehen. Freize hat ihn mir durch die Luke hindurchgereicht.«

»Warum? Warum hat er das getan?«

Der Anflug eines Lächelns huschte über ihr Gesicht. »Weil er Freize ist«, sagte sie. »Das Wesen hat nach ihm gerufen, er musste ihm antworten. Es wollte in den Kanal. Freize hat es in seine Mütze gesetzt, ich habe die Mütze über den Kanal gehalten, und es ist hineingesprungen.«

Sie zitterte. »Ich habe es nicht ins Wasser geworfen«, fügte sie schnell hinzu. »Ich wollte es nicht ertränken. Er sagte, ich solle es freilassen, und das habe ich getan. Es sprang ins Wasser und tauchte unter wie ein Fisch, und dann war es fort.« Sie zitterte von Kopf bis Fuß.

»Was?«, fragte Luca.

»Luca, es sah nicht aus wie ein Fisch, es sah genauso aus wie ein kleines Kind. Ich habe sein Gesicht im Wasser gesehen. Es hat tief Luft geholt und ist dann untergetaucht. Ich habe seinen Rücken und seine Füße gesehen, als es in die Tiefe schwamm. Wie ein Kind, aber so winzig klein wie eine Ratte, und doch ist es geschwommen wie ein ausgewachsener Mann. Grausig.«

Er hielt ihren zitternden Körper fest an sich gedrückt. »Und dann?«

Sie hob den Kopf und sprach lauter, so dass die anderen sie wieder hören konnten. »Ich bin in den Seitenkanal neben Nacaris Haus geschwommen. Ich habe im Wasser gewartet und den Kopf so tief wie möglich gehalten. Ich habe gesehen, wie die Wächter des Dogen Freize in Handfesseln herausgebracht haben. Er konnte gehen, er schien nicht verletzt zu sein, aber er sah benommen aus. Sie haben ihn auf ihre Galeere gebracht und ihn in den Holzverschlag für Gefangene gesperrt. Ich bin untergetaucht, bis sie an mir vorbei waren, dann bin ich losgeschwommen. Ich bin lange Zeit geschwommen, bis ein

Fischer mich in sein Boot genommen und nach Hause gebracht hat.«

Sie barg das Gesicht an Lucas Schulter. »Es war schrecklich«, flüsterte sie. »Es war entsetzlich, Luca, im Wasser zu sein und zu wissen, dass das kleine Geschöpf dort auch irgendwo ist. Ich hatte Angst, es würde hinter mir ins Fischerboot steigen. Ich musste die ganze Zeit die Ruder anstarren, aus Furcht, es könnte über eines von ihnen an Bord klettern. Ich hatte solche Angst, es könnte mir folgen.«

Sie stieß ein Schluchzen aus. »Ich habe die ganze Zeit erwartet, seine kleine Hand in meinen Haaren zu spüren«, flüsterte sie. »Ich glaubte, es würde sich an mich klammern und mich zwingen, es mit nach Hause zu nehmen.«

Er hielt sie noch fester. Er drückte sie an sich, ihr Gesicht an seinem Hals, damit sie nicht das Entsetzen auf seinem eigenen Gesicht sah, die Angst vor dem Unbekannten, die uralte Furcht vor dem Wesen, das nicht aus Erde oder Luft, das nicht Fleisch, nicht Fisch, nicht Vogel war.

»Was, wenn es ein Golem war?«, flüsterte sie.

Er riss sich zusammen und sah sie an. »So etwas gibt es nicht«, sagte er fest. »Es sieht dir gar nicht ähnlich, dir von solchen Hirngespinsten Angst einjagen zu lassen! Es war ein Salamander oder ein gerupfter Vogel oder dergleichen, und Freize hat sich eingebildet, es habe nach ihm gerufen. Es wird dich nicht verfolgen. Es ist nicht geschwommen.

Es muss im Kanal ertrunken sein. Es ist nichts. Du bist in Sicherheit.«

Er wandte sich von ihr ab, als wäre die Sache damit erledigt, und sagte zu Bruder Peter: »Wir müssen sofort zum Dogenpalast und dafür sorgen, dass sie Freize freilassen. Wir werden wohl unsere Namen preisgeben müssen, um den Verdacht von uns abzuwenden. Wir müssen die Papiere unseres Herrn mitnehmen. Kommt Ihr?«

Bruder Peter nickte erschüttert. »Ich hole meinen Umhang. Die Mädchen sollten in ihre Kammern gehen und dort bleiben.« Er sah sie streng an. »Wer auch kommt, lasst niemanden ein. Sagt nichts und zeigt Euch nicht. Der Wächter des Dogen wird an der Wassertür bleiben, aber sprecht nicht mit ihm.« Er warf Ishraq einen düsteren Blick zu. »Und komm bloß nicht auf die Idee, aus dem Fenster zu springen«, fügte er hinzu. »Warte hier, bis wir zurück sind. Versuch einfach, nicht noch mehr Unheil anzurichten.«

Der Wachposten vor der Wassertür hatte von einem zweiten Mann Verstärkung bekommen. Sie sollten jeden, der das Haus verließ, um die Magistrate der Stadt aufzusuchen, umgehend zum Dogenpalast geleiten.

»Glaubt Ihr, sie haben darauf gewartet, dass wir gestehen?«, fragte Luca Bruder Peter leise, während die beiden Wachmänner ihre Plätze an Bug und Heck der Gondel einnahmen.

»Ja«, erwiderte Bruder Peter knapp.

»Sie haben erwartet, dass wir zum Palast gehen?«

»Früher oder später hätten sie uns ohnehin zum Palast zitiert. Sie arbeiten hauptsächlich nachts. Sie verhaften die Verdächtigen im Schutz der Dunkelheit.«

Luca nickte und versuchte, sich seine wachsende Angst nicht anmerken zu lassen. »Meint Ihr, sie haben Fräulein Isobel geglaubt?«

»Ich denke schon. Trotzdem werden sie wissen wollen, was wir mit den Fälschern zu schaffen hatten.«

»Das dürfen sie nicht erfahren«, sagte Luca, seinen eigenen Zweifeln zum Trotz.

»Vermutlich wissen sie es längst«, entgegnete Bruder Peter finster.

Einen Augenblick lang war es still bis auf das Klatschen des Wassers gegen das Ruder und den Ruf eines anderen Bootsmannes – »*Gondola! Gondola! Gondola!*« –, der seine Gondel in einen Seitenkanal steuerte.

»Sie werden Freize doch freilassen, oder nicht?«, fragte Luca bang.

»Das hängt von drei Dingen ab«, erwiderte Bruder Peter trocken. »Es kommt darauf an, was er getan hat. Es kommt darauf an, was er glaubt, getan zu haben. Und es kommt darauf an, was wir ihrer Ansicht nach getan haben.«

Giuseppe ruderte die Gondel den Canal Grande hinunter und steuerte sie durch einen Wald schwarzer Anlegepfosten vor der eindrucksvoll geschwungenen weißen Front des Dogenpalasts.

»Was ist das?«, fragte Giuseppe plötzlich verblüfft und starrte auf die spiegelnde Wasseroberfläche des Kanals.

»Was?«, fragte Bruder Peter ungeduldig.

Er schüttelte den Kopf. »Ich dachte, ich hätte etwas gesehen«, murmelte er. »Eine Art Frosch, der neben uns herschwamm. Sonderbar.«

»Hilf mir aus dem Boot«, herrschte Bruder Peter ihn an. »Wir haben keine Zeit für solchen Unsinn.«

Flankiert von den zwei Wachen stiegen Luca und Bruder Peter die flache Ufertreppe hinauf. Kleine Wellen klatschten wie anklagendes Geplapper gegen den Stein. Vor den Toren des Palasts empfing sie eine Reihe brennender Fackeln, die den Wachen ihre blassen Gesichter zeigten.

»Wir sind gekommen, um den Rat der Zehn zu konsultieren«, erklärte Luca weit forscher, als er sich fühlte. »Wir stehen im Dienst des Papstes.«

Einen Augenblick lang fürchtete er wie ein kleiner Junge, dass der Mann ihn einfach ignorieren würde, doch der Wachposten grüßte höflich und öffnete ihnen die kleine Tür, die in das prunkvolle Portal eingelassen war. Luca und Bruder Peter zogen die Köpfe ein und gingen hindurch. Sie blieben stehen und sahen sich um. Sie befanden sich in einem riesigen Innenhof, so weitläufig wie ein Platz in der Stadt: das Herz des Dogenpalasts. Zu ihrer Linken ragte ein großes, noch nicht ganz fertiggestelltes Gebäude aus rotem Backstein auf, das von zahlreichen weißen Fenstern durchsetzt war. Vor ihnen befand sich eine weiße Steinfassade und dahinter der imposante Bau der Basilica di San Marco. Zu ihrer Rechten lag eine weiße, felshohe Mauer, ebenfalls von Fenstern durchsetzt. Der Dogenpalast war das Zentrum der Regierung und der Ort aller Amtssitze. Hinter vielen Fenstern brannte Licht – die Republik schlief nie, das Geschäft drängte immer, und die Werkzeuge der Gerechtigkeit funktionierten am besten bei Nacht. Der Hof wurde von einem rechteckigen Säulengang mit mächtigen weißen Türmen gesäumt. Darüber erhoben sich drei Stockwerke mit schmalen Fenstern. Es war, als würden alle vier Seiten des Palasts sie misstrauisch anstarren.

Zwei Wächter kamen auf sie zu und führten sie in das Gebäude zu ihrer Rechten. Sie gingen eine steinerne Wendeltreppe hinauf. Am Ende der Treppe klopfte der Wächter an eine riesige Holztür, und ein kleinerer, in den Türflügel eingelassener Durchgang öffnete sich. Ein schwarzgekleideter Schreiber, der auf einem einfachen Stuhl vor einem hölzernen Schreibtisch saß, winkte sie herein.

»Mein Name ist Bruder Peter. Ich diene dem Orden der Finsternis unter der Führung des Heiligen Vaters. Dies ist Luca Vero, ein Ermittler unseres Ordens. Es ist unser Auftrag, die Vorzeichen für das Ende der Tage zu ergründen.« Nach dieser Einführung war Bruder Peter außer Atem. Er klang nervös und schuldbewusst.

»Wir wissen, wer Ihr seid«, erwiderte der Schreiber knapp. An die Wachen gewandt sagte er: »Bringt sie in den Vernehmungsraum. Sie werden erwartet.«

Einer der Wächter ging ihnen voran durch den schmalen Durchgang, der andere folgte ihnen. Luca war überzeugt, dass sie beobachtet wurden, dass sich hinter dem Gitterwerk der verkleideten Holzwände ein Raum befand, von dem aus man sie sehen konnte, dass ein Inquisitor ihren Gang und den Ausdruck ihrer Gesichter beurteilte. Luca versuchte, zu lächeln und große, selbstsichere Schritte zu machen, doch dann wurde ihm klar, dass er so tun musste, als hätte er etwas zu verbergen.

Der Gang wand sich um mehrere Ecken. Anscheinend führte er zwischen geheimen Zimmern hindurch. Ihre Schritte klangen gedämpft auf dem Holzboden. Mehrere streunende Katzen liefen ihnen entgegen; sie schienen in dem Gebäude zu wohnen. Dann gelangten sie an eine große Tür, vor der ein schweigender Wächter stand. Der Mann nickte, trat zur Seite und öffnete die Tür, um eine weitere verschlossene Tür preiszugeben. Er klopfte an, sie schwang auf, und Luca und Bruder Peter betraten den Raum, in dem drei Magistrate in dunklen Roben hinter einem großen glänzenden Holztisch saßen. Seitlich von ihnen, an einem kleineren Tisch, befanden sich vier Schreiber. Im Kamin hinter den Magistraten brannte ein Feuer, damit sie es bei der Arbeit behaglich hatten, doch der Rest des Raums war unangenehm kalt.

Die Flügeltüren schwangen zu, erst die innere mit einem lauten Knall, dann die äußere mit einem dumpfen Schlag, so dass der Raum schalldicht isoliert war. Luca und Bruder Peter standen abwartend vor dem großen Tisch.

Schließlich blickte der Magistrat in der Mitte auf und sah sie an. »Können wir Euch helfen, gnädige Herren?«, fragte er höflich. »Wollt Ihr eine Aussage machen?«

Luca schluckte. »Ich bin Luca Vero, ein Ermittler des Ordens der Finsternis. Ich wurde vom Papst persönlich beauftragt, die Zunahme der Ketzerei, die Gefährdung durch die Ungläubigen und die Bedrohung des Christentums zu erforschen. Dies ist mein Schreiber und Berater, Bruder Peter.«

Die drei Männer sahen Luca mit unbewegten Mienen an. Sie wandten in einer Bewegung die Köpfe, um Bruder Peter zu mustern, dann richteten sie ihre Augen wieder auf Luca.

»Mein Diener hat in meinem Auftrag das Haus des Alchemisten Drago Nacari durchsucht«, fuhr Luca fort. »Er wurde von den Wachen des Dogen verhaftet. Er hat nichts Unrechtes getan. Ich bin gekommen, um seine Freilassung zu erwirken.«

Der Magistrat nickte seinen Kollegen kaum merklich zu. »Wir haben Euch erwartet«, sagte er bedeutungsvoll. »Wir beobachten Euch schon seit Tagen.«

Luca und Bruder Peter wechselten einen bestürzten Blick, sagten jedoch nichts.

»Eure Papiere?« Einer der Schreiber erhob sich und streckte die Hand aus.

Bruder Peter zog die Papiere aus seiner Tasche und gab sie ihm. Der Schreiber studierte sie eingehend. »Alles in Ordnung«, sagte er knapp zu den schweigenden Männern am Tisch. Er wollte ihnen die Papiere reichen, doch sie winkten ab. Offenbar waren sie zu wichtig, um sich mit Empfehlungsschreiben abzugeben.

»Wir reisen im Auftrag des Heiligen Vaters«, wiederholte Bruder Peter.

Der Schreiber nickte unbeeindruckt. Anders als in allen anderen Städten des Christenreichs waren die Verwalter in Venedig keine Kirchenmänner. Sie waren nicht von der Kirche ausgebildet worden und dienten vorrangig ihrer eigenen Republik; erst danach kam Rom. Luca und Bruder Peter hatten das Pech, sich in der einzigen Stadt Europas zu befinden, in der ihre Papiere nicht augenblicklich Ehrfurcht und Dienstfertigkeit hervorriefen.

»Ihr seid also nicht, wie zuvor ausgesagt, Diener im Gefolge der Fürstin Isobel von Lucretili«, fasste der Schreiber nüchtern zusammen.

»Nein«, sagte Luca.

Der Schreiber machte sich eine kurze Notiz.

»Und welche Vereinbarungen habt Ihr mit Drago Nacari, dem Fälscher, getroffen?«, fragte der Magistrat in der Mitte.

»Wir wussten zunächst nicht, dass er ein Fälscher ist«, sagte Luca aufrichtig. »Wie Ihr aus dem Schreiben ersehen könnt, lautete unsere Mission, die Quelle der Goldnobel ausfindig zu machen. Der Herr unseres Ordens hat uns damit beauftragt, nach Venedig zu reisen, uns als Kaufleute auszugeben, die Echtheit der Nobel zu prüfen und herauszufinden, woher sie stammen.«

»Hattet Ihr nicht vor, uns zu informieren?«, fragte der Magistrat auf der linken Seite kühl.

»Doch, gewiss«, sagte Luca schnell. »Wie Ihr an unseren Anweisungen erkennen könnt, lautete unser Befehl, Euch zu informieren, sobald uns die nötigen Beweise vorliegen. Wir wollten Euch gerade benachrichtigen, als unser eigener Palazzo durchsucht wurde und wir unter Hausarrest gestellt wurden. Wir haben uns darauf geeinigt, Euch bei Sonnenaufgang aufzusuchen. Doch dann wurde unser Diener verhaftet, und wir konnten nicht länger warten. Wir bedauern, Euch so spät noch stören zu müssen.«

»Wie rücksichtsvoll«, erwiderte der Mann auf der linken Seite trocken. »Ihr hattet also nicht vor, uns zu informieren, als Ihr Eure Ermittlungen aufgenommen habt. Als Ihr in der Stadt eingetroffen seid und nach Falschgold Ausschau gehalten habt. Als Ihr das Falschgold erworben, damit gehandelt und von dem Betrug profitiert habt. Als Ihr Informationen zurückgehalten habt, die den Wert des Goldes beeinträchtigt hätten.«

»Aber nicht doch«, sagte Bruder Peter beschwichtigend. »Wir haben uns nur an unsere Anweisungen gehalten. Wir konnten ja nicht ahnen, was wir herausfinden würden. Hätten wir nichts gefunden, hätten wir Eure Händler ganz zu Unrecht beunruhigt.«

»Tja, jetzt sind sie beunruhigt«, bemerkte der Magistrat.

»Das bedauern wir.«

»Welcher Art war Eure Verbindung mit Drago Nacari?«, fragte der zweite Magistrat. »Wir wissen, dass er ein Alchemist und Falschmünzer ist.«

»Er hat mich wegen eines Manuskripts zu Rate gezogen, das sich in seinem Besitz befindet«, bekannte Luca. »Er hat es mir gebracht, damit ich es studieren konnte, und ich habe es ihm im Anschluss wieder zurückgebracht.«

»Was stand darin?«

»Ich konnte es nicht übersetzen. Nicht einmal ansatzweise.«

»Welchen Eindruck habt Ihr von seiner Arbeit bekommen, als Ihr in seinem Haus wart?«

»Ich habe nicht genug gesehen, um seine Arbeit beurteilen zu können«, sagte Luca ausweichend. »Er hatte viele Werkzeuge und Geräte und arbeitete an mehreren Experimenten. Er hatte einen großen Brennofen und einen Kessel mit verrottender Materie. Er nannte es sein Lebenswerk, und er sprach vom Stein der Weisen. Aber ich habe nichts gesehen, das ich für wichtig genug hielt, um Euch oder meinen Herrn zu informieren.«

»Alle sprechen vom Stein der Weisen«, sagte der erste Magistrat abfällig.

Einer der anderen nickte. »Er ist bedeutungslos. Abgesehen davon hatte Nacari keine Befugnis, hier zu praktizieren. Allein deshalb hat er sich strafbar gemacht.« Er hielt inne. »Hat er versucht, ein lebendiges Wesen herzustellen?«

Luca schnappte überrascht nach Luft.

Bruder Peter füllte die verräterische Stille. »Wie könnte er? Nur Gott kann Leben erschaffen.«

Luca nickte. »So ist es. Verzeiht mir. Nein. Ich habe nichts gesehen bis auf ein paar vertrocknete Tiere und Insekten.«

Der Schreiber vermerkte es gewissenhaft.

»Der wichtigste Anklagepunkt betrifft also die Falschmünzerei«, fasste der erste Magistrat zusammen. »Habt Ihr dafür Beweise gesehen?«

Luca nickte. »Er hat mir selbst die Gussformen für die Münzen gezeigt. Er sagte mir, dass die ersten Münzen von

John, dem Herzog von Bedford stammten, den er vor langer Zeit in Paris persönlich kennengelernt hat. Zunächst verfügte er also über eine gewisse Anzahl echter englischer Münzen; dann hat er hier in Venedig nach der Rezeptur des Herzogs eine große Menge Falschmünzen hergestellt und sie unter dem königlichen Siegel in Umlauf gebracht.«

»Trotzdem habt Ihr ihn nicht umgehend angezeigt?«, fragte einer der Männer schneidend. »Falschmünzerei ist ein Verbrechen, das die Republik mitten ins Herz trifft. Wisst Ihr überhaupt, welche Folgen der Wertverlust einer Währung für die Kaufleute in Venedig haben kann?«

Luca schüttelte den Kopf. Er hielt es für weiser, sich unwissend zu geben.

»Er ruiniert sie. Er ruiniert uns. Ruiniert die wichtigste Stadt dieser Welt! Und Ihr habt uns nicht umgehend informiert? Dieser Verbrecher hat Euch seine Taten gestanden, Ihr habt die Beweise mit eigenen Augen gesehen und seid nicht sofort zu uns gekommen?«

»Wir wollten doch zu Euch kommen«, sagte Luca. »Gleich morgen früh bei Sonnenaufgang.«

Unheilvolles Schweigen breitete sich aus. Schließlich sprach der Mann in der Mitte. »Wisst Ihr, wie viele Truhen Gold er in Umlauf gebracht hat?«

Luca sagte wahrheitsgemäß: »Nein.«

»Wisst Ihr, wie viele Falschmünzen? Wie viele von den blutenden, jammernden Münzen? Sie verfaulen heute

Abend in der ganzen Stadt. Sobald es hell wird, werden die Menschen an die Türen der Banken klopfen und ihr Geld zurückverlangen. Niemand will Falschgold. Niemand will Blutmünzen. Wie viele davon sind in Umlauf?«

Bruder Peter räusperte sich. »Wir wollten Euch bei Sonnenaufgang über die Beweise gegen die Fälscher informieren«, wiederholte er. »Natürlich wollten wir das so schnell wie möglich tun. Aber wir wurden von Fräulein Carintha aufgehalten, die Anklage gegen uns eingereicht hatte. Wir wissen nicht, um wie viele Münzen es sich handelt.«

»Ihr habt Euren Diener aus dem Haus geschickt, obwohl Ihr unter Arrest standet?«, fragte einer der Männer lauernd. »Ihr habt ihn nicht zu uns geschickt, um uns vor den blutenden, schmelzenden Münzen zu warnen. Stattdessen habt Ihr ihn … zu den Alchemisten geschickt. Warum?«

Luca öffnete den Mund und schloss ihn wieder. Ihm fiel keine plausible Erklärung ein.

»Euer eigener Beamter hat doch die Münzen bluten sehen«, sagte Bruder Peter zerknirscht. »Hat er Euch nicht umgehend informiert? Er muss doch Männer geschickt haben, die den Geldwechsler und die Falschmünzer festnehmen sollten.«

Die Tür zu ihrer Rechten öffnete sich, und Freize erschien. Seine Kleider waren zerrissen, und er hatte ein blaues Auge und eine Beule auf der Stirn. Jemand schubste ihn von hinten, so dass er ins Zimmer taumelte. Luca stieß einen Schrei aus und wollte ihm entgegeneilen, doch einer der Schreiber legte ihm die Hand auf die Schulter und hielt ihn zurück.

»Freize!«, rief Luca.

»Es geht mir gut«, sagte er. »Habe nur ein paar Tritte abbekommen, das ist alles.«

»Er hat sich bei seiner Festnahme gewehrt«, sagte der Schreiber zu den Herren am Tisch. »Es sind nur ein paar Kratzer. Er wurde seit seiner Verhaftung im Vernehmungsraum festgehalten. Ihm ist kein Leid geschehen.«

»Habt Ihr Euren Diener geschickt, um die Fälscher zu warnen, bevor unsere Männer sie festnehmen konnten?«, fragte der erste Magistrat. Sofort hielten alle Schreiber inne, die Federn erwartungsvoll in der Schwebe, bereit, das belastende Geständnis niederzuschreiben.

»Aber nein! Natürlich nicht!«, sagte Luca schnell. Er versuchte, Freize beruhigend zuzulächeln, doch seine Lippen waren verkrampft.

»Warum habt Ihr ihn dann geschickt? Warum hat er die Alchemisten in ihrem Haus aufgesucht?«

»Ich bin aus eigenem Willen zu ihnen gegangen«, sagte Freize plötzlich. »Ich wollte das hübsche Mädchen sehen.«

Alle Köpfe drehten sich zu ihm. »Du bist hingegangen, um sie zu warnen?«, fragte einer der Magistrate.

Luca sah die Falle, in die Freize tappte. »Nein!«, sagte er schnell. »Nein, so kann es nicht gewesen sein!«

»Ich wollte sie wiedersehen«, sagte Freize. »Mein Herr hat mich nicht zu ihr geschickt. Ich bin aus eigenem Antrieb zu ihr gegangen. Ich wusste nicht, dass sie verhaftet werden sollte, ich wusste nicht einmal, dass sie und ihr Vater etwas Falsches getan hatten. Ich wusste eigentlich überhaupt nichts über sie, ich wusste nur, dass sie mir gefiel. Ich wollte ihr einen Besuch abstatten.« Freize verzog sein ramponiertes Gesicht zu einem treuherzigen Grinsen.

Einer der Schreiber hob den Kopf und sagte leise zum ersten Magistrat: »Er war noch im Haus, nachdem die Wächter eingedrungen waren. Er muss gewusst haben, dass sie verhaftet werden sollten. Er hat sich aus dem Palazzo geschlichen und ist geradewegs zu den Alchemisten gefahren.«

»Sie sind in dem Boot entkommen, mit dem du zu ihnen gerudert bist«, sagte der zweite Magistrat. »Du hast ihnen zur Flucht verholfen, selbst wenn du sie nicht aufgesucht hast, um sie zu warnen.«

»Oh, um Himmels willen! Ich habe ihn geschickt«, sagte Bruder Peter plötzlich laut und deutlich, als wäre er der ganzen Sache überdrüssig. »Er ist auf meinen Befehl hin zu ihnen gerudert, um mir einen Trank zu holen, den ich bestellt hatte. Ich wollte an die Medizin kommen, bevor sie verhaftet werden. Niemand wusste davon außer mir, dem Alchemisten und diesem … Tölpel. Wenn er nur einen Funken Verstand besäße, hätte er sich beim Anblick Eurer Wachen aus dem Staub gemacht, aber er hat weiter nach dem Trank gesucht. Und so hat er es geschafft, sich verhaften zu lassen, sich eine Beule auf der Stirn zuzuziehen und uns in diese missliche und überaus peinliche Lage zu bringen.«

Alle sahen von Bruder Peters scharlachrotem Gesicht zu Freize, der schweigend zu Boden starrte.

»Und jetzt lügt er, um mir Unannehmlichkeiten zu ersparen«, sagte Bruder Peter, hin- und hergerissen zwischen Wut und Scham. »Das macht es natürlich noch schlimmer. Narr, der er ist. Der Alchemist hat mir einen … äh … Heiltrank versprochen. Für mein … äh … Gebrechen.«

»Ich wusste nicht, dass Ihr krank seid!«, sagte Luca.

»Ich wollte nicht, dass irgendjemand davon erfährt!«, rief Bruder Peter, am Ende seiner Geduld. »Ich muss verrückt gewesen sein, Freize mit einer so heiklen Mission zu betrauen. Es war mir ein dringliches Anliegen … Ich hätte selbst gehen sollen … Und nun … nun wünschte ich, ich hätte den Alchemisten nie um Hilfe gebeten.«

»Wozu diente der Heiltrank?«, fragte einer der Magistrate.

»Das möchte ich lieber nicht sagen«, erwiderte Bruder Peter mit zu Boden gesenktem Blick und flammend roten Ohren.

»Dies ist eine Ermittlung wegen Falschmünzerei, ein Verbrechen, das mehr Einfluss auf die Sicherheit der Republik hatte als jedes andere Ereignis in diesem Jahrzehnt!« Der dritte Magistrat schlug heftig mit der Faust auf den Tisch. »Ihr sagt es uns besser sofort!«

Alle Farbe wich aus Bruder Peters Gesicht. »Ich schäme mich zu sehr!«, flüsterte er. »Es rückt mich in ein so schlechtes Licht, mich, mein Gelübde, meinen Orden.«

Seine Verlegenheit war geradezu greifbar. Der erste Magistrat beugte sich vor und sagte zu den Schreibern: »Nehmt sein Geständnis nicht auf.« Zu Bruder Peter sagte er: »Ihr könnt vertraulich sprechen. Wenn ich es so beschließe, verlässt nichts davon diese Mauern. Aber Ihr müsst uns alles sagen. Welchen Heiltrank habt Ihr bei dem Alchemisten bestellt?«

Bruder Peter wandte sich von Luca und Freize ab.

»Soll ich sie aus dem Raum schicken?«

»Sie können bleiben. Ich schäme mich. Das ist meine Strafe. Sie werden mich für einen Narren halten, für einen hoffnungslosen, alten Narren.«

»Dann sagt uns, was Ihr bestellt habt.«

»Einen Liebestrank«, sagte Bruder Peter sehr leise.

»Einen Liebestrank?«, wiederholte der Mann aufs Äußerste verblüfft.

»Ja.«

»Ein Mann in Eurer Stellung? Der Diener eines heiligen Ordens? Der Berater eines Ermittlers in päpstlicher Mission?«

»Ja. Ich bin der Sünde und Torheit verfallen. Deshalb schäme ich mich so. Deshalb versucht dieser Tölpel, mich zu schützen. Um mich vor der Schande zu bewahren.«

»Warum brauchtet Ihr einen Liebestrank?«

Bruder Peter hatte das Gesicht so tief gesenkt, dass sein Kinn beinahe auf seiner Brust lag. Der kahle Fleck seiner Tonsur schimmerte im Kerzenlicht. Er war am Boden zerstört. »Ich war so bezaubert von Fräulein Carintha«, sagte er leise. »Aber ich habe keine ...« Er stockte auf der Suche nach den richtigen Worten. »Ich habe keine ... männlichen Fähigkeiten. Ich verfüge nicht über ... männliche Spannkraft.«

Die drei Magistrate beugten sich vor; die Schreiber saßen wie gebannt da, ihre Federn schwebten über dem Papier.

»Ich dachte, Drago Nacari könnte einen Trank zubereiten, mit dem sie sich zu mir hingezogen fühlt. Und wenn sie mir zugeneigt gewesen wäre ... sie ist eine anspruchsvolle Dame ... hätte ich sie nicht enttäuschen wollen.« Er hob kurz den Blick und sah die Herren an. »Ihr könnt sie selbst fragen, wie berauscht, wie geblendet ich von ihr war. Sie wusste es. Sie weiß nur zu gut, wie sie einen Mann bezwingen kann. Meine Sorge war, ihren Ansprüchen nicht genügen zu können.«

Die Männer nickten, als hätten sie Fräulein Carinthas Übermut bereits am eigenen Leib erfahren und Verständnis für Bruder Peters Situation.

»Ich habe wenig Erfahrung mit Frauen«, bekannte Bruder Peter mit dünner Stimme, den Blick zu Boden gerichtet. »Fast gar keine. Aber ich glaubte, sie würde einen Mann wollen, der … der sie … Ich fürchtete, nicht Manns genug für sie zu sein.«

Einer der Magistrate räusperte sich. »Verständlich«, sagte er trocken.

»Ich war ein Tor«, sagte Bruder Peter. »Ein sündiger Narr. Doch Gott hat mich vor dem Schlimmsten bewahrt, denn der tölpelhafte Diener, den ich geschickt habe, wurde auf seiner sündigen Mission gefangen genommen. Abgesehen davon hat Fräulein Carintha sich von uns abgewendet. Sie wird mich keines Blickes mehr würdigen.«

»Aber auch Ihr wusstet von der Falschmünzerei?«, hakte der Mann nach.

Bruder Peter sank auf die Knie und legte die Stirn gegen die Tischkante. »Das ist es ja! Ich wusste es, und ich wusste, dass Ihr sie verhaften würdet, sobald Ihr Israel den Geldwechsler gefunden hättet. Ich wollte meinen Trank in Sicherheit bringen. Ich habe Freize damit beauftragt, sofort zu ihrem Haus zu gehen, obwohl ich wusste, dass es ihn in Gefahr bringen würde. Ich habe ihn der Gefahr ausgesetzt, und das einzig und allein wegen meiner eigensüchtigen ... Begierde.«

Der Magistrat wandte sich an Freize. »Stimmt das?«

Freize schluckte. »Ja. Ja, es ist so, wie mein Herr sagt.«

»Warum hast du das nicht gleich gesagt?«

»Diskretion«, sagte Freize. »Ich bin bedauernswert diskret. Bis zur Selbstaufgabe.«

Die drei Magistrate steckten tuschelnd die Köpfe zusammen. »Er kann gehen«, sagte der erste Magistrat dann. »Es wird keine Anklage erhoben.«

Er stand auf. »Wenn wir Drago Nacari und die junge Frau erwischen, werden wir sie der Falschmünzerei anklagen. Ihr werdet gegen sie aussagen müssen«, erklärte er.

»Gewiss«, versicherte Bruder Peter.

»In der Zwischenzeit haben wir alle Hände voll zu tun. Wir müssen die Banken mit Gold versorgen. Die Menschen werden echtes Gold für ihre Nobel haben wollen. Der Preis eines Nobels fällt auf den Preis eines Piccoli. Schon in der ersten Stunde nach Öffnung der Banken werden unsere Bürger und Händler ein Vermögen verlieren. Das Osmanische Reich hat bereits mitgeteilt, dass sie keine englischen Münzen mehr annehmen werden – gute wie schlechte. Wir werden wiedergutmachen müssen, was diese durchtriebenen Fälscher zerstört haben. Es wird uns ein Vermögen kosten.«

»Ich bedaure zutiefst, dass wir den Verbrechern nicht

schon früher auf die Schliche gekommen sind«, sagte Luca. »Das war unsere Absicht und unser Auftrag.«

Der Magistrat nickte. »Dann seid Ihr erbärmlich gescheitert«, sagte er eisig. »Ihr könnt Eurem Herrn bestellen, dass Ihr völlig unfähig seid und eine Gefahr für Euch selbst und andere darstellt. Und Ihr«, er wandte sich an Bruder Peter, »Ihr habt Euer Gelübde gebrochen. Ihr werdet beichten müssen und eine harte Strafe erhalten. Ihr scheint Euch zu schämen, und das solltet Ihr auch. Wir sind sehr verstimmt. Aber dem Gesetz nach haben wir nichts gegen Euch in der Hand – zumindest noch nicht. Ihr scheint Narren zu sein, aber keine Gauner. Unfähige Idioten, aber keine Gesetzesbrecher.«

»Danke«, murmelte Luca. Bruder Peter war zu beschämt, um zu sprechen.

»Ihr könnt gehen«, sagte der Magistrat. Luca, Bruder Peter und Freize verneigten sich demütig und verließen den Raum.

Kein Wort fiel zwischen ihnen, während sie den breiten Anleger vor dem Hauptportal des Palasts überquerten und in die wartende Gondel stiegen. Freize griff nach Lucas Hand, als Luca ihm ins Boot half, doch die jungen Männer sagten nichts.

Bruder Peter zog die Kapuze seiner Kutte tief ins Gesicht, kauerte sich in den Bug der Gondel und wandte den anderen den Rücken zu. Zügig glitten sie durch den Kanal und bogen schließlich in die Wassertür des Palazzos.

Luca rief die Treppe hinauf: »Isobel! Ishraq! Wir sind zurück.« Er hörte die Mädchen aus ihren Zimmern kommen und die Stufen herunterlaufen.

Die Mädchen betraten das Speisezimmer und sahen die drei schweigenden Männer erwartungsvoll an; Freizes Gesicht war geschwollen, Bruder Peters Miene düster. Isobel schloss die Tür. »Was ist passiert?«, fragte sie ängstlich.

Luca schüttelte den Kopf. »Ich weiß es nicht«, sagte er. Er warf Bruder Peter einen unsicheren Blick zu. »Vielleicht sollten wir nie wieder darüber sprechen«, sagte er zögernd.

Bruder Peter explodierte vor Zorn. »Narr!«, grollte er. »Ihr nennt Euch einen Ermittler und erkennt eine Lüge nicht, die so breit wie der verdammte Kanal ist und doppelt so tief?!«

Isobel wich erschrocken zurück, doch Freize ging auf Bruder Peter zu und verbeugte sich mit der Hand auf dem Herzen. »Ich danke dir«, sagte er. »Das war das Letzte, was ich erwartet hätte. Ich konnte nichts anderes tun, als wie ein Tölpel dazustehen und zu glotzen.«

»Zumindest daran hatte ich keinen Zweifel, ich wusste, dass du die Rolle des Tölpels trefflich spielen würdest«, gab Bruder Peter gehässig zurück.

Isobel nahm Freizes Hand und zog ihn ins Kerzenlicht,

um sich sein verletztes Gesicht genauer anzusehen. »Haben sie dir weh getan?«, fragte sie leise. Sanft berührte sie seine Wange. »O Freize! Haben sie dich geschlagen?«

»Ach, nur ein bisschen«, sagte Freize. »Aber Bruder Peter hat mich vor dem Galgen gerettet.«

»Gerettet?«, wiederholte Luca, der Bruder Peters Frevel noch immer nicht fassen konnte.

»Natürlich«, sagte Bruder Peter, wieder gefasster. »Habt Ihr wirklich geglaubt, ich hätte mich in dieses Teufelsgeschöpf verliebt? Habt Ihr wirklich geglaubt, ich würde einen Idioten wie Freize zu einem Gauner wie Nacari schicken, um mir einen Liebestrank zu besorgen? Habt Ihr mich wirklich für einen Narren wie Freize gehalten, für einen Narren wie Euch, dem ein hübsches – oder ein nicht mal besonders hübsches – Gesicht den Kopf verdreht?«

Luca schüttelte den Kopf, als er allmählich begriff. »Ich habe Euch wirklich geglaubt«, sagte er. »Nennt mich einen Narren, aber als Ihr vor den Magistraten gesprochen habt, habe ich Euch jedes einzelne Wort geglaubt.«

»Dann solltet Ihr schleunigst lernen, den Menschen ins Herz zu sehen«, sagte Bruder Peter. »Ihr seid kein richtiger Ermittler, wenn Ihr Euch von so einer Scharade täuschen lasst.«

»Ihr habt für Freize gelogen?«, vergewisserte sich Isobel. »Ihr habt ausgesagt, dass ihr ihn wegen eines Liebestranks zu Nacari geschickt habt?« Sie versuchte mühsam, ein Lachen zu unterdrücken und ihr Gesicht nicht zu verziehen, doch es gelang ihr nicht. »Ihr habt gestanden, dass Ihr unkeusche Gedanken hattet, Bruder Peter, und dass Ihr einen Liebestrank in Auftrag gegeben habt?«

Bruder Peter schwieg, während Ishraq loskicherte. Isobel lachte ebenfalls, und Luca musste die Zähne zusammenbeißen, um nicht mit einzustimmen. Doch Bruder Peter und Freize blieben ernst.

»Du hast deinen Ruf für mich aufs Spiel gesetzt«, sagte Freize. »Ich verdanke dir mein Leben.«

Bruder Peter nickte.

»Ihr habt ein großes Opfer für Freize gebracht«, sagte Isobel und hörte auf zu lachen, als sie die Tragweite von Bruder Peters Bekenntnis erfasste. »Ihr habt Euch für ihn als Narr und Sünder gegeben. Das war eine große Tat, Bruder Peter. Ihr habt Freize ein großes Geschenk gemacht.«

»Und Ihr habt gelogen«, stellte Ishraq verwundert fest.

»Ich stand nicht unter Eid. Sie haben mich nicht auf den Namen Gottes schwören lassen«, sagte Bruder Peter. »Und sie haben nur allzu gern geglaubt, dass ein dürrer alter Schreiber wegen einer verbrauchten venezianischen Matrone in so eine missliche Lage geraten würde. Aber von Luca hätte ich mehr erwartet – nun ja, die Erwartung wurde enttäuscht.«

Bruder Peter seufzte. In diesem Augenblick schienen

ihm seine Gefährten alle gleichermaßen unerträglich zu sein. »Wir verlieren kein Wort mehr darüber«, erklärte er steif und verließ das Zimmer.

»Erstaunlich«, sagte Isobel, als sich die Tür hinter ihm schloss.

»Er war beeindruckend«, stimmte Luca zu. »Sehr überzeugend.«

»Er schätzt mich«, erklärte Freize Ishraq vertraulich. »Es fällt ihm schwer, das zuzugeben, da er eine so hohe Meinung von sich selbst hat – aber er hat auch eine hohe Meinung von mir. Das war der Beweis.«

Er hielt inne. »Und ich habe eine hohe Meinung von ihm«, fügte er dann mit der redlichen Miene eines Mannes hinzu, der jemandem Anerkennung zollen kann, wenn die Situation danach verlangt.

Eine Welle der Panik erfasste Venedig, sobald die Banken ihre Türen öffneten und die Geldwechsler ihre Tische aufstellten. Ishraq und Isobel gingen früh am Morgen zur Piazza San Marco, in der Hoffnung, ihre Goldnobel in Dukaten oder Silber wechseln zu können, doch die Geldwechsler hatten ihre Stände gleich wieder geschlossen. Die Kirche war voller Menschen, die auf Knien um ihr Vermögen beteten. Der Gedanke an Armut und die Aussicht, auf den wertlosen Münzen sitzenzubleiben, entsetzte sie. In jedem zweiten Geldbeutel befanden sich die rostrot blutenden Goldmünzen.

Luca, Freize und Bruder Peter fuhren mit der Gondel zur Rialtobrücke, nur um festzustellen, dass die Wechselstuben hier ebenfalls geschlossen und die Tische der Geldwechsler verlassen waren. Alle wollten ausschließlich echtes, geprüftes Gold – doch genau das gab es nicht.

Die großen Bankhäuser an der Piazza San Giacomo wechselten nur an einem einzigen ihrer Fensterläden Nobel gegen Gold, eine begrenzte Anzahl für jeden Kunden, aus Furcht, dass ihnen die Reserven ausgingen. Jede Münze, die fleckig oder feucht war, lehnten sie ab.

»Wir haben Gold in Hülle und Fülle«, hörte Luca einen Bankier am Fenster sagen. »Es besteht kein Grund zur Sorge. Wir lassen neue Vorräte liefern, morgen sind sie da. Die Bank hat genug. Ihr müsst nicht all Eure Nobel jetzt tauschen. Tauscht sie morgen. Nur keine Eile, nur keine Panik.«

»Morgen sind die Nobel nichts mehr wert!«, rief einer der Wartenden, und die Menge hinter ihm drängte näher heran. »Morgen ist es noch schlimmer als heute!«

»Morgen werde ich zahlen«, beharrte der Bankier. »Ihr müsst sie nicht alle heute wechseln.«

»Jetzt!«, riefen die Leute. »Jetzt! Nehmt die englischen Münzen zurück! Ihr habt sie uns verkauft! Kauft sie nun zurück!«

Eine Galeere des Dogen näherte sich der Piazza. Ein Trompetenstoß ertönte, und mehrere Wächter betraten den Platz. Einer der Beamten entrollte eine Bekanntmachung.

»Bürger Venedigs! Geht wieder nach Hause!«, rief er. »Der Doge verspricht, dass es genügend Gold für alle gibt. Er wird die Banken mit Gold versorgen. Noch heute wird es aus den Schatzkammern des Dogen gebracht. Morgen könnt Ihr Eure Nobel gegen Gold wechseln. Aber jetzt geht nach Hause. Diese Unruhe schadet uns allen.«

»Zu welchem Kurs?«, rief jemand. »Schön und gut,

dass die Bank morgen die Nobel zurückkauft, aber zu welchem Kurs?«

Der Beamte holte tief Luft. »Der Kurs ist festgesetzt.«

»Wie hoch?«

Der Beamte zeigte der Menge die versiegelte Bekanntmachung, hielt sie hoch über den Kopf, so dass sie im Wind flatterte. »Der Doge hat den Kurs, den er allen Bürgern Venedigs zahlen wird, selbst festgesetzt. Das Drittel eines Dukaten für jeden Nobel. Dieser Kurs ist für alle venezianischen Banken bindend«, sagte er.

Die Menge verstummte wie bei der Verkündigung eines Todesurteils. Dann ertönte ein langgezogenes Stöhnen, als litten sie alle miteinander an Magenverstimmung. Das Vermögen, das sie in englische Nobel investiert hatten, war über Nacht verschwunden. Gestern noch hatte der Wert eines Nobels bei drei Dukaten gelegen, jetzt war er nur noch das Drittel eines Dukaten wert. Die Händler, die Hunderte englischer Nobel gegen Gold, gegen andere Währungen oder Güter getauscht hatten, standen vor dem Ruin.

»Sie vermuten also, dass von allen Nobeln, die in Umlauf sind, nur ein Neuntel echt ist«, flüsterte Luca Bruder Peter zu.

»So oder so müssen sie die englischen Nobel zurückkaufen und einen Kurs festsetzen, sonst wird niemand handeln. Die Menschen würden die Banken mit ihrer

Nachfrage nach Gold zugrunde richten. Die Menge steht kurz vor dem Aufstand«, erwiderte Bruder Peter.

»Das ist schrecklich«, sagte Luca.

Bruder Peter sah ihn an. »Das ist der Preis für einen guten Ruf«, sagte er. »Ihr habt selbst miterlebt, wie Fräulein Isobel ihren guten Ruf verteidigen musste. Gestern habt Ihr gesehen, wie ich meinen eigenen guten Ruf zerstört habe.« Er betrachtete die sich langsam auflösende Menge. Die Bankiers verriegelten ihre Türen und gingen nach Hause, die Kaufleute liefen ans Ufer des Kanals, wo sie, noch immer fassungslos vor Entsetzen, stehen blieben und auf der glitzernden Wasseroberfläche ihrem Ruin ins Auge sahen. »Das ist der Markt«, sagte er. »Große Gewinne bedeuten immer auch große Verluste, und im Anschluss daran womöglich neuen Gewinn. So funktioniert Wucherei. Das ist der Grund, warum ein redlicher Mann nicht spekuliert. Einigen wenigen bringt das Geschäft Reichtum, den Übrigen bittere Not.«

Er fasste Luca bei den Schultern und zeigte ihm einen Mann, der vor Trauer und Entsetzen mit offenem Mund schluchzte. »Seht ihn Euch an und begreift: Das ist nicht das Resultat eines fehlerhaften Marktes. Das ist das Resultat eines funktionierenden Marktes. Es musste so kommen. So ist die Welt. Die Tage, in denen ein Nobel über Nacht seinen Wert verdoppelte, waren eine Schimäre.«

Luca nickte. Dann wurde er plötzlich aschfahl im Gesicht. »Das Lösegeld!«, stieß er keuchend aus. Er machte auf dem Absatz kehrt und eilte zu Pater Pietros Tischchen an der Rialtobrücke. Der niedrige Pfosten, der ihm als Stuhl diente, war leer. Die Hälfte aller Stände auf der Brücke war geschlossen. Niemand schien Geld ausgeben zu wollen, ganz gleich in welcher Währung.

»Habt Ihr Pater Pietro gesehen?«, fragte Luca eine vorbeieilende Frau.

Sie schüttelte wortlos den Kopf und eilte weiter.

»Wisst Ihr, wo Pater Pietro ist?«, fragte Luca einen Kaufmann.

Er wandte den Kopf ab, als könnte er sich eine Antwort nicht leisten.

»Wir kommen heute Nachmittag wieder«, entschied Bruder Peter. »Vielleicht ist er dann da.«

»Es geht um das Lösegeld für meinen Vater«, erklärte Luca und versuchte, die aufsteigende Panik zu unterdrücken. »Wir haben den vollen Betrag in englischen Nobeln geschickt, wie sie es verlangt haben.«

»Wann ist der Bote aufgebrochen?«, fragte Bruder Peter.

»Gestern«, sagte Luca tonlos. »Vor Sonnenuntergang.«

»Vielleicht ist er der Nachricht zuvorgekommen und übergibt in diesem Augenblick das Lösegeld. Dann wäre Euer Vater in Sicherheit. Sie werden sicher erst in einigen Stunden erfahren, dass die Währung zusammengebrochen ist. Die Nachricht muss sich erst herumsprechen.«

»Ich sollte pures Gold schicken.« Luca wandte sich zu den Bankhäusern um, doch dann rief er sich in Erinnerung, dass sie bereits geschlossen hatten. Ihm blieb nichts als die blutenden Münzen.

Sein junges Gesicht wurde finster vor Schreck. »Bruder Peter, wir haben das gesamte Vermögen unseres Herrn in Nobeln angelegt. Auch wir sind ruiniert! Das Geld unseres Herrn ist verloren, und ich kann nicht einmal Geld wechseln, um meinen Vater freizukaufen!«

Bruder Peters Gesicht war ernst. »Wir haben gespielt und verloren«, sagte er. »Wir haben vorgegeben, reich zu sein, und nun sind wir arm.«

»Ich muss warten«, sagte Luca wie benommen zu sich selbst. »Ich muss warten. Ich weiß nicht, was ich sonst tun kann. Ich habe geschworen, meinen Vater zu befreien, und jetzt ... Ich muss warten. Vielleicht ... Ich muss warten. Mehr kann ich nicht tun.«

»Betet«, riet Bruder Peter.

Als sie nach Hause kamen, trafen sie Freize und die Mädchen bei einem einfachen Mahl aus Suppe und Brot an. »Der Markt ist so gut wie geschlossen«, erklärte Isobel. »Die Händler akzeptieren nur Silber, und die Preise steigen in den Himmel.«

Ishraq wirkte krank vor Sorge. »Sie nehmen keine Nobel an, nicht einmal, wenn man sie gegen echtes Gold abwiegt«, sagte sie. »Obwohl sie sehen können, dass die Münzen echt sind, wollen sie nicht damit handeln. Man kann nicht einmal mehr Gemüse damit kaufen! Sie sagen, niemand wisse, was sie wert seien, und sie behaupten, es seien Unglücksmünzen. Niemand könne wissen, welche Münze bluten werde und welche nicht. Niemand will sie. Ich habe die Rubine von Isobels Mutter gegen Falschgeld getauscht!«

Isobel legte ihr die Hand auf die Schulter. »Mach dir keine Vorwürfe«, sagte sie. »Es hat uns auch nicht schlimmer getroffen als alle anderen in Venedig.«

»Alle anderen, die habgierig waren und auf Profit spekuliert haben«, entgegnete Ishraq bitter. »Ich habe die Juwelen vor der Sturmflut gerettet, vor Banditen und vor den Dieben im Kloster. Und jetzt habe ich mich selbst ausgeraubt!«

»Genug«, sagte Bruder Peter ruhig. »Du hast nichts anderes getan als die Händler und Kaufleute. Wir werden sehen, wie viel Gold du morgen für die Münzen bekommst, wenn der Doge seine Schatzkammern öffnet. Du solltest gleich bei Sonnenaufgang zur Bank gehen. Freize kann dich begleiten.«

Ishraq nickte, noch immer niedergeschlagen. »Immerhin wissen wir, was wir zu erwarten haben«, sagte sie zerknirscht. »Drei Nobel gegen einen Dukaten. Als ich die Rubine verkauft habe, war es genau andersherum!«

»Und nun geht es an die Arbeit«, sagte Bruder Peter zu Luca.

»Was?« Luca war erschöpft und krank vor Sorge um seinen Vater. Er hatte nicht einmal die Kraft, Ishraq darauf hinzuweisen, dass er ebenso versagt hatte wie sie. Er war sogar noch törichter gewesen. Er hatte das Vermögen seines Herrn durchgebracht und versucht, seinen Vater mit Falschgeld zurückzukaufen. Er hatte seinen Herrn ruiniert und seinen Vater verraten.

»Wir müssen einen Bericht schreiben«, ordnete Bruder Peter an. »Wir müssen unseren Herrn über die Ereignisse der letzten Stunden informieren. Ich werde den Bericht verschlüsseln, bevor Ihr ihn unterschreibt. Wir müssen ihn noch heute abschicken. Er darf die Neuigkeiten nicht aus anderer Quelle erfahren.«

»Hat er noch andere Botschafter in Venedig?«, fragte Freize und blickte von seiner Suppenschale auf.

»Ich weiß es nicht«, erwiderte Bruder Peter. »Aber es gibt sicherlich noch jemanden.«

Luca zog Tinte, Federhalter und Papier zu sich heran und zauderte. »Ich weiß nicht, wo ich anfangen soll«, gestand er.

»Da, wo unser letzter Bericht geendet hat. Wir haben ihm bereits geschrieben, dass wir die Falschmünzer ausfindig gemacht haben und Anzeige erstatten wollten«, rief Bruder Peter ihm ins Gedächtnis. »Er wird sehr verärgert sein, dass wir sie nicht umgehend angezeigt haben.«

»Wir haben die Fälscher gefunden und sie laufenlassen.« Luca zählte ihre Versäumnisse an den Fingern auf. »Wir haben das Geld unseres Herrn in englische Nobel investiert, die jetzt nur noch einen Bruchteil ihres ursprünglichen Preises wert sind. Wir haben einen beträchtlichen Teil seines Vermögens verspielt.«

»Und wir haben viele redliche Kaufmänner ruiniert und das Vertrauen in Venedigs Handelskraft zerstört, indem wir unsere Zweifel an der Währung zu lange für uns behalten haben«, ergänzte Bruder Peter. »So eine katastrophale Ermittlung habe ich noch nie erlebt.«

»Was wird er tun?«, fragte Luca bang.

Bruder Peter zuckte die Schultern. »Ich weiß es nicht. Ich habe noch nie so versagt. Ich habe noch nie einem Ermittler gedient, der ein Verbrechen vorsätzlich nicht angezeigt hat, der sich mit den Verbrechern zusammengetan und der die offiziellen Anweisungen wissentlich missachtet hat.«

Beklommenes Schweigen machte sich breit. »Ich bedaure das sehr«, sagte Luca unbeholfen. »Ich bedaure zutiefst, dass ich den Orden verraten habe, unseren Herrn und Euch.«

Zu seiner Überraschung hob Bruder Peter den Kopf und schenkte Luca ein Lächeln. »Ihr müsst Euch nicht bei mir entschuldigen«, sagte er. »Ihr habt die Wahrheit verfolgt, wie Ihr es immer tut, standhaft und ausdauernd, mit einigen bemerkenswerten Erkenntnissen. Aber zur Wahrheit gehört auch, dass Spekulation, Profitmacherei und Zinswucher ein verdorbenes Geschäft sind, das irgendwann in sich zusammenfällt wie ein von Maden ausgehöhlter Apfel. Unser Herr weiß das so gut wie Ihr und ich. Er hat uns in die Stadt der Eitelkeit geschickt, und wir haben ihre hässliche Seite gesehen. Wir haben nichts falsch gemacht. Wir haben uns durch eine sündige Welt bewegt und seine Anweisungen befolgt. Die Falschmünzer hätten auch fliehen können, wenn wir sie früher angezeigt hätten. Ishraq und Freize haben ihnen zur Flucht verholfen – nicht wir, die Diener des Ordens. Und selbst wenn wir sie hätten aufhalten können, wäre es zu spät gewesen – sie hatten schon vor unserer Ankunft große Mengen Falschmünzen auf den Markt gebracht.«

»Ich danke Euch«, sagte Luca verlegen. »Es ist sehr großzügig von Euch, meine Fehler zu übersehen. Ihr wolltet die Fälscher früher anzeigen, und Ihr hattet recht. Wir hätten es tun sollen. Außerdem danke ich Euch, dass Ihr Freize gerettet habt.«

Bruder Peter wandte das Gesicht ab. »Reden wir nicht mehr darüber«, sagte er. »Diese Angelegenheit werden wir im Bericht nicht erwähnen.«

Am nächsten Morgen erwartete Isobel Luca bereits im Speisezimmer, als er zum Frühstück kam. »Ich konnte nicht schlafen, weil ich an deinen Vater denken musste«, sagte sie. »Ich habe gebetet, dass die Übergabe geglückt ist, bevor sich die Nachricht von den Goldnobeln herumgesprochen hat.«

Lucas hübsches Gesicht war müde und angespannt. »Ich konnte auch nicht schlafen«, sagte er. »Ich werde Pater Pietro erst bei der Sext sehen, falls er heute überhaupt kommt.«

»Lass uns zur Kirche gehen und beten«, sagte sie. »Danach gehen wir zur Rialtobrücke. Meinst du, wir können zusammen gehen?«

Luca zuckte die Schultern. »Es kümmert sich ohnehin niemand mehr darum, wer wir sind. Ich sehe keinen Grund, warum du mich nicht begleiten solltest.«

»Ich will bei dir sein«, sagte sie.

»Wir werden alle gehen«, sagte er, in Gedanken bei seinem Vater.

Zaghaft streckte sie die Hand nach ihm aus, doch er war schon auf dem Weg zur Tür, um Freize zu rufen. Er wandte ihr den Rücken zu und bemerkte nicht, dass sie einen zarten Kuss auf ihre Fingerspitzen hauchte und die Kuppen auf seinen Ärmelaufschlag drückte.

Kaum hatten die fünf Gefährten das Haus verlassen, spürten sie, dass eine neue Katastrophe über die Stadt hereingebrochen war. Die Menschen hatten sich in kleinen Grüppchen an den Straßenecken versammelt, ihre Mienen waren düster. Überall wurde getuschelt, als wäre soeben ein Verbrechen geschehen. Der Kanal war belebt, doch die Gondolieri stießen nicht ihre üblichen Warnrufe aus, und kein Händler pries vom Boot aus seine Ware an. Die farbenfrohen Kostüme waren aus den Straßen verschwunden; der Geist des Karnevals hatte die Stadt verlassen. Die Fastenzeit war in diesem Jahr früh in die Stadt gekommen, früh und kalt.

»Was nun?«, fragte Luca sorgenvoll.

Sie gingen eiligen Schrittes zur Piazza San Marco und sahen, dass sich dort schon viele Kaufleute versammelt hatten. Fremdländische Händler warteten in ihren bunten Gewändern und in Begleitung ihrer Sklaven am Ufer vor dem Dogenpalast. Der Balkon vor dem Fenster des Dogen war mit Wimpeln und Bannern geschmückt. »Sieht so aus, als würde er gleich zu den Leuten sprechen«, sagte Bruder Peter. »Lasst uns warten und hören, was er zu sagen hat.«

Freize und Luca nahmen die Mädchen in ihre Mitte. Das Gedränge und Geschiebe um sie herum beunruhigte sie. »Was, glaubst du, wird passieren?«, fragte Isobel Luca leise.

Er schüttelte den Kopf.

»Meinst du, er wird etwas über die Münzen sagen?«

»Das glaube ich nicht. Der Doge hat den Wert festgesetzt. Was gibt es da noch zu sagen?«

Ein heller Trompetenstoß ertönte. Der Doge trat auf den Balkon und hob grüßend die Hand. Langsam nahm er seinen unverwechselbaren Hut ab und verneigte sich vor den Bürgern der Stadt.

»Er ist ein Bürger wie alle anderen auch«, erklärte Bruder Peter. »Die Republik ist ein außerordentliches System. Der Doge ist weder Fürst noch König, er ist einer der ihren, sie haben ihn selbst auf diesen Posten gewählt. So zeigt er, dass er dem Volk dient. Er tritt stets barhäuptig vor die Bürger.«

Zur Antwort zogen die Bürger ihre Hüte. Isobel und Ishraq machten einen kleinen Knicks und lauschten gespannt.

»Zu meinem großen Bedauern muss ich Euch eine schlechte Nachricht überbringen«, sagte der Doge. Seine Stimme war so laut und fest, dass man ihn selbst in den entfernt liegenden Ecken des Platzes noch hören konnte. »Wie Ihr alle wisst, sind wir mit Münzen betrogen worden. Falschmünzer haben sie in unserer Stadt ohne unser Wissen und ohne unsere Einwilligung hergestellt. Die blutenden Münzen können gewechselt werden, drei Nobel gegen einen Dukaten, und höchstens dreißig Nobel pro Mann und Tag.«

Ein Flüstern ging durch die Menge, doch die meisten Menschen hatten diese Erklärung schon am Vortag gehört und warteten auf die eigentliche Neuigkeit.

»Ich habe heute eine offizielle Beschwerde durch den Gesandten des Osmanischen Reichs erhalten«, fuhr der Doge fort. Sofort legte sich Schweigen über den Platz. Ein einzelner erschrockener Aufschrei ertönte. Das Osmanische Reich war die größte Weltmacht. Der unsichere Frieden zwischen dem Osmanischen Reich und Venedig war für die Stadt überlebenswichtig. Die Osmanen beherrschten den Mittelmeerraum und das Schwarze Meer. Ihre Heere hatten große Gebiete östlich von Venedig eingenommen. Wenn der osmanische Gesandte eine offizielle Beschwerde überbrachte, drohte der Stadt schreckliche Gefahr.

»Die christlichen Länder, die dem Osmanischen Reich Tribut zahlen, haben in diesem Jahr alle Schulden in englischen Nobeln beglichen«, sagte der Doge. »Es ist ein Unglück …« Er hielt inne. »Ein Unglück.« Aus der Menge ertönte ein Stöhnen.

»Ein Unglück für uns alle. Die Osmanen glauben, dass wir ihnen vorsätzlich wertlose Münzen untergeschoben haben. Sie erklären, dass der vereinbarte Tribut nicht gezahlt worden sei. Sie behaupten, wir hätten ihnen statt Gold wissentlich Rost geschickt.«

Es befand sich niemand in der Menge, der nicht nach

Luft schnappte. Versäumnisse gegenüber den Osmanen würden für alle tributpflichtigen Länder umgehend schwere Strafen nach sich ziehen. Es könnte erneut zum Krieg kommen. Tausende würden durch die unaufhaltsamen osmanischen Armeen getötet werden.

»Aus diesem Grund hat der Rat beschlossen, dass wir die falschen Münzen von den Osmanen zurücknehmen und sie auszahlen werden, wie wir Euch auszahlen: das Drittel eines Dukaten für jeden Nobel. Sie werden in diesem Jahr lediglich einen kleinen Teil ihrer Abgaben erhalten. Wir können nur auf ihr Verständnis hoffen. Das ist alles, was wir tun können.«

Überall auf der Piazza ertönte Wehklagen. Eine Frau schluchzte angstvoll auf, ein Mann verließ mit versteinertem Gesicht den Platz, wohl wissend, dass er seine Ländereien verlieren, dass seine Familie versklavt und sein Leben zerstört werden würde, und dass er nichts dagegen tun konnte.

»Wir werden eine Steuer erheben, die jeder Haushalt Venedigs entrichten muss, um diese große Schuld begleichen zu können«, fuhr der Doge mit fester Stimme fort. »Auch ich werde zahlen, so wie jedes Mitglied des Rates, und der Stadt Gold aus meinem Vermögen zur Verfügung stellen. Ich dränge Euch alle, die Steuer umgehend zu entrichten, und zwar in Gold, zur Rettung unserer Stadt und unserer mächtigen Republik. Wenn Ihr den Schmuck Eurer Gattin verkaufen müsst, dann tut es. Wenn Ihr die Goldbeschläge Eurer Möbel verwenden müsst, dann tut es. Wenn Ihr die vergoldeten Klinken Eurer Tore entfernen müsst, dann tut es. Ich selbst werde den Schmuck meiner Frau und meiner Mutter hergeben. Ich werde das Blattgold von meinem Thron lösen. Ich werde die vergoldeten Klinken von meinen Türen nehmen und die Kunstwerke von meinen Wänden verkaufen. Wir alle müssen unsere geliebten Schätze aufgeben. Dies ist eine Zeit der Not – Ihr müsst uns retten. Gott segne Euch und errette Venedig.«

»Amen«, antwortete die Menge gedämpft. Der Doge machte auf dem Absatz kehrt und ging mit bloßem Haupt in den Palast zurück.

Isobel wandte sich an Luca und sah, dass er weiß vor Schreck war.

»Kommt«, befahl Bruder Peter und schlug den Rückweg zum Palazzo ein.

»Ich muss zur Rialtobrücke und Pater Pietro finden«, protestierte Luca.

»Nicht jetzt. Wir haben Wichtigeres zu tun.«

»Bruder Peter!«

»Kommt!«

»Was?« Ishraq lief neben dem Schreiber her und versuchte, mit ihm Schritt zu halten. »Was ist so wichtig?«

»Ich habe eine Anweisung unseres Herrn, die ich in

dem Augenblick öffnen soll, in dem bekannt wird, dass die Tribute nicht gezahlt werden können.«

»Er hat gewusst, dass es dazu kommen würde?« Ishraq blieb unvermittelt stehen. »Euer Herr hat gewusst, dass die Tribute mit falschen Münzen entrichtet werden würden?«

»Das kann er nicht gewusst haben.« Bruder Peter eilte unbeirrt weiter. »Woher hätte er es wissen sollen? Aber er war darauf vorbereitet. Er war auf alle Unwägbarkeiten dieser Mission vorbereitet. Für den Fall einer Zahlungsunfähigkeit hat er mir eine Anweisung mitgegeben. Wir müssen sie umgehend öffnen.«

Isobel und Luca verfielen ebenfalls in Laufschritt. Luca nahm Isobel bei der Hand und zog sie dicht hinter sich her. Freize folgte ihnen auf dem Fuße.

»Wie kann er das geahnt haben?«, fragte Freize sich selbst. »Zum Teufel mit diesen versiegelten Anweisungen! Wie kann er sie im Voraus schreiben? Das tut er, um mich zu quälen.«

Bruder Peter bahnte sich einen Weg durch die überfüllte Gasse und eilte durch den Seiteneingang in den Palazzo.

Er lief geradewegs die Treppe hinauf zu seinem Schlafgemach, holte die versiegelte Anweisung und brachte sie ins Speisezimmer, wo die anderen ihn erwarteten. Luca zog für Isobel und Ishraq Stühle heran und setzte sich an das Kopfende des Tischs. Freize ließ sich auf einen Stuhl neben der Tür plumpsen. »Da sind sie wieder«, murrte er, »die versiegelten Anweisungen. Immer sind es schlechte Neuigkeiten.«

Bruder Peter beachtete ihn nicht. Er brach das Siegel auf und breitete das steife Blatt Papier auf dem Tisch aus. Stirnrunzelnd schob er es Luca zu. »Lest Ihr es«, sagte er. »Ihr entziffert den verschlüsselten Text schneller als ich.«

Luca nahm das Papier, schwieg einen Augenblick lang und las dann laut:

»Für den Fall, dass die eroberten Gebiete den Tribut an die osmanischen Lehnsherren nicht zahlen können, bringt diese Nachricht zum ungarischen Gesandten in Venedig. Zeigt ihm das Siegel und erteilt ihm die Anweisung, die falschen Münzen aufzukaufen. Dann bringt diesen Brief zur Familie Comarino und erteilt auch ihr die Anweisung, die falschen Münzen aufzukaufen. Ihr selbst sollt jegliche Münzen und jegliches Gold verwenden, das ihr besitzt, um die falschen Münzen zum niedrigsten Preis aufzukaufen. Wenn die Schiffsladung erst einläuft, nachdem ihr diese Anweisung gelesen habt, dann verwendet die gesamte Ware darauf, die entwerteten englischen Goldnobel zum niedrigsten Preis zu erwerben.«

Luca verstummte und legte das Papier auf den Tisch. »Ist er wahnsinnig geworden?«

»Alle anderen verkaufen die Münzen unter Wert«, sagte Isobel. »Alle verkaufen sie. Niemand kauft sie.«

»Sie sind wertlos«, bemerkte Ishraq.

»Was sollen wir tun?«, fragte Luca.

»Das, was er befiehlt«, sagte Bruder Peter müde. Er erhob sich und streckte die Hand nach den Briefen an den ungarischen Gesandten und die Familie Comarino aus. »Ich kann die Briefe überbringen. Ihr kauft mit unserem restlichen Gold so viele Nobel wie möglich auf. Und geht zu einer Bank und handelt einen guten Preis im Tausch gegen unsere Schiffsladung aus.«

»Aber warum?«, fragte Ishraq. »Warum will Euer Herr, dass wir gutes Geld gegen schlechtes tauschen?«

Bruder Peters Miene war ebenso düster wie in dem Augenblick, als er seine angebliche Lasterhaftigkeit gestanden hatte. »Ich weiß es nicht«, sagte er. »Und ich muss es auch nicht wissen. Ich muss die Befehle meines Herrn ausführen und die Arbeit Gottes verrichten, selbst wenn sie mich in den Abgrund der Sünde führt. Ich muss ihm vertrauen. Ich muss seinem Urteil vertrauen. Ich muss seinen Anweisungen folgen.« Er blickte auf. »Kommst du mit mir, Freize?«

»Aber ja«, sagte Freize wohlwollend. Er sah Luca fragend an. »Wenn ich darf?«

»Geh nur«, sagte Luca zerstreut. »Ich werde die Schatztruhe leeren und unser restliches Gold zu den Geldwechslern bringen. Viel ist es nicht, aber sie werden zweifellos froh sein, es gegen wertlose Nobel eintauschen zu können.«

»Aber warum?«, wiederholte Ishraq. »Warum will Euer Herr die blutenden Münzen kaufen? Wo doch jeder weiß, dass sie falsch sind?«

»Ich frage nicht nach dem Grund«, erklärte Bruder Peter.

»Aber ich!«, rief Ishraq. »Ich frage nach dem Grund!«

»Ich schicke Euch die Gondel zurück«, sagte Bruder Peter nur. Sie hörten ihn und Freize die Treppe hinuntergehen und an der Wassertür nach Giuseppe rufen.

Luca ging in sein Schlafgemach und zog eine große Holztruhe unter dem Bett hervor. Die Mädchen folgten ihm und sahen zu, wie er den schweren Deckel öffnete.

»Das ist ja ein Vermögen«, flüsterte Ishraq, als sie die Beutel mit den Goldmünzen sah.

»Es *war* ein kleines Vermögen«, korrigierte er sie. »Jetzt ist es nahezu wertlos.«

Er schob die Beutel beiseite und fand darunter einen Goldbarren und drei Goldringe.

»Ich kaufe euch die blutenden Münzen ab«, bot Luca an. »Zu dem Kurs, den der Doge gesetzt hat. Wenigstens kann ich euch damit helfen.«

»Nein«, sagte Ishraq, bevor Isobel einwilligen konnte. Sie wandte sich an ihre Freundin. »Es war mein Fehler, auf dem Markt Geld machen zu wollen. Aber wenn wir die Münzen zu diesem Kurs verkaufen, sind die Rubine deiner Mutter für immer verloren. Lass sie uns behalten, wie schlecht sie auch sind, und abwarten, was geschieht. Lucas Herr muss sich etwas dabei gedacht haben. Sonst würde er die Nobel nicht aufkaufen.«

»Was soll schon geschehen?«, entgegnete Isobel gereizt. »Du hast die Juwelen meiner Mutter gegen Narrengold getauscht. Wir werden den Preis dafür zahlen müssen.«

»Lucas Herr führt etwas im Schilde«, beharrte Ishraq. »Die falschen Münzen müssen zu irgendetwas gut sein.«

»Aber du weißt nicht, wozu.«

»Nein«, gab Ishraq zu. »Aber ich weiß, dass er kein Narr ist. Ich werde die englischen Nobel behalten und abwarten, was passiert.«

»Obwohl wir stattdessen echtes Gold haben könnten?«, fragte Isobel ungläubig und zeigte auf Lucas Goldringe.

»Wenn ihr das Gold nicht nehmt, muss ich zur Piazza San Marco gehen und dort Falschgeld aufkaufen«, sagte Luca. »Ich wünschte, wir wüssten, was der Herr vorhat. Ich wünschte, wir würden seine Pläne kennen. Gutes Geld gegen schlechtes tauschen – das ist der reine Wahnsinn!«

Als die Gondel zurückkam, um Luca und die Mädchen abzuholen, standen sie schon mit ihren Beuteln und Taschen voller Gold- und Silbermünzen und mit den Goldringen an den Fingern am Anleger bereit. Rund um die Rialtobrücke herrschte wieder emsiges Treiben – der feste Wechselkurs hatte die Kaufleute ihre Läden öffnen lassen. Nur die Geldwechsler ließen sich nach wie vor nicht blicken, und dort, wo Israels Tisch gewesen war, hatte jemand eine obszöne Kritzelei hingeschmiert und in schiefen Buchstaben das Wort *delinquente* auf den Boden gekritzelt.

Luca steuerte sofort auf den Anlegepfosten am Fuß der Brücke zu und beschleunigte seinen Schritt, als er den Priester über sein Tischchen gebeugt dasitzen sah. »Pater Pietro!«

Langsam hob der alte Priester den Kopf. Beim Anblick seines sorgenvollen Gesichts musste Luca nicht weiter fragen.

»Die Münzen haben alles ruiniert«, sagte der Priester leise. »Bayeed ist nicht in Triest. Er ist gestern nach Venedig gekommen, weil sein Schiff beschädigt ist. Es liegt in Arsenale vor Anker. Mein Gesandter hat ihn dort angetroffen. Bayeed hat von den falschen Münzen zum selben Zeitpunkt erfahren wie wir. Die Nobel haben geblutet, als er sie aus dem Beutel nahm, und er hat die Bekanntmachung des Dogen mit eigenen Ohren gehört. Er glaubt, Venedig habe versucht, sein Reich zu betrügen, und er ist überzeugt, Ihr hättet versucht, ihn zu betrügen. Auch mich hat er einen Betrüger genannt. Es tut mir so leid, mein Sohn.«

»Er ist hier?« Luca konnte kaum glauben, dass sein Vater in derselben Stadt war wie er, nur eine Meile entfernt in der großen Werft, in der die Galeere ausgebessert wurde. »Ich werde mit Bayeed sprechen. Ich kann ihm echtes Gold zahlen … Ich werde ihm alles erklären!«

Pater Pietro schüttelte den Kopf. »Wir werden es zu einem anderen Zeitpunkt versuchen, wenn sein Zorn sich gelegt hat. Vielleicht schon in einem Monat.«

»Wie kann er zornig auf uns sein? Wir sind doch selbst betrogen worden!«

Die Augen des Priesters füllten sich mit Tränen, und er wandte den Kopf ab.

»Was ist?«, fragte Ishraq leise. Sie spürte den Gram des alten Mannes und trat näher. »Was ist los, Pater?«

Blind streckte er die Hand nach ihr aus, und sie nahm sie, um ihn zu stützen. »Warte einen Augenblick«, sagte sie zu Luca, dessen Ungeduld nahezu greifbar war. »Warte. Lass den Pater sprechen.«

Der alte Mann hob den Kopf. »Vergebt mir. Das war ein schwerer Schlag. Ein schrecklicher Schlag. Letztes Jahr hat das Osmanische Reich die Tribute in reinem Gold verlangt und nur die besten Münzen angenommen. So halten sie es immer. Manchmal nehmen sie auch Güter, und natürlich nehmen sie immer junge Knaben mit, die in ihrer Armee dienen sollen. So hat das Christentum unter der Eroberung durch die Ungläubigen zu leiden. Die christlichen Herrscher beten um Frieden. Sie müssen mit

Gold und Kindern bezahlen. Das ist unser Leid, das ist unser Kreuzweg.« Er hielt inne.

»Dieses Jahr haben sie noch vor dem Zahltag bekanntgegeben, dass sie nur Gold oder englische Nobel nehmen würden. Als die englischen Nobel im Wert stiegen, erklärten sie, dass sie nur noch Nobel annehmen würden. Jeder Einzelne arbeitet hart, um den Tribut zu zahlen, das ganze Land muss die Steuern an die osmanischen Lehnsherren entrichten. Güter und junge Männer haben sie dieses Jahr verschmäht, sie wollten nur die Goldmünzen. Sie waren ganz vernarrt in die Münzen, die englischen Nobel.«

»Und jetzt?«, fragte Luca, unfähig, seine Ungeduld länger im Zaum zu halten.

»Die Münzen bluten«, sagte der alte Mann. »Sie bluten wie die Wunden des Herrn. Bluten in die Hände der mörderischen Ungläubigen.

Sie sind felsenfest davon überzeugt, dass sie vorsätzlich betrogen wurden. Sie glauben, wir hätten sie absichtlich getäuscht. Sie behaupten, wir hätten darauf vertraut, dass die Münzen erst in ihrem Heimatland zerfallen würden, wo sie das Vertrauen auf jedem Dorfmarkt ihres ungläubigen Reichs zerstört hätten. Deshalb sind sie so zornig – über die Maßen zornig –, schicken die blutenden Münzen zurück und verlangen Gold. Jedes Land, das ihnen Tribute zahlen muss, muss erneut das Geld zusammenkratzen und dieses Mal Gold schicken, pures Gold. Es ist eine schreckliche Last. Ein schrecklicher Preis.«

Er senkte den Blick und fuhr sich mit dem Ärmel seiner Kutte über die Augen. »Wir können den Tribut nicht zahlen«, sagte er schlicht. »Und deshalb werden sie die Kinder nehmen. Unsere Kinder. Sie werden viele, viele Kinder entführen und sie zu ihren Sklaven und Soldaten machen. Wir werden unsere Kinder verlieren und ihre Seelen die Aussicht auf Erlösung. Gott steh uns bei«, flüsterte er. »Gott steh uns allen bei. Die Menschen werden sich zu Tode hungern, um die Steuern aufzubringen. Halb Griechenland wird ruiniert sein, und Hunderte, Tausende, unschuldiger Kinder werden ihren Müttern geraubt und in die Sklaverei getrieben werden. Alle christlichen Länder, die von den Ungläubigen erobert wurden, werden ein zweites Mal gekreuzigt.«

»Und mein Vater?«, fragte Luca tonlos.

Pater Pietro strich sich mit der Hand über das müde Gesicht. »Wird versklavt bleiben«, entgegnete er knapp. »Genau wie ein halbes Dutzend anderer Männer, die in diesen Tagen auf ihre Freiheit hofften. Wir haben nicht nur Euer Lösegeld übergeben. Bayeed hat die falschen Münzen schon zurückgeschickt. Heute Abend wird er die Segel setzen und abreisen. Er wird uns des Betrugs bezichtigen. Mein Ruf als Vermittler ist zerstört. All die Jahre harter Arbeit waren umsonst. Mein Name ist beschmutzt.«

Er atmete tief ein und versuchte, sich zu fassen. »Wir werden es wieder versuchen, mein Sohn, wir werden es versuchen. Wir werden unseren Mut wiederfinden, ich werde meinen Ruf neu aufbauen, und wir werden es wieder versuchen. Aber Euer Vater wird weder diesen noch nächsten Monat freikommen.«

»Aber ich habe das Geld geschickt.« Luca konnte kaum sprechen. »Ich habe ihm das Geld in Treu und Glauben geschickt.«

»Und Bayeed hätte Euren Vater in Treu und Glauben freigelassen. Aber Ihr habt ihm falsche Münzen geschickt, mein Sohn. Ihr habt ihm Narrengold geschickt, und Bayeed lässt sich nicht zum Narren halten.«

Luca wandte sich benommen ab, als Bruder Peter und Freize zu der kleinen Gruppe stießen. »Gebt mir das Geld und die Ringe«, befahl Bruder Peter. »Ich habe mit einem Bankier gesprochen. Er wird uns Nobel gegen Gold und Silber verkaufen, sogar gegen Kupfer – was immer wir haben.«

Wortlos reichte Luca ihm seinen Beutel.

»Ihr kauft Falschmünzen auf?«, fragte der Priester verblüfft. »Die blutenden Nobel?«

Bruder Peter legte den Finger an die Lippen und nickte. »Ich hätte nicht so laut sprechen sollen. Ich bitte Euch, es nicht weiterzusagen.«

»Aber warum, mein Sohn?«, fragte Pater Pietro mit gedämpfter Stimme, während die Mädchen die Ringe von den Fingern zogen. »Warum kauft Ihr falsche Münzen?«

»Weil es unser Befehl ist«, erwiderte Bruder Peter knapp. »Gott weiß, dass es mir kein Vergnügen bereitet und ich den Sinn darin nicht erkenne.«

Pater Pietro sah Luca fragend an, doch der junge Mann schwieg und stand wie träumend da. Ishraq und Isobel nahmen seine Arme und führten ihn wie einen Fieberkranken zurück zu ihrer Gondel. Sie halfen ihm die Stufen hinunter und warteten mit ihm im Boot, bis Bruder Peter und Freize zurückkamen.

»Sie werden die Münzen in der Bank für uns verwahren, bis wir aus dieser vermaledeiten Stadt abreisen«, erklärte Bruder Peter. »Wir werden Säcke voll Falschgold transportieren müssen.« Er drehte sich zu Freize. »Du musst noch einen Esel kaufen. Und er wird nichts anderes als Rost schleppen.«

Luca schüttelte trübsinnig den Kopf, und Isobel und Ishraq wechselten hinter seinem Rücken einen besorgten Blick. Giuseppe lenkte die Gondel in die Mitte des Kanals. »Nach Hause?«, fragte er.

Niemand antwortete. »Nach Hause«, wiederholte Freize schließlich, und alle dachten, wie freudlos das Wort an diesem Tag klang.

»Mein Vater kommt nie mehr nach Hause«, sagte Luca leise.

»Wir werden es wieder versuchen«, versicherte Isobel ihm. »Wir wissen jetzt, wo er ist, und wir wissen, wie wir Bayeed erreichen. Wir werden es wieder versuchen. Außerdem hast du Hinweise über den Aufenthaltsort deiner Mutter. Wir können es wieder versuchen, Luca. Es gibt Hoffnung. Wir werden sparen und ihm ein neues Angebot machen. Wir werden es schaffen.«

Er seufzte erschöpft, als wäre er es müde, zu hoffen, dann legte er das Kinn auf die Hand und starrte über das Wasser, als wünschte er, an einem anderen Ort zu sein, irgendwo, nur nicht hier, in der schönsten Stadt des Christenreichs.

Das Abendessen verlief still und trostlos. Bruder Peter murmelte nur ein kurzes Dankgebet, Luca sprach überhaupt nicht. Freize versuchte mehrmals, die Stimmung aufzuhellen, gab es jedoch schließlich auf und widmete sich ganz dem Essen. Isobel und Ishraq beobachteten Luca besorgt und wechselten einige Worte untereinander. Nach dem Essen erhob sich Bruder Peter, sagte Dank, wünschte ihnen leise eine gute Nacht und ging auf sein Zimmer.

»Ich werde mit ihm reden«, sagte Luca plötzlich. »Mit Bayeed, dem Sklavenhändler. Ich muss mit ihm reden.« Mit plötzlicher Entschlossenheit sprang er auf. »Er kann jeden Moment abreisen. Ich muss sofort los.«

»Wozu?«, fragte Ishraq. »Wir haben nichts mehr, womit wir deinen Vater auslösen könnten.«

»Ich weiß, dass er nicht handeln wird«, sagte Luca. »Aber ich will wenigstens versuchen, meinen Vater zu sehen. Ihn einfach zu sehen. Und ihm zu sagen, dass ich nicht aufgeben werde.«

»Kann ich mit dir kommen?«, fragte Isobel leise.

»Nein«, sagte Luca kurz. »Du bleibst hier. Ich muss sofort los. Ich kann nicht denken …« Er unterbrach sich und küsste ihre Hand. »Verzeih mir. Ich kann jetzt keine Rücksicht nehmen. Ich muss zu meinem Vater und ihm sagen, dass ich ihn finden werde, wohin auch immer dieses Ungeheuer ihn bringt, und dass ich ihn befreien werde. Wenn nicht jetzt, dann sobald ich kann.«

Freize räusperte sich. »Du solltest Ishraq mitnehmen«, sagte er. »Wegen der Sprache.« Er wandte sich an sie. »Kannst du deine arabischen Kleider anziehen?«

Sie nickte und verließ den Raum, um sich umzuziehen.

»Und du brauchst Geld«, fügte Freize hinzu. »Um die Wachen zu bestechen. Das Schiff wird bewacht sein.«

Luca warf ihm einen erbosten Blick zu. »Ich habe kein Geld!«, rief er. »Deiner hübschen Freundin und ihrem Vater habe ich es zu verdanken, dass ich meinen Vater nicht freikaufen kann!«

»Ich habe noch etwas«, unterbrach Isobel. »Schimpf

nicht mit Freize, er kann nichts dafür. Ich habe noch zwei Ringe. Du kannst sie haben.«

»Ich kann den Schmuck deiner Mutter nicht annehmen.«

»Doch, das kannst du«, sagte sie. »Bitte, Luca. Ich will dir helfen.«

Sie lief aus dem Zimmer und kam mit zwei schmalen Goldringen in der Hand wieder zurück.

»Ich rufe Giuseppe«, sagte Freize und ließ Luca und Isobel allein zurück. Sie nahm seine Hand und legte die Ringe hinein. »Das ist es wert«, sagte sie. »Damit du deinen Vater sehen und ihm etwas Hoffnung schenken kannst.«

»Ich danke dir«, sagte er unbeholfen. »Ich bin dir sehr dankbar. Sehr.«

»Bitte lass mich mit dir gehen«, flüsterte sie.

Er schüttelte den Kopf, und sie dachte, dass er sie kaum gehört, dass er noch nicht einmal die Hand gesehen hatte, die sie nach ihm ausstreckte. Dann hörte sie ihn eilig die Treppe hinunterlaufen.

Giuseppe stand aufrecht im Heck der Gondel und ruderte das schmale schwarze Boot den Canal Grande hinunter. Die nächtliche Stille wurde nur durch das Plätschern der Wellen durchbrochen. Das Licht der Laterne am Bug spiegelte sich flackernd im Kanal, und der abnehmende Mond warf einen Silberpfad vor ihnen aufs Wasser. Ishraq saß mit dem Rücken zum Gondoliere, die beiden jungen Männer hatten ihr gegenüber Platz genommen. Luca blickte über das schwarzglänzende Wasser hinweg unverwandt ihrem Ziel entgegen.

Selbst vom nächtlichen Kanal aus war zu sehen, dass die Stadt einen herben Schlag erlitten hatte. Trotz des Karnevals waren kaum kostümierte Menschen und nur wenige Gondeln unterwegs. Ein oder zwei unerschrockene Liebespaare ließen sich langsam durch die Gegend rudern, die Tür zur Kabine fest verschlossen, doch der Großteil der Venezianer trauerte still zu Hause um das verlorene Geld, drehte und wendete die blutenden Goldmünzen und grübelte, wie die Schulden beglichen werden konnten.

Lucas Nerven waren zum Zerreißen gespannt. Er starrte in die Dunkelheit, als könnte er schon die Türme von Arsenale vor sich aufragen sehen. Sie fuhren an der Piazza San Marco vorbei; hinter den hohen Fenstern des Dogenpalasts brannten die Lichter und gemahnten an das niemals schlafende Gesetz. Freize stieß Luca an.

»Sie haben mich in einer Kammer gefangen gehalten, die kaum größer als eine Holzkiste war«, sagte er. »Vom Fenster aus konnte ich zwei Seile von der Decke hängen sehen, und eine Treppe.«

»Erhängen sie im Palast Verbrecher?«, fragte Luca ohne rechtes Interesse.

»Nein. Sie hängen sie an den Handgelenken auf, bis sie gestehen«, sagte Freize. »Ein Glück, dass ich so unwissend war. Niemand würde seine Zeit damit verschwenden, mich an den Handgelenken aufzuhängen, um etwas von mir zu erfahren. Sie müssten mich schon an den Füßen aufhängen und die Informationen aus meinem Kopf schütteln.« Er hatte gehofft, dass Luca lächeln würde, doch der nickte nur kurz und starrte weiter in die Dunkelheit.

Ein kühler Wind wehte über das Wasser und blies dunkle Wolkenfetzen vor die Sterne. Im fahlen Mondlicht konnte der Gondoliere gerade so das Ufer ausmachen. Es war ein weiter Weg. Ishraq wickelte sich fester in ihren Umhang und zog sich den Schleier vor den Mund.

»Wir sind da«, sagte Giuseppe schließlich. »Hierher werden die Galeeren gebracht, wenn sie ausgebessert werden müssen.«

Luca stand auf. Die Gondel schwankte bedrohlich.

»Setzt Euch«, riet Giuseppe. »Wie lautet der Name des Kapitäns?«

Ishraq antwortete für Luca: »Bayeed.«

»Aus Istanbul?«

»Ja.«

Giuseppe zeigte auf ein langes, flaches Gebäude. »Die Besatzung schläft da drin«, sagte er. »Der Kapitän übernachtet in der Stadt. Er wird vermutlich bei Sonnenaufgang zurückkommen.«

»Da drin?« Luca starrte entsetzt auf die verrammelten Türen und Fenster des Gebäudes.

»Vor der Tür steht ein Wachmann«, flüsterte Freize. »Er hat ein Schwert an seinem Gürtel, vielleicht auch eine Hakenbüchse. Was wirst du tun?«

»Ich will ihn nur sehen!«, sagte Luca heftig. »Ich kann ihm nicht so nahe sein und ihn nicht sehen!«

»Wir versuchen, den Wächter zu bestechen«, sagte Ishraq. »Vielleicht lässt er deinen Vater ans Fenster.«

»Ich gehe«, sagte Freize.

»Nein, ich gehe«, widersprach Ishraq. »Gegen eine Frau wird er sein Schwert nicht ziehen. Ihr passt auf, dass mir nichts passiert.«

Luca zog Isobels Ringe hervor. »Hier.«

Ishraq nahm sie entgegen und erkannte sie sofort. »Sie hat dir die Ringe ihrer Mutter gegeben?«

»Ja. Ja.« Luca war so aufgewühlt, dass ihm die Bedeutung des Geschenks entging. »Geh zu ihm, Ishraq. Sieh, was du ausrichten kannst.«

Giuseppe lenkte die Gondel vor den Anleger. Ishraq kletterte aus dem Boot und ging langsam auf den Wachmann zu. Sorgsam achtete sie darauf, sich in der Mitte des Wegs zu halten, damit er ihre erhobenen Hände sehen konnte zum Zeichen, dass sie keine Waffe trug.

»Masa' al-Khair«, rief sie aus einiger Entfernung.

Er legte die Hand an sein Schwert. »Bleib stehen«, sagte er. »Du bist fern von der Heimat, Mädchen.«

»Ihr auch, Herr«, gab sie ehrerbietig zurück. »Ich muss mit Euch reden. Mein Herr will mit einem der Sklaven sprechen. Er wird Euch Eure Güte lohnen, wenn Ihr es erlaubt. Er ist ein *faranj*, ein Fremder und Christ, und sein Vater ist versklavt. Er sehnt sich danach, sein Gesicht zu sehen. Seid so gütig und lasst sie miteinander durch ein Fenster sprechen. Es wäre eine gute Tat. Und er würde es Euch reichlich lohnen.«

»Wie?«, fragte der Mann. »Komm mir nicht mit den englischen Münzen. Die sind so kostbar wie Sand. Versuch nicht, mich zu täuschen.«

Zur Antwort hielt sie einen der Goldringe hoch. »Ihr bekommt diesen Ring, wenn Ihr ihn ans Fenster lasst«, sagte sie. »Einen weiteren, wenn wir wieder heil hier ablegen.«

»Er soll allein kommen«, forderte der Mann.

»Wie Ihr wünscht.«

»Gib mir den Ring, geh zurück und schick ihn her. Der Gondoliere und die anderen bleiben an Bord. Er kann ein paar Minuten haben, mehr nicht.«

»Einverstanden«, sagte Ishraq. Sie deutete mit einer Geste an, dass sie den Ring werfen würde, und er schnipste erwartungsvoll mit dem Finger. Vorsichtig warf sie den Ring in seine ausgestreckten Hände, drehte sich um und ging zurück zur Gondel.

»Er lässt dich zu ihm. Wenn du fertig bist, gibst du ihm den zweiten Ring«, wies sie Luca an. »Du darfst ans Fenster gehen. Beeil dich. Du hast nur wenige Minuten.«

Luca sprang aus der Gondel und war in wenigen Augenblicken die Stufen zu dem flachen Gebäude hinaufgelaufen. Er nickte dem Wachmann zu und eilte unter das vergitterte Fenster. Es befand sich hoch oben in der Mauer, doch in der Nähe stand ein Fass. Luca rollte es unter das Gitter und kletterte darauf. Hinter der Öffnung konnte er verschwommen einen dunklen, mit schlafenden Männern gefüllten Raum erkennen. Der Gestank von Erschöpfung und Krankheit schlug ihm entgegen.

»Guglielmo Vero!«, flüsterte er heiser. »Guglielmo Vero, bist du da?«

»Wer will das wissen?«, ertönte eine dumpfe Stimme. Luca stockte der Atem, als er den Dialekt seines Heimatdorfs und die geliebte Stimme seines Vaters erkannte.

»Vater, ich bin es!«, rief er. »Vater! Ich bin es, dein Sohn Luca.«

Es folgte Stille, dann ein scharrendes Geräusch und ein Fluchen, als ein Mann über die Schlafenden hinweg zum Fenster taumelte. Unter sich in der Dunkelheit erblickte Luca das müde Gesicht seines Vaters.

»Du bist es«, sagte Luca atemlos. »Vater!« Er umklammerte die Gitterstäbe vor dem Fenster; seine Knie wurden weich. »Vater! Ich bin es! Luca! Dein Sohn!«

Der alte Mann, dessen Haut von der Sonne gegerbt und dessen Gesicht vom Schmerz gezeichnet war, spähte blinzelnd zu ihm hinauf.

»Ich habe versucht, dich freizukaufen«, sagte Luca. »Bayeed hat die Münzen abgelehnt. Aber ich werde pures Gold beschaffen. Ich werde deine Freiheit erkaufen. Ich werde dich retten.«

»Weißt du, wo deine Mutter ist?« Seine Stimme war rau, er schien nur noch selten zu sprechen. Wenn sie ruderten, gefügig dem Schlag der Trommel folgten, sprachen sie nie. Abends, wenn sie ausruhen und essen durften, gab es nichts zu sagen. Nach dem ersten Jahr hatte er aufgehört, zu klagen, nach dem zweiten Jahr hatte er aufgehört, zu beten.

»Ich werde sie finden«, versprach Luca. »Ich schwöre es, ich werde auch sie finden und freikaufen.«

Es folgte Schweigen. Fassungslos wurde Luca bewusst,

dass er nur wenige Zoll von seinem lang verloren geglaubten Vater entfernt war und so viel zu sagen hatte, dass er keine Worte fand.

»Hast du Schmerzen?«, fragte er schließlich.

»Immer«, lautete die düstere Antwort.

»Ich vermisse Mutter und dich so sehr«, sagte Luca leise.

Der Mann räusperte sich krächzend und spuckte aus. »Gib mich auf«, sagte er nur. »Ich bin längst tot und in der Hölle.«

»Ich kann dich nicht aufgeben!«, rief Luca heftig. »Ich werde dich freikaufen und nach Hause zurückholen. Du wirst wieder leben wie früher. Wir werden glücklich sein.«

»Ich will nicht daran denken«, sagte sein Vater abwehrend. »Ich würde verrückt werden. Geh, Sohn, lass mich in meiner Hölle. Ich darf nicht von der Freiheit träumen.«

»Aber ich …«

»Nein«, sagte die raue Stimme. »Nenn mich nicht Vater. Du hast keinen Vater. Ich bin für dich gestorben, und du bist für mich gestorben. Lass mich in Frieden mit deiner Welt, deinen Hoffnungen und Plänen. Ich darf nur an diese Nacht und diesen Tag denken, und dann an den nächsten. Meine einzige Hoffnung ist, heute Nacht zu sterben. Dann wäre es endlich vorbei.«

Er drehte sich um, als wollte er gehen. Luca sah die Peitschenstriemen auf seinem Rücken. »Vater! Geh nicht!

Du wirst immer mein Vater sein. Ich werde dich freikaufen. Du darfst hoffen! Ich gebe dich nicht auf. Ich werde nie aufhören, nach dir zu suchen. Ich bin dein Sohn.«

»Du bist ein Wechselbalg«, sagte der Mann. »Du bist nicht mein Sohn. Du hast behauptet, du würdest mich freikaufen, aber du hast es nicht getan. Du sagst, dass du wiederkommst, aber die Hoffnung ist für mich unerträglich. Verstehst du das, Fremder? Ich ertrage es nicht, zu hoffen. Ich will nicht an meinen Hof und meinen Sohn und meine Frau denken. Ich werde verrückt, wenn ich daran denke und in dieser ... in dieser Hölle leben muss. Ich habe keinen Sohn. Du bist ein Fremder. Du bist ein Elfenkind. Du hast keinen Grund, mich freizukaufen. Geh und vergiss mich. Ich bin ein Toter, und du bist ein Wechselbalg.«

Luca zitterte. »Vater«, flüsterte er. »Sprich nicht so ... Du weißt, dass ich ...«

Guglielmo trat aus dem Lichtschein unter dem Fenster, und Luca sah nur noch Dunkelheit.

»Genug!«, rief der Wachmann. Er gab Luca ein Zeichen, vom Fass zu steigen und sich zu entfernen. Als Luca nicht reagierte, legte er drohend die rechte Hand an seinen langen Krummsäbel und tastete mit der linken nach der Hakenbüchse.

Ishraq sprang aus der Gondel und kam langsam auf sie zu, den zweiten Ring über den Kopf haltend. »Komm, Luca«, sagte sie sanft.

Er taumelte von seinem Fass und klammerte sich daran fest, als die Knie unter ihm nachgaben.

»Komm«, wiederholte Ishraq. Sie sah, dass sein Gesicht verzerrt war. »Luca«, sagte sie eindringlich. »Reiß dich zusammen und komm mit mir zur Gondel. Wir müssen gehen.«

»Er hat mich verleugnet!«, flüsterte er. Er rappelte sich auf und stützte sich auf das Fass, doch sie sah, dass er nicht gehen konnte.

»Sei ein Mann!«, sagte sie barsch. »Du bringst Freize und mich in Gefahr. Wir müssen gehen. Gebrauch deine Beine. Los!«

Der Wachmann trat näher und zog die bedrohliche Klinge aus dem Futteral. Sie glänzte im Mondlicht. Ishraq wusste, dass er Luca mit einem einzigen Schlag köpfen konnte, als wäre nichts dabei.

»Steh auf, du Narr!«, sagte sie, und der Zorn in ihrer Stimme schnitt durch Lucas Gram. »Steh auf und sei ein Mann.«

Langsam kam Luca auf die Beine und taumelte unbeholfen auf sie zu. Sobald er in ihrer Reichweite war, packte sie seinen Arm und legte ihn sich über die Schultern, um ihn zu stützen. »Und jetzt geh!«, zischte sie. »Sonst erdolche ich dich selbst.«

»Wir danken Euch«, rief sie dem Wachmann mit heiterer, ungerührter Stimme zu und warf den Goldring wirbelnd in seine Richtung. Dann legte sie wieder den Arm um Luca und half ihm wie einem Schwerverletzten zur Gondel. Sie wuchtete ihn ins Boot, wo er schwer auf die Holzbank sackte, während Giuseppe die Gondel wendete und heimwärts zum Palast steuerte.

Isobel war aufgeblieben, um auf sie zu warten, doch Luca ging wortlos an ihr vorbei auf sein Zimmer und schloss die Tür hinter sich. Sie sah Ishraq fragend an.

»Ich weiß es nicht«, sagte Ishraq mit sorgenvollem Gesicht. »Ich habe nicht gehört, was sein Vater zu ihm gesagt hat, aber Luca wurde plötzlich leichenblass und konnte sich kaum noch aufrecht halten. Ich konnte ihn nur mit Mühe und Not in die Gondel zurückbringen, seitdem hat er kein Wort mehr gesagt.«

»Hat sein Vater ihm Vorwürfe gemacht, weil er das Lösegeld nicht aufbringen kann?«

Ishraq schüttelte den Kopf. »Ich weiß es nicht. Sein Vater muss etwas Schreckliches gesagt haben. Es hat ihn umgeworfen.«

»Konntest du irgendwie an ihn herankommen?«, fragte Isobel. »Konntest du ihn trösten?«

Ishraq verzog den Mund zu einem schiefen Lächeln. »Ich war nicht gerade freundlich zu ihm«, gestand sie. »Ich habe ihn hart angefahren.«

»Ich gehe ins Bett«, erklärte Freize. »Ich bin froh, dass

wir es heil nach Hause geschafft haben.« Er nickte Ishraq zu. »Du hast das einzig Richtige getan. Vielleicht spricht er morgen mit uns.« Er gähnte und wandte sich zur Tür.

»Du machst dir sicher große Sorgen um ihn«, sagte Isobel und legte ihm die Hand auf den Arm.

Freize sah ihr ins Gesicht. »Ich mache mir Sorgen um uns alle«, sagte er. »Es fühlt sich an, als würde jeder in dieser Stadt bluten, nicht nur die Nobel. Der Versuch, durch Wucherei statt durch ehrliche Arbeit an Geld zu kommen, hat uns alle einen hohen Preis gekostet. Ich glaube, wir wissen nicht einmal, wie hoch dieser Preis ist.«

Noch vor Sonnenaufgang hämmerte jemand laut gegen eine Tür. »Aus dem Bett!«, hörte man Luca rufen. »Steht auf!«

Isobel und Ishraq zündeten Kerzen an den verglühenden Kohlen im Kamin an und tappten, nur im Nachthemd und mit wollenen Tüchern um die Schultern, die Treppe hinunter. Freize stand schon auf dem Treppenabsatz, einen Knüppel in der Erwartung eines Angriffs in der Hand. Luca hämmerte gegen die Tür zu Bruder Peters Schlafzimmer.

»Lasst mich den Brief sehen! Zeigt mir den Brief!«

Bruder Peter entriegelte seine Tür und kam heraus. In seinem Nachthemd sah er aus wie ein langbeiniger Storch. Er warf den jungen Frauen einen vorwurfsvollen

Blick zu, wandte die Augen von ihren nackten Füßen ab und sagte: »Was ist los? Was hat dieser Aufruhr zu bedeuten? Was ist denn jetzt wieder passiert?«

»Die Anweisung! Die Anweisung! Die versiegelte Anweisung, die Ihr gestern geöffnet habt! Ich muss sie sehen.«

»Ihr habt sie selbst gelesen!«, gab Bruder Peter zurück. »Warum braucht Ihr sie gerade jetzt?«

»Weil ich es verstehen muss«, erwiderte Luca heftig. »Immer! Ihr wisst, wie ich bin. Ich muss verstehen. Aber ich verstehe es nicht. Ich war so voller Sorge um meinen Vater, dass ich nicht klar denken konnte. Ich habe mich schlafen gelegt, aber alles, was ich in der Dunkelheit vor mir sah, war die Anweisung unseres Herrn. Zeigt sie mir!«

Ishraqs braune Augen funkelten. »Ich muss verstehen«, wiederholte sie leise.

Bruder Peter seufzte und verschwand in seinem Zimmer. Er kam mit dem Brief in der Hand wieder heraus und zog seinen Umhang vor dem Nachthemd zusammen. Mit der Miene eines Mannes, der über das erträgliche Maß hinaus auf die Probe gestellt wird, reichte er Luca den Brief. Die anderen zogen Stühle heran und setzten sich schweigend und mit besorgten Gesichtern um den Tisch, während Luca das Schreiben wieder und wieder las. Nur Ishraq sah eigentümlich erfreut aus.

»Was sollen wir tun, wenn wir die falschen Münzen mit

dem Gold unseres Herrn aufgekauft haben?«, fragte Luca, ohne den Blick vom Papier zu heben.

»Wir sollen sie in der Bank aufbewahren lassen und die Anweisungen für unsere nächste Mission öffnen«, sagte Bruder Peter.

»Sollen wir die Münzen nicht prüfen? Um die guten von den schlechten zu trennen?«

Bruder Peter schüttelte den Kopf.

»Es ist ihm also gleichgültig, wie viele echte Münzen sich unter den falschen befinden«, murmelte Luca. »Warum nur? Weil er es längst weiß?« An Bruder Peter gewandt sagte er: »Er hat Euch also die Anweisung zum Aufkaufen der gefälschten Münzen für den Fall mitgegeben, dass das Osmanische Reich die besetzten Gebiete des Betrugs bezichtigen würde?«

»So ist es«, sagte Bruder Peter geduldig. »Das habe ich Euch doch bereits gesagt.«

Luca schwieg. »Was denkst du?«, fragte Ishraq leise.

Luca sah sie über den Tisch hinweg durchdringend an. »Was denkst *du*?«, gab er zurück. »Du hast unserem Herrn von Anfang an misstraut. Und doch hast du deine Nobel nicht verkauft, als du erfahren hast, dass er sie aufkaufen lässt. Isobel wollte es – doch du hast dich geweigert.«

»Es ist wahr, ich traue ihm nicht«, sagte sie rundheraus. »Erstens war er in Bezug auf deine Eltern nicht offen zu dir. Er hat dir die Möglichkeit verschwiegen, sie über Pater Pietro ausfindig machen zu lassen – es war Radu Bey, ein osmanischer Herrscher und der Erzfeind deines Herrn, der dir von ihm erzählt hat. Zweitens hätte euer Herr dir beim leisesten Zweifel an den Münzen raten können, das Lösegeld in purem Gold oder bereits sehr früh zu zahlen. Dann hättest du deinen Vater freikaufen können, bevor die Münzen in Verruf geraten sind.«

»Ja«, gab Luca zu. Seine Mundwinkel verzogen sich zu einer bitteren Fratze. »Das weiß ich.«

»Euer Herr hat in Kauf genommen, dass die Lösegeldzahlung scheitert«, fuhr Ishraq fort. »Er hat dich nicht gewarnt, obwohl er wusste, dass die Münzen als Falschgeld erkannt werden würden.«

»Wir dürfen die Taten unseres Herrn nicht in Frage stellen!«, warf Bruder Peter hitzig ein. »Seine Aufgabe ist es, uns Befehle zu erteilen, nicht, uns Rede und Antwort zu stehen.«

»Aber ich stelle nun einmal alles in Frage«, sagte Luca. »Wie Ishraq. Was sie sagt, ist wahr: Er hat weder an mich noch an meinen Vater gedacht, als er unsere Mission plante. Wir mussten leiden, genau wie viele andere: die Alchemisten, Israel der Geldwechsler, die Händler, die auf den wertlosen Münzen sitzengeblieben sind, die Gebiete, die wegen Betrugs bestraft werden, und die Stadt selbst. Viele, viele Menschen werden den Tag verfluchen, an dem unser Herr uns befohlen hat, Nachforschungen über die gefälschten Goldnobel anzustellen. Dass wir die Fälscher gefunden haben, hat ganze Existenzen ruiniert.«

»Sicherlich ging es ihm nur darum, die Fälscher zu finden«, sagte Bruder Peter. »Wir hatten den Auftrag, sie zu finden und anzuzeigen, um ihrem verbrecherischen Geschäft ein Ende zu machen. Wir waren hier, um die Täter zu ermitteln und sie dem Gesetz zu übergeben. Es war nichts Falsches daran. Unser Fehler war, dass wir sie nicht schnell genug finden und aufhalten konnten.«

Statt einer Antwort hob Luca das Schreiben hoch, das sie beauftragte, die Falschmünzen aufzukaufen.

»Ich weiß nicht, warum wir sie kaufen sollen«, gab Bruder Peter zu.

»Aber ich habe eine Idee«, sagte Luca langsam. »Was, wenn unser Herr von Anfang an gewusst hat, dass Drago Nacari und Jacinta die Münzen gefälscht haben? Was, wenn er von Anfang an gewusst hat, dass sie Gold aus den Truhen des Herzogs von Bedford auf den Markt gebracht und seine Rezeptur besessen haben, um noch mehr davon herzustellen? Was, wenn er uns absichtlich zu spät hergeschickt hat?«

Ishraq nickte. »Er hat gewusst, dass du sie früher oder später finden würdest. Er hat gewusst, dass du keine Ruhe geben würdest, bis du sie gefasst hast. Er muss also gewollt haben, dass sie eine Zeitlang in Ruhe arbeiten können. Er wollte, dass sie das Falschgeld auf den Markt bringen und erst im Anschluss daran verhaftet werden.«

»Ich habe sie gefunden und fliehen lassen – aber das ist unwichtig, die Hauptsache ist, dass sie enttarnt sind. Meine Aufgabe war es, die Fälschung aufzudecken. Meine Aufgabe war es, möglichst auffällig und tollpatschig vorzugehen, um ganz Venedig wissen zu lassen, dass die Münzen gefälscht sind.«

Lucas Gesicht war blass und verbittert. »Er wusste, dass ich der Fährte wie ein tumber Jagdhund nachgehen würde – die Diener des Dogen konnten meine Wege ohne Mühe nachvollziehen und die Fälscher enttarnen.«

»Die Münzen bluten«, erinnerte Ishraq ihn. »Deswegen sind die Alchemisten unter Verdacht geraten, nicht wegen uns.«

»Wir wollten sie aber anzeigen«, sagte Freize. »Bruder Peter hat darauf bestanden. So lautete die Anweisung. Die Münzen haben in der Nacht, bevor wir sie anzeigen wollten, zu bluten angefangen. Wir waren alle übereingekommen, die Anweisung zu befolgen. So oder so wären sie entlarvt gewesen.«

Luca nickte. »Dass die Münzen bluten, hat letztlich keinen Unterschied gemacht«, sagte er. »Das war der Makel an Nacaris Arbeit. Aber wir hätten die Alchemisten ohnehin angezeigt.«

»Und dann fällt der Preis der Nobel ins Unermessliche.«

Ishraq dachte laut nach. »Sobald jeder weiß, dass sie gefälscht sind.«

»Alle wollen verkaufen, und der Doge legt einen lächerlich niedrigen Preis fest, einen Preis für wertloses Metall.«

»Alle verkaufen, aber der hohe Herr befiehlt uns, zu kaufen«, murmelte Ishraq. Sie trommelte mit den Fingern auf den Tisch, als ihr die Bedeutung ihrer eigenen Worte aufging. »Er weiß, dass ein bestimmter Anteil der Nobel echt ist. Die echten Münzen aus England sind nach wie vor darunter. Wir haben sie selbst geprüft, wir wissen, dass sie echt sind. Vielleicht waren alle Münzen aus der Gießerei in Calais echt. Wenn wir sie aufkaufen, alle echten und alle falschen Münzen, sind einige von ihnen sechsmal so viel wert wie das, was wir für sie bezahlt haben.«

»Wir verhelfen unserem Herrn zu einem Vermögen«, sagte Luca atemlos.

Bruder Peter hob die Hand. »Der Kirche«, betonte er. »Wir verhelfen der Kirche zu einem Vermögen. Wir müssen dankbar sein. Den Reichtum der Kirche zu mehren, ist eine heilige Arbeit. Wir haben finstere Tage hinter uns, doch wir haben das Richtige getan.«

»Aber die Osmanen ...«, sagte Ishraq langsam.

Luca sah sie an. »Was ist mit ihnen?«

»Sie schicken die Münzen zurück und akzeptieren einen verminderten Tribut. Sie gehen davon aus, ausschließlich wertlose Münzen erhalten zu haben. Sie wurden um ihren

Tribut betrogen, zumindest um einen Großteil der Summe, die sie von den eroberten Gebieten einfordern.«

»Sie hätten gar nicht erst so hohe Abgaben fordern sollen. Sie hatten kein Recht dazu!«, rief Bruder Peter. »Diesen Betrug haben sie sich selbst zuzuschreiben. Dieser Betrug war ein Werk Gottes!«

Ishraq achtete nicht auf ihn. Sie sah Luca an. »Eurem Herrn ist ein mächtiger Schlag ins Herz des Osmanischen Reichs gelungen«, sagte sie. »Dank euch kann er auf seinem Kreuzzug einen wichtigen Sieg verzeichnen. Die Ungläubigen mögen Konstantinopel erobert haben – trotzdem müssen sie dieses Jahr herbe Verluste hinnehmen.«

Luca nickte. »Auch Bayeed musste Verluste hinnehmen«, sagte er. »Er hat das Lösegeld abgelehnt, obwohl ein Teil der Münzen mit Sicherheit echt gewesen ist.« Er hielt inne. »Und mein Vater muss darunter leiden«, sagte er dann leise. »Mein Vater muss unter dieser brillanten List leiden, wie so viele andere.« Er schüttelte den Kopf. »So viele, viele andere.«

Freize sah von einem zum anderen. »Was machen wir jetzt?«, fragte er in das Schweigen hinein.

Niemand antwortete. Dann ging ihnen auf, dass längst eine neue Anweisung für sie bereitliegen musste. Einer nach dem anderen richtete den Blick auf Bruder Peter. »Sobald unsere Arbeit hier getan ist, müssen wir nach

Norden reisen«, erklärte Bruder Peter. »Die genauen Angaben darf ich erst später öffnen, aber wir sollen die Stadt verlassen und gen Norden reiten.«

»Und was erwartet uns diesmal?«, fragte Freize missmutig. »Ich glaube kaum, dass wir noch so eine erfolgreiche Mission verkraften werden. Luca hat seinen Vater verloren, Isobel ihr Vermögen, und Venedig hat uns alle ganz krank gemacht.«

Ishraq erhob sich und öffnete die Fensterläden. Kaltes Morgenlicht strömte in den Raum und ließ das Kerzenlicht fahl aussehen. Isobel blies die Flammen aus.

»Ist unsere Arbeit hier beendet?« Luca wirkte in dem grauen Licht plötzlich älter. »War die Mission erfolgreich? Wir haben unsere Feinde um ihr Geld betrogen und Unschuldige in den Ruin gestürzt. Mein Vater ist immer noch versklavt, sein Herz ist gebrochen, und er verleugnet mich, seinen eigenen Sohn. Er hat mich einen Wechselbalg genannt und meine Mutter entehrt. Haben wir die Wünsche unseres Herrn erfüllt? Können wir abreisen? Ist unser Werk getan? Wie schön!«

»Unsere Arbeit ist nicht leicht«, sagte Bruder Peter ruhig. »Wir wandeln auf einsamen Pfaden durch eine harte Welt. Ein Sieg fühlt sich nur selten wie ein Sieg an. Wir dienen einem höheren Zweck, zu dem wir nur einen kleinen Beitrag leisten können. Wir wissen nicht, welche Rolle wir spielen. Wir müssen darauf vertrauen, dass es einen höheren Sinn gibt, dem wir alle auf unsere eigene Weise dienen.«

Luca ließ den Kopf auf die gefalteten Hände sinken, als würde er um Mut beten.

»Ich frage mich, wo die Alchemisten jetzt sind«, sagte Isobel plötzlich. Es waren ihre ersten Worte an diesem frühen Morgen. Luca hob den Kopf und sah sie an. »Ich frage mich, wohin ihre Anweisungen sie geführt haben«, fuhr sie fort. »Denn auch sie hatten einen Herrn, der ihnen Anweisungen schickt, genau wie ihr.«

Es war ganz still, während ihnen die Bedeutung ihrer Worte klar wurde.

»Sie haben einen Herrn, den sie nicht kennen«, fuhr sie fort. »Er hat ihnen den Auftrag erteilt, nach Venedig zu kommen und die Münzen zu fälschen. Er hat ihnen befohlen, das Geheimnis des Lebens zu ergründen. Er hat sie hergeschickt, wie euer Herr uns hergeschickt hat.«

Langsam stand Luca auf und trat ans Fenster. Der fahle Himmel wurde im Osten heller.

»Nacari hat gesagt, ihr Herr sei nicht ihr Freund«, fügte Ishraq hinzu. »Sie haben sein Gesicht nie gesehen. Er hat ihnen Anweisungen geschickt und ihnen die Rezeptur für das Falschgold überlassen. Er hat ihnen auch die Truhen mit den echten Münzen geschickt. Er hat ihnen aufgetragen, den Bedarf an Nobeln zu steigern und die Münzen dann durch Falschgeld zu ersetzen.«

»Glaubt ihr, dass es unser Herr war, der ihnen den Auftrag gegeben hat?«, fragte Luca nahezu gleichgültig und ohne sich umzudrehen. Er starrte weiter aus dem Fenster auf den silbrigen Kanal und die schwarzen Kormorane am Ufer, die plötzlich mit angelegten Flügeln ins Wasser schossen, um nach einem Fisch zu tauchen. »Glaubt ihr, dass unser Herr sowohl die Fälscher als auch ihre Verfolger beauftragt hat? Hat er erst das Wild freigelassen und ihm dann die Hunde auf den Hals gehetzt? Hat er von Anfang an ein doppeltes Spiel gespielt?«

»Vielleicht ist es für ihn wirklich ein Spiel.« Isobel stellte sich neben ihn und legte ihm die Hand auf die Schulter. »Wie das Hütchenspiel, das Jacinta gespielt hat. Vielleicht hat euer Herr ebenso flinke Hände. Niemand sieht, was er tut. Das Ergebnis zeigt sich erst ganz am Ende des Spiels. Vielleicht hat er uns alle betrogen.«

Sie verließen Venedig und ritten nach Norden, die wärmer werdende Frühlingssonne zu ihrer Rechten. Bruder Peter ritt voran, Luca folgte ihm mit Isobel an seiner Seite, dann kamen Freize und Ishraq. Der kleine Esel zockelte schwerbeladen hinter Freizes großem Schecken Rufino her, und ein zweiter Esel folgte mit weiteren Säcken voller Nobel. Einige von ihnen rosteten in ihren Lederbeuteln vor sich hin, doch auf jeden Rostnobel kam eine Münze aus purem Gold. Das riskante Spiel des Herrn würde sich auszahlen.

Alle waren froh, die Stadt endlich hinter sich zu lassen. Bruder Peter war glücklich, wieder seine Mönchskutte tragen zu dürfen und keine Lügen mehr erzählen zu müssen. Ishraq genoss den Gedanken, nicht länger als adlige Gesellschaftsdame eingesperrt zu sein. Isobel setzte mit neuer Entschlossenheit die Reise zum Sohn ihres Paten fort. Und Luca trat seine nächste Ermittlung in dem Bewusstsein an, dass die Welt voller Rätsel war – seine eigene Mission eingeschlossen.

»Bist du froh, Venedig zu verlassen?«, fragte er Isobel.

»Es ist die schönste Stadt, die ich je gesehen habe«, sagte

sie. »Aber sie hat eine dunkle Seite. Als wir auf der Fähre waren, um die Pferde abzuholen, habe ich etwas sehr Sonderbares gesehen.«

»Was?«, fragte er eifrig, um sich von seinen eigenen schwermütigen Gedanken abzulenken.

»Ich dachte, ich hätte ein Kind gesehen«, sagte sie ernst, »ein Kind, das im Wasser schwamm, hinter unserem Boot. Fast hätte ich den Bootsmann verständigt. Es schien, als würde uns ein kleines Kind verfolgen, aber dann sah ich, dass es winzig war, kaum größer als ein kleiner Fisch. Trotzdem konnte es mit der Fähre mithalten.«

Luca lief es kalt den Rücken hinunter. »Was glaubst du, was es war?«, fragte er und gab sich Mühe, sorglos zu klingen. »Das ist in der Tat sehr sonderbar.«

Sie sah ihn an. »Ich muss mich getäuscht haben. Es war sicher ein Fisch. In der Lagune kann doch kein winziges Menschlein herumschwimmen?«

Er unterdrückte einen abergläubischen Schauder, beugte sich vor und legte seine Hand auf ihre. »Ich werde nicht zulassen, dass dir etwas geschieht«, versprach er. »Niemand verfolgt uns. Ein solches Geschöpf kann es unmöglich geben.«

Sie lächelte ihn vertrauensvoll an. »Wenigstens habe ich in Venedig gelernt, für meine Rechte einzutreten.«

Er lachte. »Wirst du mich beschützen, Isobel?«

Sie lachte ebenfalls. »Das werde ich«, versprach sie.

»Und hast du in Venedig herausgefunden, wen du liebst?«, fragte er sehr leise.

»Und du?«, gab sie zurück. »Weißt du überhaupt, welche Frau du geliebt hast?«

Luca schnappte empört nach Luft, dann lachte er laut und vergewisserte sich, dass niemand in Hörweite war.

Hinter ihnen, taub für ihr Gemurmel, war Freize über alle Maßen beglückt, wieder mit seinem Pferd vereint zu sein. Sanft zerzauste er Rufinos dichte Mähne und tätschelte seinen Hals. Bisweilen beugte er sich vor und kraulte ihm die Ohren. »Du würdest es nicht glauben«, versicherte er seinem Pferd. »Keine Straßen! Keine Felder! Keine Wiesen und Weiden, nicht mal ein Streifen Grün zum Grasen. ›Was soll das für eine Stadt sein?‹, habe ich gefragt. Keiner konnte es mir sagen. Eins steht fest: Eine Stadt, die keinen Platz für Pferde hat, kann nicht gedeihen. Wie musst du mich vermisst haben. Ich für meinen Teil habe dich sehr vermisst!«

Der Esel hinter ihm trödelte. Freize drehte sich im Sattel um und stieß einen kurzen, mahnenden Pfiff aus.

»Die falschen Münzen rosten immer schneller«, sagte Ishraq. »Der Rost tropft nur so zu Boden. Wenn das so weitergeht, haben wir bald pures Gold in den Säcken.«

Freize unterbrach sein vertrauliches Gespräch mit Rufino. »Lucas Herr ist ein gerissener Mann«, sagte er. »Unbeirrbar und schlau wie eine Schlange. Doppelzüngig.«

»Er hat mit seiner List ein Vermögen gemacht. Aber ich glaube, in erster Linie ging es ihm darum, die Osmanen zu betrügen«, erwiderte Ishraq. »Diese Schlacht gegen Radu Bey hat er gewonnen.«

»Weil die Osmanen gezwungen sind, sich mit einem Drittel des vereinbarten Tributs zu begnügen?«

»Ja«, sagte sie langsam. »Aber für ihn ist das Beste daran, dass er sie alle zum Narren gehalten hat, meinst du nicht auch? Dank seiner List haben sie pures Gold zurückgeschickt. Er hat ihnen weisgemacht, alle Münzen seien falsch. Er hat uns überlistet, er hat Venedig überlistet, aber vor allem hat er seine Feinde überlistet. Das wird sie noch mehr verärgern als der verminderte Tribut. Er hat sie dazu gebracht, pures Gold abzuweisen. Er hat den Ruf der Münzen zerstört, und wir haben sie aufgekauft. Er hat sie alle zum Narren gehalten. Es ist Narrengold, im wahrsten Sinne des Wortes.«

Freize schüttelte halb beeindruckt, halb nachdenklich den Kopf. »Er ist ein schlauer Mann«, sagte er. »Aber eins würde ich ihn wirklich gern fragen.«

»Nur eins? Ich würde ihn gern vieles fragen«, entgegnete sie. »Was würdest du fragen?«

»Die Sache mit der Welt«, sagte Freize. »Er muss es wissen. Ich würde ihn fragen, ob die Welt wirklich rund ist, wie das schöne Mädchen behauptet hat.«

Ishraq nickte ernsthaft und verkniff sich ein Lächeln.

»Freize, du weißt aber doch, dass die Sonne immer am selben Fleck bleibt, Tag und Nacht, und dass die Erde sich um sie herumdreht, nicht wahr?«, fragte sie.

»Was?«, rief er so laut, dass Rufino erschrocken den Kopf zurückwarf und Freize ihn mit einem Tätscheln beruhigen musste. Er musterte sie scharf und sah, dass sie lächelte. »Ach, du machst Witze«, erwiderte er. »Aber mich kannst du nicht zum Narren halten.« Er zeigte auf die Sonne am Himmel, die mit tröstlicher Zuverlässigkeit langsam dem Zenit entgegenkletterte und auf ihn herabschien, wie sie es immer getan hatte. »Von Osten nach Westen, an jedem Tag meines Lebens«, sagte er. »Nie hat sie etwas anderes getan. Gewiss dreht sie sich um mich.«

Vor ihnen stimmte Bruder Peter einen Psalm an, und die anderen fielen ein. Ihre Stimmen mischten sich in der kühlen Luft zu einem harmonischen Chor. Freize tastete in der Hemdtasche nach seiner Flöte und hielt plötzlich inne.

»Das hatte ich vergessen! Das hatte ich ja ganz vergessen!«, rief er.

»Was?« Ishraq sah ihn fragend an.

Statt einer Antwort zog er eine Münze aus der Tasche. »Mein Glückspfennig!«, sagte er. »Das schöne Mädchen, Jacinta, hat ihn in meine Tasche gesteckt, als ich sie das letzte Mal gesehen habe, und mir Glück gewünscht. Ich hatte ihn ganz vergessen. Aber hier ist er wieder. Ich bin wirklich ein Glückspilz, meinst du nicht auch? Ihn als Geschenk von ihr zurückzubekommen, muss ihn noch wirkungsvoller machen, als er es ohnehin schon war.«

»Warum hatte sie deinen Pfennig?«, fragte Ishraq. »Hast du ihn ihr geschenkt?«

»Sie hat ihn als Pfand genommen und ihn mir später zurückgegeben«, erklärte Freize. »Gegen einen Kuss.« Er reichte Ishraq den Pfennig, ohne ihn anzusehen. Sie nahm ihn und zügelte ein paar Augenblicke später ihr Pferd. »Du hast wirklich Glück«, sagte sie mit seltsamer Stimme. »Großes Glück. Schau ihn dir an.«

Isobel wandte sich zu ihnen um. Als sie sah, dass sie angehalten hatten, rief sie Bruder Peter und zügelte ihr Pferd. Der Mönch machte kehrt, und alle versammelten sich um Freize, der seinen Glückspfennig von Ishraq in Empfang nahm, um ihn genauer zu betrachten.

»Wisst ihr, das sieht sehr nach Gold aus«, sagte er leise. »Aber es ist der Pfennig, den ich ihr gegeben habe, das schwöre ich. Ich würde ihn überall wiedererkennen. Es ist mein Glückspfennig. Ich erkenne die Münzgießerei und das Datum, es ist ohne Zweifel mein Glückspfennig. Der Pfennig, den ich ihr gegeben habe. Aber jetzt scheint er aus Gold zu sein.«

»Vermutlich mit Gold überzogen«, sagte Bruder Peter. »Sie hat ihn für dich vergoldet. Noch eine hübsche List.«

Wortlos reichte Freize Luca den Pfennig, der sein Messer vom Gürtel nahm und einen winzigen Ritz in die Seite kerbte. »Nein«, sagte er. »Er hat durch und durch die gleiche Farbe. Wenn wir in einem Gasthof Rast machen, können wir ihn eingehend prüfen, aber es scheint tatsächlich Gold zu sein. Massives Gold.«

Einen Augenblick lang schwiegen alle verwirrt.

»Bist du dir ganz sicher, dass es dein Glückspfennig ist und nicht eine andere Münze, die sie dir gegeben hat?«, fragte Isobel.

Stumm reichte er ihn ihr. »Sieh ihn dir an. Es ist mein Glückspfennig. In meinem Geburtsjahr im Vatikan geprägt. Unmöglich, dass sie einen zweiten dieser Art hatte. Es muss meiner sein. Aber nun ist er schwer wie Gold, weich wie Gold und glänzt wie Gold.«

»Haben sie es also wirklich geschafft?«, fragte Ishraq. »Haben sie den Stein der Weisen gefunden, der alles in Gold verwandeln kann?« Sie nickte Luca zu. »Erinnerst du dich? Sie haben gesagt, sie seien nur noch einen Schritt davon entfernt, jede beliebige Materie in Gold zu verwandeln. Vielleicht ist es ihnen mit dieser Münze gelungen – und wir waren in dem Raum, in dem es geschehen ist. Sie haben Blech in Gold verwandelt. Sie haben es wirklich geschafft.«

»Und die Venezianer haben sie vertrieben«, sagte Isobel. »Sie haben sie mit dem Geheimnis, wie man Gold macht, aus der Stadt gejagt.«

»Wir selbst haben ihnen das Boot gebracht!«, rief Freize lachend. »Wir haben ihnen geholfen, mit dem unsagbar wertvollen Geheimnis davonzukommen. Mit dem Geheimnis, das noch kein Alchemist gelöst hat.«

»Nicht nur das. Sie müssen das Geheimnis des Lebens selbst gefunden haben«, erinnerte Ishraq ihn. »Der Stein der Weisen, mit dem man alles in Gold verwandeln kann, führt zum Elixier der Weisen, dem Elixier des Lebens, das unsterblich macht.«

»Und wir haben sie verloren«, sagte Luca und starrte auf die Münze in Freizes Hand. »Wir haben neben dem Ofen gestanden, in dem sie das Geheimnis des Lebens ergründet haben, und haben sie gehenlassen. Was waren wir für Narren. Die größten Narren von allen.«

Freize warf die Münze hoch in die Luft und sah zu, wie sie herumwirbelte, im hellen Sonnenlicht funkelte und schwer wieder herabfiel. Er fing sie mit der ausgestreckten Hand auf, schüttelte ungläubig den Kopf und steckte die Münze zurück in die Tasche. »Narrengold«, sagte er. »Narren. Und was für welche.«

Ishraq lächelte ihn an. »Hältst du dich immer noch für einen Glückspilz?«, fragte sie. »Und die Münze immer noch für einen Glückspfennig? Obwohl die Frau, die das Geheimnis des ewigen Lebens und das Geheimnis des Goldes kannte, dich mitsamt ihrer Geheimnisse für immer verlassen hat?«

»Sie sagte, ich hätte ein reines Herz, und dann hat sie sich in ihre eigene Großmutter verwandelt«, erwiderte Freize versonnen. »Und mir ein kleines Ungeheuer überreicht, das mich zu Tode erschreckt hat. Die sonderbarste Maid, die ich je geküsst habe, das steht fest. Aber sollte ich darum kein Glückspilz sein? Ich denke doch.«

Luca klopfte ihm voll brüderlicher Zuneigung auf die Schulter. »Immer ein Glückspilz«, sagte er. »Immer vom Glück geküsst. Nicht vom Dogen gehenkt, nicht in der Sturmflut ertrunken. Die Sonne dreht sich um ihn, und er steht mit beiden Füßen fest auf der flachen Erde, mit einem Goldpfennig in seiner Tasche. Freize ist als Glückskind geboren. Er hat immer Glück!«

»Irgendwann wird er doch noch am Galgen hängen«, sagte Bruder Peter, aber er lächelte dabei. »Ein Narr ist er jedenfalls nicht.«

Nachwort der Autorin

Ich hoffe, dass *Schatzwächter* dir gefallen und dir vielleicht sogar Lust gemacht hat, dich weiter mit den sonderbaren und interessanten Eigenarten der damaligen Zeit zu beschäftigen. Einige Elemente der Geschichte beruhen auf historischen Fakten, einige auf alten Vorstellungen und einige sind frei erfunden.

Luca, Isobel, Freize, Ishraq und Bruder Peter sind fiktive Figuren – so wie alle anderen Personen, die ihnen in diesem Roman begegnen –, aber die Welt, in der sie sich bewegen, entspricht weitgehend der Welt des Jahres 1454, und einige Dinge dieser wunderbaren Zeit haben bis heute überlebt. Du kannst noch immer die Mosaike der Galla Placidia in Ravenna bewundern oder dir die Bilder online anschauen. Das Mausoleum steht noch, auch wenn es vielleicht ein bisschen tiefer in den weichen Boden Ravennas eingesunken ist als zu den Zeiten von Lucas Besuch.

Das Venedig, das Luca und seine Gefährten entdecken, gibt es natürlich auch noch. Doch das heutige Venedig ist an das moderne Verkehrsnetz angeschlossen und hat einen Flughafen, die Inseln sind vollständig bebaut und miteinander verbunden, und die Gärten, für die das mittelalterliche Venedig berühmt war, sind Plätzen, Straßen und Bürgersteigen gewichen. Trotzdem kann man noch die mittelalterlichen Wege und Kanäle sehen, und man kann den Dogenpalast besuchen, der gerade erbaut wurde, als Luca dort war. Man kann sogar eine Führung durch das Labyrinth der Gänge machen, durch die Luca zum Verhörraum gebracht wird, die schalldichte Doppeltür sehen, die zu den geheimen Räumen führt, und die Zelle, in der Freize gefangen gehalten wurde.

Ich werde in Zukunft noch mehr über Juden in der mittelalterlichen Welt schreiben, aber das Schicksal von Israel dem Geldwechsler ist typisch für das Leben vieler Juden in Venedig. Sie mussten in einem abgetrennten Stadtteil leben, der als Judenviertel oder Judengasse bekannt war, und sie wurden von der Gesellschaft ausgegrenzt – in schlechten Zeiten wurden sie für das Unglück verantwortlich gemacht, in guten Zeiten wurden sie ausgebeutet. Der Schurke in Shakespeares Komödie *Der Kaufmann von Venedig* würde die Probleme wiedererkennen, die Israel über den Handel mit christlichen Geschäftspartnern zum Ausdruck bringt. Immerhin war Venedig tolerant genug, allen Menschen zu erlauben, in der Stadt zu leben und zu arbeiten. Einige Jahrzehnte später wurden Juden aus Spanien und vielen anderen europäischen Ländern verbannt.

Die Beschreibung der Alchemisten in der Geschichte beruht ebenfalls auf historischen Fakten. Auf meiner Website kannst du mehr über Alchemie erfahren. Alchemie war so etwas wie die Chemie des Mittelalters – sie hat dieser Wissenschaft ihren späteren Namen gegeben –, und viele der ersten Experimente, die wir als wissenschaftlich bezeichnen würden, wurden von brillanten Denkern durchgeführt, die sich selbst als Philosophen oder Alchemisten bezeichneten. Einige von ihnen glaubten tatsächlich, den Stein der Weisen entdeckt zu haben, und hinterließen beeindruckende Aufzeichnungen ihrer Arbeit. Das Voynich-Manuskript, das Drago Nacari Luca bringt, ist ein historisches Dokument – es konnte bis heute nicht übersetzt werden. Ich habe mich dafür entschieden, diese ungelösten Rätsel nicht aufzuklären; ich wollte die Arbeit von Jacinta und Drago so rätselhaft erscheinen lassen, wie sie war. Einige Rätsel sind noch immer nicht gelöst.

Im Herzen des Buchs steht der gefährliche und unberechenbare Markt für Goldnobel. Die Geschichte um die Nobel ist fiktiv, aber die Geschichte des Kapitals hat über die Jahre viele Höhen und Tiefen erlebt, vielen Menschen ein Vermögen verschafft und sie ruiniert. In der westlichen Welt befinden wir uns heute in einer Krise, die auf einen großen Aufschwung folgte, und in mancherlei Hinsicht entspricht die Anhäufung von Schulden und der Verkauf zu unrealistischen Preisen anderen historischen Ereignissen, die Ökonomen eine »Blase« nennen – weil sie irgendwann unausweichlich platzt. In einem früheren Buch habe ich über die große Aufregung um den Tulpenmarkt geschrieben (*Irdische Freuden*, 1998); hier schreibe ich über einen fiktiven Absatzmarkt für Goldmünzen, den Lucas mysteriöser Herr erst schafft und dann zerstört.

Bestsellerautorin Philippa Gregory für junge Leser

Philippa Gregory
Order of Darkness – Schicksalstochter
Band 0166

Philippa Gregory
Order of Darkness – Sturmbringer
Band 0175

Philippa Gregory
Order of Darkness – Schatzwächter
Band 0176